TABLEAU

DES LITTÉRATURES

ANCIENNES ET MODERNES

II

(C.)

Paris. — Imprimé chez Bonaventure et Ducessois, 55, quai des Augustins

TABLEAU

DES

LITTÉRATURES

ANCIENNES ET MODERNES

OU

HISTOIRE

DES OPINIONS LITTÉRAIRES

CHEZ LES ANCIENS ET LES MODERNES

PAR M. A. THÉRY,

RECTEUR DE L'ACADÉMIE DE CLERMONT-FERRAND.

—

TOME II

PARIS

DEZOBRY, E. MAGDELEINE ET Cie, LIB.-ÉDITEURS,

RUE DU CLOITRE-SAINT-BENOIT, 10

(Quartier de la Sorbonne).

1836

HISTOIRE

DES OPINIONS

LITTÉRAIRES

CHEZ LES PEUPLES ANCIENS ET MODERNES.

◁————————————————————————▷

LIVRE X.

———————————

ALLEMAGNE

JUSQU'A EMMANUEL KANT.

———————

XVIIe ET XVIIIe SIÈCLES.

———————

Aucun fait de l'histoire littéraire ne nous paraît plus digne d'étude que la direction suivie par la littérature allemande depuis le milieu du dix-huitième siècle. La destinée des lettres en Europe semble y être attachée. Cette haute influence exige que nous en reconnaissions bien les caractères, et que nous en marquions les écarts et les progrès.

Mais d'abord remontons aux premières années du dix-septième siècle, et esquissons en traits rapides une période presque stérile de cent cinquante ans.

1. — Temps de sécheresse littéraire.

L'Allemagne avait oublié depuis longtemps cette poésie souabe, populaire au treizième siècle parmi les princes et les seigneurs, et qui respirait tout l'esprit du moyen-âge. Elle avait gardé peu de souvenir des maîtres chanteurs du quatorzième et du quinzième siècle qui avaient fondé une poésie roturière, lorsque les grands, occupés de guerres et de factions, semblèrent abdiquer le monopole des chants nationaux. La muse allemande n'habitait plus les échoppes, et les improvisateurs bouffons, étranges contemporains de l'Arioste et du Tasse, avaient disparu des carrefours. Les chants de guerre de Veit-Weber, inspirés par le triomphe de la liberté en Suisse [1], les chansons des mineurs du Palatinat, les ballades ou romances, les premiers essais d'un théâtre grossier, avaient montré, pendant le seizième siècle, que les Allemands étaient capables de produire une littérature. Mais ce n'étaient que des accidents ou des ébauches; l'âpreté des mœurs, l'indifférence pour tout monument de littérature étrangère, arrêtaient le mouvement naturel des esprits vers sa plus complète expression. Luther avait donné un grand ébranlement aux intelligences; mais le cercle s'était resserré presque aussitôt qu'étendu, et le protestantisme, ennemi de tout ce qui n'était pas la stricte

---

[1] Il existe une curieuse analogie entre ces poésies sans art, mais pleines de verve et de vigueur, et les chants de guerre des montagnards grecs, dont nous devons la connaissance à M. Fauriel. (Voyez les *Chants populaires de la Grèce.*)

raison, avait compris l'imagination dans ses anathè-
mes. Le langage, partie positive de la littérature,
acquit plus de régularité sous la main du chef de la
réforme; mais la poésie resta dans l'enfance, et l'é-
loquence de la chaire, seule possible dans un siècle
tout théologique, de burlesque et pédante qu'elle
était avant Luther, devint plus violente après lui,
sans cesser d'être ridicule.

2. — Études philosophiques.

La sécheresse littéraire qui résulta en Allemagne
des succès de la réforme ne devait cependant pas être
une complète stérilité. Il est dans la littérature certaines applications qui peuvent se passer du secours
des facultés brillantes. La gravité des études philosophiques, les sciences naturelles, la didactique,
étaient plutôt favorisées que gênées par la direction
nouvelle des esprits. Une autre secousse, en boule-
versant l'Allemagne, encore étourdie de ses querelles
religieuses, vint retarder ce résultat. La guerre de
Trente Ans, long et terrible épisode du dix-septième
siècle, brisa le faisceau germanique, et dispersa l'esprit national avec ses débris. L'Allemagne fut un
champ ouvert à toute l'Europe, qui la couvrit de ruines
ou lui vendit sa pitié. Nous ne pensons pas cependant, comme on l'a dit, que ces agitations et ces dé-
sastres aient pu, en dernière analyse, être funestes
aux progrès des esprits. N'oublions pas que les temps
d'agitation sont toujours fertiles, comme la terre est
féconde quand elle a été déchirée par le soc. Aussi,
à peine la guerre de Trente Ans fut-elle terminée, que

ces germes, déposés dans les intelligences durant le grand orage de la réforme, gonflés et venus à maturité au sein d'une seconde tempête, firent éclater aux yeux de l'Europe des fruits en petit nombre, mais précieux. Un Kepler, un Stahl étendirent le domaine de la science. La philosophie surtout prit un sublime essor. Leibnitz parut. Wolf compléta et rendit populaires les inspirations de ce beau génie. De tels noms, de telles œuvres remplissent une époque, et valent bien un long cortége de médiocrités.

3. — Faiblesse des sociétés littéraires.

Mais si le tumulte même des disputes religieuses et des guerres avait pu exciter en Allemagne l'esprit philosophique, il n'en reste pas moins évident que la poésie, les arts, l'éloquence même se turent devant l'austérité de la réforme, comme des impiétés envers la raison. Aussi, tous les efforts tentés pour les sous-traire à cette influence furent-ils impuissants ou ridicules. En vain des sociétés littéraires, gauches imitatrices des grotesques académies italiennes, s'élevèrent sous l'invocation de la *palme*, du *sapin*, des *cygnes* ou des *fleurs*. En vain s'ouvrirent-elles aux *concetti* italiens, ou à l'imitation peu intelligente de quelques modèles anglais ou français. Leur existence artificielle fut sans force, leur littérature factice fut sans action.

4. — Rôle de la critique.

Il n'en est cependant pas de l'Allemagne comme de plusieurs autres pays, où la critique semble ac-

complir son œuvre à part, seulement comme genre
littéraire, et non comme régulatrice du goût. Surtout
au commencement de l'époque ou nous sommes
parvenus, il serait fort difficile de séparer l'histoire
des doctrines du tableau de la pratique littéraire.
Ici donc, au lieu de présenter ce tableau isolé, et de
placer à la suite l'analyse des œuvres de la critique
allemande, nous devons faire mouvoir simultanément ceux qui dirigèrent l'impulsion et ceux qui la
reçurent, le système et l'exécution.

5. — Critique de Martin Opitz.

Au milieu des tâtonnements de la poésie allemande, le besoin d'une doctrine fixe se faisait sentir.
Dans l'affaiblissement de l'instinct poétique, il fallait
une science, un calcul. Martin Opitz réalisa ce vœu
d'une poésie languissante. Avant lui, Weckherlin,
imitateur des poètes français, avait dissipé en efforts
presque stériles une verve pleine de vigueur. Opitz,
bien qu'admirateur de la poésie hollandaise, eut la
prétention de rester plus fidèle à l'esprit national.
Une dissertation qu'il publia, sous le titre d'*Aristarque*, en faveur de la poésie allemande, fut suivie
d'un *Traité de la Poésie allemande*, qui devint célèbre
dès son apparition. Il y établit que la poésie est un
don naturel, d'origine toute divine, qui doit avoir
déjà porté d'heureux fruits longtemps avant que la
théorie ne vienne régulariser les inspirations du
poète. Selon lui, les pensées donnent à la poésie son
brillant, son prix véritable. La diction, la versification ne peuvent servir qu'à raviver l'éclat des bel-

les pensées. De tels préceptes sont fort sages, mais
Opitz s'en écarte dans les détails. Il en vient à donner une telle importance au langage, que l'invention,
c'est-à-dire la pensée, doit en souffrir. La régularité,
la pureté, l'élégance ressortent de ses préceptes et
aussi de son exemple. Par un changement dont il
faut lui rapporter l'honneur, les auteurs cessent de
dédaigner la langue nationale, et l'allemand gagne
ce qui est enlevé au latin. On polit des vers, on arrange des pensées convenues, on épure, on façonne
le style; l'inspiration se subordonne à la prosodie.

6. — École d'Opitz.

Opitz eut bientôt une école, dans laquelle des
talents réels consentirent à s'imposer la routine, et
voulurent être originaux 'en imitant. Tels furent
Flemming, Gryphius, Logau, Zingref et beaucoup
d'autres. C'est un spectacle curieux que de voir ces
hommes, souvent d'un génie vif et ardent, s'empri-
sonner dans une correction froide et savante. Plusieurs se raillent de la manie d'imitation qui avait
saisi leurs compatriotes et s'attachent en même temps
aux traces des écrivains étrangers. Chose singulière!
Opitz n'avait établi aucun principe relatif à l'épopée.
Privées du secours du maître, les imaginations hési-
tèrent; le poème épique ne fut pas essayé.

7. — Critique d'Hoffmanswaldau.

Un autre réformateur surgit du fond de la Silésie.
Hoffmanswaldau ne vit dans la poésie qu'un agréable

délassement. Il admit quelques règles d'Opitz, et
rejeta la précision et la rigueur de langage qui dis-
tinguaient l'école de ce critique. Imitateur des Italiens, il fut maniéré, et libre jusqu'à la licence. Bien
au-dessous d'Opitz par le talent, il eut bientôt presque autant de disciples que lui, parce qu'il mettait
la médiocrité plus à l'aise. Mais peu d'hommes distingués firent honneur à ses leçons.

8. — Art dramatique.

Celui des genres littéraires qui retint le plus longtemps en Allemagne l'empreinte rude et bizarre du
moyen-âge, c'est le genre dramatique. Les pièces de
théâtre, représentées sur la fin du dix-septième siècle,
lorsque déjà Corneille, Racine et Molière avaient
illustré notre scène, semblent appartenir à une époque bien plus éloignée. Ce ne sont plus les Farces et
les Mystères ; mais ce sont, comme dans l'*Agrippine*
ou l'*Epicharis* de Lohenstein, le dernier degré de
l'inconvenance théâtrale, le chef-d'œuvre du goût
le plus monstrueux. Quoique les Allemands recher-
chassent les usages français, et même les locutions
françaises, la traduction du *Cid* passait inaperçue ;
Molière, traduit et représenté, obtenait ce qu'on appelle un succès d'estime. Les esprits n'étaient pas
mûrs pour le sentiment du Beau.

9. — Effets de la première critique allemande.

Le vague pédantisme de la prose, le vide et l'extravagance dans les romans, accusaient encore la

nuisible influence d'une critique qui avait trop sacrifié la pensée à sa forme, la verve originale à une
verve d'emprunt. Un Buchner[1] bornait le poète aux
beautés didactiques et descriptives; un Treuer composait son *Lexicon*, où sont rangés par ordre alphabétique tous les mots que peut employer décemment
le versificateur. D'art oratoire, il n'en était pas question; aucune institution publique ne conviait la critique à dicter les lois de l'éloquence; la chaire était
sans dignité, et l'on ne soupçonnait pas la tribune.

Bientôt, par un mouvement naturel, quoique
étrange en apparence, ces modèles étrangers, d'abord
si froidement accueillis, cette littérature de la France
sous Louis XIV, deviennent l'objet d'un culte aveugle. La même ignorance qui avait empêché de les
comprendre les fit admettre de confiance et avec un
servile enthousiasme. Soyons juste cependant : une
telle facilité du goût allemand pour se porter vers les
extrêmes, une telle étourderie d'imitation, prouvent
que l'Allemagne, pays où l'on prend au sérieux la
vie intellectuelle, était avide de trouver un point
d'arrêt dans cette oscillation de la pensée. Ce point
fixe, Gottsched vint le lui offrir.

10. — Critique de Gottsched.

Il nous reste à caractériser deux époques dans
l'Allemagne littéraire : celle qui commence à Gottsched, et se prolonge par la lutte que sa doctrine
soutient contre les doctrines rivales; et celle à laquelle

[1] *Guide du poète.*

Goethe semble avoir attaché son nom, époque forte et vivante, déjà mère de nombreux chefs-d'œuvre, et que promet encore de féconder l'avenir.

Gottsched, qui avait de l'érudition et du goût, fut choqué des inégalités de la littérature allemande et des imitations italiennes qu'elle avait paru préférer jusqu'alors. Épris lui-même des chefs-d'œuvre de l'antiquité et de la littérature française qu'il regardait comme leur image, il tenta de concentrer dans l'imitation des Français toutes les forces du génie allemand. Son *Art poétique-critique* donna le signal. Il y répandit beaucoup d'idées judicieuses, empruntées surtout d'Aristote, d'Horace et de Boileau. Il crut même aller un peu au-delà, comme dans cette définition du goût en poésie : « C'est une aptitude à bien juger d'un poème, d'une pensée ou d'une expression, aptitude qu'on s'est contenté en général de sentir, mais qu'on n'a pas examinée en la comparant aux règles. » Gottsched fortifie ses arguments par de nombreuses traductions du français. On a remarqué avec justesse que cette nouvelle école n'était au fond que celle d'Opitz, dont Gottsched semblait seulement étendre la pensée [1].

Écoutons Goethe nous raconter comment l'éducation et la littérature se ressentirent de cette influence. « Personne, dit-il [2], ne se doutait que l'on ne pouvait découvrir la théorie des arts sans remonter, pour chacun d'eux, à des principes généraux. On nous met-

[1] LOEVE-VEIMARS, *Résumé de l'histoire de la littérature allemande.*
[2] *Mémoires.*

tait entre les mains la poétique de Gottsched ; on y
trouvait une instruction usuelle, l'histoire de tous les
genres de poésie, un traité des rhythmes et de la prosodie ; du génie poétique, pas un mot. On finissait
par le chef-d'œuvre d'Horace ; nous restions en extase devant ce trésor d'excellents avis ; mais le talent
de les mettre à profit pour l'ensemble d'une composition nous demeurait complétement étranger. »

« Le traité de Gottsched sur la poésie, dit-il ailleurs [1], avait fait connaître en Allemagne tous les
genres dans lesquels les autres peuples s'étaient ren-
dus célèbres. Ses conseils excitaient la verve de tous
nos poètes à composer dans chacun de ces genres. Il
semblait que tout poème calqué sur un modèle connu
dût être un chef-d'œuvre. Rien ne lui paraissait sans
doute plus facile que d'en produire. Il ne voyait pas
que cette manie imitatrice dénaturait l'idée qu'on
doit se faire de la poésie. »

La toute-puissance de Gottsched consacra en Allemagne le principe de l'imitation, comme celui qui
était commun à tous les beaux-arts. « Tous les efforts
pour trouver à la poésie des principes fondamentaux,
dit encore Goethe [2], avaient été vains. Il semblait que
son essence, trop spirituelle et trop fugitive, échappât
à la théorie. La peinture, cet art auquel l'œil donne,
pour ainsi dire, un caractère de fixité, et qu'il suit
pas à pas, paraissait plus simple et plus docile. En
France, en Angleterre, on avait déjà publié des théo-

[1] *Vide suprà.*
[2] *Ibid.*

ries sur les beaux-arts. L'analogie conduisait à assigner les mêmes principes à la poésie. »

11. — École de Bodmer et de Breitinger.

C'est alors qu'une autre secte littéraire s'éleva en Suisse, et combattit l'école de Gottsched. Deux critiques distingués, unis par leur antipathie pour le goût français, entreprirent de ruiner un système suranné à son origine. Bodmer entra le premier en lice; Breitinger le suivit.

Les nouveaux réformateurs ne venaient pas cependant rendre à la vieille muse nationale son héritage. C'était encore de l'imitation qu'ils prêchaient aux littérateurs allemands, mais, il faut en convenir, une imitation bien plus analogue à leur génie. Bodmer, nourri de la lecture du *Spectateur* d'Addison, et familiarisé avec la littérature anglaise, en répandit le goût parmi ses concitoyens. Une guerre vive et même violente s'engagea entre les partisans de Gottsched et ceux de Bodmer, et il est facile de reconnaître en eux les classiques et les romantiques de cette époque. Le pédantisme sec et froid de Gottsched [1], qui ne

---

[1] Une visite de Goethe à Gottsched, racontée par le premier, et qui offre des détails assez plaisants, peut donner une idée de l'homme, et, par analogie, de l'écrivain. Laissons parler Goethe.

« Gottsched, dit-il, était très-bien logé au premier étage de l'Ours d'Or... nous nous fîmes annoncer. Le domestique nous dit que son maître allait venir, et nous introduisit dans une grande chambre. Peut-être ne comprîmes-nous pas un signe qu'il nous fît. Nous crûmes qu'il nous indiquait une chambre voisine, où nous entrâmes pour y être témoins d'une scène bizarre. Car, au moment même, parut Gottsched, à la porte qui nous faisait face. Sa corpulence était gigantesque. Il avait une robe de chambre à fond da-

ralliait à ses doctrines aucun homme de génie, fut
vaincu par l'énergique opposition de Bodmer, qui
pouvait citer à l'appui de ses préceptes les noms
illustres de Haller, de Hagedorn, de Klopstock et de
Wieland.

Nous avons dit que Bodmer et Breitinger vinrent
substituer l'imitation anglaise à l'imitation française
dans la littérature allemande. Ceci demande quelques explications. Comme l'école de Goethe, aujour-
d'hui dominante, n'a fait que suivre le mouvement
donné par Bodmer, quoiqu'elle ait adopté quelquefois des principes tout différents, c'est ici qu'il importe de prouver, en étudiant l'analogie entre l'esprit
allemand et l'esprit anglais, que Bodmer, au moyen
d'une imitation hardie, suscita véritablement en Allemagne l'originalité.

12. — Critique de Bodmer.

Suivons-le dans ses travaux littéraires. L'indépendance de son goût lui fait craindre l'invasion d'une
littérature imposante, régulière, où l'art s'est chargé
de terminer toutes les formes, où l'imagination d'un

---

massé, doublée de taffetas rouge. Sa tête, monstrueuse et chauve, était
découverte contre son intention ; car son domestique s'élança aussitôt par
une porte latérale, ayant à la main une longue perruque dont les boucles
tombaient jusqu'au-dessous des épaules ; il la tendait à son maître d'une
main tremblante. Gottsched, avec l'apparence du plus grand calme, prit
la perruque de la main gauche, et, tandis qu'il l'adaptait prestement
à son chef, campa de la main droite au pauvre diable un vigoureux soufflet,
qui lui fit faire la pirouette vers la porte, comme à un valet de comédie ;
après quoi le vieux pédagogue, se tournant vers nous d'un air de dignité,
nous pria de nous asseoir. » *Mémoires.*

seul n'a rien laissé à faire à l'imagination de tous. Il
sent que tel n'est pas le génie de sa nation, et fonde
sur la sympathie nationale son opposition au système
français. Une littérature moins parfaite, mais plus
hardie, moins idéale, mais plus expressive, se présente à lui. Que choisit-il dans cette littérature?
quelle lumière fait-il briller tout-à-coup aux yeux
des poètes allemands? l'Homère anglais, Milton,
avec ses conceptions bizarres et sublimes, avec ses
beautés inégales et sa puissance d'impressions calmes
et profondes. Ce fait littéraire doit être noté avec
soin, parce que, plus tard, Goethe lui-même sembla
le méconnaître. Il attribua à la connaissance de
Shakspeare, à l'enthousiasme que Shakspeare excita
parmi ses amis et en lui-même, la régénération de
la poésie allemande. Nous oserons combattre ce sentiment, quoiqu'il ressemble à une confidence du
génie. Il est à croire que Shakspeare, tout rempli
qu'il est du véritable esprit anglais, eut la plus grande
influence sur les compositions théâtrales. Mais la
première influence, la première part d'action, appartient à Milton, apparaissant pour jeter un défi
aux partisans de l'imitation française.

Or, il ne faut pas oublier qu'à notre avis Shakspeare, par la réalité vivante de ses conceptions, reproduit, plus que Milton, le caractère positif de la
littérature anglaise. Milton, selon nous, avait plus de
points communs avec l'esprit allemand, et les écrivains illustres qui se crurent plus tard placés sous
l'invocation du seul Shakspeare avaient subi, peut-
être sans le savoir, le puissant souvenir de Milton.

Quel est donc cet esprit allemand? En quoi s'éloi-
gne-t-il du génie anglais, et quelle attraction les rapproche?

13. — Caractère de la littérature allemande.

Sentiment profond : ces mots expliquent pour nous
toute la littérature allemande.

Ouvrons un de ces livres qui peuvent représenter
l'Allemagne littéraire, parce qu'elle les avoue pour
ses chefs-d'œuvre, un poème, un drame, une histoire : la *Messiade,* de Klopstock ; le *Faust,* de Goethe ; la *Guerre de Trente Ans,* de Schiller. Livrons-nous
à notre impression naturelle, et, quand nous aurons
fermé le volume, observons l'état où cette lecture
nous aura laissés. Nous sommes pénétrés, et en même
temps nous sommes recueillis ; double caractère qui
nous signale la présence d'une émotion, et d'une
émotion profonde.

Comparons ce sentiment à celui que nous fait
éprouver la lecture d'un épisode du Tasse, d'une
tragédie de Métastase ou même d'Alfieri. Les poètes
italiens nous émeuvent, mais d'une émotion qui aspire à s'épancher au dehors. Nous la sentons vivement, et nous éprouvons le besoin de la répandre.
Éminemment sociale, cette impression provoque la
sympathie, et se fortifie lorsqu'elle est partagée.
C'est que tout, dans l'esprit italien, tient à l'extérieur, et les sentiments les plus intimes, comme
soulevés par l'imagination, semblent impatients d'é-
clater au jour. Le lecteur subit l'influence qui a
pressé le poète, et se trouve associé d'instinct au
mouvement de son génie.

Est-ce un chef-d'œuvre de la littérature anglaise que nous étudions? un bon nombre de pièces de Shakspeare, quelques pages de Hume ou de Robertson? Le poète nous émeut sans doute, mais cette émotion ne se prolonge pas jusqu'à la rêverie, parce que nous découvrons bientôt, sous l'enveloppe du drame, la profondeur de l'observation. La pensée prend à nos yeux un corps, une forme déterminée; c'est quelque chose de fini, qui nous émeut, et par cela même notre sentiment a aussi quelque chose de borné qui se résout en une réflexion positive. L'historien ne s'adresse guère qu'à notre intelligence, et semble craindre d'échauffer l'imagination et le cœur aux dépens d'une exacte impression de vérité.

Et la philosophie! comme elle est consciencieuse, positive, en Angleterre, mais froide et calme, redoutant tout ce qui n'est pas exercice du jugement! Témoin Locke et toute l'école écossaise. En Italie, comme elle est brillante, hardie, ou pleine d'une sensibilité expansive; mais inégale ou superficielle, aventureuse ou ingénieusement subtile! Lisons Vico, Cesarotti, Beccaria.

Dans la littérature allemande, tous les genres les plus divers, toutes les applications les plus opposées, portent une invariable marque, la profondeur du sentiment. Nous avons cité quelques poèmes et une histoire; quelle foule d'autres ouvrages ne pourrions-nous pas y ajouter! Telles sont ces *Nouvelles* d'un Goethe ou d'un Hoffmann, qui nous révèlent toute l'âme et toute l'imagination d'un être jouissant et souffrant comme nous. Tout est plein d'émotions et

d'idées, rien n'est achevé dans ces hautes conceptions : elles ne causent pas de transports bruyants,
elles n'excitent pas une réflexion tranquille ; elles
agitent l'âme et la refoulent sur elle-même ; elles
expriment toujours quelque chose au-delà de la réalité qu'elles présentent. Quel lecteur capable de penser et de sentir n'éprouve pas, en parcourant de tels
livres, un pressentiment de l'infini?

La philosophie pure, chez les Allemands, témoigne elle-même en faveur de ce double génie national.
Là une science froide et austère prend une couleur
d'enthousiasme ; la plus sèche, la plus rebutante terminologie n'est qu'une enveloppe sous laquelle vivent
de graves pensées. Les philosophes allemands ne savent ni ramper, dans la crainte de perdre terre, ni
prendre avec fougue un imprudent essor. Avec cette
patience que soutient un sentiment profond, ils s'é-
lèvent de hauteur en hauteur, se jouent au milieu
des nuages, et parviennent souvent à en faire jaillir
une lumière de vérité. On pourra leur reprocher de
l'obscurité, de la pesanteur, la fureur de disserter
longuement ; et cependant, au milieu de ces défauts,
on sentira qu'une chaude inspiration les anime, qu'ils
sont possédés de leur sujet, qu'ils s'y donnent tout
entiers, âme et intelligence. Leur système est pour
eux une affaire très-sérieuse qu'ils suivent avec force
et avec amour. On peut les rejeter de fatigue, mais
non se sentir le cœur affadi en les lisant. C'est une
nourriture d'hommes, parce que c'est une œuvre
d'hommes, et qu'elle satisfait à tous nos besoins, à
ceux de l'intelligence par le sérieux, la profondeur,

à ceux de l'âme par le dédain de l'étroite doctrine
des sens et la vivifiante pensée de l'infini.

Ce que nous disons de la philosophie en général,
nous le dirons de l'esthétique. Quoique limitée dans
son objet, elle a aussi ce caractère de sentiment profond qui pénètre toute la littérature germanique.
Elle reçoit, comme une branche importante, la sève
qui circule dans la philosophie pure. Rien que cette
noble participation ne pouvait assurer à la critique
sa véritable destinée. Aussi, en Allemagne, a-t-elle
acquis toute son extension, tandis que, dans le reste
de l'Europe, elle hésitait, ou suivait le principe de
chaque littérature nationale. La théorie des lettres
et des beaux-arts devait manifester, comme les autres
genres littéraires, le véritable esprit allemand. Que
voyons-nous dans ce pays de hautes pensées et d'é-
motions profondes? quelques poétiques, peu ou point
de traités oratoires, un grand nombre d'ouvrages sur
la question du Beau. Là seulement, dans ces généralités fécondes, l'esprit allemand pouvait trouver matière à sentir et à méditer tout ensemble. Y a-t-il
une importante question dans la destinée humaine
à laquelle ne se rattache pas celle du Beau? Toutes
les idées générales se rencontrent; les applications
seules se divisent indéfiniment. Etudier le Beau, c'est
étudier le Grand, le Juste; c'est s'occuper à-la-fois
des intérêts et des plaisirs de l'humanité, apprendre
à connaître l'homme, à converser avec Dieu. Aussi
le génie allemand, rêveur mais exact, enthousiaste
mais amoureux d'analyse, est-il à l'aise quand il
épuise une théorie dont la base s'appuie sur la variété

des arts qui ornent la vie humaine, et dont le sommet se perd dans l'infini. La musique, la peinture, la statuaire, la poésie, sont des objets pratiques et positifs de méditation; chacun a son individualité propre; mais aussi tous se tiennent par des principes communs, et la haute science du Beau révèle ces principes. C'est ainsi que l'esthétique fleurit en Allemagne, non par de froides et mesquines remarques de détail, mais par une large et savante analyse, dont tous les fils se rattachent à une synthèse pleine de mouvement et de chaleur.

Recueillement, Amour, tels sont les deux caractères des beaux-arts, comme de la littérature, en Allemagne. Saisissons-les dans les célestes figures d'Albert Durer, dans les monuments si nombreux du style gothique, dans les mélodies d'Haydn et de Mozart. L'Allemagne laisse l'éclat à l'Italie; le sérieux moins expressif à l'Angleterre. Pour elle, ce sont des émotions durables qu'elle veut, et, il faut le redire; il n'y a d'émotions durables, dans la sphère des arts et des lettres, que lorsqu'on ose sortir du cercle des choses finies, et qu'on laisse une portion d'énigme à résoudre à l'intelligence et au cœur humain.

Nous conviendrons que les études littéraires en Allemagne ont un écueil à redouter; c'est que chacun y vit pour ainsi dire à part, que le travail est là solitaire, individuel, et que la connaissance de la société y est bien moins avancée que celle du cœur de l'homme. Or, l'homme social modifie ses idées, ses passions, ses vertus et ses vices; il semble quel-

quefois un homme nouveau, si on le compare à celui
qui reste hors de la voie commune. Il peut résulter
de là sans doute quelques méprises, quelques uto-
pies; mais, après tout, c'est bien là cependant le
fond même de la question : c'est bien l'*homme* qu'il
s'agit d'abord d'étudier, sauf à compléter cette étude
en plaçant l'homme au milieu de ses semblables.
Nous ne pouvons nier que cette disposition ne rende
moins faciles à tourner en pratique les théories allemandes; mais si les détails y perdent quelquefois,
cette perte nous semble bien compensée par la pureté et l'élévation qué respirent et que suggèrent ces
nobles doctrines.

Revenons maintenant à la comparaison établie
entre l'esprit allemand et l'esprit anglais, afin de
bien reconnaître si l'influence de ce dernier fut un
bienfait pour l'Allemagne.

14. — Comparaison entre l'esprit allemand et l'esprit anglais.

Une réflexion doit nous frapper : c'est que le génie
anglais proprement dit n'est guère plus en harmonie
avec les habitudes allemandes que l'esprit de la littérature française. Il est sérieux, raisonnable, exact,
en général ; le génie allemand est grave aussi, mais
inspiré; l'imagination et le sentiment échauffent en
lui l'œuvre de la raison; l'exactitude est son moyen,
mais il place plus haut le but qu'il veut atteindre.
Cependant, nous voyons Milton d'abord, puis Shakspeare, présider à une révolution dans les doctrines
littéraires et dans la littérature de l'Allemagne, révo-

lution toute sympathique avec son génie, qui n'avait
pas su encore se lever de toute sa hauteur. C'est que
la muse de Milton est réellement poussée de ce double instinct qui est propre à l'Allemagne, la vivacité
et le recueillement profond du sentiment. C'est que
Shakspeare, moins fréquemment, nous le croyons,
mais souvent encore, dans *Hamlet* et dans *Macbeth*
par exemple, jetait aussi quelques longs regards au
sein de l'infini, en même temps qu'il peignait les
éclats des passions sur la scène variée du monde.
Dans ces deux hommes, et surtout dans le premier,
se rencontraient les caractères du génie qui obsédait
l'Allemagne à son insu. Leur voix dut être un signal
irrésistible, et leur présence seule une révolution.

« La poésie anglaise, dit l'écrivain illustre que
nous avons déjà cité[1], imprimait à l'Allemand une
sorte de respect, en paraissant s'adresser à lui d'une
sphère plus élevée. Il trouvait d'ailleurs partout dans
cette poésie la grandeur, l'habileté, l'expérience du
monde, une sensibilité aussi profonde que tendre,
une morale souvent sublime, une expression passionnée, enfin les facultés les plus éminentes dont puissent se glorifier des hommes spirituels et polis. »

Cette expression fidèle, quoique trop générale, de
l'enthousiasme inspiré à Goethe et à ses amis par
Milton et par Shakspeare donne la mesure du mouvement qui portait alors la littérature allemande à
de plus hautes destinées.

---

[1] Mémoires de GOETHE.

15. — Critique de Breitinger.

Les efforts de Bodmer pour faire prévaloir la manière anglaise furent secondés activement par un autre écrivain suisse, Breitinger. Ses ouvrages nous paraissent fort remarquables en.ce qu'on y trouve à-la-fois une recherche du positif dans les principes qui accuse l'étude d'une littérature essentiellement positive, et une tendance vers l'indéterminé qui ressemble à un souvenir de Milton.

Ainsi, dans son *Traité de l'Allégorie*, il établit ingénieusement que l'imagination a sa logique comme l'intelligence. « Ce que les idées que l'on conçoit, dit-il, sont dans la logique proprement dite, les images des choses sensibles le sont dans la logique de l'imagination ; là nous voyons des propositions, ici des allégories. »

Dans son *Art poétique*, Breitinger combat avec force le principe exclusif de l'imitation. Lorsqu'il parle de la peinture poétique, il a soin d'expliquer qu'il comprend sous ce titre tout travail de l'imitation et de l'invention poétiques avec leurs mystères et leurs artifices. Ses idées sont encore vagues et étroites : c'est l'essai d'un critique mieux préparé pour détruire que pour édifier. Au précepte absolu de l'imitation, il substitue la recherche du neuf et du merveilleux ; puis, mêlant l'esprit de la littérature anglaise en général aux inspirations miltoniennes, il donne à la poésie pour but et pour mesure l'utilité. Ne nous lassons pas de citer les jugements portés sur cette curieuse époque par le grand poète contemporain qui nous a raconté l'éducation de son génie.

16. — Opinion de Goethe sur cette époque.

« Tous les préceptes sur la poésie, dit Goethe [1], aboutissaient à une règle générale, le merveilleux. On s'aperçut cependant que le merveilleux pouvait souvent manquer d'intérêt : il fallait qu'il fût toujours en rapport avec la nature de l'homme ; il devait, en conséquence, avoir un caractère moral. Quel pouvait être, en effet, le but de l'art, sinon une amélioration? L'utilité, comme complément nécessaire de tous les autres genres de mérite, était donc l'attribut essentiel de la poésie, la règle d'appréciation pour le mérite respectif des différents genres. Auquel déférer la prééminence? Sans doute à celui qui, en imitant la nature dans ce qu'elle a de merveilleux, remplit le mieux la condition indispensable de l'utilité. Après avoir beaucoup discuté, on en vint à se persuader que ce rang éminent devait être assigné à l'apologue. »

Le grand écrivain se moque de cette conclusion étrange. L'auteur de *Faust* ne comprend pas la haute importance littéraire donnée à de si simples, à de si brèves compositions. C'est la peinture du cœur humain qu'il demande à la poésie.

Il y a quelque fondement à cette moquerie sévère. L'apologue, porté au premier rang par les critiques de la Suisse, doit leur préférence à de bien faibles

---

[1] *Mémoires.*

raisons. C'est parce que le hasard veut qu'on y trouve
plus ou moins les deux caractères de merveilleux et
d'utilité que Breitinger, Gellert, Lichtwer, Lessing
même pendant quelque temps, lui assignaient cette
place éminente. Or, ce n'est pas dans l'apologue que
le merveilleux brille avec le plus d'éclat ; l'apologue
est inférieur sous ce rapport à l'ode et à l'épopée. Quant
à l'utilité, elle peut ressortir d'une œuvre poétique ;
mais ce n'est pas une condition vitale de la poésie.
Cependant on doit convenir que les douces et ingénieuses fictions de l'apologue rendent ce genre éminemment propre à l'inspiration.

17. — Messiade de Klopstock.

Pendant que ces théories un peu vagues , mais
bien supérieures aux ennuyeuses leçons de Gottsched, prenaient de l'empire sur les esprits en Allemagne, un grand poète préparait à son pays la gloire
de l'épopée, la plus nationale des compositions littéraires. Klopstock ne connaissait pas encore Milton,
lorsqu'il commença la *Messiade*. Le propre du génie
est de ressentir le premier dans sa solitude ce qui
deviendra plus tard le besoin de tous les esprits.
Toute l'inspiration allemande, aves ses obscurités et
ses longueurs, mais avec sa profondeur intime, est
dans cet immortel ouvrage. Klopstock réalisa ce
qu'on avait soupçonné. Il commençait par une *Iliade*
chrétienne la régénération des lettres dans son pays.
Son influence fut aussi grande que sa gloire. On reçut avec respect sa *République des Lettres*, sorte d'esthétique sentencieuse et bizarre, pleine de pensées

profondes et de vues larges, mais faite seulement
pour les savants, et inaccessible au plus grand nombre [1]. Néanmoins son action ne vint pas de là ; elle
partit de ses ouvrages, et contribua puissamment à
échauffer la verve d'un Goethe et d'un Schiller.

18. — Développement de l'esprit littéraire.

C'est alors que se déroule la série d'écrivains remarquables en tous genres que l'Allemagne vit naître
dans la seconde moitié du dix-huitième siècle. Plein
de jeunesse et de vigueur, le génie allemand, après
tant d'essais infructueux, était enfin entré dans sa
voie. Le champ littéraire était neuf, l'invention le
fertilisa. Wieland, assez éloigné de l'originalité nationale, en conserve des traces dans ses ouvrages
pleins de grâce et d'érudition. Ce disciple de Bodmer, devenu plus tard partisan du genre français,
cet émule de notre Voltaire, lance une traduction
de Shakspeare au milieu de ses imitateurs et de ses
adversaires, comme pour donner gain de cause aux
derniers. Lessing rend le drame populaire : Gessner,
grâce à des peintures naïves et pures du cœur humain, sauve la monotonie attachée à la pastorale ;
l'enthousiasme des arts saisit Winckelmann et conduit sa plume ; Herder, esprit élevé et profond, mé-
dite sur les destinées du genre humain, et refait son
histoire. Jean de Muller porte dans le genre historique la fermeté d'un esprit sérieux et la verve d'un

---

[1] Comme ce traité est peu connu, et que les opinions du créateur de la
poésie allemande sur le Beau et la Poésie ne peuvent être indifférentes, nous
en citons plusieurs extraits sous la lettre A, à la fin de ce volume.

grand peintre. Kant jette de vives lueurs sur la philosophie, du milieu des ténèbres scolastiques où il
enferme son génie et son langage. Il prépare une
route large et lumineuse à Jacobi, à Fichte, à Schel-
ling, à Hegel, qui creusent hardiment autour de
l'intelligence humaine, pour en mettre à nu les fondements. Les ingénieuses études philosophiques de
Mendelssohn, les chants guerriers de Kœrner, la poésie de style si variée et si originale de Jean Paul, tant
d'autres ouvrages dont le catalogue s'épuiserait à
peine, attestent la puissance et la rapidité de ce
mouvement littéraire. Une société poétique nationale, formée à Goettingue, à l'imitation de Klopstock, et sous la protection de sa mémoire, reçoit et
forme dans son sein le brillant et populaire Bürger,
Voss, érudit et inspiré tout ensemble, les deux Stol-
berg, frères par le génie comme par le sang, et dont
l'un tient le sceptre du genre lyrique en Allemagne.
La tragédie est cultivée avec gloire par Werner et
Grillparzer. La comédie est moins heureuse; peu en
harmonie avec le génie national, qui est une sensibilité intime, elle serait à peine comptée parmi les
genres littéraires connus des Allemands, sans les
succès du spirituel et malheureux Kotzebue. Enfin,
deux hommes s'élèvent au-dessus de tous, et cette
littérature si jeune et si forte les reconnaît pour ses
modèles : l'un est Goethe, et l'autre Schiller.

19. — Goethe.

Cette piquante révélation que Goethe a nommée
ses *Mémoires* n'offre pas seulement un intérêt indivi-

duel. Par un privilége rare pour un écrivain, l'histoire d'un homme est ici l'histoire d'un siècle.

Goethe raconte combien il fut choqué des languissantes compositions, et du *Carnaval littéraire*, c'est son expression, qui déshonoraient les lettres almandes, lorsqu'il conçut le projet de les régénérer. La passion des arts le conduisit à celle des lettres. Nous suivons le poète aventurier et les jeunes amis qu'il soutient de ses conseils et de ses exemples, nous assistons au culte qu'ils rendent à Shakspeare, nous les voyons s'enflammer au génie de Klopstock. Représentants des besoins et de l'instinct présent de l'Allemagne littéraire, ils essaient, ils avivent presque tous les genres, le drame avant tout, parce que le drame vit d'expressions profondes. Goethe brille à leur tête, et les couvre de l'éclat de *Goetz*, de *Faust*, de *Werther*. Esprit calme dans la passion, réfléchi au sein d'émotions vives, il arrête, par une mordante satire, l'abus du genre sentimental que lui-même avait rendu populaire. A la puissance de lancer le navire, il joint celle de suspendre sa course devant les écueils. Inégal par religion d'école, inspiré et maître de son inspiration, ami du merveilleux comme moyen de peindre en relief les choses réelles, Goethe est le père et le souverain de la littérature allemande moderne. Elle est toute en lui, et il en jouissait naguère encore avec une fierté naïve. C'est une belle gloire pour ce grand poète que d'avoir vu passer devant lui, pendant soixante ans, les phases de la révolution littéraire commencée par son génie.

20. — Schiller.

Le plus bel ouvrage de Goethe fut Schiller. Poète dramatique, philosophe, historien, Schiller ambitionna une triple couronne. *Wallenstein, Jeanne d'Arc*, montrèrent en lui l'homme doué d'une imagination brillante et d'un profond sentiment patriotique. La *Guerre de Trente Ans* fut comme une épopée vive et majestueuse sous la forme d'une histoire. Plusieurs traités prouvèrent une finesse et une portée de vues qui allaient jusqu'à la subtilité.

21. — Érudition allemande.

Une étude modeste, et cependant moins inaperçue en Allemagne que partout ailleurs, l'érudition proprement dite, y a pris un grand développement. La critique des textes, la discussion des autorités, les analyses grammaticales, y occupent des hommes d'un talent supérieur. Les noms de Heyne, de Wolf, de Buttmann, sont célèbres dans toute l'Europe savante. Mais ce qui est surtout digne d'attention, c'est l'immense quantité de journaux littéraires, la littérature de détail dont l'Allemagne est curieuse et qui l'éclaire. C'est à des recueils dirigés par Gottsched, Bodmer, Breitinger, Wieland et ses amis, Goethe et ses disciples, que sont dus principalement les triomphes et les chutes des systèmes. La *Guerre de Trente Ans* n'était d'abord que des feuilles destinées pour un *almanach*, et souvent les plus grands écrivains ont mis leurs plus belles pages dans une *revue* ou dans une *bibliothèque*. On sent que ces innombra-

bles fragments ne supportent ni l'analyse, ni même
la recherche. Nous avons compris leur influence
sous les expressions plus ou moins générales qui s'attachent au nom de leurs auteurs. Disons seulement
que nous n'avons aucune idée, en France, de ce dépôt mobile de la littérature, de ces articles lus avi-
dement, étudiés avec conscience comme des ouvrages, illustrant les écrivains comme des in-octavo.
C'est que là où chacun sent profondément, là où
chacun éprouve le besoin de discuter et de résoudre
les hautes questions, les problèmes de notre destinée
ou de nos plaisirs, chaque chose a son importance.
L'Allemand s'arrête à ce que nous effleurons, et s'y
attache par son attention même. Tant que cette disposition ne sera pas altérée, nous pouvons prédire
que la littérature allemande sera en progrès, et que
la méditation y fera éclore de nouveaux chefs-
d'œuvre.

22. — Critique allemande.

Nous avons retracé les principaux caractères de
cette littérature ; nous avons aussi indiqué la part
que la critique peut réclamer dans le rajeunissement
de la poésie nationale, dans la création des ouvrages
où l'esprit allemand moderne a triomphé. Mais on
ne se formera un tableau distinct de l'opinion littéraire à cette époque décisive que lorsque nous aurons parcouru les plus célèbres traités d'esthétique
composés depuis Bodmer et Breitinger jusqu'à nos
jours.

23. — Critique de Baumgarten.

Un des plus anciens ouvrages de ce genre est l'*Esthétique* de Baumgarten, qui parut dix ans après l'*Art poétique* de Breitinger. Baumgarten doit même être regardé comme le fondateur de la science dont il a inventé le nom. Soit que la logique de l'imagination dont Breiteinger avait parlé lui eût suggéré cette idée, soit que son esprit vif et étendu lui eût fait chercher une voie plus large que celle des critiques ses prédécesseurs, il s'efforça d'appliquer aux lettres et aux arts, à la question du Beau en général, les règles qu'on n'avait guère appliquées jusqu'alors qu'à la Poésie. Il était d'ailleurs disciple de Wolf, et avait puisé dans les leçons de ce maître l'amour des vues hautes et indépendantes.

L'*esthétique* devait être composée de deux parties, l'une théorique, l'autre pratique. La partie théorique aurait eu trois sections ; la première seulement fut publiée. Baumgarten ne vécut pas assez pour achever son ouvrage.

La première section roule sur l'invention. C'est heureusement la plus importante. La disposition et l'expression devaient être l'objet des deux autres. Il y avait là une réminiscence des traités oratoires de l'antiquité ; et ce n'est pas la seule. Les genres simple, tempéré et sublime sont conservés aussi par Baumgarten ; mais il les rapporte à la pensée et non pas au style. Enfin, au milieu de beaucoup d'observations ingénieuses, on rencontre avec surprise le bagage des anciennes rhétoriques. Ces emprunts sont

embellis, ennoblis par un but et un titre nouveaux,
mais se ressentent encore beaucoup de leur origine.
C'est donc plutôt d'un signal donné et d'une inno-
vation risquée que du résultat obtenu, qu'il faut savoir gré à Baumgarten. On sent dans son ouvrage la
transition de l'école formaliste à l'école libre et nationale.

24. — Critique d'Abbt et de Meier.

Citons en passant les lettres d'Abbt *sur l'influence
du Beau*; ouvrage qui fut bien dépassé dans la suite,
mais qui contribua à répandre des idées plus nettes
sur l'esthétique; et les écrits de Meier, qui reprodui-
sit et étendit le système de Baumgarten.

25. — Critique de Mendelssohn.

Un nom plus célèbre dans les annales de la critique est celui de Mendelssohn. Cet aimable et spirituel écrivain, disciple de Wolf et de Baumgarten,
plaît à l'esprit et élève l'âme. Souvent, et dans plusieurs ouvrages, il s'est occupé de la théorie du
Beau. Empruntons-lui ce qu'il y a de plus utile à
connaître.

Qu'est-ce que le Beau? Beauté et perfection, sont-
ce des mots synonymes? Quelle est la nature du
plaisir causé par le Beau? A ces questions générales,
Mendelssohn rattache des réflexions délicates et pleines de sens. C'est un homme de goût qui a presque
du génie.

Mendelssohn définit le Beau : *l'unité dans la variété.*
Cette définition ne lui est pas propre et n'est pas

nouvelle : le germe en est dans Platon, dans saint
Augustin, et les critiques anglais l'avaient déjà con-
sacrée. Ce qui est de lui, c'est une distinction établie
entre la *perfection*, qu'il revêt d'un caractère divin,
et la *beauté*, qu'il semble rapporter davantage à la
terre. Il confond le Beau absolu avec le Beau qui se
localise dans les objets, et méconnaît sa nature. S'il
eût considéré le Beau face à face, la différence qu'il
met entre lui et la perfection se serait évanouie ; sous
deux mots il n'aurait trouvé qu'une même chose.

L'âme, dit Mendelssohn, ne peut se complaire que
dans ce qui lui offre une image de perfection. Si des
objets imparfaits lui plaisent, c'est par ce qui n'est
pas imparfait en eux. Cette doctrine n'est pas fausse;
elle serait insuffisante, s'il n'ajoutait pas qu'il peut y
avoir deux sortes de perfections : l'une physique,
l'autre intellectuelle, ce qui double les impressions
de plaisir que l'âme peut recevoir ; que certains sentiments peu agréables causent cependant un plaisir,
et il cite en exemple les vers si connus de *Lucrèce :*
Suave mari magno, etc.; enfin qu'il y a beaucoup de
sentiments mixtes parmi lesquels il faut démêler ce
qui tient de la peine et ce qui tient du plaisir.

Une thèse difficile à soutenir, c'est que le sentiment du Beau ne perd rien quand on l'analyse.
Mendelssohn avance cependant qu'il n'y a jamais de
plaisir complet produit par le Beau avant que l'observation des détails n'ait permis d'embrasser tout
l'ensemble. A la vérité, dit-il, la première impression est toujours un peu obscure ; c'est le résultat nécessaire de la nature des choses et de l'esprit hu-

main. Néanmoins, pour arriver à une complète jouissance, il faut analyser et éclaircir. Ainsi, la contemplation de l'univers ne produira son impression entière que sur celui qui aura pris le loisir de l'observer en détail. Dire que la jouissance tient à l'obscurité de l'impression, ce serait calomnier la Providence, qui nous a donné une force active pour observer, au profit de nos plaisirs. Nos plaisirs n'ont pas la raison pour ennemie; leur somme peut s'accroître par une découverte métaphysique, aussi bien que par une invention matérielle, et l'industrialisme[1] n'a pas le droit de proscrire la spéculation.

Il y a une distinction à faire : tout sentiment ne résiste pas à l'analyse, non plus que toute expression. Il en est qui gagnent à rester dans ce demi-jour qui accompagne leur production spontanée. Réfléchir ou analyser (car c'est la réflexion qui analyse), ce peut bien être substituer une expression à une autre, quelquefois même rendre la première plus pure et plus profonde, mais quelquefois aussi, on ne peut le nier, ce sera l'affaiblir ou l'empoisonner. Dans la sphère de l'intelligence, où tout est pour la vérité, jamais l'observation ne peut altérer ou détruire ce qui doit plaire ; mais il y a dans nos plaisirs un côté sensible, et, par conséquent, un jeu d'optique, un charme d'illusions. Il faut donc distinguer deux classes d'impressions diverses, les unes redoutant la main froide et sèche de l'analyse, les autres, fortifiées et rendues plus vives par l'observation.

[1] Oeconomie.

La question du spontané et du réfléchi est un des plus hauts problèmes de la philosophie et de la littérature. Mendelssohn l'a touché, mais ne l'a pas résolu.

Le principe exclusif de l'imitation ne pouvait le trouver favorable ; il le combat avec justesse, et proclame que l'essence des beaux-arts et des belles-lettres consiste dans la représentation, au moyen de l'art, d'une perfection sensible. Nous craignons que ce ne soit là uniquement la théorie de l'idéal des Anciens. Aussi ajoute-t-il que la nature nous montre la Beauté incomplétement réalisée dans les objets individuels ; que l'idéal ne tombe pas sous nos sens. Ce ne sont pas les sens, dit-il, qui peuvent saisir la grande unité. Mais l'artiste qui peut choisir et rassembler en un point ce que la nature a dispersé réalise l'idéal que la nature nous refuse. L'artiste est donc en cela supérieur à la nature.

Mais l'idéal n'est pas le but de toute littérature quelconque. La théorie de Mendelssohn convient merveilleusement à celle de la Grèce : celles de l'Angleterre et de l'Allemagne n'y retrouvent pas leurs principes. Ici donc, Mendelssohn observe par souvenir.

Au reste, il saisit très-bien le caractère de la science esthétique, qui tient le milieu entre la métaphysique et les sciences naturelles. Il l'appuie sur la psychologie, comme sur la seule étude qui puisse nous révéler les mystères les plus secrets de l'âme, cachés dans la conception du Beau. Ses idées sur le sublime et sur le naïf sont fines et lucides, sans être bien neuves. La critique doit à cet écrivain de la reconnaissance ; elle doit à Winckelmann de l'admiration.

26.—Critique de Winckelmann.

Ce n'est pas que l'*Histoire de l'art*, pleine du sentiment, ou plutôt de l'enthousiasme du Beau, puisse fournir un grand nombre de ces préceptes que l'observation emprunte à l'analyse. Le génie platonicien de Winckelmann craindrait de profaner, par des spéculations arides, ce qu'il appelle *le plus sublime objet après Dieu, la Beauté*. Il veut que, dégagés des entraves de la scolastique, nous allions tout d'abord saisir par la pensée *ces vérités grandes et générales qui nous conduisent à l'examen du Beau, et de là à la source même de la Beauté universelle*. Comme d'une même direction d'esprit il résulte une communauté de méthode, Winckelmann, ainsi que Platon, exprime plus d'idées négatives que d'idées positives sur la question du Beau. Il convient qu'il est surtout facile de dire ce qu'il n'est pas, et que l'idée que nous en avons ne participe nullement de l'évidence géométrique. Pourtant, il soutient que cette idée n'est pas une chimère, et qu'elle se révèle dans le calme des passions humaines et dans le silence de la méditation.

Ici s'annonce la plus importante des vérités qu'il veut établir; c'est qu'il faut se garder de confondre la *beauté pure* avec la *beauté d'expression*. La première brille sur tous les monuments du génie antique ; la seconde n'est chez les Anciens qu'un supplément, un

accessoire. Elle gagne, cependant, à mesure que la
première décline ; le mauvais goût, qui est l'abus de
l'expression, comme la froideur est le danger de la
beauté pure, envahit la toile, le marbre et les livres.
Dans les derniers temps de l'art à Rome, le sculpteur
s'étudie à prononcer fortement les veines, comme le
poète à faire saillir la pensée.

« La beauté suprême, dit Winckelmann, réside
en Dieu. L'idée de la beauté se perfectionne en raison de sa conformité et de son harmonie avec l'Être
suprême, avec cet être que l'idée de l'unité et de l'in-
divisibilité nous fait distinguer de la matière. Cette
notion de la beauté est comme une essence extraite
de la matière par l'action du feu. C'est le produit de
l'esprit qui cherche à se créer un être à l'image de la
première créature raisonnable existante par l'acte
volontaire de l'intelligence divine. Les traits d'une
pareille figure doivent être simples et uniformes, et,
par cela même qu'ils sont variés dans cette simplicité, ils se trouvent dans des rapports harmonieux.
C'est ainsi qu'un son doux et agréable est produit
par des corps dont les parties sont uniformes. L'unité
et la simplicité sont les deux véritables sources de la
beauté. »

Une qualité principale qu'il attribue à la haute
beauté, c'est l'indétermination. « J'appelle indéter-
minée, dit-il, la beauté qui n'est composée ni d'autres lignes, ni d'autres points que ceux qui constituent seuls la beauté; par conséquent, une figure qui
ne caractérise pas telle ou telle personne en particulier, et qui n'exprime aucune passion, aucun mou-

vement de l'âme par lequel les formes de la beauté
se trouvent interrompues et l'unité détruite. »

L'unité variée, mais calme, comme une mer sans
orages, la simplicité, l'universalité, la proportion,
tels sont les caractères attribués par Winckelmann
à la beauté pure. Il pencherait à la définir : Un parfait accord de la chose avec sa fin, un rapport harmonieux des parties entre elles et du tout avec ses
parties. Pourtant, ce serait à ses yeux définir, non
la beauté, mais la perfection. La distinction paraît
plus ingénieuse que vraie. Déjà nous l'avons établi
dans l'examen des idées de Mendelssohn.

On sent bien, en lisant ce que dit Winckelmann
de la beauté d'expression, que c'est un enthousiaste
de l'antiquité qui parle. « Ce n'est plus alors, dit-il,
la beauté qui nous charme, c'est la volupté qui nous
séduit... Il arrive qu'une belle figure, conçue d'a-
près les grands principes de l'art, et par conséquent
plus sublime qu'attrayante, plaira moins aux sens
grossiers qu'une figure commune, mais vive et animée. Il faut chercher la cause de ce phénomène
dans nos passions excitées chez la plupart des hommes par le premier aspect. Le cœur est déjà rempli
de l'objet, quand l'esprit cherche encore à l'apprécier. »

Arrêtons-nous un moment.

La beauté pure, la beauté d'expression, qu'est-ce
que ces deux idées ? sont-elles antipathiques entre
elles ? faut-il fuir l'une et rechercher l'autre ? ou du
moins la seconde doit-elle toujours céder à la première, comme à la mesure d'une portée plus haute,

comme au premier devoir de l'artiste et de l'é-
crivain.

Non, à ce qu'il nous semble. Chacune de ces deux
idées a son empire. Celle-là porte le cachet de Dieu,
celle-ci le caractère de l'homme. Les arts et les lettres font de la poésie avec la beauté pure ; ils font de
l'éloquence avec la beauté d'expression. On ne devrait pas dire que la première est à rechercher plus
que la seconde, car chacune est légitime, prise dans
sa sphère ou humaine ou surnaturelle. Mais ce qu'il
y a de plus souvent convenable dans les œuvres de
l'homme, c'est la réunion de ces deux genres de
beauté. La beauté pure éclate dans la Niobé, mais
on reconnaît une mère: l'expression n'est pas absente. La beauté d'expression vit dans les tortures
de Laocoon, mais le principe de la beauté pure
sauve ingénieusement ce que ces tourments pouvaient offrir de hideux. L'homme a la conscience de
l'infini et celle de l'humanité; il s'attache nécessairement à ces deux idées. Il les conçoit ensemble,
il a besoin d'en rencontrer les impressions réunies.
De combien de sujets n'aurait-on pas à se priver,
s'il fallait se confiner dans la recherche de la beauté
pure? Ou combien ne s'exposerait-on pas à donner
une forme raide et prétentieuse à ce qui exprime les
épanchements du cœur humain? D'un autre côté,
s'éloigner de la beauté pure, et ne voir la vérité que
dans l'expression, c'est dépouiller l'art de son premier prestige, et blasphémer contre l'antiquité. Il y
a dans l'un de ces deux systèmes une couleur de fatalité; il n'a pas son point d'appui sur la terre. L'au-

tre exprime la liberté humaine; et sa condition est
surtout la variété, comme l'unité est surtout la condition du premier. Mais enfin, tous deux ont droit
d'exister, car ils correspondent chacun à un principe
réel. Tous deux sont sacrés à l'écrivain et à l'artiste;
tous deux enfin ont leurs chefs-d'œuvre et leurs erreurs; leurs périls, et leurs triomphes.

C'est un peu le défaut de l'école platonicienne de
ne placer la beauté d'expression qu'à un degré bien
inférieur de l'échelle esthétique. Winckelmann,
qui la proclame, ne nous semble pas assez juste envers cette puissante manifestation du Beau.

Il cherche à expliquer la question de la différence
des opinions sur la beauté, selon les peuples et même
selon les individus. Pour les peuples, il montre, par
des raisons tirées de l'ordre général, que des causes
physiques et des causes morales réunies peuvent
altérer, et altèrent en effet, le sentiment du Beau;
pour les individus, il attribue, avec raison, à l'iné-
galité dans l'exercice du jugement, la plus grande
part à la diversité de nos goûts. Comme le goût, en
effet, nous semble une faculté complexe dans son
action, moitié intellectuelle et moitié sensible, plus
l'acte du jugement sera éclairé, plus cette lumière se
répandra sur l'impression toujours plus vague et
plus incertaine des sens. Le mauvais goût n'est pas
seulement une erreur de l'instinct; c'est aussi et
surtout un vice de logique.

Après tout, rien n'est plus difficile à traiter que
cette question de la diversité des goûts. Aucune
pourtant ne serait plus utile à résoudre, car elle tou-

che à toutes les autres. La diversité existe, c'est un fait; mais, si elle existe légitimement comme telle, plus de Beau, plus d'art, plus de littérature. Il s'agirait donc de prouver que ceux-là se trompent, qui vont au-delà ou restent en deçà des jugements portés et des impressions senties par les peuples ou les individus arrivés à un certain degré de culture, dans certaines conditions de société, d'esprit et de climat. Il faudrait démontrer encore que le Beau est un principe large, et qu'on a tort de s'effrayer si vite de dissentiments qui ont souvent plus d'apparence que de réalité. Au fond, l'idée même du Beau existe, profonde, enivrante, universelle, et sa seule existence témoigne de l'existence du Beau. Ici tombent les arguments de ceux qui veulent nier la Divinité parce que ses prêtres discutent sa nature. Le Beau existe; cette vérité seule est assez féconde. Quant à ses applications, grâce à l'imperfection humaine, elles seront établies, ou contestées, tant qu'il y aura une critique, c'est-à-dire un jugement libre de l'esprit.

27. — Critique de Mengs.

Un peintre distingué, Mengs, ami de Winckelmann, adopta ses principes. Dans ses *Réflexions sur la beauté et le goût de la Peinture*, il annonça que le Beau est une perfection visible, image imparfaite de la perfection suprême. Dans son enthousiasme d'artiste, il prétendit même que l'âme, lorsqu'elle est émue de l'idée du Beau, semble transportée, pour un moment, au sein de la béatitude éternelle. Destiné surtout aux peintres, cet ouvrage traite seulement du beau physique, et il n'a qu'une médiocre importance, aussi bien que les notes où d'Azara, éditeur et ami de Mengs, établit un système tout contraire, et nie l'existence réelle du Beau.

Il n'en est pas ainsi des opinions de l'illustre philosophe de Kœnigsberg. Celles-là doivent être étudiées avec la vénération due à sa mémoire, et avec une indépendance que son génie ne saurait redouter.

LIVRE XI.

ALLEMAGNE,

DEPUIS KANT JUSQU'A NOS JOURS.

XVIIIe ET XIXe SIÈCLES.

---

1. — Critique de Kant.

Quelque sympathie que nous éprouvions pour les
formules qui gravent brièvement la pensée, nous nous
joindrons à ceux qu'effraient la terminologie barbare,
la langue sèche et âpre de Kant. La philosophie peut
être sévère sur les ornements, elle peut se passer du
sourire; mais elle ne doit pas admettre des raffine-
ments de barbarie dans le langage, et se créer un vo-
cabulaire rebutant même pour les esprits les plus
amoureux de l'abstraction.

2. — L'Essai sur le Beau et le Sublime.

Ces deux ouvrages que ce philosophe a consacrés

à l'examen du beau, l'un, l'*Essai sur le sentiment du Beau et du Sublime*, mérite peu ce reproche. Mais aussi Kant y est beaucoup moins fort, beaucoup moins original que dans la plupart de ses autres ouvrages. Il semble qu'il n'ait parlé le langage de nous tous que lorsqu'il avait peu de révélations à nous faire. Dans ce traité, il cherche à se rendre élémentaire, et il est souvent piquant et gracieux sans effort. On y trouve même quelques-unes des idées fondamentales de sa doctrine, mais énervées par l'abandon de cet instrument rude et puissant, de cette langue philosophique si bizarre et si pleine, dont il était l'inventeur.

3. — La Critique du Jugement.

Démêlons, à travers les aspérités scolastiques de la *Critique du Jugement*, des conceptions hautes comme celles de Platon, des inventaires de principes et d'idées plus complets que ceux d'Aristote. Kant est spiritualiste, et cependant il est empirique. Il va de l'homme à la nature, et non pas de la nature à l'homme. Il fait de notre esprit le centre du mouvement, et de notre intelligence la loi des phénomènes de la matière. En même temps il ne sort pas de l'expérience et insulte à la raison, lorsqu'elle veut franchir ces limites pour se jeter dans les hasards de la spéculation. Né pour achever la défaite du système de Bacon, il conserve l'instrument, et change la base. C'est toujours l'observation et l'expérience qu'il invoque ; mais il place la réalité dans les lois de l'esprit humain, et non plus dans les impressions sensibles. Telle est la grande pensée qui domine sa réforme; telle est aussi la pensée qu'il applique à la question particulière du Beau et du Goût.

La *Critique du Jugement* se divise en deux parties. La première seule, la partie esthétique, se rapporte à notre objet; la seconde est relative au jugement considéré comme la faculté de connaître.

Cette première partie se subdivise en deux sections, l'une analytique, l'autre dialectique; la première de ces deux sections en deux livres, l'analyse du Beau et l'analyse du Sublime; et la seconde, beaucoup plus courte, n'a pas de subdivisions tracées.

Avant de commencer l'analyse du Beau, Kant pose ses principes. Selon lui, la qualité esthétique d'une chose est toute *subjective*, c'est-à-dire qu'elle réside tout entière dans sa relation avec le sujet. Ainsi, quand nous disons qu'une chose est belle, nous ne voulons pas dire que réellement en elle-même, et dans sa propre nature, elle a cette qualité d'être belle, mais qu'elle nous apparaît sous la forme de la beauté, en vertu des lois du sujet, c'est-à-dire de notre esprit. *Objectivement,* ou considérée en elle-même, elle peut nous fournir une matière de connaissances, mais il faut bien se garder de confondre le jugement d'intelligence, qui fait connaître, avec le jugement esthétique, qui fait sentir. Tous deux partent du sujet, mais le dernier donne aux choses une valeur logique; il les juge en elles-mêmes, il les connaît : le second, qui juge les impressions que les choses lui envoient sans les compliquer d'aucune connaissance, ne leur donne point cette valeur. La représentation subjective esthétique, absolument distincte de la connaissance, se manifeste par un sentiment de plaisir ou de déplaisir.

Pour compléter sa pensée, Kant ajoute que l'homme qui éprouve un sentiment de plaisir ou de déplaisir en présence d'un objet donne et a le droit de donner un caractère d'universalité au jugement qu'il porte. Il ne fait pas reposer ce droit sur la nature de l'objet, réellement conforme à l'impression qu'il nous cause, mais sur la conformité des intelligences humaines, et sur la conviction de conscience qu'en présence d'un même objet elles entreraient en rapport avec lui d'après les mêmes lois.

Cette noble doctrine est là tout entière, quoique les développements qui suivent en terminent les contours et en dessinent la grandeur. Le premier caractère qui nous frappe en elle, c'est qu'elle affranchit l'homme de la théorie des sens, le rend à sa dignité, parce qu'elle le rend au sentiment de sa libre nature, et ne le laisse soumis qu'à cette haute fatalité intellectuelle dont la loi porte un cachet divin.

L'écueil du système de Kant est d'exposer à nier la réalité quand on la voit réduite à des apparences. Si nous ne pouvons pas prononcer qu'un objet est beau en lui-même, mais seulement que notre esprit est constitué de manière à le trouver beau, il est à craindre que nous ne tombions dans l'Idéalisme, ou que, devenus sceptiques, nous ne reconnaissions plus que des illusions. A la vérité, ce n'est pas là ce que notre philosophe se propose. Il veut une réalité, il la

vent forte et puissante : c'est la réalité intellectuelle,
centre de toutes nos impressions. Mais la réalité matérielle, il la rend si obscure et si douteuse, que,
tout en la conservant, il décourage la foi que nous
avons en elle. Il prépare la voie à des systèmes plus
exclusifs et plus absolus que le sien.

Si maintenant nous entrons avec Kant dans les
détails de sa doctrine, nous y trouverons toute la
clarté que versent sur eux les principes écrits au
front de son ouvrage. Il nous montrera le Goût, ou
la faculté de juger du Beau, marqué du caractère
esthétique seulement, puisqu'il n'implique aucune
connaissance, aucun acte de la faculté de connaître.
Nous distinguerons le jugement du Beau, qui ne
se fonde que sur une contemplation pure et libre,
des jugements du Bon et de l'Agréable, déterminés
l'un par la sensation, l'autre par la raison. « Pour
trouver une chose bonne ou agréable, dit Kant, il
faut bien que je sache quel est l'objet, c'est-à-dire
que je le conçoive. Cette condition n'est pas nécessaire pour que je juge de la beauté. »

Nous sommes tenté de croire que, relativement
au Bon, le philosophe allemand est dans l'erreur. La
raison n'agit pas seulement par les déductions de la
logique : elle a aussi son action pure et spontanée.
De l'aveu de Kant, on ne dit pas plus : cela est bon
pour moi, que l'on ne dit : cela est beau *pour moi*, tandis
que l'on dit : cela est agréable pour moi. L'universalité qu'est en droit de supposer l'homme qui porte
un jugement sur le Beau n'est pas moins à présumer
pour celui qui porte un jugement sur le Bon. On ne

voit donc pas sur quoi se fonde une distinction plus subtile peut-être que profonde. Il n'en est pas ainsi du jugement porté sur l'Agréable : il manque du caractère d'universalité ; il est individuel, et motivé par un mobile local et palpable. Ici donc nous serions d'accord avec Kant sur la distinction.

Il décide avec beaucoup de raison que le jugement porté sur le Beau précède le sentiment de plaisir que la perception du Beau occasionne. Importante idée ! car elle assied le Beau sur sa base métaphysique, et lui donne la sensation pour cortége, au lieu de le subordonner aux caprices de la sensation.

Si le goût ne prononce pas sur des données sensibles, il ne s'ensuit pas qu'il se confonde avec l'action pure et simple de l'intelligence. Le goût ne connaît pas le Beau, il le sent. On peut donc se dispenser de chercher une règle générale, un *criterium* du Beau universel fourni par des conceptions déterminées et précises. C'est vouloir concilier deux choses incompatibles, puisque le jugement du goût ne s'appuie sur aucune conception déterminée. Ainsi est tranchée la difficile question des règles du goût, ou plutôt, ainsi est acquise au génie la liberté de produire dans de vastes limites, sauf l'obstacle du sens intime, spontané, universel.

Kant passe au jugement du Sublime, et marque les ressemblances qui le rapprochent du Beau, et les différences qui l'en séparent.

Ce qu'ils ont de commun, c'est que tous deux plaisent par eux-mêmes, et que tous deux plaisent sans jugement sensible et sans conception logique.

Ce en quoi ils diffèrent, c'est que le Beau est relatif à la forme, et par conséquent au fini, tandis que le Sublime ressort d'objets privés de toute forme, qui contiennent ou suggèrent l'idée de l'infini. En outre, le plaisir causé par le Sublime est en quelque sorte négatif : c'est moins du plaisir que de l'admiration et du recueillement. Enfin, le Beau semble naturellement d'accord avec la faculté qui le juge. Au contraire, le sentiment du Sublime est accompagné d'une sorte de répulsion involontaire, et augmente en raison même de ce désaccord.

Ainsi le Sublime est tout subjectif, c'est-à-dire que les formes des objets y contribuent si peu, que l'absence de toute forme y est surtout favorable. Ce sont nos idées, appliquées aux objets, qui leur donnent le caractère de sublimes.

Si le sentiment du Sublime est plus rare que celui du Beau, c'est qu'il demande de la part du sujet, c'est-à-dire de l'esprit, une culture plus profonde. Quoique fondé sur la nature humaine, on est donc moins en droit de le supposer universel.

Enfin Kant montre le sentiment du Sublime comme une protestation contre l'attrait des sens, et un effort généreux hors de la sphère étroite de la nature.

Il lui reste à traiter, comme conséquences, certaines questions de méthode et d'application. Il n'y a point de science du Beau, dit-il; mais il y a une critique du Beau. On ne reconnaît pas de belles sciences, mais de beaux arts. Les beaux-arts sont les arts du génie, et le génie, don de la nature, est la première règle de l'art.

Parmi les beaux-arts, l'éloquence consiste à donner à l'intelligence la forme des jeux libres de l'imagination; la poésie, à donner aux jeux libres de l'imagination le ressort de l'intelligence. Kant met la poésie bien au-dessus de l'éloquence; il veut l'affranchir de la routine des règles, et la proclame la fille vive et brillante du génie. Sévère envers l'éloquence, ou plutôt envers l'art oratoire, à l'imitation de quelques anciens, il le définit : l'art de tromper à la faveur de belles apparences.

Ce n'était pas dans cette doctrine haute et indépendante que les préceptes étroits des rhéteurs pouvaient garder leur autorité. Aussi, sans approuver l'anathème trop exclusif de Kant, nous dirons avec lui que les règles générales sont rarement des préceptes rigoureux; que l'artiste ou l'écrivain doit avoir les yeux sur un idéal qu'il n'atteindra jamais dans la pratique, et que, sans la liberté de l'imagination, il n'y a point de beaux-arts, et même point de bon goût.

4. — Opinion de Herder.

C'est contre cet ouvrage de Kant que l'illustre Herder paraît avoir dirigé sa fiction intitulée *Calligone*. Elle n'est pas assez remarquable pour nous arrêter, bien que l'élévation habituelle à Herder s'y retrouve. Nous attendrons qu'il soit spécialement question de la poésie pour faire connaître les idées esthétiques de ce grand écrivain.

5. — Critique de Goethe.

Disons un mot de celles de Goethe, quoique dans
le tableau général de la littérature allemande nous
les ayons souvent invoquées, et quoiqu'il n'offre pas
à notre analyse un ouvrage spécial sur cet objet.
Nous emprunterons quelques détails de plus à ses
Mémoires.

Bien étudier la nature dans l'homme même et
dans les objets extérieurs, et la laisser s'exprimer au-
dehors par une imitation libre et pleine de vie : c'est
ainsi que le plus grand poète de l'Allemagne nous
explique ses études et ses succès. Le Beau tradition-
nel ne le touche point ; il veut arriver au Beau sans
intermédiaire.

Le Sublime est, selon lui, dans ce qui nous reporte à l'infini par l'absence de formes déterminées.
Tout homme, tout jeune homme surtout, s'élève au
sentiment du Sublime, quand la voix intérieure se
fait entendre, à l'aspect des grands objets. Le sentiment du Sublime est un besoin de l'humanité.

Goethe indique en passant une question importante et souvent débattue, savoir, si l'écrivain ou
l'artiste doit se proposer un but moral. Il se prononce
pour la négative. Un bon ouvrage, dit-il, peut et doit
avoir des résultats moraux ; mais exiger que celui
qui compose ait ce but devant les yeux pendant la
composition même, c'est tuer l'art et gâter ses œuvres.

Cette opinion nous paraît juste, si nous l'éten-
dons seulement, comme c'est la pensée de Goethe,
à tout ce qui est du domaine de l'inspiration. L'art

est son but à lui-même, et c'est à ce prix seulement qu'il peut être embrassé avec amour. Tout calcul, même le plus noble, glace l'enthousiasme, et, comme il est de la nature des grandes pensées de produire des résultats généreux, l'art n'a pas besoin de projet pour être moral. Il l'est par sa pureté essentielle, et ne pourrait que perdre, si, au lieu d'être instinctif, il était prémédité.

6. — Critique de Schiller.

A l'appui de cette doctrine, nous pouvons citer l'opinion de Schiller, qui a porté dans quelques dissertations une puissance d'analyse admirée par madame de Staël.

Comme Schiller marche sur les traces de Goethe parmi les poètes, il choisit Kant pour son guide parmi les philosophes. Il place, après lui, l'Esthétique, dans une région moyenne, entre la métaphysique et la science des phénomènes matériels. Comme lui, il veut qu'on ne fasse pas reposer toute l'idée du Beau sur la partie sensible de notre nature, et proclame que l'âme humaine trouve en elle, par sa nature propre, un type du Beau, comme elle en découvre un dans le monde extérieur. Ce que son maître avait paru négliger, et ce que Schiller ajoute, ce sont des remarques ingénieuses sur la grâce, *plus belle encore que la beauté*, suivant notre La Fontaine. Il la distingue de la dignité, qu'il reproche au critique anglais Home d'avoir confondu avec elle. L'importance que peuvent avoir ses remarques tient surtout à la rigueur philosophique avec laquelle il trace les rôles de la sensibilité, de la volonté et de la raison, trinité mystérieuse de l'esprit humain.

Quoique le traité *de la Dignité et de la Grâce* soit peut-être le plus complet sous le rapport de l'analyse, nous admirons principalement les trente pages où Schiller, toujours appuyé sur Kant, scrute la question du Beau et du Sublime [1]. La distinction des facultés humaines dans leur nature et dans leur action y est merveilleusement suivie. Le sentiment du Sublime devient la preuve d'un principe essentiel de l'esprit humain, et différent du principe sensible. C'est comme une réaction de la liberté humaine contre la fatalité de la nature. Or, le spectacle de la liberté dans ses luttes morales, dit Schiller, est d'un intérêt bien plus grave que celui d'un ordre régulier sans liberté !

Il nous serait moins facile d'adopter la doctrine de la supériorité de l'art sur la nature : « Tout le charme du Beau et du Sublime, dit notre philosophe, réside pour nous dans les dehors, et non dans l'intérieur des objets. L'art possède donc tous les moyens de la nature, et n'est pas retenu par ses entraves. »

Les deux puissances de la nature et de l'art se rapprochent sans se confondre. La nature est un des types de l'art; la sphère intellectuelle en est un autre, et, en ce sens, il est vrai que les moyens de l'art sont doubles de ceux de la nature. Mais il n'est pas moins vrai que la nature est un type premier,

---

[1] Voyez à la fin du vol., sous la lettre B, la traduction de ces trente pages.

original, qui ne relève que de lui-même. Elle porte empreinte sur ses ouvrages une fraîcheur native, une inépuisable variété, sans trace d'efforts. L'art, même le plus riche, ne peut prétendre aux mêmes droits.

7. — Critique de Bouterweck.

Un critique dont le nom est révéré en Allemagne, et qui fait autorité en matière d'esthétique, Bouterweck, suit une tendance tout opposée à celle de Schiller. Dans ses divers et nombreux ouvrages, il cherche à circonscrire la science du Beau dans des limites qu'elle ne puisse franchir. Il se moque des tentatives stériles de la philosophie *transcendentale* sur cette immense question. Les mots de métaphysique du Beau, et même de philosophie du Beau le font sourire de pitié. Il veut que les sciences, comme les arts, n'empiètent jamais les unes sur les autres, et c'est avec une dérision amère qu'il parle des essais du système opposé.

« Les inventeurs et prédicateurs du système transcendental, dit-il, peuvent, à leur gré, confondre la philosophie de l'esthétique avec l'esthétique même, pour soumettre à la tutelle de leur école le bon goût, qui jamais encore n'avait été cultivé par système transcendental. Mais l'esthétique, ou la science générale du goût, en elle-même, ne contient aucune philosophie de ce genre. Son principe repose sur la conscience immédiate de la naissance d'un sentiment déterminé, qui, comme tel, reste toujours le même, tandis que les métaphysiciens en déduisent,

de façon ou d'autre, la possibilité. L'œuvre spéculative d'une philosophie de l'esthétique n'a rien de
commun avec l'esthétique propre. L'esthétique propre n'est pas plus que les mathématiques une partie
intégrante de la philosophie. »

Bouterweck reproche donc à ses adversaires, à
l'école de Kant, par exemple, de s'éloigner de la vérité pratique, pour se jeter dans les nuages de la spéculation. Il trouve le principe du jugement esthétique dans un sentiment déterminé, et, par conséquent, dans une connaissance ou une conscience
antérieure de l'objet qui détermine ce sentiment.
Cette seule idée renverserait la doctrine de Kant de
fond en comble. Continuons.

Il y a, selon Bouterweck, trois points de vue sous
lesquels on peut étudier la science du Beau : 1° la
représentation esthétique ; 2° l'expression esthétique ;
3° les formes de l'art.

Il entend par représentation esthétique la vue ou
la conception des objets qui excitent en nous les sentiments du Beau, du Sublime et du Risible. « Alors,
dit-il, l'âme est placée dans un mouvement d'activité intellectuelle qui fait qu'elle se réfère confusément à un principe de vérité, sans saisir ce principe. Quoique cette activité de l'âme soit intellectuelle, comme elle ne saisit aucun principe et qu'elle
ne se réalise pas en idées, elle ne peut, aux yeux de
la logique, être qu'un sentiment. »

Une représentation suppose une chose représentée, comme toute forme suppose un fond. Le sentiment intellectuel implique, comme toute connais-

sance, un objet, un autre sentiment antérieur, qui
est représenté esthétiquement. Ici est l'écueil, mais
aussi le triomphe de l'artiste. Qu'il étudie le cœur
humain, qu'il se pénètre de ses rapports merveilleux
entre l'objet représenté et la représentation esthétique, et l'expression esthétique sera l'œuvre de son
génie.

Enfin, quant aux formes de l'art, il n'applique pas
ce terme aux formes qui relèvent directement de
l'imitation de la nature, comme dans l'art du peintre
ou du statuaire, mais à celles qui sont réellement et
spécialement œuvres d'art, comme dans l'architecture, la musique, la danse et la poésie. Là point de
modèle physique proposé à l'imitation. Il faut qu'avec
l'ouvrage l'artiste imagine la forme de l'ouvrage.
Bouterweck prouve sa doctrine par d'ingénieuses
applications.

Laissons un moment de côté la langue sacrée de la
critique allemande, et résumons, sans le secours des
représentations, des expressions, ou des formes esthétiques, ce que Bouterweck veut établir.

Une théorie ferme et sans écart, fondée sur l'observation, ennemie de la spéculation. L'observation
lui montre que certains objets, outre le sentiment
qui nous les annonce, nous font éprouver un autre
sentiment dont nous avons immédiatement conscience, et qui, tout déterminé qu'il est, a quelque
chose de confus et d'indécis. Elle lui apprend que
l'étude de ce sentiment et des objets qui le causent
est pour tous les arts une source abondante d'inspirations; et, enfin, qu'il est des arts où le goût surprend

des secrets tout-à-fait indépendants de l'imitation de
la nature.

Ainsi il part du sentiment intime, passe par le
travail de l'expression, et s'arrête aux résultats, afin
de prouver, à tous ces degrés, que la métaphysique
propre ne contribue en rien au développement et à
la culture du sentiment complet de la Beauté. Il
ajoute, et l'attaque contre le système de Kant devient
directe, que la métaphysique peut seulement servir
à rechercher jusqu'où il est possible, par l'association de l'idée du Beau avec la conception primitive,
d'acquérir une connaissance nouvelle. Kant, on peut
s'en souvenir, nie la conception et la connaissance,
dans le fait du sentiment esthétique, et fonde sur
cette distinction principale la doctrine que nous avons
fait connaître tout-à-l'heure [1].

A notre avis, le système de Kant est plus élevé et
plus profond que celui de Bouterweck. L'étude psychologique que celui-ci recommande est assurément
très-utile, et ce n'est pas nous qui douterons de l'influence qu'elle doit exercer sur les œuvres de l'art.
Il a raison encore de ne pas accorder à la pure spéculation une autorité dont elle n'est pas digne. Kant

---

[1] Ce que Bouterweck eût reproché plus justement à Kant, et le savant
Grüber lui a fait ce reproche, c'est l'oubli d'une importante partie de
l'esthétique, celle qui dicte aux arts les lois de leur production. « N'y a t-il
pas dans l'esprit de l'homme, dit Grüber, une faculté de produire le Beau ?
N'y a-t-il pas des lois sans lesquelles la production du Beau serait impossible à l'homme ? Quelles sont ces lois ? Comment agissent-elles ? Sous
quelles conditions ? Quels en sont les effets ? » Bouterweck lui-même a essayé, du moins en partie, cette étude importante, qui fait entrer les principes dans la pratique, et les vivifie par l'application.

aussi rejette la spéculation, et invoque l'expérience.
Mais Kant ne confond pas la spéculation qui rêve
avec la métaphysique qui produit ses titres. Il fait de
la métaphysique négative, et il en tire de vives lumières pour éclairer la question du Beau. Nous l'a-
vons déjà remarqué, c'est en établissant que le sentiment du Beau n'est ni précédé, ni accompagné
nécessairement d'aucune conception déterminée,
d'aucune connaissance réelle et précise, qu'il fonde
la liberté du génie, et met le goût à l'abri des entraves de la routine, sous la sauvegarde de l'instinct
commun à tous.

C'est à peine, d'ailleurs, si le nom de métaphysique est compris aujourd'hui. On reconnaît une psychologie, une logique, une morale, une esthétique,
une ontologie, une théodicée. Qu'est-ce que la métaphysique? Tout cela, peut-être; du moins, comme
science des principes, elle se mêle à tout, et ne peut
s'étudier sans qu'on touche à toutes les autres études. Point de psychologie sans métaphysique, ne fût-
ce que parce que la possibilité de connaître le *moi* est
un principe, et que la psychologie tout entière n'est
que l'étude du *moi*.

Conservons donc à la métaphysique ses droits dans
la recherche des principes du Beau et du Goût. L'en
exclure, ce serait risquer la confusion et l'erreur; ce
serait même vouloir l'impossible, puisqu'il n'est
donné à aucune étude philosophique de rejeter la
métaphysique de son sein.

8. — Critique de Sulzer et de Blankenburg.

Un écrivain estimé, Sulzer, a donné, sous le titre
de théorie des beaux-arts, une sorte de dictionnaire
qui peut se consulter par articles. Ce livre a été fort
goûté, et un autre écrivain de mérite, Blankenburg,
y a joint un supplément qui ne fait pas honte au modèle. Nous avouerons que l'ouvrage de Sulzer nous
paraît judicieux, mais pâle ; ses définitions sont justes
en général, et même assez larges ; ses observations
saines ; mais ses résultats sont vulgaires ; il expose
bien, et avec lumière ; il ne trouve pas. Il est injuste
envers la poésie, qu'il met au-dessous de l'éloquence,
et, lorsqu'il parle de l'éloquence même, il remanie
un peu trop les magnifiques éloges de Cicéron. Pour
le Beau et le Sublime, il ne nous présente aucune
grande vue, et nous ne pouvons que mentionner dans
son ouvrage d'utiles détails.

Blankenburg mérite à-peu-près les mêmes éloges
et les mêmes reproches que l'écrivain dont il s'est fait
le continuateur.

9. — Critique de Novalis (Hardenberg).

Mort à vingt-neuf ans, Hardenberg, connu sous le
nom de Novalis, porta l'enthousiasme, et même le
mysticisme allemand dans la critique littéraire. Ami
de Tieck et de F. Schlegel, il ne fut pas indigne de
leur être comparé.

Novalis procédait volontiers par allégories. C'est le
plan, c'est la marche de son roman moral et esthétique, intitulé *Henri de Ofterdingen*.

Henri est un jeune poète qui s'ignore. Plusieurs

aventures assez communes, mais racontées avec un
charme doux et vague, lui révèlent son génie. Les
signes de ce génie devaient éclater dans un second
volume dont il n'existe que des fragments.

La prédestination du talent est l'idée dominante
de Novalis, ou plutôt c'est la méthode de l'allégorie
qui donne à son récit une couleur de fatalité. Ainsi,
l'histoire, sous les traits d'un vieillard *né pour être
ermite*, et la science, sous les traits d'un autre vieillard *né pour être mineur*, se rencontrent avec Henri,
qui lui-même est *né poète*, ou mieux encore, qui est
le symbole de la poésie. Il faut toute la naïveté du
génie allemand, et surtout la chaleur de conviction
qu'il porte dans les abstractions les plus bizarres,
pour couvrir le ridicule d'un tel cadre et l'étrange-
té de l'exécution. La déesse Sophia (Sagesse), Arc-
ture (la grande Ourse), roi du Nord, et toutes ces
froides allégories, n'ajoutent rien au mérite du livre,
et font tort à ses résultats sérieux.

Et pourtant il y a véritablement de la noblesse et
de l'élévation dans la doctrine de Novalis sur la poésie. Il recommande au poète de meubler son esprit
de connaissances, et surtout d'observations sur la nature humaine et sur les lois de l'univers. On reconnaît le cri du poète romain :

Felix qui potuit rerum cognoscere causas [1] !

Ce n'est pas l'enthousiasme bruyant, extérieur,
italien, que Novalis souhaite à son poète : c'est un
enthousiasme intérieur, grave et calme, qui s'élance

---

[1] Heureux qui peut connaître l'origine des choses ! Virg.

de la méditation, source plus profonde qu'une émotion passagère. Aussi la véritable poésie s'élabore
dans le secret de l'intelligence : elle n'est point folle
et aveugle ; mais elle agit comme la lumière, qui,
par une action puissante et imperceptible, dessine et
colore tous les objets.

10.— Critique de Tieck et de Wackenroder.

Dans les *Épanchements du cœur*, et plus tard dans
les *Fantaisies sur l'art*, qui ne sont qu'une contre-
épreuve du premier ouvrage, Tieck et son ami Wac-
kenroder essayèrent une théorie de l'inspiration.
Bien qu'ils ne s'occupent que de la peinture, leurs
idées s'appliquent également à tout ce qui est poésie.
Ces idées ont de la grandeur et un caractère prononcé de spiritualime ; mais nous croyons que, tout
en bannissant les minutieux préceptes, la critique
peut et doit établir quelques lois fixes et générales.
L'artiste, le poète, ne retireront guère d'avantage
d'une invitation à se sentir inspirés.

On peut bien extraire de ces deux livres quelques
remarques importantes. Il est juste de dire qu'avant
de commencer son œuvre, l'artiste doit s'être pénétré
de son sujet, et que, pendant le travail, l'ensemble
doit absorber son attention beaucoup plus que le
détail des parties. Nous adopterons aussi cette pensée : « Le sentiment du Beau est un seul et unique
rayon de la clarté céleste ; mais, en passant à travers
le prisme de l'imagination chez les peuples des différentes zones, il se décompose en mille couleurs, en
mille nuances différentes. » Enfin, avec ces deux

écrivains et avec les grands artistes qu'ils invoquent,
Raphaël, Vinci, Albert Dürer, nous penserons que
l'artiste doit s'étudier à peindre les âmes aussi bien
que les corps, et par conséquent joindre l'expression
à la beauté pure. Mais notre jugement général sur
les deux ouvrages ne peut être modifié par quelques
velléités d'une doctrine positive. C'est un élan poétique, et non une critique sérieuse ; une amplifica-
tion d'enthousiasme, qui pourra plaire, mais qui
n'instruira pas.

11. — Critique de Jean-Paul-Frédéric Richter.

Un auteur trop original pour être oublié, le fécond
et bizarre Richter, a écrit un ouvrage spécial sur
l'Esthétique. Ce Cervantes allemand, qui a pris si
souvent le grotesque pour occasion de sublime, s'est
résigné à la composition toute sérieuse d'un traité
sur l'art.

Comme on remarque dans ses autres productions
une tolérance douce malgré la satire, un sincère
amour du genre humain et de son pays, dont il se
moque, et une sagacité pénétrante sous l'enveloppe
de la parodie, on trouve dans son *Introduction à l'Esthétique* une large impartialité, une sympathie naturelle pour le spiritualisme, mais une aversion décidée
pour les principes exclusifs.

C'est là, en effet, ce qui distingue Richter comme
critique. Il n'accepte pas avec indifférence telle ou
telle doctrine littéraire. Son éclectisme est plus
éclairé. Il s'élève contre ce qu'il appelle le *nihilisme*
poétique, c'est-à-dire contre ce système de poésie

qui semble méconnaître la réalité pour aller se perdre dans les abstractions les plus vaporeuses. Il combat avec force le *matérialisme* poétique, qui ne cherche que dans l'image, ou plutôt dans la copie sensible,
les mystères de cet art divin. Il reconnaît la matière,
mais il veut que l'esprit la domine : il admet que
nous imitions la nature, mais il exige que le spiritualisme soit l'âme de notre imitation.

Richter n'ose pas définir la poésie. Une certaine
pudeur de bon goût l'oblige à se contenter de l'indiquer par des comparaisons. « C'est, dit-il, le seul
autre monde renfermé dans le monde que nous habitons. » « La poésie, dit-il encore, est à la prose ce
que le chant est à la parole. »

Son opinion sur le classique et le romantique est
assez remarquable. Après avoir dit que l'essence du
classique est la simplicité, la noblesse, la sérénité, et
l'essence du romantique la pensée chrétienne, il
ajoute que le mode classique peut être transporté
dans le romantique, mais que la réciproque n'est pas
vraie, à moins que le Sublime, placé comme une
divinité des frontières, ne rapproche et ne réunisse
les principes divisés.

Cette idée serait plus nette et ne serait pas moins
juste, si Richter avait dit : La perfection du fini étant
le terme du classique, et la pensée de l'infini inspi-
rant surtout le romantique, le Sublime doit être plus
familier au second, et le Beau plus habituel au premier. Mais la beauté peut se vivifier par le Sublime,
comme le Sublime peut se parer de grâce et de
beauté. Une barrière infranchissable n'est pas élevée

entre les écoles, et l'histoire littéraire dément les
théories absolues. Ainsi, le Sublime, que Richter,
par une expression belle et hardie, appelle l'*infini
appliqué*, n'est pas seulement un moyen offert au romantique pour se faire agréer dans le système classique : c'est la pensée même du romantique vrai et
légitime, c'est-à-dire du spiritualisme littéraire, qui
vient réclamer son admission dans le monde des formes et des sens.

Richter a beaucoup d'idées communes avec l'école
de Platon. Il nous fait voir le génie de l'homme, force
puissante et encore immobile, d'où sortiront les hautes
pensées et les grandes images poétiques; son instinct
qui l'élève à un monde au-dessus des mondes, et la
forme perpétuellement soumise à l'empire de l'esprit.

En même temps, par une habitude de son génie,
il abuse des digressions, des détails de tout genre,
transforme les mots, confond les tons et les styles, et
devient quelquefois inintelligible, parce qu'il substitue sa langue à la langue de son pays. Son *Traité
de l'Esthétique* est fatigant, mais non médiocre. Il a dû
contribuer sinon à décourager en Allemagne les systèmes exclusifs dont elle abonde, du moins à en dimi-
nuer l'action.

12. — Critique de Frédéric Ancillon.

L'originalité n'est pas ce qui distingue la critique
de Frédéric Ancillon ; mais aucun écrivain n'a consacré plus d'efforts à la noble mission de rapprocher
les genres et de concilier les écoles. Héritier d'un
nom qui avait déjà marqué dans la critique litté-

raire[1], il a soutenu l'honneur de ce nom cher aux
lettres prussiennes, et aussi aux lettres françaises, car
Ancillon a écrit habituellement en français.

Ce n'est pas qu'il ait composé, que nous sachions,
un ouvrage spécial de critique littéraire; mais il a
publié plusieurs volumes de mélanges, dans lesquels
la philosophie pure et la politique cèdent une place
à la haute littérature. Nous sommes fort éloigné d'approuver toujours les idées du conseiller d'État, mais
nous ne refuserons pas au littérateur philosophe des
aperçus justes et larges, des vues pratiques, à égale
distance de la rêverie et de la timidité.

Dans le premier volume des *Nouveaux Essais*, que
Fr. Ancillon a publiés en 1824, nous trouvons un
morceau important qui a pour titre : *Sur la littérature*. Toute la doctrine littéraire de ce philosophe y
est résumée : il nous suffira donc de l'analyser.

« De l'intérêt dans le calme, de l'ordre dans l'activité, la loi et le mouvement, la règle avec la liberté;
l'unité dans la variété magnifique de la nature, l'u-
nité dans la variété des conceptions et des ouvrages
de l'art; le milieu entre les extrêmes dans les idées;
forment l'idéal du bonheur, de la perfection morale,
de l'ordre social, du Beau, de la vérité, et ne sont
que des énoncés différents d'un seul et même principe, qui exprime la nature de l'homme comme celle
de l'univers, qui doit gouverner l'un et l'autre, et
qui n'est autre que celui-ci : de la mesure dans les
forces, ou l'*harmonie des forces*. »

---

[1] Ch. Ancillon, auteur de *Mélanges critiques de littérature*.

Cette citation nous dispenserait en quelque sorte de poursuivre. Tout le système élevé et sage de Fr. Ancillon est là.

· Il développe sa pensée, et montre l'art suivant les temps et les lieux, flottant, comme la société elle-même, entre le despotisme et la licence. « Y a-t-il, dans la majorité de la nation, de la force sans mesure, il y aura plus de génie que de goût, plus d'imagination que de jugement dans les productions des arts; l'excentricité en sera le caractère distinctif. Il y aura par là même du neuf et du bizarre, du piquant et de l'affectation, de l'extraordinaire et du grand, dans la littérature..... Y a-t-il dans un pays de la mesure sans force, les arts y seront sans défauts saillants, mais aussi sans beautés, ou plutôt ils auront le plus grand de tous les défauts, l'absence de toutes beautés. Les écrivains se traîneront, en fait d'idées, d'images, de sentiments, sur les pas de leurs devanciers; ils craindront toute espèce de nouveauté comme une hardiesse dangereuse. La sève de l'imagination tarira, ou plutôt la mort de l'imagination aura précédé le règne exclusif du jugement..... Ce n'est que dans un État et chez une nation où, par la direction même que le développement de l'esprit humain y a prise et par des circonstances heureuses, il se trouve en même temps de la force et de la mesure, que se montrera la perfection, ou qu'on l'atteindra du moins autant qu'il est donné à l'espèce humaine de l'atteindre. On y verra le génie et le goût, la liberté et l'ordre, le mouvement et la règle, s'y harmoniser et y marcher de pair. Le goût y éclairera le génie, l'ordre y assu-

rera la liberté, la règle y rendra le mouvement
progressif et sûr; mais en même temps le génie y
fécondera le goût, la liberté y vivifiera l'ordre,
le mouvement empêchera la pétrification de la
règle. »

Ancillon explique par des exemples particuliers
ces observations générales, et touche en passant
quelques-unes des plus importantes questions littéraires; par exemple, il ne trouve pas plus raisonnables ceux qui ne veulent admettre qu'un seul système dramatique, que ceux qui refuseraient d'admettre plus d'une école de peinture. Il conçoit que notre
individualité explique notre préférence pour tel ou
tel système, mais il pense que plusieurs peuvent être
également légitimes, quoique à des titres différents. .

Au terme de cette laborieuse carrière parcourue
par les illustres critiques de l'Allemagne [1], apparaissent les deux frères Schlegel, remarquables entre
tous les autres. C'est par eux que nous achèverons
cette revue des théories littéraires du Nord. Mais
auparavant, arrêtons-nous un peu devant un critique original, devant Lessing, que nous n'avons pas
encore nommé, parce qu'il a renfermé dans l'étude
de la poétique ses idées générales sur l'art et la littérature, et devant un antagoniste célèbre de son système, Herder, qui nous paraît supérieur à lui. Parlons d'abord de Lessing.

[1] Voyez encore Michaëlis, Heydenreich, Hermann, Delbruck, etc. L'esthétique allemande est inépuisable; la patience du lecteur français ne l'est
pas.

13. — Critique de Lessing.

Lorsque son *Laocoon* parut, la critique allemande était encore faible et hésitante. Lessing s'arma de l'analyse métaphysique, posa des principes, fit de rigoureuses déductions, et agit puissamment sur l'esprit des jeunes novateurs.

« Cet ouvrage, dit Goethe [1], vint nous tirer de la région d'une contemplation stérile, pour nous lancer dans le champ libre et fécond de la pensée. Cet adage, si longtemps mal compris, *ut pictura poesis*, était enfin éclairci. La différence entre l'art de peindre et l'art d'écrire était enfin rendue saillante. On voyait comment ces deux arts pouvaient se toucher par leurs bases; mais leurs sommités cessaient de se confondre. Le peintre, en effet, a beau envier au poète, qui peut s'emparer de tous les objets pour les caractériser, la faculté de dépasser les limites du Beau; ces limites n'en sont pas moins la ligne de démarcation que la peinture ne peut franchir; car elle a pour but de plaire à l'œil, que le Beau seul peut satisfaire. Le poète, au contraire, travaille pour l'imagination, qui, tout en repoussant les objets odieux, n'en hait pas la représentation. Un coup-d'œil nous indiquait avec la rapidité de l'éclair toutes les conséquences de cette magnifique pensée. Toute cette critique surannée, qui jusqu'alors avait seule dirigé nos réflexions et nos jugements, n'était plus désormais pour nous qu'un habit usé que nous jetions à l'écart. »

[1] *Mémoires.*

L'ouvrage qui excitait une si vive admiration dans l'âme du premier poète de l'Allemagne ne remuait pas cependant l'imagination. Il était sec, aristotélique; mais la finesse et la vigueur, la nouveauté dans l'observation, la lucidité dans l'abstraction, y répandaient un charme sévère. S'il pouvait être douteux que la métaphysique, appliquée à la théorie des arts, fût dans son domaine, le passage suivant, qui contient toute la doctrine de Lessing, serait une haute démonstration de cette vérité :

« Comme la peinture ne peut employer par succession de temps ses moyens ou ses signes représentatifs, qu'elle a la faculté de lier entre eux dans l'espace, elle ne peut regarder comme de son domaine les actions progressives, et elle doit se contenter d'actions instantanées ou d'objets placés les uns à côté des autres, qui, par leur position particulière et réciproque, fassent concevoir un événement. La poésie, au contraire, ne peut peindre que dans le temps, c'est-à-dire par succession de temps.

« S'il est vrai que le peintre emploie des signes ou des moyens tout-à-fait différents de ceux dont se sert le poète, savoir, des figures, et des couleurs dans l'espace, tandis que celui-ci fait usage des sons articulés dans le temps; et si d'ailleurs il est incontestable que les signes représentatifs doivent avoir un rapport convenable avec la chose représentée, j'en conclus que des signes placés les uns à côté des autres ne pourront représenter que des objets placés les uns à côté des autres, et dont les parties se trouvent dans cette même disposition ; pendant que les signes qui

se succèdent ne peuvent exprimer que des objets qui
succèdent les uns aux autres ou dont les parties se
succèdent entre elles.

« Les objets qui existent les uns à côté des autres,
et dont les parties existent de cette manière entre
elles, s'appellent *corps*; par conséquent les corps,
avec leurs qualités visibles, sont les objets qui conviennent véritablement à la peinture.

« Les objets qui se succèdent les uns aux autres,
et dont les parties se succèdent entre elles, s'appellent généralement *actions*; donc, les actions sont les
véritables objets que la poésie doit se proposer de
traiter.

« Cependant, tous les corps existent, non-seulement
dans l'espace, mais aussi dans le temps. Ils conti-
nuent d'exister, et peuvent, pendant chaque instant
de leur durée, se montrer sous un différent aspect et
sous un tout autre rapport. Chacun de ces aspects
et de ces rapports momentanés est l'effet ou le résultat d'un de ces aspects ou de ces rapports précédents,
et peut, à son tour, être la cause ou l'occasion d'un
rapport ou d'un aspect subséquent; il a, par conséquent, les qualités requises pour servir de point central à une action. Il est donc aussi au pouvoir de la
peinture d'imiter des actions, mais cela seulement
d'une manière indicative, et en employant pour cet
effet des objets corporels.

« D'un autre côté, les actions ne peuvent subsister
par elles-mêmes, mais doivent être liées à de certains
corps. En tant donc que ces êtres sont des corps, ou
peuvent être considérés comme tels, la poésie peint

aussi des corps, mais cela simplement d'une manière indicative, par le moyen des actions.

« La peinture ne peut, dans ses compositions, saisir qu'un seul instant d'une action, et doit, par conséquent, choisir celui qui comporte le plus grand intérêt, et par lequel on puisse le mieux comprendre et ce qui a précédé, et ce qui doit suivre.

« C'est ainsi que la poésie ne peut, dans sa partie imitative, employer qu'une seule qualité des corps, et doit conséquemment prendre celle qui donne l'idée la plus sensible du corps dont elle l'emprunte.

« De là la règle de l'unité, des épithètes pittoresques, et de la sobriété dans l'emploi des objets corporels. »

De cette idée fondamentale que la succession du temps appartient ou poète, comme l'espace au peintre, Lessing déduit encore que les grands poètes ont raison de s'en tenir aux traits généraux pour peindre la beauté, et de ne pas s'arrêter aux descriptions. « Je ne refuse point au discours en général, dit-il, la faculté de décrire un tout matériel en suivant toutes ses parties; il le peut, parce que ses signes, quoique successifs, sont, en même temps, arbitraires. Mais je lui refuse cette faculté, quand je le considère comme l'instrument de la poésie, parce que l'objet principal de la poésie est de faire illusion, et que ce pouvoir manque toujours nécessairement à toute description mise en paroles; et ce pouvoir leur manque nécessairement, parce que la coexistence des parties du corps s'y trouve en contradiction avec la succession des signes du discours, et, parce qu'en substituant

l'une à l'autre, on nous facilite, il est vrai, la décom-
position du temps en ses différentes parties, mais en
nous rendant difficile et même impossible le rassem-
blement de ces parties et la recomposition du tout. »

Si le génie positif et ardent de Goethe avait adopté
d'enthousiasme cette critique subtile, mais élevée,
il n'en avait pas été de même de Herder, génie platonicien, qu'une sympathie naturelle rapprochait
de Winckelmann, et éloignait de Lessing. Dans
ses *Excursions de critique*, il traite sévèrement le
Laocoon.

14. — Critique de Herder.

L'effet sympathique de la poésie sur notre âme,
l'ἐνέργεια d'Aristote [1], est, suivant Herder, le point
central où Lessing aurait dû se placer. Il s'y place
lui-même, et de là il donne un démenti à la dialectique de son adversaire. Il lui reproche d'abuser des
idées de l'espace et du temps pour réduire à des proportions étroites le grand art de la poésie. C'est la
poésie qu'il veut émanciper des entraves que le critique lui impose. Quant à la peinture, il passe en
quelque sorte condamnation.

« En effet, dit-il, comment prétendre que la poésie
a pour objet à peu près unique les actions, lorsqu'il
est évident que l'espace est son théâtre, puisqu'il
est de son essence même de rendre tout sensible?
Conseiller au poète de disposer d'abord chaque partie, puis les liaisons qui doivent les unir, puis enfin

---

[1] *Art poétique.*

le tout, c'est parler botanique, et non pas poésie. Il
ne s'agit pas non plus, dans la poésie, d'une conclusion tirée après une suite de déductions; à chaque
détail, l'effet sort de la vertu poétique, et l'effet de
l'ensemble n'est que la somme des effets de détail.
Enfin, ce n'est pas bien raisonner que de dire : la
poésie exprime les choses par une succession de sons;
donc, elle n'exprime que des choses qui se succèdent ; c'est confondre le moyen avec le résultat.

« La peinture, ajoute l'adversaire de Lessing, n'o-
père pas seulement par le moyen de l'espace, c'est-
à-dire des corps ; mais aussi dans l'espace, en vertu
d'une propriété de l'espace qui lui sert pour atteindre son but. Non-seulement le visible et l'extérieur
sont les conditions de tout objet de la peinture ; ils
sont aussi les propriétés des corps par lesquels elle
opère. Si la poésie n'opère pas par le moyen de l'espace, ou, ce qui est ici la même chose, par les couleurs et les figures, il ne s'ensuit pas qu'elle ne puisse
opérer en profitant de l'espace, c'est-à-dire, figurer
les corps sous le rapport du visible et de l'extérieur.
On ne peut déduire cette conséquence du fait de son
opération, car elle opère par l'esprit, et non par la
succession des sons attachés aux mots.

« La peinture fait impression sur l'œil par le moyen
des couleurs et des figures ; la poésie influe, par le
sens des mots, sur notre entendement, et surtout sur
notre imagination. Comme l'action de cette dernière
faculté est toujours proprement une représentation,
on peut dire que la poésie, en tant qu'elle représente une idée, une forme, est une peinture

pour l'imagination. L'ensemble d'un poème est l'ensemble d'une œuvre de l'art.

« Seulement, si la peinture produit une œuvre qui n'est rien pendant le travail, et qui est tout après le travail achevé, la poésie au contraire a une vertu propre, c'est-à-dire que l'impression doit être déjà complète pendant le travail, bien loin de n'être éprouvée qu'après l'œuvre terminée par cette vertu de la poésie, et de résulter d'une récapitulation de données successives. Si ce n'est pas ainsi que l'expression complète du Beau a frappé ma vue, je n'apprendrai rien du dernier regard. »

Herder suit quelque temps cette comparaison tout à l'avantage de la poésie. On sent qu'il affecte le langage serré de Lessing pour le réfuter, mais qu'il est ramené de temps en temps par un instinct de génie à des formes plus harmonieuses et plus solennelles.

Nous ne balancerons pas à dire que, par conviction comme par sympathie, nous adoptons l'opposition de Herder contre la critique de Lessing. Sans doute, les arts ont leurs différences et leurs limites ; ils usent de moyens inégaux en durée, en puissance : il est utile que l'analyse tire des lignes entre eux, afin qu'une pédantesque uniformité ne leur impose pas des règles impossibles. Mais les arts sont frères ; mais tous sont du ressort de l'imagination qui sait quelquefois déplacer les bornes convenues, et qui se joue des défenses routinières. Pourquoi donc dire tyranniquement à la peinture, à la poésie surtout : Tu n'iras pas plus loin ? La critique elle-même ne risque-t-elle pas de perdre son crédit, malgré la pé-

nétration de ses interprètes, lorsqu'on voit l'artiste
ou le poète sortir du cercle de fer où l'Aristarque l'a
placé, et produire, sans le congé du maître, des
beautés que le maître n'a pu ni prévoir ni défendre?
Lisons Lessing ; profitons de ses remarques fines et
profondes; mais écoutons Herder, et adoptons sa
noble protestation en faveur de la liberté des arts.

15. — Critique des Schlegel.

C'est là aussi l'esprit des éminents ouvrages de
critique ou d'histoire littéraire publiés par les deux
frères Schlegel. L'un (William) plus hardi, plus inspiré, plus aveugle, peut-être, dans ses jugements ;
l'autre (Frédéric) plus profondément savant, plus
positif, philosophe moins enthousiaste; tous deux
ennemis des fausses règles au point de méconnaître quelquefois les vraies ; tous deux marquant
dans la littérature de leur pays par des œuvres, en
même temps qu'ils la guident par leur critique sérieuse et brillante. Cette science de la critique, grâce
aux deux Schlegel, nous semble parvenue en Allemagne au point à-la-fois le plus élevé et le plus lumineux. Et nous voyons se reproduire encore ici le
fait déjà observé des phases du platonisme. Deux
platoniciens résument et complètent l'esthétique
allemande. Ils nous disent son dernier mot.

16. — Les Leçons sur l'Histoire de la Littérature de F. Schlegel.

L'auteur des *Leçons sur l'histoire de la littérature*
(Frédéric) choisit son point de vue : c'est l'œuvre

littéraire dans ses rapports avec les opérations
de l'intelligence, avec la nature de l'esprit, qu'il
considère. La littérature, pour lui, c'est « la voix de
l'intelligence humaine, l'ensemble des symboles qui
figurent l'esprit d'un âge ou le caractère d'une
nation ».

Une pente inévitable le conduit à s'occuper surtout de la poésie, cet art « dont le propre est de représenter ce qui est beau, ce qui est expressif dans tous
les lieux et dans tous les temps ». Elle peut être rap-
portée à trois idées : Invention, expression, inspiration ; et par là se classent les genres. Il y a deux
poésies, celle de la nature et celle de l'homme, et il
n'est pas moins permis au poète de puiser à cette seconde source qu'à la première. Alors, ou il présente
un fidèle miroir de ce qui est actuel et présent, ou il
réalise les souvenirs d'une antiquité merveilleuse, ou
enfin il suscite et remue le secret de la création ou
du cœur humain. Mais, de ces rôles de la poésie, le
premier est le moins favorable. Il y a trop peu d'illusions dans l'actuel, et la partie prosaïque des choses est trop saillante dans les objets présents. Enfin,
ce que la poésie a le plus à craindre, c'est le matérialisme. Il tue l'imagination, et n'épargne pas le
langage que l'imagination colore.

Les deux Schlegel sont regardés comme les Aristarques de ce qu'on appelle le genre romantique. Ils
prennent le mot au sérieux ; ils en acceptent la responsabilité. Ainsi, Frédéric offre le romantique à la
sympathie de ses lecteurs. Il consiste entièrement,
leur dit-il, en ce sentiment d'amour qui prédomine

dans la religion chrétienne, et, par la religion chrétienne, dans la poésie. La douleur montrée comme
un passage à la félicité, l'adoucissement du tragique
farouche de la mythologie ancienne, le choix des
formes de représentation ou de langage qui sont le
plus en harmonie avec ce sentiment d'amour, telle
est la loi du romantique, telle est sa fin.

Immense question! Controverse qui n'est autre
que le résumé de toutes les querelles littéraires!
Classique, romantique, deux mots dont on abuse,
mais qui expriment deux grands ordres d'idées.
Échappons à la critique de détail; allons aux principes, et donnons quelques pages à ce grand débat.

17. — Examen du classique et du romantique.

La définition exacte des mots serait déjà une lumière; mais cette définition n'est pas sans difficulté.
Sans doute nous croyons bien que le mot de *romantique* vient de la langue romance, du roman, et qu'il
exprime quelque chose d'analogue à ce que le roman
du quatorzième siècle produisit en littérature. Mais,
outre que rien n'est plus incertain qu'une étymo-
logie, il a été donné au mot de *romantique* une
extension qui s'écarte visiblement de cette origine
présumée. Parmi les écrivains de nos jours, qualifiés
de romantiques, combien en verrait-on emprunter
au roman de la *Rose* leurs inspirations?

Le mot de *classique* est bien vague encore, mais
cependant d'une analyse plus facile. Il désigne pour
nous un système littéraire conforme aux exemples de
l'antiquité grecque et romaine. C'est donc l'imita-

tion des littératures anciennes que la doctrine classique nous propose. Ce sont les principes de ces littératures qu'elle nous donne pour loi de nos études et de notre enseignement. Mais, dans l'antiquité littéraire, plus d'un écrivain, plus d'un poète surtout manque des caractères que nous attribuons au classique. La Grèce en particulier gêne cette opinion absolue. Eschyle et Pindare ne jettent pas dans le moule de Sophocle leurs conceptions ni leur style. Rome laisse nos docteurs plus à l'aise. Elle a fixé son choix sur une partie de l'antiquité grecque, et ses écrivains sont uniformes dans leur esprit d'imitation.

Il est donc difficile aujourd'hui de bien entendre le mot de *romantique* en lui-même, et le contraste même du mot de *classique* jette peu de clarté sur la question.

Et cependant une remarque importante à faire, c'est que le sentiment public s'y trompe moins que la science. Qu'un ouvrage paraisse, et l'instinct général le rangera aussitôt parmi les œuvres classiques, ou parmi les œuvres romantiques; il saura employer avec aisance ce langage convenu, tandis que la critique débattra les titres et les insignes de la production nouvelle. Nous verrons la cause de ce phénomène, qui ne s'explique pas seulement par le bon sens de tous.

Quel est le type essentiel du genre romantique? Est-ce la recherche du moyen-âge, la peinture de ses traditions et de ses mœurs? ou plus encore une disposition à verser sur tous les sujets un reflet de

cette époque de naïveté et de barbarie, d'amour et
de mort?

Au contraire, le genre classique repose-t-il sur
l'uniformité des temps, sur les souvenirs d'une mythologie où chaque divinité a sa place invariable-
ment acquise, sur les traditions romaines, source
directe de notre imitation?

Nous attachons peu d'importance à ces points de
vue purement historiques. Il est vrai que certains
artistes, peintres ou poètes, ont fréquemment recours
au vieil arsenal du moyen-âge, et que les dépouilles
qu'ils en rapportent prennent à nos yeux, fatigués
des lambeaux de la toge romaine, un trait d'originalité. Ils s'inspirent des monuments de cette époque,
et conservent l'accent du moyen-âge, même lorsqu'ils nous parlent d'un autre temps. De même, les
traditions antiques, et la mythologie usée de la Grèce
et de Rome peuvent donner à quelques-unes de nos
productions, soit une gravité régulière, soit une
pesante monotonie. Qualités ou défauts incontesta-
bles, mais dont le principe est plus haut. C'est à la
psychologie d'abord, puis à la métaphysique, d'é-
clairer l'histoire de ces partis littéraires.

On a dit aussi que le romantique existe dans la
partie nationale des littératures modernes; que la
couleur locale y domine; tandis que le classique
s'enveloppe de généralités, qui effacent toutes les
nuances, et abaissent toutes les saillies sous le niveau
de l'imitation. Il peut en être ainsi quelquefois, souvent même, mais ce n'est pas là encore une distinc-

tion capitale, et il y a lieu de répéter notre première observation.

Que l'imagination prédomine dans le romantique, et le goût dans le classique, à la bonne heure. Mais une telle remarque n'avance guère la discussion. Elle est un peu vague, un peu légère: allons plus loin.

La pensée de F. Schlegel mérite bien plus d'attention. Le romantique, dit-il, c'est le sentiment d'amour qui respire dans la religion chrétienne, et par elle dans la poésie. Nous pouvons ajouter que le classique, contraste avoué du romantique, serait alors sous la loi haineuse du fatalisme, dont la religion païenne pétrifiait l'univers. Ainsi s'expliqueraient les beautés mâles et la perfection compassée chez les Anciens, ainsi les beautés plus abandonnées, l'irrégularité complaisante du romantisme. A ce point de vue, Schlegel énonce une haute vérité de critique; mais, selon nous, il s'arrête au milieu du chemin. Le christianisme, le paganisme, ces deux formes données à la pensée religieuse dans l'homme, ont derrière elles cette pensée même. Il s'agit moins ici d'expliquer l'expression littéraire du païen ou du chrétien, que celle de l'homme. Avant de porter nos regards sur la société religieuse ou civile, cherchons si la nature de l'homme nous rend raison des deux grands ordres d'idées esthétiques. Ce n'est pas la marche la plus brillante et la plus populaire; c'est la plus sûre et la plus fertile en résultats.

L'homme juge; il imagine. Il est doué (on devrait quelquefois dire affligé) de l'esprit d'imitation. Il peut observer ce qui frappe ses sens ou sa pensée ; il peut aussi généraliser ses conceptions particulières ; enfin il a l'idée de l'infini. Raisonnable et armé de la volonté, il porte en lui la notion de ces deux grands principes, l'ordre et la liberté. Quand l'homme exprime son intérieur au dehors par l'éloquence, la poésie ou les arts, il ne peut exprimer que ces faits de sa nature, et il doit, en dernière analyse, les exprimer tous. Tout système littéraire qui reproduit un ou plusieurs faits de la nature de l'homme est légitime par cela même, quelque nom qu'il plaise de lui imposer. Toute expression qui suscite un écho dans l'esprit humain a conquis son titre. Le vide, le faux sont seuls proscrits. L'homme alors ne parle pas à l'homme ; le son qui part de l'automate littéraire a beau être harmonieux et savant, il se perd dans l'espace, et ne cause à ceux qui l'entendent qu'un étonnement sans sympathie et sans plaisir.

Ce que nous croyons trouver dans le genre classique, c'est l'idée de l'ordre, comme principe ; l'idéal sensible comme but et comme fin.

L'idée de l'ordre en elle-même suppose quelque chose de terminé, un tout formé régulièrement, visible, ou facile à composer par la pensée. Elle admet facilement le choix d'un modèle palpable, dont l'influence préserve des écarts. Sous la loi de cette idée, une littérature peut être variée, mais dans un cercle prévu ; elle doit être sage dans ses hardiesses ; et, lors même qu'elle agrandit sa carrière, l'œil doit toucher encore, et toujours, les limites qui la ferment. Si la perfection appartenait aux œuvres humaines, elle se trouverait dans cette littérature, qui tend incessamment à se polir et à s'élever sans effort. Ceux qui la cultivent sont gênés quand ils ne peuvent donner une couleur plus ou moins générale à leurs plans et à leur style. Ce qui est individuel, ils sont portés à le dédaigner, parce que leur mission est de choisir parmi les réalités pour en former un idéal. De là un besoin constant de noblesse dans la pensée, dans l'expression. La crudité du réel est écartée, la fiction élégante de l'idéal doit prévaloir. Ce genre élève l'âme, la remplit du sentiment calme et harmonieux du Beau ; ou, quand on en abuse, il expire sous le joug ridicule du pédantisme, et sous de vains préceptes pesamment alignés.

Cette littérature dont nous parlons, calme, régulière, idéale, facilement imitatrice, exposée à l'abus des règles, capable d'inspirer le sentiment du Beau, n'est-ce pas la littérature classique, telle que nous la comprenons aujourd'hui? Le jugement et la raison, l'esprit d'imitation, la faculté de généraliser les conceptions particulières, l'idée de l'ordre se réfléchissent dans cette importante expression de la pensée. Mais elle n'est pas la seule, et tout l'homme ne se retrouve pas en elle. Le genre classique n'épuise pas l'esprit humain.

L'idée de liberté caractérise le genre romantique ; sa fin est double ; elle est, au degré inférieur, le réel pur et simple ; au degré supérieur, le spirituel ; jamais l'idéal.

L'idée de liberté ouvre au littérateur et à l'artiste une large carrière. Elle favorise le génie et ne décou-

rage pas la médiocrité; elle sympathise peu avec la
règle, ou du moins elle la veut tellement flexible
qu'elle se prête à tout ce qui est nouveau sans une
évidente déraison. Les contours élégants, harmonieux, le fini dans les ouvrages ne lui plaisent pas.
Elle s'indigne de sentir des bornes. Quoiqu'elle sache au besoin reconnaître quelques lois et accepter
des formes déterminées, elle recherche surtout l'infini, l'immensité, l'éternité, l'absolu; elle met sa
force dans une esquisse hardie, et laisse à l'imagination du lecteur ou du spectateur le soin de terminer l'ébauche. Il n'est pas dans sa nature, à elle,
de se lier par un devoir d'imitation. Sa variété serait
immense, si elle n'était ramenée à des productions
analogues par l'analogie de toutes les grandes idées
qu'elle invoque. Téméraire dans les plans, dans les
images, dans les alliances de tons et de styles, elle
sacrifiera la justesse à l'effet, comme sa rivale l'effet
à la justesse. Imparfaite, parce que la perfection ne
se trouve que dans les formes finies, elle est rarement
belle, et souvent sublime. Ce n'est plus ce mouvement progressif, qui porte vers les hauteurs la littérature de l'idéal sensible, comme un oiseau qui
plane et s'élève; ce sont les bonds précipités du navire battu par la tempête, et qui touche tantôt le
ciel et tantôt les abîmes. Au-delà, et en deçà de
l'idéal sensible, on la voit se perdre dans les détails
individuels, curieuse de réalité et d'exactitude pittoresque, ou effacer toute réalité sous le vague mystérieux du spiritualisme. Elle ne tient pas à la noblesse des formes, car elle bannit les conventions du

domaine des arts, et soutient que l'imagination ne
doit orner que la vérité et la nature.

Cette littérature du spiritualisme et de la réalité,
deux idées d'inégale noblesse que le principe commun de la liberté rassemble sous un même empire,
a pour écueils l'obscurité, l'extravagance et la barbarie, mais elle est propre surtout à toucher l'âme,
à occuper l'imagination. Quelquefois dans la réalité
vulgaire, toujours dans le spiritualisme mystique,
elle trouve matière au Sublime. Comme toute œuvre
de liberté, elle n'est pas sans alliage, mais l'or qu'elle
recèle vaut bien des parures plus uniformes. Le romantique enfin, car ce sont là ses caractères, est la
forme qui convient surtout à l'imagination humaine,
et où l'homme empreint le mieux le cachet des
notions réelles sensibles, et de l'infini, et de la
liberté [1].

Tels sont, au point de vue philosophique, les deux
genres qui se partagent aujourd'hui la littérature et
les arts. Et nous avons tort de dire : aujourd'hui, car,
si les noms peuvent changer, les idées générales restent les mêmes. On n'a pas toujours parlé de littérature classique et de littérature romantique, mais,
dans tous les temps, chez tous les peuples, à des degrés divers, en accord ou en contraste, en germe ou
en effet, il y a toujours eu deux littératures, celle de
l'idéal sensible, et celle de la réalité pure et du spiritualisme ; celle de l'ordre, et celle de la liberté.

C'est donc maintenant qu'on pourrait se placer

_____
[1] Voyez le développement plus complet de ces idées à la fin du livre XV.

sur le terrain des critiques, et dire avec F. Schlegel, qu'en effet le christianisme, voisin de la réalité sensible par son dogme de la charité mutuelle, et tout imprégné de spiritualisme par son origine et ses mystères, place dans le double romantique sa plus naturelle expression, tandis que le classique, noble, régulier, idéal, rappelle ces divinités graves et solennelles du paganisme romain, qui n'étaient pas des dieux, mais des hommes élevés à une forme idéale.

18.—Possibilité d'un rapprochement entre les deux genres.

Nous n'avons pas besoin d'ajouter que les conséquences historiques et théoriques des principes établis plus haut peuvent être nombreuses, et ne seraient convenablement suivies que dans un traité spécial. Il nous suffira de dire que les principes d'ordre et de liberté ne sont pas incompatibles, et, si des conceptions idéales sensibles peuvent s'allier à celles qui ont la réalité pure ou le spiritualisme pour objet, nous ne croyons pas qu'il soit impossible de rapprocher les deux genres classique et romantique. Profondément divisés, ils peuvent, ils ont pu se réunir par la force de quelques rares génies, et par les progrès du goût. Reconnaissons pourtant que tous deux ont le droit d'exister, avec leurs beautés propres et leurs défauts inhérents. Ne disons pas anathème à l'un pour élever l'autre aux nues. Tous deux sont vrais, puisque chacun exprime quelque chose de l'homme. Heureux l'artiste, heureux le poète inspiré qui, saisissant de sa verve puissante les ressources des deux genres, exprimerait l'homme tout entier !

19. — Leçons sur la littérature dramatique de W. Schlegel.

Les forces de l'âme, dit W. Schlegel, le seul critique allemand qu'il nous reste à faire comparaître, peuvent se diviser en des directions opposées; le genre classique peut donc être beau en soi, tout aussi bien que le genre romantique. C'est une des plus hautes et des plus judicieuses pensées de son cours de littérature dramatique, livre tout platonicien, plein de belles et grandes théories, gâtées par quelques malheureuses applications.

Laissons de côté ces applications, quoiqu'il soit pénible pour un Français de voir méconnaître notre inimitable Molière, à qui l'Allemagne, non plus que les autres nations du monde, ne peut rien opposer. La théorie ne peut souffrir d'un tort de préoccupation nationale. Acceptons-en, nous, toutes les lumières et toute la profondeur.

« La théorie des beaux-arts, dit W. Schlegel, n'a jamais été cultivée comme science dans l'antiquité. S'il fallait choisir parmi les anciens philosophes un guide dans cette étude, je nommerais Platon sans hésiter. Il n'a point cherché à saisir l'idée du Beau par le scalpel de l'analyse, auquel elle échappera toujours; mais il l'a conçue avec l'enthousiasme pur et calme qui naît de la contemplation. »

Placé lui-même dans cette situation d'esprit, W. Schlegel rallie à l'idée du Beau et de la poésie des principes larges, des exemples vivants; mais il respecte leur sanctuaire, et ne cherche pas à traîner au

jour des secrets que l'analyse a la prétention, mais
non pas la puissance de nous révéler.

« La pure imitation, dit-il, reste toujours stérile
dans les beaux-arts : ce que nous empruntons du
dehors doit, pour ainsi dire, être régénéré en nous
pour reparaître sous une forme poétique. »

Cette régénération, c'est l'inspiration qui l'opère,
l'inspiration, « puissance de concevoir l'idée du
Beau et de la rendre sensible »; répandue, comme le
dit très-bien le critique philosophe, sur l'humanité
tout entière, puisque tous les hommes sont doués
des mêmes facultés, elle éclate à un plus haut degré
dans certaines natures supérieures. Ainsi est ramenée à la raison et à la psychologie la fiction mytho-
logique des poètes inspirés du ciel [1].

Mais ces hommes peuvent-ils soumettre leur inspiration à la sécheresse des préceptes? « Pour peu
qu'on connaisse la nature du génie, on sent qu'il ne
peut être inspiré que par la contemplation immédiate

---

[1] Je ne pourrais, sans ingratitude, passer sous silence dans cette nouvelle
édition un des écrivains les plus originaux et les plus ingénieux de la Suisse actuelle, Topffer, récemment enlevé aux lettres et à ses amis. La bienveillance
avec laquelle il a parlé de mon ouvrage ne saurait m'ôter le droit de faire remarquer tout ce qu'il y a de piquant, d'élevé, de vivement senti dans son
Essai sur le Beau, œuvre posthume que vient de publier sa famille.

Topffer établit très-bien, quoique par des formules quelque peu exclusives
l'existence d'une faculté distincte de l'intelligence proprement dite, qu'il
nomme faculté esthétique, ou faculté de concevoir le Beau, et à laquelle il
donne pour attributs nécessaires la simultanéité, l'unité et la liberté. Cette
faculté n'est autre que l'inspiration ou le génie poétique, qu'on ne saurait en
effet trop distinguer des autres forces de l'esprit humain, sous peine de voir
les arts, la poésie, toutes les manifestations du Beau courbées sous la loi
fausse et servile de l'imitation.

des grandes vérités, et non par des conséquences dé-
duites des principes généraux, et l'on est porté à se
défier de cette activité industrieuse qui cherche dans
une théorie abstraite les secrets des grandes beautés
de l'art. »

Ainsi les préceptes selon la méthode analytique
ne peuvent que glacer la verve et enchaîner le génie.
Ils peuvent respirer le bon sens, être pleins de justesse et de vérité. N'importe ; minutieux, ils seront
nuisibles. Judicieux comme œuvre de réflexion, ils
seront inapplicables pour créer. Les préceptes selon
la méthode synthétique, destinés à donner le mouvement plutôt qu'à régler tous les pas, d'accord par
leur hauteur avec l'élan indépendant du génie, ont
encore, pour être utiles, à se faire pardonner d'être
des préceptes, en se dépouillant de tout caractère
qui n'est pas celui de la tolérance littéraire et de la
liberté.

L'esprit moderne, que W. Schlegel appelle le
génie pittoresque, et l'esprit ancien, qu'il désigne
sous le nom de génie statuaire, sont peints de vives
et naturelles couleurs. « L'étude de la sculpture antique, dit-il, fait très-bien connaître le génie de cette
Grèce, qui, en général, poursuivait et réalisait dans
ses œuvres une sensualité épurée et anoblie. Dans le
génie moderne, au contraire, où le christianisme a
imprimé sa trace, la contemplation de l'infini rend
le sentiment plus intime et l'imagination moins sensuelle, et cependant la forme poétique ne perd pas
son éclat. »

Il fait contraster judicieusement la perfection *dé-*

terminée vers laquelle tendaient les Grecs, type du
classique, leur persévérance à exclure de leurs ouvrages de poésie et d'art les principes hétérogènes
pour y réunir intimement les principes de même
nature, avec le caractère inachevé des productions
romantiques et le rapprochement qu'elles opèrent
entre les extrêmes, quand les extrêmes ne sont pas
incompatibles. Armé contre la critique de Lessing,
il lui reproche de méconnaître la poésie, « cet art,
dit-il, qui, par sa nature, est affranchi de toute autre
obligation que celle d'atteindre à l'idée du Beau, et
de la révéler par le langage ».

Comme la poésie dramatique est l'objet capital
dont W. Schlegel s'occupe dans le livre que nous
parcourons, il y consacre beaucoup de réflexions,
les unes un peu hasardées, les autres, et c'est le plus
grand nombre, en même temps justes et hardies. Il
faut voir dans l'ouvrage même ce qu'il dit des unités
et de l'illusion. Mais nous citerons encore cette
phrase où il exprime avec force une vérité qui con-
damne toutes les poétiques exclusives : « Il est évident que l'esprit impérissable de la poésie revêt une
apparence diverse, chaque fois qu'il reparaît dans la
race humaine. Les formes de la poésie doivent changer avec la direction que prend l'imagination poétique des peuples. » Anathème donc aux systèmes
qui n'adoptent et ne préconisent qu'une forme poétique, parce qu'ils la confondent avec l'esprit même
de la poésie, et qui suppriment à-la-fois les temps, les
lieux, les circonstances privées ou nationales, enfin
tout ce qui offusque et déplace leur étroit horizon !

20. — Résumé de la critique allemande.

Telle est la critique de l'Allemagne : passionnée, profonde, comme sa littérature. Le dernier effort de la critique sèche et raisonneuse se montre dans le *Laocoon*, œuvre digne d'admiration et d'étude, mais qui n'a eu qu'une action passagère, parce que le génie national en repoussait la doctrine. Winckelmann, Kant, Herder, les deux Schlegel, sont de droit aujourd'hui les oracles et les guides de l'Allemagne littéraire. Faisons en peu de mots la revue des principes qu'ils y ont arborés comme des drapeaux.

1° Plus de fanatisme d'imitation. Ainsi, après avoir mendié tour-à-tour le patronage des Italiens, des Français, des Anglais, les lettres allemandes, sans renoncer à quelques emprunts, s'avancent libres, riches de leur propre fonds, sous une inspiration toute patriotique. Ce sont elles maintenant qui tentent d'imitation les autres peuples de l'Europe, l'Angleterre, déjà leur ardente émule, la France, qui s'étonne de secouer les fers qui ont fait sa gloire pour se lancer dans une voie nouvelle d'originalité.

2° Plus de superstition pour les minutieux préceptes des rhéteurs. Ceux que l'Allemagne reconnaît pour guides dans le mouvement qui l'emporte sont ceux qui s'élèvent à la contemplation du Beau, qui en saisissent l'idée générale et féconde, la font briller sous ses faces principales, et savent ne pas dire tout aux lecteurs.

3° Une étude profonde des facultés et des opérations de l'âme, et surtout la conception juste de la

puissante idée de l'infini. Les rhéteurs anglais aussi
étudient l'âme humaine; mais les résultats où ils parviennent, quoique élevés, manquent de profondeur :
c'est qu'ils se contentent trop facilement de l'exactitude. Les critiques allemands vont plus loin : per-
suadés que le réel, le palpable, ne sont pas tout dans
l'âme ni dans la vie de l'homme, ils interrogent la
partie mystérieuse comme la partie saisissable de son
être, ce qui touche à l'infini comme ce qui a le caractère du fini, l'homme de la sphère surnaturelle
aussi bien que l'homme de l'humanité.

Indépendance, élévation, profondeur passionnée,
encore une fois telle est aujourd'hui la critique de
l'Allemagne, telle est et sera désormais sa littérature.

Achevons par la France ce tableau général des
révolutions dans l'opinion littéraire. Ici les matériaux surabondent; il faut choisir.

LIVRE XII.

FRANCE,

XVIIᵉ SIÈCLE.

Les dix-septième, dix-huitième et dix-neuvième siècles sont, pour la littérature française, autant d'ères distinctes, rapprochées par de nombreuses analogies, séparées par de plus nombreuses différences. Chacune a son caractère propre, et cependant elles sont enchaînées l'une à l'autre dans l'ordre des idées comme dans l'ordre du temps. Cette liaison, il faut la saisir; cette différence profonde, la déterminer.

1. — Temps antérieurs au XVIIᵉ siècle.

Avant le dix-septième siècle, il y eut quelques littérateurs en France; il n'y eut point de littérature. On voyait passer quelques gloires soudaines et isolées, comme ces traits de flamme qui glissent dans les airs le soir d'un jour d'été. Rabelais fouettait son siècle de sa puissante et moqueuse ironie ; Régnier, plus sérieux et non moins cynique, gourmandait aussi les vices et les ridicules ; Montaigne formulait, dans un style trouvé par lui, toutes les hardiesses du bon sens ; Malherbe créait le nombre et le style poétique ; Balzac donnait à la prose une pompe trop uniforme, mais qui préparait le style noble et plus varié de nos grands écrivains ; de Thou, Français de cœur, Latin par souvenir d'études, crut que le langage de Tite-Live pouvait seul porter la responsabilité de l'histoire. Une incertitude générale, celle d'un siècle en travail, se peignait dans nos productions littéraires. Ici la naïveté propre et le laisser-aller national ; là l'imitation des formes et le respect des règles antiques ; des chroniques galantes ou chevaleresques, des essais dramatiques pleins du respect des trois unités. Cependant, il faut le dire, les genres qui dominent une littérature tendaient de préférence vers l'imitation des Anciens. Tel avait été l'écueil de Ronsard et le triomphe de Malherbe [1]. A dater de l'impulsion donnée sous François Ier, l'enseignement avait fait pénétrer dans les mœurs l'imitation des Anciens, même quand il les avait combattus. De plus en plus s'effaçait le caractère et s'affaiblissait le mouvement des poésies des âges précédents. L'abdication

---

[1] Voyez dans l'ouvrage de M. SAINTE-BEUVE, intitulé *Tableau de la poésie française au seizième siècle*, les détails de la lutte, d'abord glorieuse, puis impuissante, de Ronsard et de son école, des réformes entreprises et réalisées par Malherbe. Nous ne pouvons donner ici que les caractères généraux.

du génie français était imminente ; les habitudes
même de notre esprit conspiraient pour nous donner
la gloire des emprunts et nous enlever celle de la
production spontanée.

Quelles sont, en effet, ces habitudes ? Dépouillons
toute prévention nationale ; la part de notre génie est
assez belle pour que nous ne le traitions pas avec une
complaisance aveugle : il ressemble à ces souverains
qui ont la conscience de leur grandeur, et à qui l'on
peut dire leurs vérités.

2. — Caractère de l'esprit littéraire en France.

Le trait distinctif de l'esprit français, c'est d'être
propre à tous les travaux de la pensée. Chacun des
autres peuples a son genre spécial de littérature ;
pour nous, le champ littéraire tout entier n'est pas
trop vaste. A l'exception du poème épique, que nous
a refusé notre muse, et dont elle peut nous rendre
le secret, quel genre n'a pas été cultivé en France
avec génie et avec gloire ? Tant de variété et de souplesse, cette universalité d'inspiration, ont fondé
notre empire littéraire chez tous les peuples étrangers. Chacun d'eux, fier de ses propres succès, qui
lui permettent de voir les autres nations sans envie,
s'étonne de rencontrer toujours la France qui lutte
contre lui, et le terrasse souvent avec ses propres
armes. Chaque littérature a sa forme ; la nôtre a
toutes les formes : il n'est point de signal auquel elle
ne puisse répondre, point de position nouvelle qu'elle
ne puisse conquérir. Elle est comme ces chevaliers
de nos vieux romans qui font face en même temps à

plus d'un adversaire : ils n'élèvent pas de hautes tours, de palais magiques ; ils n'ont pas, eux, une taille gigantesque et des forces fabuleuses ; mais ils prennent les géants corps à corps, ils rompent les charmes qui les arrêtent, ils brandissent leurs lances, après la lutte et la victoire, sur ces tours dont ils n'ont pas jeté les fondements.

Le génie français est universel : c'est son caractère ; mais il subit la loi de tout ce qui est humain. Pour les nations, comme pour les individus, l'aptitude, même la plus haute, dès qu'elle n'est pas spéciale, perd de son intensité. Qu'est-ce que l'originalité, sinon une préoccupation exclusive ? et n'est-il pas bien difficile d'être à-la-fois original et universel ?

Ce n'est pas, certes (et une telle conclusion serait bien loin de notre pensée), que nous fixions à l'esprit littéraire en France les bornes de la médiocrité ! l'Europe même réclamerait contre un si injuste anathème, elle qui est accoutumée à l'admiration de nos grands modèles, et qui, dans plusieurs genres, ne peut nous opposer même de rivaux. Mais ce qu'une observation attentive nous démontre, c'est qu'à prendre les lettres françaises dans leur ensemble, à les suivre dans leur sanctuaire, la gloire de l'originalité leur manque ; il leur reste celle d'une magnifique, d'une puissante imitation.

Rien de plus propre que cette immense étendue de moyens littéraires à la reproduction des beautés de l'ancienne littérature. Comme elle a l'idéal pour objet, et que l'idéal résulte d'un choix qui exclut tous les contrastes et rassemble toutes les harmonies, nul esprit littéraire ne pouvait mieux embrasser cette grande tâche que celui dont la souplesse est infinie et la variété inépuisable. Nous nous sommes trouvés naturellement attirés à l'étude, à la copie de la littérature grecque, et de sa première épreuve, la littérature romaine. Mais ici plusieurs réflexions se présentent.

Dans la littérature et dans les arts de la Grèce, c'est par l'instinct que le poète ou l'artiste atteignait l'idéal. Le choix des formes ou des idées nobles se faisait comme de soi-même. Spontanément les aspérités s'effaçaient, les contours de l'œuvre s'arrondissaient moins sous l'effort de la main que sous l'action invisible et immédiate du génie. Il ne s'agissait pas de reproduire des modèles, mais de les créer d'après les types éternels du Beau. Primitive et originale, la littérature grecque ne relevait d'aucune puissance secondaire. L'inspiration était une vertu de sa position.

La France, au contraire, lorsqu'elle a cherché dans les chefs-d'œuvre et les préceptes des Grecs de quoi se faire une littérature, a substitué à l'instinct le calcul, à l'expression la copie. Elle rencontrait même encore, pour aider sa timidité et ralentir son impulsion nationale, la première imitation faite par les Romains. La littérature latine, savante et majestueuse, mais avec peu de grâce; plus régulière et bien moins variée que sa rivale; patriotique et pourtant remplie de souvenirs grecs, de formes empruntées à la Grèce; cette littérature, également connue de nous, et plus populaire encore dans nos écoles, agissait fortement sur les esprits. On était donc conduit, la plupart du temps, à imiter, non plus la Grèce, mais Rome, imitatrice de la Grèce, qui seule n'imite pas. La distance affaiblit les sons de la lyre et le retentissement des voix éloquentes. L'enthousiasme, cette divine faculté de l'homme, ne s'allume guère au second degré de l'imitation.

Puis n'oublions pas la position des littératures imitatrices. Les écrivains qu'elles produisent sont aux prises avec deux forces contraires : la création personnelle et la tradition étrangère. Les puissances de l'esprit se partagent entre l'inspiration et le souvenir. Transporte-t-on les idées ou les sujets anciens au milieu des mœurs modernes; il s'attache à ces sujets et à ces idées un caractère de réalité mensongère. Est-ce dans les limites modernes que se tient renfermé l'artiste ou l'écrivain ; malgré la présence des faits où il puise, il les dénature par un mélange involontaire. Alors s'opère un étrange phénomène dans les lettres et dans les arts. Comme les esprits sont meublés d'emprunts antiques et de conceptions modernes, les œuvres de l'esprit participent de ces deux éléments ; rien n'est vraiment ancien, rien n'est vraiment moderne : ici c'est la naïveté qui manque, là c'est l'illusion.

3. — Influence de Richelieu.

Comme âge littéraire, le siècle de Louis XIV offre un spectacle singulier et instructif à l'observateur. Des hommes nourris de la lecture des Grecs et des Romains entreprennent de fonder la littérature fran-

çaise; ou plutôt, car on ne forme pas de ces entreprises, ils se sentent appelés à produire leur part des
œuvres du génie français. Ces hommes obéissent aussi
au mouvement imprimé par une main puissante. Il
ne suffisait pas à Richelieu d'abattre une turbulente
noblesse, de raser les derniers retranchements féo-
daux et de régner sur le roi et sur le royaume. Il
avait prétendu être le père des lettres; et le dépôt du
bon goût, confié à l'Académie dont il était le fondateur, attestait qu'il avait songé à la durée de son ouvrage. Placé à une époque de transition, entre les
efforts isolés de quelques écrivains et le développement d'un grand siècle, il eut le malheur d'être lui-
même un auteur sans génie, et de croire au génie de
Chapelain. Mais il faut lui savoir gré de ce qu'il mit
en circulation et en valeur parmi nous la pensée littéraire. Elle prit, à la vérité, une forme qu'elle n'eût
pas affectée peut-être si les derniers vestiges de la
chevalerie et les poétiques habitudes du moyen-âge
n'eussent pas été violemment effacées. Mais il n'en
faut pas moins reconnaître que la France littéraire
doit au cardinal-ministre une impulsion forte vers ses
hautes destinées. Comme écrivain, son action était
nulle; mais il était puissant, victorieux, au profit de
l'unité dans la monarchie, et, tandis qu'il donnait un
caractère de majesté régulière à l'autorité royale, il
tournait vers la composition littéraire les esprits pré-
occupés de ce spectacle imposant. Alors il arriva,
comme c'est l'ordinaire, que la nature des idées et
les croyances sociales se reproduisirent dans les œuvres d'art et de littérature. Le mouvement de Riche-

7

lieu, continué par Louis XIV, créa le siècle auquel
ce prince a donné son nom.

4. — Hésitation de Corneille.

Un grand homme contraria d'abord la direction
que le cardinal avait imprimée. Corneille puisa dans
la littérature espagnole une de ces grandes et irrégulières inspirations qui supposent plus de vigueur
que d'artifice. Le *Cid* fut le premier événement de
notre poésie, et l'enthousiasme qu'il excita dut ac-
créditer la source de ce chef-d'œuvre. Il n'en fut pas
ainsi. La littérature de la monarchie une et absolue
protesta par l'organe de l'Académie contre la littérature de l'âge chevaleresque. La critique du *Cid* re-
foula Corneille dans l'imitation des Anciens. Il se
mit à étudier profondément Aristote, et à chercher
comment ses préceptes s'appliquaient au théâtre
français. Nous ne partageons pas l'admiration de ceux
qui vantent les examens que Corneille fait lui-même
de ses tragédies. Sans doute il y porte une franchise
naïve, et il y fait preuve de bon sens ; mais, après
tout, n'est-il pas pénible de voir ce géant tendre les
mains à tous les fils déliés dont la critique grecque
et romaine a préparé la trame, se croire obligé de
défendre *les Horaces*, et de faire de l'érudition sur
Cinna ? La dernière chance en faveur d'une littérature nationale s'était présentée ; elle est perdue :
Corneille a repris les couleurs des Anciens.

Cependant Corneille ne pouvait se sevrer assez vite
de l'originalité à laquelle tendait son génie, pour
satisfaire les partisans outrés des règles d'Aristote ;

aussi fut-il harcelé des injures de l'abbé d'Aubignac, après avoir eu à subir ses éloges.

5. — Influence de l'abbé d'Aubignac.

D'Aubignac, un des familiers de Richelieu pour ce qui regardait la littérature, était un savant, devenu pédant par l'admiration de sa propre science. Il avait donné des conseils à Corneille, il avait présenté les règles des Anciens comme un talisman pour échapper aux témérités théâtrales. C'était lui qui avait tourné en ridicule, dans sa *Pratique du théâtre*, les comédies qui duraient trois heures, où tout se faisait sur la scène, où les intervalles des actes étaient marqués par les violons, et où, pour passer de France en Danemark, il ne fallait que trois coups d'archet, ou tirer un rideau. C'en était assez pour qu'il se crût le critique le plus puissant en France, et l'auteur de la gloire acquise par le grand Corneille. Enfin il ne douta pas qu'après avoir recommandé à celui qui veut devenir poète dramatique « de lire d'abord Aristote, Horace, Castelvetro (qui dans son grand caquet italien enseigne de belles choses!), Hiérome Vida, Heinsius, Vossius, La Menardière, et tous les autres, puis spécialement Scaliger, puis Plutarque, Athénée et Lilius Géraldus; en second lieu, tous les poèmes des Grecs et des Latins (que la bonne fortune a laissés venir jusqu'à nous) avec leurs anciens scoliastes et glossateurs; enfin et surtout la *Pratique du théâtre* », il ne douta pas qu'une génération de grands hommes ne dût sortir de son cerveau. On sait qu'il fit de sa doctrine une application malheureuse, et qu'à propos de sa tragédie de *Zénobie*, absurde et régulière, le grand Condé, qui pleurait aux vers de Corneille, fit le procès aux règles d'Aristote invoquées par l'abbé d'Aubignac.

6. — Deux classes d'écrivains au XVIIᵉ siècle.

Il y a deux classes à distinguer parmi les écrivains en poésie et en prose du siècle de Louis XIV. Tous participent plus ou moins de l'esprit ancien et de l'esprit moderne; mais, chez les uns, c'est l'esprit moderne qui prédomine; chez les autres, c'est l'esprit ancien. Ils peuvent être classés par ces différences : car, si nous voulions les distinguer par le genre de leurs ouvrages, nous arriverions à des résultats tout opposés. « Presque tous les ouvrages qui honorèrent ce siècle, a dit Voltaire, étaient dans un genre inconnu à l'antiquité. » Nous pourrions nous ranger à son avis, sans conclure en faveur de l'originalité du dix-septième siècle. L'exemple qu'il cite, *Télémaque*, prouverait au besoin contre une pareille conclusion. Quel livre est plus antique? et quelle différence est plus faible que celle de la prose cadencée substituée à la mesure des vers?

7. — Génie de Racine.

L'imitation de la littérature ancienne fut sensible surtout dans la poésie, et, parmi les œuvres poétiques, surtout dans la tragédie. Racine prit la tragédie grecque pour modèle. Il ne lui laissa pas toute sa vieille simplicité; il en étendit les proportions, et en modifia le langage. Mais, sous les élégances de son admirable style, sous la complication plus savante de ses plans, vit toujours l'observation de ces règles que le génie de Sophocle avait dictées à celui d'Aristote. Fait-il un pas hors du cercle qu'il veut bien agrandir mais non dépasser, il sent le besoin d'expliquer son audace. Il n'ose écrire *Bajazet,* sujet presque contemporain, qu'après avoir établi sur une autorité imposante que la distance des lieux peut équivaloir à celle des temps. Son admiration pour l'antiquité l'attache comme par nécessité aux sujets anciens; il faut pour l'inspirer l'histoire de la Grèce et de Rome, l'éternelle famille d'Atrée, ou la cour dramatique de Néron. Les sujets d'imagination pure, ceux que fournit l'histoire moderne, lui demeurent à-peu-près étrangers. Lorsqu'il veut se venger des ennuis d'un procès, Aristophane lui prête sa verve, et les *Guêpes* du comique d'Athènes produisent les *Plaideurs.* La tentative la plus hardie de Racine, c'est d'avoir, dans un accès de dévotion et de génie, tiré de l'histoire juive son inimitable *Athalie,* et les beautés touchantes de son *Esther.*

Racine ne copie pas les Anciens. Son goût exquis rejette tout ce qui tient de trop près aux habitudes des auteurs ou du public de la Grèce et de Rome. Il ne met pas non plus en scène d'une manière choquante les habitudes de l'esprit français sous le nom des personnages de l'antiquité. Mais ce qui nous semble vrai, c'est qu'il n'a pu se garantir des préoccupations de l'étiquette et du grand monde. Comme il fait parler admirablement la passion, et comme la perfection savante de son style nous tient sous le charme, nous ne sentons pas assez le tort que l'homme de cour a fait au poète. Il nous est très-difficile à nous-mêmes de sortir du temps où nous sommes pour assister par la pensée à la vie réelle, au langage certain des hommes qu'il fait parler et agir. Mais la réflexion doit nous convaincre que la noblesse régulière des conceptions, le soin de terminer les formes, les conventions qui règlent et suspendent la verve poétique, la pureté constante du style, sont des qualités inhérentes à la littérature grecque représentée par Sophocle, et à la littérature française du dixseptième siècle représentée par Racine. L'esprit du premier a soufflé sur le second. Il suit fidèlement cet esprit, lors même qu'il sait être infidèle à l'imitation littérale. Racine, c'est donc Sophocle transporté en France; c'est le système poétique où domine le culte de la beauté pure, avec moins d'éclat d'imagination sous un ciel moins heureux, et dans l'absence de l'inspiration première, mais aussi avec ce caractère de perfection réalisée que l'expérience rend plus facile au génie.

9. — Boileau.

Comme Racine avait imité surtout les Grecs, Boileau choisit son type parmi les Romains. C'est sous l'influence d'Horace qu'il écrivit l'*Art poétique*, les *Satires* et les *Épîtres*. Quant au *Lutrin*, il importe peu de rechercher qui a pu lui en fournir le modèle; car si nous le considérons comme œuvre d'art et de système, il suffit de reconnaître qu'il renferme les mêmes éléments que les autres ouvrages de Boileau.

Ne soyons pas injustes envers ce grand poëte, parce que d'abord on a été partial en sa faveur. Après avoir fait de Boileau un législateur infaillible, on a prétendu ne voir en lui qu'un artiste en versification. Est-il donc impossible de comprendre que les systèmes littéraires peuvent différer sans s'exclure? Que la gloire de l'un ne dévoue pas au ridicule tout ce qui s'en écarte dans les autres. La grande, la seule règle, c'est d'admettre tous ceux qui sont fondés sur notre nature, et qui représentent quelque chose qui soit de nous. Eh bien! Boileau, ainsi que Racine le fait pour Sophocle, copie moins les détails d'Horace qu'il ne copie son esprit, sa manière poétique. Il le complète en l'imitant, et donne aux genres qu'il lui emprunte plus de corps, de régularité et de poids. Moins vif, moins négligé, il ajoute à ses conceptions ingénieuses quelque chose de la gravité lente et des habitudes composées de la cour du grand roi. Toujours simple et noble, poëte d'une raison calme, d'un style presque sans tache, il atteint le Beau, le Fini, dans les genres même que semble réclamer une liberté plus capricieuse. Quand nous examinerons sa critique et son influence, nous résumerons notre pensée sur le système qu'il a suivi.

Tels sont les deux hommes qui ont acclimaté en France l'imitation des Anciens. Remarquons-le bien, nous entendons par là, non pas la transcription servile, mais l'imitation large, l'imitation de génie, celle qui embellit le modèle, qui touche de plus près au dernier mot d'un système littéraire, et à laquelle toute gloire est permise, sauf l'originalité.

9. — J.-B. Rousseau.

Nous ne nous arrêterons pas à J.-B. Rousseau, dont la lyre quelquefois monotone, et souvent sublime, s'interdit les écarts de Pindare, et préfère l'inspiration plus maîtresse d'elle-même dont Horace avait laissé de si beaux monuments. On sent aussi, en le lisant, je ne sais quelle impression lente et grave, quelle cadence sage et régulière, qui trahit le plus grand des disciples de Boileau.

10. — Fénelon.

Parmi les écrivains en prose, celui qui consacra le plus de génie au système de l'imitation des Anciens, fut Fénelon. Il ne serait pas déraisonnable de le ranger parmi les poètes de ce temps; car, la versification mise à part, quelle âme fut plus poétique que celle de l'auteur de *Télémaque* et du mystique et vertueux ami de madame Guyon? Dans tous ses ouvrages, on retrouve le disciple de l'antiquité, l'homme épris du Beau par souvenir et par instinct à-la-fois, mais dont l'instinct se règle sur le souvenir. Son éloquence coule comme un beau fleuve, dont les eaux ne dévorent jamais ses rives, et qui passe entre les fleurs avec une calme et douce majesté. Aucune aspérité n'arrête sa marche; les détours qu'il fait sont faciles et sans effort. Cette beauté pure et animée que Schlegel nomme *le beau statuaire*, était celle que recherchait l'Antiquité grecque ; c'est celle que réfléchit Fénelon.

11. — Pascal.

Si nous faisions ici une liste chronologique, nous aurions déjà parlé de Pascal, ce vigoureux génie qui devina la science, fonda la langue, et fut le plus ingénieux des écrivains quand il lui arriva de n'en être pas le plus sublime. Les *Provinciales* sont évidemment un de nos livres originaux. Quoique Pascal eût été formé dans cette savante retraite de Port-Royal, où les trésors de l'antiquité grecque et romaine étaient inventoriés avec tant de soin, il était un des hommes les moins accessibles à la tentation d'imiter. En outre, quand il écrivait les *Provinciales*, il plaidait dans une cause de parti, dans une cause qui était la sienne, et c'est surtout dans les productions de l'art qui n'ont d'autre but qu'elles-mêmes que l'imitation vient s'offrir comme un attrait. Ajoutons aussi que la nature du sujet, et ces controverses théologiques inconnues aux siècles de Périclès et d'Auguste, sauvaient encore l'écrivain du péril de l'imitation étrangère.

12. — Bossuet.

Bossuet (que ce grand orateur nous pardonne un tel paradoxe!) Bossuet nous paraît moins original. La faveur de sa position est dans la religion qui l'inspire. Des beautés nouvelles, et que l'éloquence païenne n'avait pas prévues, éclatent dans son élo-

quence. On a eu raison de dire que l'autorité de
la parole spirituelle, les hauts enseignements mêlés
aux pompes de la mort, donnent à l'oraison funèbre
moderne, et surtout à l'oraison funèbre traitée par
Bossuet, une puissance bien supérieure à celle des
éloges funèbres de l'antiquité. Néanmoins, en lisant Bossuet, nous sentons que les effets de son éloquence ont chez les Anciens de nombreuses analogies. Nous trouvons à qui le comparer. Sa gravité sévère, le nerf de sa pensée et de sa diction,
ses mouvements inattendus, sa hardiesse, qui n'exclut pas l'atticisme, le proclament le Démosthènes
de la chaire chrétienne et de l'éloquence française.
Sa gloire est d'avoir jeté l'action et le mouvement
dans un genre qui semble excuser les lenteurs savantes, et d'avoir déguisé l'apparat sous une vivante
inspiration. Le *Discours sur l'Histoire universelle* est
un superbe exercice oratoire, insuffisant pour la
science, mais admirable comme forme de la pensée. En général, là, comme dans les oraisons funèbres, comme dans tous les principaux chefs-
d'œuvre de Bossuet, on trouve quelque chose de
l'esprit moderne, et quelque chose de l'esprit ancien. Le premier domine, mais le second est sensible. Bossuet a sa verve chrétienne, sa force propre
de création, ses nombreuses découvertes en fait de
style; il a aussi, dans ses oraisons funèbres surtout,
la régularité imposante, le soin des proportions, et
comme ce parfum d'idéal qui nous charme dans
les antiques modèles. Trop fort pour faire prévaloir l'imitation sur l'invention personnelle, trop

homme de cour pour se soustraire sans réserve
à l'influence des littératures adoptées par les hommes
de génie reçus à la cour, il puisait cependant de
préférence le neuf et le sublime à la source des
saintes Ecritures. Il est resté puissant orateur, poète
à la manière des prophètes ; mais cette nature énergique semblait promettre encore plus d'élan et de
hardiesse. Elle s'est usée quelque peu en se polis-
sant.

13. — Labruyère.

Parlerons-nous de Labruyère ? Ce vif et profond
écrivain, visiblement imitateur de Théophraste pour
la pensée et le cadre de son ouvrage, le dépasse de
beaucoup par la sûreté de l'observation et la nouveauté du style. Mais si ces titres à notre admiration sont bien acquis, ils ne sont pas tels que nous
puissions le compter parmi les chefs d'une littérature originale.

Nous ne prenons ici que les sommités, et nous
arrivons à deux génies qui se séparent de tous les
autres, pour briller sans modèles et sans rivaux.

14 — Molière.

Molière et La Fontaine ! Ces deux hommes n'igno-
raient pas l'antiquité grecque et latine ; mais chez
eux l'instinct de l'art vainquit la science. Molière a
bien pris quelque chose des farces tour à tour ingénieuses et grossières d'Aristophane, des lazzis vifs
et comiques de Plaute, et plus rarement des élé-

gants dialogues de Térence; mais, comme ces emprunts disparaissent sous la fécondité de son génie! Il eut la puissance de s'isoler au milieu du monde, et, loin de toute préoccupation nuisible à l'artiste, il se mit à regarder et à pénétrer les ridicules. Ceux qui étaient odieux, comme ceux qui étaient plaisants, entrèrent dans le domaine comique. Molière saisit au vif la nature humaine et la société où il vivait. Il esquissa les travers, et peignit à grands traits les caractères. Sa puissante observation lui rendit inutile le secours de ceux qui l'avaient précédé. Aristophane, Plaute, Térence, sont des écrivains habiles, des poètes ingénieux; Molière n'a pas songé à la gloire du poète ou de l'écrivain. Il a observé, creusé à des profondeurs immenses, et son style s'est élancé armé d'énergie, tout resplendissant de vives couleurs. L'homme du peuple comprend ses comédies et les goûte; le lecteur ou le spectateur lettré les admire, et pour leur naturel inimitable, et pour cet art merveilleux qui dérobe le naturel. Molière est tout moderne, tout original. Ce qu'il a d'imitation ne vaut pas la peine qu'on le remarque, et toutes ses grandes beautés sont à lui et à la France.

15. — La Fontaine.

Et La Fontaine, poète à son insu, non pas ignorant, mais naïf usager de la science, que trouvait-il dans Esope? Un canevas aride, une sèche moralité. Dans Phèdre? d'ingénieux récits contés dans un beau style; précision, élégance, mais le génie de

la fable, nullement. La Fontaine avait, comme
Molière, ce don précieux de s'isoler dans la foule,
de se créer un monde qui n'était qu'à lui, et dont
rien ne pouvait le distraire. Il observa le caractère
et les mœurs des animaux, comme Molière le caractère et les mœurs des hommes. Dans ce pays
de l'illusion, il commença par en éprouver pour en
produire. Il prit çà et là des sujets déjà traités, mais
il tournait son plagiat en propriété, car il enlevait,
par la mise en œuvre, jusqu'à la plus légère trace
d'imitation. C'était, comme on l'a dit spirituelle-
ment, un fablier, non pas un fabuliste. La Fontaine
n'est point grec ou latin. Lui aussi est un écrivain
vraiment moderne, un poète français vraiment
original.

Telles sont donc, sous ce point de vue du moins,
les deux grandes gloires de notre littérature. Dans
Molière et dans La Fontaine conspirent à-la-fois l'intérêt noble des peintures générales, et l'intérêt vivant
des applications. En même temps qu'ils explorent le
genre humain, ils mettent à nu l'intérieur des palais,
les habitudes du bourgeois et du paysan ; ils peignent non-seulement l'homme, mais les hommes.
Ils ont eu des prédécesseurs, et point de modèles.
L'Antiquité ne peut réclamer que la plus faible part
dans leurs hautes inspirations.

16. — Autres écrivains.

Si maintenant, après cette justice rendue à deux
beaux génies, nous descendions un degré dans l'é-
chelle littéraire, nous rencontrerions des écrivains

éminents, tous plus ou moins marqués du signe de
l'imitation. Fléchier reproduit l'éloquence artificielle
d'Isocrate ; Massillon rappelle, avec plus de goût et
de mesure, les transformations de pensées familières
à Sénèque. Saint-Réal nous rend presque Salluste.
Quinault, sans adopter, dans un genre nouveau, un
modèle unique, rappelle les chœurs nobles et harmonieux des tragiques de la Grèce, et quelquefois la
grâce idéale de Théocrite.

17. — Artistes.

Dans les arts, même caractère. C'est sur l'étude
de l'Antique qu'est assise l'École française de peinture. Poussin lui dut ses chefs-d'œuvre ; Lesueur
et Lebrun reçurent de ce maître, pour premier,
pour unique conseil, celui d'étudier et de suivre l'Antique ; et si Lebrun resta moins fidèle que
Lesueur aux traditions de simplicité et de noblesse,
la manière française, au siècle de Louis XIV, est
suffisamment constatée par les deux premiers peintres du temps. La régularité noble distingue également la sculpture du dix-septième siècle, et, au jugement de Voltaire [1], l'art de jeter en fonte et d'un
seul jet des figures équestres colossales y fut porté au
plus haut degré. Les monuments de l'architecture
attestent d'une manière éclatante le culte voué par
les artistes à l'Antiquité. Le Sublime des monuments
du moyen-âge est répudié, comme inconnu à Vitruve.
Les proportions nobles et sages, la majesté, la sobriété

---

[1] *Siècle de Louis XIV*, tome II, page 33.

d'ornements, l'harmonie des formes heureusement
terminées, telles sont les beautés que recherche le
génie des Perrault et des Mansard; le Louvre et le
château de Versailles expriment à-la-fois la dignité
du siècle, et l'adoration des souvenirs.

18. — Résumé.

Pour résumer en quelques mots notre opinion sur
la littérature et les arts du dix-septième siècle, nous
croyons que, sauf les hardiesses particulières, qui
sont les exceptions du génie, on y trouve surtout un
caractère de goût supérieur, et de dignité savante.
La poésie, cette langue indépendante, que l'admiration instinctive des hommes place au premier rang
chez toutes les nations, y est plus jalouse des règles,
plus attentive à l'ordre, plus méfiante de la liberté,
que toutes les autres applications de la pensée. Toute
la France littéraire du dix-septième siècle n'est pas
dans Racine, et pourtant le nom de Racine se suggère de lui-même à quiconque veut caractériser cette
grande époque, tant il paraît la complète et réelle
expression du vif amour de la beauté antique, seule
passion de la littérature du temps de Louis XIV,
but presque unique de sa majestueuse imitation! Elle
est belle et grande cette littérature; elle n'est pas
moderne, elle n'est pas nationale; elle n'a pas épuisé
à l'avance toutes les sources littéraires, et l'avenir
des lettres françaises ne doit pas être grevé d'impuissance par ce passé glorieux.

En dehors des écrivains, orateurs ou poètes, du

siècle que nous étudions, deux foyers d'idées littéraires semblaient destinés à concentrer les opinions
diverses: c'étaient l'Académie Française et l'hôtel
de Rambouillet.

19. — Académie française.

L'Académie française n'eut pas, dès l'origine, le
caractère imposant qu'elle devait acquérir plus tard.
C'était une gardienne préposée à la défense du langage; une compagnie d'assurance contre les solé-
cismes. On y traitait peu de questions de littérature.
La seule affaire, la mission, d'ailleurs utile, de cette
assemblée, était de s'assurer, comme parle Molière,
qu'on ne manquait pas à parler Vaugelas.

A la vérité, un de ses membres les plus influents,
Chapelain, avait proposé et fait adopter, dès l'origine,
un projet d'une plus haute portée. Il avait représenté : « qu'à son avis la fonction de l'Académie devait être de travailler à la pureté de notre langue,
et de la rendre capable de la plus haute éloquence ;
que, pour cet effet, il fallait premièrement en régler
les termes et les phrases, par un ample dictionnaire
et une grammaire fort exacte, qui lui donneraient
une partie des ornements qui lui manquaient, et
qu'ensuite elle pourrait acquérir le reste par une
rhétorique et une poétique, que l'on composerait
pour servir de règle à ceux qui voudraient écrire en
vers et en prose [1]. »

L'Académie travailla en effet avec une longue per-

---

[1] PELLISSON, *Histoire de l'Académie française.*

sévérance au dictionnaire et à la grammaire ; mais, quant à la rhétorique et à la poétique, il ne fut donné aucune suite à l'idée de Chapelain. Le second historien de l'Académie française, l'abbé d'Olivet, nous explique assez bien pourquoi cette portion du dessein primitif fut abandonnée. « La rhétorique et la poétique, dit-il, sont essentiellement les mêmes pour toutes les nations et dans tous les temps : or, s'il y a quelque chose de particulier pour nous dans la rhétorique, c'est seulement ce qui regarde les figures de l'élocution, et, dans la poétique, c'est seulement ce qui regarde nos rimes, la construction du vers, et certaines pièces dont la forme n'est connue que parmi nous, comme le virelai, la ballade, le rondeau. A cela près, je le répète, tous les préceptes qui renferment l'essence de ces deux arts sont invariables, et il y aurait de la présomption à croire qu'on puisse enchérir sur ce que les Anciens nous en ont transmis. »

Assurément, avec une telle conviction, c'eût été folie aux académiciens que de rédiger une rhétorique et une poétique. Tout ce qui est général avait été prévu et dit par les Anciens ; il n'y avait donc qu'à s'occuper des détails spéciaux du langage ; conclusion irréprochable à tous égards.

Il se trouva cependant un assez grand nombre d'esprits chagrins qui contestèrent à l'Académie, même le droit de travailler sur la langue française. On l'accusait *de vouloir imposer des lois à des choses qui n'en pouvaient recevoir* [1]. Ainsi le sentiment du public

---

[1] *Vide suprà.*

ne fut pas unanime en faveur de l'institution nouvelle. Cette opposition était peu éclairée sans doute.
Les langues étant quelque chose de conventionnel,
il est utile qu'une autorité subsiste, qui se serve des
données de l'usage, de l'exemple des bons écrivains,
maintienne régulière et intelligible la langue nationale, et profite sans témérité et sans crainte des progrès du temps [1].

On eût pu désirer que cette compagnie, au lieu
de critiquer le *Cid*, par ordre exprès du cardinal de
Richelieu, s'inspirât de l'apparition même de ce
grand ouvrage, et donnât au monde littéraire, tant
pour la poésie que pour l'éloquence, une déclaration
des droits de la pensée, et un code de franchises com-
patibles avec les règles du bon sens. Elle n'était pas
arrivée à ce point d'indépendance où notre temps
même n'est pas encore parvenu. Elle se renfermait
dans le dictionnaire et dans la grammaire. Les médiocrités qu'elle contenait dans son sein respiraient
à l'aise sous cet abri modeste. Les hommes supérieurs agissaient sur les esprits par leurs ouvrages, et
apportaient à l'académie leur illustration sans lui
payer le tribut spécial d'un travail académique.
Aussi fut-elle un point de mire pour l'ambition littéraire, un honneur brigué par le talent, usurpé sou-

---

[1] « Je sais bien, dit Pellisson, que les esprits des Français ne sont pas
nés à la servitude. Je ne voudrais pas même défendre à ceux qui se sentent
quelque génie de rien donner à leur goût, quand il n'est pas tout-à-fait ex-
travagant, et qu'il ne choque pas directement celui du public. Mais, après
tout, en des choses indifférentes, et qui dépendent purement de l'institution, le témoignage de quarante personnes des plus intelligentes en ces
matières a beaucoup de poids et d'autorité. » *Ibid.*

vent par la faveur, mais non pas une régulatrice du
goût public.

20. — Hôtel de Rambouillet.

La société de l'hôtel de Rambouillet aurait pu
prétendre à une influence plus étendue; mais son
étrange composition la rendait également inhabile à
fonder et à soutenir cette influence [1]. En effet,
Chapelain y siégeait à côté de Corneille, Cotin à côté
de Pascal. Le pédantisme bavard de Ménage y était
encore plus goûté que la concision élégante de
Larochefoucauld, ou la grâce inimitable de Mme de
Sévigné. On y écoutait Bossuet, mais on y admirait
Benserade. C'étaient tour à tour d'ingénieux et pro-
fonds entretiens, et d'absurdes systèmes. L'affectation, importée de l'Italie, y dominait, malgré la présence des hommes de goût; des puérilités sentimen-
tales s'y débitaient en face des hommes de génie. Les
précieuses, qui tenaient ce cercle de beaux esprits,
prenaient parti pour les plus ridicules, et retardaient
ainsi les progrès du bon goût, qu'elles croyaient
régler.

Cette société néanmoins fixait les regards du public. Des affiliations de provinces répandaient son
jargon sur différents points de la France. L'académie
jugeait les disputes de mots qui naissaient dans son
sein. Quatre ou cinq grands noms donnaient le

---

[1] Voyez l'ingénieux *Tableau de la littérature française au seizième
siècle,* par M. Sainte-Beuve. Il y prétend que cette pitoyable génération
poétique, représentée à l'hôtel de Rambouillet, était la décrépitude de
l'ancienne littérature, la *Queue de Ronsard.*

change, et l'on se croyait en sûreté derrière l'imitation de quelques beaux génies. On ne démêlait pas la part de chacun dans ce qui n'était désavoué par personne. Si l'hôtel de Rambouillet eut quelque influence littéraire, ce fut une influence pernicieuse. Un chapitre de Labruyère, et surtout une comédie de Molière, tombée au milieu de cette bizarre compagnie, la pulvérisa, et en dispersa même les souvenirs.

21.— Règne du burlesque.

Une autre école occupait en même temps les esprits. Boileau nous atteste que le burlesque eut son demi-siècle de triomphe :

> On ne vit plus en vers que pointes triviales ;
> Le Parnasse parla le langage des halles :
> La licence à rimer alors n'eut plus de frein :
> Apollon travesti devint un Tabarin.
> Cette contagion infecta les provinces ;
> Du clerc et du bourgeois passa jusques aux princes.
> . . . .
> Mais de ce style, enfin, la cour désabusée,
> Dédaigna de ces vers l'extravagance aisée, etc.

Ce ne fut pas seulement la Cour sans doute, comme le prétend le poète courtisan, ce fut aussi le progrès général du bon goût et le contraste de quelques talents élevés qui décréditèrent les plates niaiseries. Un seul écrivain remarquable en ce genre, Scarron, est assis au dernier rang parmi les littérateurs du dix-septième siècle dont nous avons gardé la mémoire.

22. — Critique française au XVIIᵉ siècle.

La critique littéraire écrite fut rare dans ce siècle
d'efforts et non de raisonnement. Un seul ouvrage,
mais un ouvrage important, l'*Art poétique* de Boileau,
se détache de l'obscurité qui enveloppe les autres.
Nous pourrions y joindre les *Dialogues sur l'Éloquence*
de Fénelon, œuvre moins capitale, mais digne cependant de méditation. Commençons par l'*Art poétique*.

23. — Critique de Boileau.

Ce livre paraît composé surtout en haine des imitations qui ne remontent pas aux littératures de la
Grèce et de Rome. Il faut en convenir, sauf quelques exceptions glorieuses, telles que le *Cid*, les im-
portations espagnoles ou italiennes n'avaient pas été
introduites en France avec un talent qui pût dés-
armer la critique. L'influence italienne surtout,
partant de tout ce qui occupait ou avoisinait le trône,
avait eu les désastreux effets que Boileau énumère,
et que nous avons déjà indiqués. Il est vrai que les
imitateurs maladroits de l'Arioste et du Tasse allaient
chercher leurs inventions loin du droit sens, et auraient cru s'abaisser *en pensant ce que d'autres avaient
pu penser comme eux.* Il est bien vrai que les pointes
passèrent des concetti italiens dans la poésie française, et envahirent le théâtre, le barreau et jusqu'à
la chaire. Boileau est exact dans la brillante peinture
de ces folies.

Mais il cesse d'être juste quand il tourne du blâme
mérité par les imitateurs à l'accusation des modèles.

Rien n'est moins fondé que le reproche qu'il adresse au Tasse de nuire à l'intérêt de son poème, parce qu'il présente *le diable toujours hurlant contre les cieux.* A l'en croire, il n'y a que l'ancienne mythologie qui puisse fournir des images grandes, variées, vraiment épiques. Heureusement, quatre des plus grands noms que puisse prononcer l'admiration des hommes, le Dante, le Tasse, Milton et Klopstock prostesteront éternellement contre cet aveugle arrêt.

C'est surtout pour ce qui regarde la poésie drama-tique que Boileau s'arme de tout son enthousiasme classique contre la moderne imitation. Il relègue avec mépris *au-delà des Pyrénées les rimeurs* qui osent violer l'unité de temps, sacrée à ses yeux. Nous, ajoute-t-il, *nous que la raison à ses règles engage,*

> Nous voulons qu'avec art l'action se ménage ;
> Qu'en un lieu, qu'en un jour, un seul fait accompli
> Tienne jusqu'à la fin le théâtre rempli.

Il est à-peu-près convenu aujourd'hui, même parmi les partisans exclusifs du système classique, que cette formule impérative, cette ordonnance de chancellerie, a bien perdu de sa vertu obligatoire. On tient beaucoup moins que le maître aux unités de temps et de lieu. Quant à l'unité d'action, bien plus nécessaire, on reconnaît qu'elle ne doit pas con-traindre à une simplicité nue, et qu'elle peut se con-cilier avec la richesse épisodique des détails.

Toujours bien servi par le contraste de ce qui s'est fait avec ce qu'il recommande, Boileau rappelle agréablement la grossièreté de notre théâtre à son

enfance et la sotte piété qui inspirait les vieux Mystères. Il salue de ses cris d'enthousiasme le moment
où *l'on vit renaître Hector, Andromaque, Ilion;* seulement il constate avec beaucoup de sang-froid que
nos acteurs *ne reprirent pas le masque des Anciens,* et
que *le violon tint lieu de chœur et de musique.*

C'est donc uniquement à travers les théâtres de
l'Antiquité que Boileau a vu s'élever un théâtre national en France. Il ne le conçoit que comme le
calque du théâtre d'Athènes, moins le masque, la
musique et les chœurs. A la vérité, il constate un
fait, mais il le proclame le seul possible et le seul
légitime. Il n'admet pas d'autre expiation de nos in-
formes ébauches qu'une imitation noble et polie des
drames de l'Antiquité, et l'adoption même des sujets
qui étaient nationaux et d'un intérêt tout récent, il
y a quelques milliers d'années, dans des pays où ré-
gnaient d'autres idées et d'autres mœurs.

Molière est jugé par le poète législateur avec quelque sévérité. Il le blâme d'avoir fait *souvent grimacer*
les traits *dans ses doctes peintures*, et ajoute que, sans
cela, il eût *peut-être* remporté le prix de son art. Il
lui reproche d'avoir été *trop ami du peuple*, et d'avoir
sans honte à Térence allié Tabarin. Certes, Molière a
quelquefois abusé du genre familier; mais s'ensuit-il
que, partout où ses peintures semblent chargées, il
tombe dans un véritable défaut? Faut-il, comme le
dit notre critique, que les personnages badinent toujours *noblement*, et qu'un auteur comique ne prenne
ses inspirations que dans les *Adelphes* ou l'*Andrienne?*
Il y a une limite de pudeur à respecter; mais Molière

dut craindre la pruderie qui comprime la verve, comme la licence qui l'égare.

La plupart des préceptes de Boileau sont raisonnables, et c'est leur seul caractère. Il raisonne bien quand il recommande au poète la sobriété dans les détails, et qu'il lui fait haïr le plus ennuyeux des défauts, l'uniformité. Il raisonne bien encore quand il préconise la clarté et la pureté grammaticale, quand il veut qu'un tout se compose de parties harmonieuses et que le bon sens préside à toutes les conceptions de l'écrivain. C'est une grande et belle pensée que d'enfermer tous ses préceptes entre la raison et l'amour de la vertu.

> Que le bon sens toujours s'accorde avec la rime.
> ...Le vers se sent toujours des bassesses du cœur.

Mais en général on ne rencontre pas dans l'*Art poétique* de ces préceptes larges, platoniciens, qui montrent au-delà de ce qu'ils expriment, et qui allument l'imagination en même temps qu'ils énoncent une loi du goût. C'est toujours, en définitive, de la noblesse que Boileau réclame : il veut que la pensée soit toujours noble, que le style soit toujours noble. Il prescrit d'être simple avec art, de mettre de l'art dans le beau désordre de la poésie lyrique. Il s'effraie d'un hémistiche qui ne serait pas suspendu, d'un vers qui oserait enjamber sur un autre vers. Faire parler les bergers *comme on parle au village* lui semble une monstruosité ridicule, et il trouve que, régulièrement, une bergère doit s'appeler Philis, et un berger Lycidas.

Nous ne prétendons pas que toutes ces idées soient fausses, mais nous les énumérons pour démontrer la tendance des lois imposées par Boileau à la poésie française. L'*Art poétique* se compose en partie de souvenirs d'Horace, en partie de croyances littéraires suggérées à Boileau par le spectacle d'une noble étiquette et le tour particulier de son esprit. Il voulait que la littérature française fût noble et digne comme Louis XIV, et qu'elle n'osât pas devenir autre chose.

24. — Querelle des anciens et des modernes.

Nous devons dire ici quelques mots de cette querelle littéraire qui s'éleva de son temps, et à laquelle il prit lui-même une part active. Sous la question de prééminence qui semblait s'agiter entre les Anciens et les Modernes, se cachait une idée supérieure à tous ces parallèles, et dont les adversaires des deux partis ne se rendaient pas compte à eux-mêmes, tandis qu'elle leur mettait les armes à la main.

De quoi s'agissait-il en apparence ? de décider quels étaient les plus grands génies des écrivains de nos jours ou de ceux de l'Antiquité. Pour y parvenir, on analysait les beautés et les défauts des uns et des autres. On les faisait saillir pour les jeter au visage de ses adversaires, et, quand il paraissait prouvé que Chapelain ne valait pas Homère, ou que Scudéri était inférieur à Cicéron, tout était dit.

25. — Critique des deux partis.

Alors, comme en deux camps opposés, on voyait Ch. Perrault, Visé, Desmarets, Lamotte et Fontenelle, soutenir la supériorité des Modernes contre Mme Dacier, Huet, La Fontaine, Racine et Boileau, champions déterminés des Anciens.

26. — Ch. Perrault.

Perrault, dans son *Parallèle des Anciens et des Modernes,* ouvrage d'un homme instruit qui ne sait pas faire un livre, ne se place jamais sur le terrain des principes. Sa critique se compose de personnalités contre la gloire d'Homère, de Pindare et des autres auteurs anciens. Il met en balance avec ces justes et grandes renommées la petite vogue obtenue par quelques mauvais écrivains de son temps. Le goût manque à ses opinions, et il n'y supplée pas par le génie.

27. — Visé.

Visé, fondateur du *Mercure galant,* qui était *immédiatement au-dessous de rien,* suivant Labruyère, avait critiqué d'abord la *Sophonisbe* de Corneille. Habitué aux contradictions, il l'avait ensuite défendue avec véhémence contre l'abbé d'Aubignac. Détracteur violent de Molière, panégyriste de Cotin, il se rangea du côté de Ch. Perrault dans la querelle des Anciens et des Modernes. Son journal, lu parce qu'il était rédigé avec malignité, fournit des armes faibles, quoique acérées, aux adversaires des Anciens.

28. — Desmarets.

Desmarets, fanatique en littérature comme en religion, s'irrite de voir son poème de *Clovis,* qu'avait

loué Chapelain, flétri par les justes et brûlantes censures de Boileau. Il se proclame supérieur aux Anciens, foule aux pieds Virgile et Homère, et, dans sa
ridicule jactance, il se compare à Tamerlan, vain-
queur de Bajazet. Sa bile s'exhale aussi contre les
écrivains modernes qui s'étaient faits imitateurs des
Anciens, et il déclare confondu Boileau qui avait
douté de sa gloire.

De tels hommes n'étaient pas propres à faire triompher même une bonne cause. Qu'était-ce donc lorsque la question était mal posée, et ravalée d'une théorie à une comparaison ?

29. — Lamotte et Fontenelle.

Lamotte et Fontenelle avaient plus de titres à se
faire écouter ; mais leurs idées étaient trop fines et
trop peu profondes. Le second a décliné en quelque
sorte la responsabilité de sa hardiesse, et a renié le
parti qu'il semblait favoriser. Le premier a franche-
ment attaqué les Anciens et sur les principes et sur
les résultats : il a combattu les trois unités, réfugiées
alors sous la protection de Voltaire, et en même
temps rabaissé la réputation d'Homère, qu'il tradui-
sait. Comme son système littéraire n'était pas arrêté,
il mêlait des opinions fausses et contradictoires à des
discussions ingénieuses et solides. Avec de la prétention à passer pour poète, il dénigrait la poésie, et
voulait lui ravir, au profit de la prose, tous les genres
qu'elle avait jusqu'alors revêtus de ses couleurs.

30. — Madame Dacier.

Dans le parti contraire, Mme Dacier répondit à Lamotte, détracteur d'Homère, par son *Traité des Causes de la corruption du goût.* Commentateur zélé, et passionnée pour son idole, Mme Dacier défendit Homère par l'injure et par l'érudition. Elle soutint pesamment une thèse facile, et prouva, ce qu'il n'aurait pas fallu contester, qu'Homère est un grand poète, et que l'admiration des siècles lui appartient..

31. — Huet, La Fontaine, Racine.

Nous mentionnons ici Huet, qui écrivit une lettre; La Fontaine, qui composa une épître contre l'ouvrage de Perrault; Racine, qui donna lieu à la composition de ce même ouvrage, en paraissant douter de la pensée de Perrault comme d'un blasphème.

32. — Boileau.

Mais, parmi ceux qui soutenaient alors la cause des Anciens, Boileau tient sans contredit le premier rang. Dans ses réflexions sur le *Traité du Sublime,* par Longin, il attaque Perrault corps à corps, met à nu les erreurs de fait que l'auteur du parallèle avait commises, et insulte de toute la hauteur de sa raison à l'homme qui trouvait Homère peu sensé, et Platon visionnaire. D'accord avec le goût public, qu'il avait instruit à juger Cotin et Chapelain suivant leur mérite, il accable d'arguments irrésistibles leur panégyriste et leur ami.

33. — Fénelon.

Après avoir répondu à Mᵐᵉ Dacier par ses *Ré-*
flexions sur la Critique, Lamotte avàit pris Fénelon
pour juge dans la querelle élevée entre les Anciens
et les Modernes. La tolérance de ce grand esprit
laissa la question indécise, mais parut cependant
faire incliner la faveur du côté des Anciens[1]. « Les
anciens, dit Fénelon, ont évité l'écueil du bel esprit,
où les Italiens modernes sont tombés, et dont la
contagion s'est fait un peu sentir à plusieurs de nos
écrivains d'ailleurs très-distingués. Ceux d'entre les
Anciens qui ont excellé ont peint avec force et gràce
la simple nature. Ils ont gardé les caractères, ils
ont attrapé l'harmonie; ils ont su employer à propos le sentiment et la passion. C'est un mérite bien
original. Ma conclusion est qu'on ne peut louer
trop les Modernes, qui font de grands efforts pour
surpasser les Anciens. Une si noble émulation promet beaucoup. Elle me paraîtrait dangereuse, si
elle allait jusqu'à mépriser et à cesser d'étudier les
grands originaux. »

Au point où la question avait été rabaissée, c'é-
tait quelque chose pour Fénelon de ne pas la laisser
dans toute sa puérilité. Il loue les Anciens, mais ne
déprécie pas les Modernes; de même qu'il craindrait
pour les Modernes, s'ils renonçaient à étudier les Anciens. Il sort des personnalités, et revient des noms

---

[1] *Lettres de Fénelon,* publiées par Lamotte.

propres aux observations générales. Mais ce rôle de médiateur ne suffisait pas.

34. Importance réelle et apparente futilité de la querelle.

Qu'importait de savoir si les Anciens étaient supérieurs aux Modernes, ou les Modernes aux Anciens? Notre littérature pouvait-elle gagner quelque chose à la conclusion? Oiseuse dispute! Duels de rhéteurs! et cependant cette guerre n'était pas au fond si frivole qu'en apparence. Imitez les Anciens, disaient la prose comme les vers de Boileau; les Anciens sont nos uniques modèles! Soyez vous-mêmes, disait de son côté Ch. Perrault; profitez de vos mœurs et de vos usages, ils vous suffisent. Les Anciens vous égareraient, parce qu'ils se sont égarés eux-mêmes; ne les imitez pas.

En réalité, il était possible d'éloigner cette imitation par une partie des motifs qu'il allègue. Il fallait ne pas méconnaître les chefs-d'œuvre d'un autre âge, sentir et proclamer le grandiose des monuments de la littérature grecque et latine, la perfection de quelques-uns; puis ajouter que le fini de ces beaux ouvrages n'est pas tout ce que l'esprit humain peut produire, et que, sous un autre climat, avec d'autres idées, d'autres croyances, d'autres habitudes sociales, il était possible de frayer au génie une route différente du sentier battu par Homère et par Aristote. Deux littératures, l'une admirée comme la grande figure des civilisations anciennes, l'autre cultivée comme l'expression du monde moderne, pouvaient marcher de pair et fleurir dans un ac-

cord fraternel. Au lieu de se prendre ainsi aux principes, et de comparer les faits littéraires aux données philosophiques, les faibles adversaires des Anciens au dix-septième siècle outragèrent des gloires
éprouvées par le temps. Au lieu de dire : N'imitez
pas les Anciens, parce que vous avez des ressources
propres aux Modernes; ils dirent : N'imitez pas les
Anciens, parce qu'ils ne vous valent pas. Ils furent
vaincus, et ils devaient l'être. Leurs antagonistes
eurent peu de difficulté et d'honneur à les combattre; ils avaient pour eux le talent et la faveur de la
position. Si, au lieu de parallèles vides et de censures injustes, ils avaient eu à repousser des décla-
rations de principes énoncées par des écrivains originaux, l'ardente querelle des classiques et des
romantiques eût été dès-lors suscitée, et, du moins,
on se fût disputé pour quelque chose, puisque les
deux destinées de toute littérature eussent été livrées
au jugement public.

35. — Critique de Fénelon.

Tous les ouvrages sortis de la plume de Fénelon
sont en possession de plaire et d'être utiles ; car il y
avait en même temps, dans ce rare génie, beaucoup
de grâce et beaucoup d'élévation. Aussi Platon est-
il souvent cité par lui, et la sympathie qui les rapproche n'éclate nulle part avec autant de force que
dans les *Dialogues sur l'Éloquence*. Les principes de
Platon sont ceux de Fénelon : le dégoût des petites
finesses oratoires et des inutiles préceptes qui en-
combrent les livres des rhéteurs; la conviction

que l'éloquence doit tendre à inspirer la justice et
la vertu, le blâme des traits apprêtés, des pointes
fleuries qui, selon lui, cachent l'incohérence et le
vide des idées. Le Traité de Longin est, à ses yeux,
fort supérieur à la Rhétorique d'Aristote, et il est peu
sensible au style artificiel de l'élégant Isocrate. Nous
trouvons quelque chose à reprendre dans sa définition de l'éloquence, qu'il réduit à ces trois termes :
Prouver, peindre et toucher. Prouver et toucher
nous paraissent donner une idée complète de la véritable éloquence. Peindre est une idée secondaire
comprise dans les deux autres, et qui ne devient
principale que si on l'applique à la poésie.

36. — Critique de Crévier.

Il y a beaucoup moins de fruit à retirer de l'ouvrage lourd et diffus auquel Crévier a donné le nom
de *Rhétorique*. Ce savant professeur y a renfermé
cependant de justes observations, mais qui ne nous
apprennent guère autre chose que les préceptes de
Cicéron et de Quintilien.

37. — Critique du P. Lami.

L'*Art de parler*, du P. Lamy, est un livre plus
original, mais, il faut le dire aussi, bien plus bizarre. Il remonte aux premières notions sur le mécanisme des langues, la mesure, la prononciation,
analyse jusqu'à la substance du cerveau, et arrive
enfin à des remarques intéressantes. Il établit que,
lorsqu'on parle d'éloquence, on ne doit pas seulement entendre le langage des orateurs, et que l'é-

loquence n'est pas circonscrite dans les seuls discours. Il se rencontre avec Platon et Fénelon pour
donner la vérité comme but légitime à l'éloquence, et
s'élève contre le danger des lieux communs, qui peuvent offrir à la bonne et à la mauvaise cause des armes redoutables.

38. — Critique de Rapin.

Rapin n'est pas un auteur profond, et il a souvent de la trivialité dans le style ; mais il ne manque
pas d'esprit, et il a un certain instinct de critique.
Ses *Réflexions sur l'éloquence* ont quelquefois le mérite d'une pensée juste, exprimée avec concision.
Nous donnerons pour exemple cette maxime : « Rien
de plus essentiel à celui qui parle, que de parler dans
son génie.» Vérité que Boileau avait exprimée moins
heureusement, à ce qu'il nous semble, par ces deux
vers :

> Chacun, pris dans son air, est agréable en soi.
> Ce n'est que l'air d'autrui qui peut déplaire en moi.

39. — Critique de Bouhours.

La *Manière de bien penser dans les ouvrages d'esprit,*
par le jésuite Bouhours, renferme peu de substance.
C'est un livre judicieux et raisonnable, si ce n'est
que l'éloge fréquent et exagéré de Voiture y fait
tort aux préceptes du goût. La vérité dans les pensées, l'agrément, la grandeur, la délicatesse et le naturel, qui doivent se joindre à cette qualité première,
enfin la clarté, telles sont les lois que Bouhours pres-

crit à l'écrivain ; tel est l'ordre dans lequel il les distribue. Son système a, pour emprunter l'expression allemande, un caractère objectif, c'est-à-dire qu'avec Hermogène et Démétrius de Phalère, il place dans les objets et non dans l'esprit la force et la couleur de nos pensées. Justesse, agrément, noblesse, toutes les qualités dont la pensée est susceptible, il les fait dépendre de sa fidélité à reproduire l'objet comme un miroir. Mais cette conformité de l'image à l'objet n'est pas une règle toujours applicable. Elle est bonne pour les cas où les sens transmettent à l'âme une impression qui fait naître une idée ; encore, dans cette occasion, l'âme n'est-elle pas toute passive, et bornée à recevoir ; mais, excitée par l'impression qui la frappe, elle réagit pour produire l'idée. Elle ne réfléchit donc pas seulement l'objet, elle met en œuvre les matériaux que l'objet lui amène. A plus forte raison, lorsque l'âme, par sa vertu propre, enfante une pensée, relative sans doute à un objet, mais à un objet sans couleur et sans forme, il est difficile de voir là une image fidèlement réfléchie. L'inconvénient de ces métaphores est de confondre des points de vue très-divers. Il est facile de reconnaître cette confusion dans les paroles suivantes de Bouhours : « Les pensées, dit-il, sont les images des choses, comme les paroles sont les images des pensées, et penser à parler, en général, c'est *former en soi la peinture d'un objet ou spirituel ou sensible.* Or, les images et les peintures ne sont véritables qu'autant qu'elles sont ressemblantes. Ainsi, une pensée est vraie lorsqu'elle représente les choses fidèlement, et elle est fausse

quand elle les fait voir autrement qu'elles ne sont
en elles-mêmes. » Avec une telle doctrine, il faudrait avoir la prétention de pénétrer l'essence des
choses : autrement il serait à jamais impossible de
s'assurer s'il y a dans une pensée conçue fausseté ou
vérité.

40. — Critique de Le Bossu.

Ce serait faire trop d'honneur au *Traité du Poème
épique,* par Le Bossu, que de le juger digne même
d'un rapide examen. Cet auteur abonde en idées
fausses, en assertions puériles prouvées quelquefois avec une logique assez rigoureuse. Il invoque
l'imitation comme principe unique, et tombe jusqu'au ridicule de conseiller au poète épique le choix
préalable d'une idée morale, sauf à s'arranger ensuite pour accommoder à cette idée des faits, des
noms et des lieux.

41. — Critique de La Bruyère.

Au-dessus des préceptes de Crévier, de Rapin, de
Lami, de Bouhours et de Le Bossu, auxquels nous
pourrions ajouter Jouvenci et quelques autres, nous
devons placer les pensées détachées, mais vives et
fortes, de La Bruyère sur l'Éloquence et sur le Sublime.

« Le peuple, dit La Bruyère, appelle éloquence
la facilité que quelques-uns ont de parler seuls et
longtemps, jointe à l'importance du geste, à l'éclat
de la voix et à la force des poumons. Les pédants
ne l'admettent ainsi que dans le discours oratoire;

et ne la distinguent pas de l'entassement des figures, de l'usage des grands mots, et de la rondeur des
périodes. »

Quant à lui, il définit l'éloquence « un don de
l'âme, lequel nous rend maîtres du cœur et de l'esprit des autres, qui fait que nous leur inspirons ou que
nous leur persuadons tout ce qui nous plaît». Définition trop longue et trop exclusivement applicable
aux discours. La Bruyère l'avait oublié, quand il
ajoutait ces paroles sensées et profondes : « L'éloquence peut se trouver dans les entretiens et dans
tout genre d'écrire. Elle est rarement où on la
cherche, et elle est quelquefois où on ne la cherche
point. »

Sur la question du Sublime, La Bruyère n'exprime que des doutes, Il ne distingue pas bien le
trait sublime du Sublime continu. Il demande s'il
ne faut pas appeler de ce grand nom la perfection
des ouvrages même qui n'admettent que le naturel
et la délicatesse, comme les églogues et les lettres
familières. Nous répondrons négativement à sa question. Quoique les mots prennent de temps à autre
une valeur conventionnelle qui éternise les discussions, nous croyons que le mot de Sublime présente
à l'esprit, dans son acception la plus intime, quelque chose de grand, de fort et d'imprévu, qui n'a
rien de commun avec une perfection régulière. Nous
ne croyons pas que l'éloquence soit au Sublime ce que
le tout est à sa partie, comme La Bruyère l'affirme. Il
est vrai que l'éloquence n'est pas toujours sublime,
tandis que le Sublime, dans son rapport à nous, est

toujours éloquent. Mais l'un est plutôt le dernier terme, l'apogée de l'autre, qu'il n'en est une partie. Ce sont deux idées qui s'enchaînent, mais qui ne se contiennent pas.

12. — Résumé.

En résumé, le dix-septième siècle ne fut pas riche en critique littéraire. Une poétique importante, un bon traité de l'éloquence, quelques pages sur le Sublime, voilà tout ce qu'il fournit à notre étude. Et, en effet, l'esprit littéraire du temps explique cette indigence de préceptes. Dès qu'une haute régularité paraissait le besoin des esprits, accoutumés à la dignité personnelle du prince, à l'action méthodique du pouvoir, aux formalités dans les affaires et même dans les plaisirs, il s'ensuivait qu'au lieu de rechercher les lois du Beau, on n'avait plus qu'à enregistrer ces lois, une fois et à jamais convenues. Boileau, (qu'on nous permette d'emprunter un de ses vers)

Fils, frère, oncle, cousin, beau-frère de greffier [1],

transcrivit le code littéraire, déjà rédigé par l'esprit du siècle. Il fut un de ces hommes qui rencontrent et traduisent la pensée publique. Il l'étendit et la fortifia. Il lui assura sa durée en la fixant par la précision des idées et par la beauté du langage. C'était au dix-huitième siècle d'y substituer une autre pensée, ou de modifier du moins celle qu'avait exprimée Boileau.

[1] BOILEAU, Épitre V.

LIVRE XIII.

FRANCE,

XVIIIᵉ SIÈCLE.

1. — Transition du XVIIᵉ au XVIIIᵉ siècle.

Il y eut une transition vivante du dix-septième au dix-huitième siècle. Fontenelle et Lamotte, qui vécurent dans l'un et dans l'autre, retinrent quelque chose du premier, et donnèrent en quelque sorte le signal du second. En réalité, ils appartiennent au dix-huitième siècle, car le dix-septième ne fut témoin que de leurs essais, et n'eut guère pour eux que de la malveillance. Boileau se plaignit un peu brutalement que Lamotte se fût *encanaillé de Fontenelle*, et Racine lançait contre le neveu de Corneille une épigramme trop bien justifiée par la chute d'*Aspar*[1]. La

---

[1] Voyez dans les *OEuvres de Racine*, l'épigramme qui commence par :

Ces jours passés, chez un vieil histrion, etc.

Bruyère, J.-B. Rousseau, ne le ménageaient pas
davantage. L'esprit de conciliation de Lamotte lui
attirait plus d'indulgence, mais non plus d'estime;
et si Boileau l'épargnait, Mme Dacier l'écrasait de sa
lourde férule. Ces deux hommes conservent encore
dans leurs ouvrages ce ton de bonne compagnie, cette
réserve délicate de style qui brillent dans les œuvres
du siècle de Louis XIV. Mais déjà la hardiesse de
leurs paradoxes annonce des écrivains à qui la littérature digne et régulière de ce temps ne suffisait pas.
Dès le dix-septième siècle, ils entrent dans le dix-
huitième; favorisés enfin par l'affaiblissement du
système dans les premiers imitateurs, dont le moins
impuissant est Louis Racine, pur et incomplet héritier de son père, ils emportent dans un siècle nouveau cette haute réputation littéraire que leur avait
contestée l'âge précédent.

2. — Trois écoles différentes.

Alors commencèrent à se former plusieurs écoles.
Nous en pourrions distinguer trois différentes, dont
l'une constitue le mouvement littéraire du dix-huitième siècle, et doit nous occuper spécialement.

3. — École imitatrice du XVIIe siècle.

Remarquons d'abord, entre ces trois écoles, celle
qui s'attache aux traditions de la littérature de
Louis XIV, et qui, sauf de légères concessions à
quelques idées plus nouvelles, ne vit que de son admiration pour Racine et de son obéissance à Boileau.

Nous compterons pour membres de cette école, en
consultant plus l'ordre des idées que l'ordre du temps,
Racine le fils, Crébillon, Gresset, Malfilâtre, Gilbert, La Harpe : Racine le fils, remarquable par
l'élévation des idées et la pureté de la versification ;
Gilbert, par une énergie peut-être inconnue à ses
maîtres ; Gresset et Malfilâtre, par la correction et
la grâce ; Crébillon, par des soubresauts de vigueur
tragique ; La Harpe, auteur exact et raisonnable,
écho lointain de Racine dans son théâtre, de Boileau
dans sa critique, admirable faiseur d'analyses, timide
en convictions littéraires, avec quelque prétention à
l'indépendance ; froid en poésie, mais, en prose, solide
et facile écrivain.

Sous quelques rapports, il faudrait placer Voltaire
dans cette école. Tous ses écrits retentissent de son
admiration pour la belle littérature du temps de
Louis XIV. C'est lui qui, dans la peinture du siècle
de Louis XV, ne craint pas de dire : *On a beaucoup
écrit dans ce siècle ; on avait du génie dans l'autre.* On
connaît le commentaire enthousiaste et laconique
qu'il proposait d'écrire au bas de toutes les pages de
Racine. Dans son talent même, il y eut des parties
qui devaient le rapprocher du système qui avait
formé les modèles de l'âge précédent. L'instinct du
Beau, la pureté du goût, l'horreur de l'afféterie, la
susceptibilité française qui l'effrayait sur les violations
de la langue, c'étaient là autant de points communs
qui rattachaient à la littérature du dix-septième
siècle le plus brillant génie du siècle suivant.

Mais, d'un autre côté, cette imagination était si

mobile et si flexible, cet esprit si vaste et si propre à
recevoir toutes les impressions, que nous ne pouvons
attacher Voltaire au char d'une seule école. Il eut
quelque chose des diverses doctrines de son temps ;
il les domina toutes, et laissa chacune tour-à-tour
douter et se glorifier de lui comme d'une conquête.

4. — École mixte.

Une seconde école littéraire de cette époque fut
celle que nous avons personnifiée dans Lamotte et
Fontenelle, auxquels nous ajouterions Buffon et Thomas. Elle nous semble participer des deux siècles :
de l'un par le goût, la grâce savante, la dignité dans
les grandes et dans les petites choses ; de l'autre, par
l'antipathie pour certaines formes littéraires, le mélange des vues philosophiques avec les inspirations,
la chaleur de l'artiste réglée par les études de l'observateur. Ainsi Lamotte, nous l'avons dit, fronde
les gloires antiques et les règles faites d'après les modèles ; mais il donne aux finesses de son esprit et de
son style le caractère d'un goût noble et pur. Fontenelle attaque timidement les Anciens, contredit avec
urbanité les Modernes qui les imitent, énonce des
idées neuves, mais conserve dans son style la poli-
tesse de Cour et les artifices d'Académie. Thomas,
porté à l'éclat et même à l'enflure, se présente
comme un disciple des philosophes, et compose cependant des œuvres d'art dont les formes manquent
de nouveauté et de hardiesse. Enfin Buffon, magnifique historien de la nature, méconnaît et outrage la

poésie dans les vers mêmes de Racine [1]; mais il transporte dans son style solennel la noblesse non interrompue que voulait et qu'aurait louée Boileau. Ajoutons que cette école intermédiaire et douteuse pourrait
prétendre des droits sur la renommée de Voltaire,
puisqu'il joignait à une sévérité de goût qui le re-
portait au premier des deux siècles une part d'innovations dans le drame, dans l'histoire, dans presque
toutes les branches de la littérature, qui devint le
patrimoine du second.

5. — École philosophique.

Mais c'est surtout à l'école philosophique, à l'école
réelle et spéciale du dix-huitième siècle, que Voltaire
appartient. La plus vigoureuse action de son génie
fut employée à répandre dans tous les esprits les se-
mences du raisonnement et de l'observation. Le raisonnement fondé sur l'observation, instrument presque inconnu au dix-septième siècle, fut le caractère
du dix-huitième. Et nous ne voulons pas parler seulement ici du raisonnement syllogistique : celui-là
prit toutes les formes, depuis la saillie et l'anecdote
jusqu'à la méditation et l'éloquence. C'est dans cet
immense foyer que se rencontrèrent, comme autant
de rayons d'intelligence, Voltaire, Condillac, Jean-
Jacques Rousseau, Montesquieu, Marmontel, Dalembert, Helvétius, Diderot, Bernardin de Saint-

---

[1] Il disait que les plus beaux vers étaient remplis de fautes, et n'appro-
chaient pas de la perfection de la bonne prose ; et, pour appuyer son opinion, il fit un jour devant Laharpe une critique détaillée des vers de la
première scène d'Athalie. L'admirateur de Racine en fut indigné.

Pierre, Marivaux, Lesage, Beaumarchais, gloires diverses et inégales, mais toutes représentant un nouveau siècle, de nouveaux besoins de l'esprit et de la société.

6. — Génie de Voltaire.

Voltaire, c'est le dix-huitième siècle; c'est le doute, grandi entre les efforts de la logique et les séductions du génie. De rudes atteintes portées aux croyances religieuses du siècle précédent signalèrent son apparition dans la littérature. L'unité catholique, ébranlée dans la société, fit vaciller par contre-coup la grande unité littéraire. L'esprit philosophique divisa et distingua; l'esclavage des règles se fit sentir en même temps que l'esclavage de la pensée, et, par une singulière contradiction, l'admirateur décidé des grandes beautés du dix-septième siècle leur enleva plus de partisans que tout le reste du dix-huitième siècle pris ensemble. Voltaire transforma l'histoire, qu'il revêtit de philosophie, lança dans la tragédie quelques-unes des hardiesses du drame, décrédita l'éloquence pompeuse en se bornant au naturel le plus ingénieux. L'abus même des sentences et des réflexions, les excursions dans tous les genres et sur tous les sujets étaient des attaques peut-être involontaires contre une littérature qui procédait par idées générales, par masses de faits, par de larges et brèves peintures, et dont les adeptes, pour donner une plus forte unité à leurs ouvrages, se consacraient d'habitude à un seul genre ou à des genres étroitement unis. La philosophie est l'âme de toutes les compositions de Voltaire ; elle est l'usage et l'abus de son génie. Souvent il se trompe, il se noie dans une érudition incertaine, ou se laisse prendre à sa passion du doute, et dénature les faits avant de les jeter dans son creuset malin. Mais enfin, erreur ou vérité, louange ou blâme, sa manière est toujours de juger, de comparer ; son esprit est toujours l'esprit philosophique, l'esprit de doute et d'examen. Or, cet esprit analyse ; il rompt les croyances, qui, de leur nature, sont unies en faisceaux, et alors de nouveaux points de vue se découvrent à la pensée, de nouvelles routes s'étendent à l'œil de l'imagination. Alors l'incertitude de toutes les grandes questions qui paraissaient fixées, et que l'esprit humain agite, fait naître une diversité nouvelle dans les formes qui expriment les idées. A la voix de la philosophie, la littérature répond. L'inspiration s'obscurcit ; c'est la passion, contemporaine de tous les âges, qui soutient la poésie comme l'éloquence. Le Beau, dans sa pureté sévère, se voile devant le scepticisme, et, dès qu'il s'est caché, le scepticisme disserte sur sa nature. Grande époque, en ce qu'elle abat des préjugés littéraires, en ce qu'elle favorise la culture de la raison, et crée des gloires imprévues nées de cette culture même ; mais aussi époque destructive, en ce qu'elle retire la vie aux conceptions idéales sans la rendre aux élans du spiritualisme pur, en ce qu'elle tue Praxitèle sans ressusciter Michel-Ange.

L'école du dix-huitième siècle était misanthrope et raisonneuse, plaisante et raisonneuse, calme et toujours raisonneuse. Peu importait, sous ce dernier

point de vue, qu'elle levàt le drapeau de Jean-Jacques, de Beaumarchais ou de Montesquieu. Il y avait
différence de formes, diversité de génie, mais au fond
identité de caractère et de résultats.

7. — Doctrine de Condillac.

Ce fait littéraire se réduit à son expression la plus
simple dans les œuvres d'un philosophe célèbre à
qui nous attribuons une influence plus nuisible qu'u-
tile, sur la culture des esprits en France. L'impor-
tation anglaise de Condillac, disciple et imitateur de
Locke, fixa dans une philosophie ingénieuse et stérile le siècle qui hésitait encore entre les souvenirs de
Descartes et les tentations de la doctrine des sens.
Condillac, plus exclusif et plus fort que son modèle,
achève ce que celui-ci n'a pas osé. Il fait de l'homme
un être uniquement sensible, il le fait *sensation*. La
sensation devient le principe et la raison de tous les
phénomènes de l'intelligence, et, par une conséquence rigoureuse et funeste, le fondement de la morale, et l'origine des devoirs. Aussitôt le siècle est in-
fecté par de pernicieuses doctrines ; Helvétius place
l'intérêt sur le trône de la conscience, et d'Holbach
dit anathème à Dieu. La littérature se déprave avec
l'intelligence, et des romans infâmes ou d'obscènes
poésies témoignent du progrès ou plutôt du ravage
de la doctrine des sens. Et cependant, nulle autre
pensée qu'une pensée de science et de vertu n'avait
inspiré l'illustre fondateur de cette doctrine. Ceux
même qui l'avaient poussée à l'extrême étaient des
hommes d'honneur et de méditation. Singulier

exemple de la puissance d'une idée, et de l'immense
intérêt social qui s'attache aux abstractions philosophiques, reléguées par des hommes qui se croient
habiles parmi les loisirs inoffensifs de quelques
rêveurs!

8. — Montesquieu.

Un monument d'une portée moins haute, mais
néanmoins d'une grande importance politique, sociale et littéraire, c'est l'ouvrage de Montesquieu,
l'*Esprit des lois*. L'admirable écrivain emploie dans
toute sa puissance l'instrument de cet âge, l'analyse.
Il ouvre des lois, dont il rejette l'écorce, et dévoile
à nu ce qu'il y a de substantiel ou de gâté au cœur
des législations. L'immense tableau qu'il met en
lumière est ce que l'esprit du dix-huitième siècle a
produit de plus vigoureux et de plus sain. C'était
bien là ce qu'un temps d'examen et de critique comprenant sa vocation, et faisant son œuvre, devait à la
civilisation. Quelques traces d'afféterie et quelques
obscurités calculées ne changeront rien à l'admiration de la France et de l'Europe pour ce répertoire
immortel des oracles d'une haute raison.

9. — Dalembert.

Dalembert, puissant géomètre, capable de faire
parler à la science le langage populaire de la littérature, fut encore un de ces hommes en harmonie parfaite avec le mouvement du siècle, et réellement iden-
tifiés à son esprit.

10. — Marmontel.

La philosophie fut risquée dans le roman par Marmontel, qui porta ce même esprit avec plus de succès et de gloire dans la critique littéraire. Nous examinerons plus tard son véritable titre: les *Eléments de littérature*. Il est temps d'arriver à Rousseau.

11. — J.-J. Rousseau.

Nous l'avons dit, le raisonnement était imposé au dix-huitième siècle, et Rousseau, comme les autres écrivains, dut concourir à l'exécution de cet arrêt.

Les parallèles sont usés, surtout le parallèle de Rousseau et de Voltaire. D'autres l'ont fait mieux que nous ne pourrions le faire, et non moins inutilement.

C'est en lui même et dans son rapport avec son siècle qu'il faut caractériser Rousseau.

Quand un siècle raisonneur a remplacé un siècle poétique, la pure inspiration, fille du ciel, s'évanouit ; mais il y a place pour l'éloquence. Les esprits s'échauffent pour des principes de religion, de politique ou de morale ; ils entrent vivement dans les discussions positives, et ce sont les passions qui élèvent la voix. Ce n'est pas le trépied qui retentit, c'est la tribune ; et la presse, au dix-huitième siècle, était déjà une tribune. Le génie de Rousseau, grave et ardent tout ensemble, donne au raisonnement les couleurs animées de la passion. Jamais vous ne le trouvez poète, c'est-à-dire artiste inspiré ; quelquefois, comme dans ses traités politiques, il fera du raisonnement sans mélange; mais le plus souvent, mais presque toujours, il sera en même temps raisonneur et passionné, caractère dont le second tient surtout à lui, et le premier surtout à son siècle. Relisez ses deux principaux ouvrages, ceux qui ont fondé sa gloire. Que voyez-vous dominer dans *la Nouvelle Héloïse ?* la passion sans doute; mais toujours, à côté de la passion, vous y trouverez le raisonnement ou le sophisme. Et dans *Émile ?* c'est le raisonnement, à coup sûr, puisqu'*Émile* est un traité spécial de l'éducation. Eh bien! dans ce traité souvent dramatique, véhément, oratoire, la passion éclate à chaque page. C'est là le talent de Rousseau, c'est la nécessité ou le secret de son génie. Des raisonneurs, il y en avait beaucoup de son temps, et dont plusieurs ont acquis une juste renommée. Des écrivains passionnés, il n'en manquait pas, et tous n'étaient pas méprisables. Mais, en général, dans les raisonneurs, la passion était froide; dans les hommes passionnés, la logique défaillait. Être à-la-fois un logicien puissant, même lorsqu'il se trompe, et un écrivain éloquent; porter ces deux facultés du raisonnement et de l'éloquence à leur plus haut degré; donner de la substance au génie oratoire par la déduction des idées, et surtout de la vie aux idées par un admirable génie oratoire, c'était une gloire distincte de toutes les autres, et un triomphe unique dans ce siècle; ce fut la gloire et le triomphe de Rousseau.

Nous n'examinerons pas ce que la malveillance ou l'enthousiasme ont affirmé de la personne de Rous-

seau. Nous croyons que, dans sa vie, bien plus souvent que dans ses écrits, la passion a été plus forte
que la logique, et nous avouons aussi que, dans ses
écrits même, la logique n'est pas toujours au niveau
de la passion. En résumé, nous ne cherchons pas
ici à détailler notre opinion sur le compte de ce grand
écrivain; nous le classons dans son siècle, sous le
point de vue de l'esprit littéraire, et nous l'y procla-
mons le plus raisonneur des hommes passionnés, et
le plus passionné des raisonneurs.

12. — Diderot.

Parlerons-nous maintenant de ce Diderot, qui
essaya tant de questions sans en épuiser aucune, et
qui fit éclater tant de véhémence sans pouvoir nourrir
un feu aussi promptement éteint qu'allumé? Singulier littérateur, qui sentait fermenter dans sa tête
tous les doutes, toutes les hardiesses du dix-huitième
siècle, et ne faisait jaillir de cette fournaise que des
étincelles de Sublime! Principal auteur d'un immense et informe ouvrage, tout d'observation et de
raisonnement, il franchit toujours la limite de ces
deux puissances. Il commence par l'incrédulité, et
arrive rapidement à l'athéisme; par l'indépendance
politique, et entonne bientôt un hymne d'anarchie.
Il veut écrire dans l'intérêt de la morale, et plonge
ses pinceaux dans les plus dégoûtantes couleurs. Et
comme raisonneur, et comme enthousiaste, Diderot
eut la prétention peut être, mais la prétention bien
mal fondée, de rivaliser avec Rousseau.

L'exubérance déréglée d'un talent réel ne nous

empêchera pas de reconnaître en Diderot un des hommes qui agirent sur leur siècle, parce que leur siècle agissait fortement sur eux. Aussi véhément et plus éloquent dans sa conversation que dans ses livres, il plaisait aux partisans des idées nouvelles, et les confidences de La Harpe nous apprennent qu'il n'obtenait pas les suffrages de ceux qui copiaient avec plus ou moins de génie le siècle précédent.

13. — Bernardin de Saint-Pierre.

Un autre écrivain, disciple de Rousseau, mais dont le talent se fût passé d'un maître, Bernardin de Saint-Pierre montra ce que peut la puissance du style, même séparée de la force des conceptions. Le dix-huitième siècle n'eut pas de plus frais coloriste, de plus aimable narrateur que le confident de *Paul et Virginie*, le peintre philosophe de la *Chaumière indienne*. La postérité oubliera ses théories, ses contra-dictions, elle ne parlera pas de sa profondeur; mais, tant que les yeux contiendront de douces larmes, tant que la mélodie du style, la grâce naturelle des images charmeront les esprits par les sens, ce grand écrivain gardera son empire. Négligeons les traditions incer-taines qui représentent les œuvres de son talent comme un perpétuel mensonge à son caractère. Ne voyons que l'héritier, pour une portion de génie et de gloire, des Rousseau et des Fénelon.

14. — Lesage.

Lesage, talent d'une autre espèce, prit un cadre aux Espagnols, et cacha, sous la bonhomie d'un

roman sans enluminure, toute la finesse de la satire
et tous les trésors de l'observation des mœurs. Il fit
réfléchir, en l'amusant, le siècle qui ne savait plus
s'amuser sans le congé de la philosophie.

15. — Marivaux.

Les idées et le style de Marivaux tiennent encore
au génie de ce temps amoureux d'analyse. Marivaux,
esprit fin et subtil, exagéra cette disposition, et alam-
biqua au lieu d'analyser. Il abusa ingénieusement
de l'esprit littéraire de son époque, et en fit saillir le
caractère par l'excès.

16. — Beaumarchais.

Enfin, un écrivain étincelant de verve et de hardiesse, paladin armé contre les magistrats cupides,
contre les nobles à prétentions usées, et malheureusement aussi contre la morale publique, l'auteur
des *Mémoires*, et du *Mariage de Figaro*, dépensait, à
faire triompher le génie raisonneur du siècle, autant
d'esprit que Rousseau y avait employé d'éloquence,
et Voltaire de tous les talents réunis.

17. — Salons littéraires.

Le dix-huitième siècle eut aussi son hôtel, ou plutôt ses hôtels Rambouillet. Le salon de Mme de
Tencin, d'abord, ensuite le salon de Mme Geoffrin,
réunirent les célébrités littéraires. Il serait injuste de
flétrir du titre de *bureau d'esprit* ces ingénieuses réu-
nions. Sauf quelques étranges et douteuses circon-

stances, comme celle de la culotte de velours pério-
diquement allouée, chaque année, par Mᵐᵉ de
Tencin, à des hommes entre lesquels brillaient
Fontenelle et Montesquieu, les Académies privées
tenues par ces deux dames spirituelles entretenaient
l'amour des lettres et les poussaient vers un but
uniforme. C'est là surtout ce que nous devons y remarquer. Là, les forces individuelles des écrivains
philosophes se rassemblaient pour une immense action collective. Les conversations délicates, variées,
profondes, perfectionnaient la science de l'examen et
l'usage du raisonnement. Il y avait, dans le rapprochement de tant d'hommes éclairés et inquiets, le
caractère d'une entreprise sur l'intelligence nationale. Les livres produits par les habitués de ces deux
salons étaient célèbres avant que de naître, et la
gloire leur était dispensée de confiance. Ils justifiaient
souvent ce privilège, et le public, ébloui d'un tel
foyer de lumières, rangeait docilement ses affections
et ses idées sous la domination des penseurs.

Les *Soupers du baron d'Holbach* ne doivent pas être
oubliés dans cette revue rapide des formes diverses
que prenait le génie du dix-huitième siècle. La Société de philosophes gastronomes connue sous le
nom de *Société Holbachique* était, même alors, une
monstrueuse exception, et son influence se perdait
par son exagération même. On s'y réunissait chaque
semaine pour médire scientifiquement de Dieu et de
la morale. Voltaire devenait presque intolérant au
récit de ces audacieux paradoxes; Buffon fuyait la
contagion d'un tel cynisme; et Marmontel, embar-

rassé de justifier sa présence comme convive du baron d'Holbach, s'empressait d'affirmer que, devant
lui du moins, Dieu et la vertu n'avaient jamais été
mis en problème.

Il est facile de comprendre qu'à une telle époque,
l'esprit littéraire, affluant des masses aux écrivains,
et refluant des écrivains aux masses, devait être
secondé par de nombreux ouvrages de critique propre. Aussi le dix-huitième siècle en produisit-il
beaucoup plus que le dix-septième. Suivant notre
marche ordinaire, nous allons passer en revue ceux
de ces ouvrages qui obtinrent une certaine influence,
et qui peuvent marquer quelques distances dans
cette portion de l'histoire de l'esprit humain.

18. — Critique française au XVIIIᵉ siècle.

Avant tout, il nous est possible de caractériser
d'une manière générale la critique littéraire du dix-
huitième siècle. Elle diffère de celle du dix-septième
moins encore par le nombre des monuments que par
l'idée première et la couleur des ouvrages. Ce n'est
plus cette consécration brève et sans discussion
des règles que les Anciens avaient pris la peine d'é-
tablir. L'algèbre poétique de Boileau n'est plus suf-
fisante. On ne se borne pas à énoncer des préceptes;
on cherche à prouver par l'observation des faits,
et par les arguments de la logique, que telle règle
est utile à suivre, et que telle autre est bonne à répudier. Ici encore, à la vérité, une différence sépare
la critique des imitateurs du dix-septième siècle de
la critique des écrivains emportés dans le mouve-

ment du dix-huitième, et La Harpe affecte le style
d'oracle plus que Marmontel; mais La Harpe lui-
même entre déjà dans les discussions et les raisonnements littéraires. Il y est aussi faible et aussi commun qu'il est brillant et judicieux dans ses analyses,
mais enfin il témoigne de l'esprit du siècle par les
concessions de mauvaise grâce qu'il lui fait.

Il faut le dire, cette critique du dix-huitième siècle, qui ne pouvait exister dans le dix-septième, puisque rien ne la rendait nécessaire, est généralement
philosophique, et digne de l'estime et de l'étude des
littérateurs. N'eût-elle pas ce genre d'utilité, il serait toujours à propos de la classer dans l'histoire des
efforts de la pensée; mais elle attire doublement notre attention, quand nous pouvons lui demander un
secours pratique et de profitables enseignements.

Mais, si la philosophie littéraire a gagné à la critique de discussion et d'analyse, on ne peut se défendre d'avouer que cette critique a porté un rude
coup à l'inspiration. Plus en effet les ressorts sont mis
à nu, plus la machine littéraire est dévoilée, et plus
aussi la verve se refroidit par le calcul, plus l'amour
spontané du Beau s'éteint dans la recherche attentive des secrets de l'art. Et ce n'est pas que nous ju-
gions l'étude de l'art nécessairement mortelle au génie; mais nous disons que la critique, sous l'influence
d'un certain principe, sous l'action spéciale de l'a-
nalyse, confisque au profit de l'observation pure tout
ce qu'elle dérobe à la haute inspiration. Or, l'ensemble de la critique du dix-huitième siècle est analytique, et par conséquent, selon nous, propre à re-

froidir le génie. Cette critique étendue, variée, ingénieuse, utile à connaître, n'a donc pas fait œuvre de
véritable critique. La synthèse du dix-septième siècle n'avait été qu'une copie de confiance; elle avait
maintenu, et n'avait rien créé; l'analyse du dix-
huitième a pu renverser de fausses croyances, et à
la belle littérature païenne du temps de Louis XIV
on a vu succéder une littérature de convictions mixtes, indécises, malgré la hauteur de génie et de renommée de plusieurs grands écrivains. Il nous restera
plus tard à établir si une critique sobre d'analyse, et
appuyée sur une synthèse d'un autre genre, peut favoriser une littérature marquée d'un caractère propre
et nouveau.

En attendant, revenons à la critique du dix-huitième siècle en France, et voyons ce que les auteurs
qui ont traité à découvert les questions du Beau, de
la poésie, ou de l'éloquence, auront ajouté à l'action
secrète et puissante de l'esprit public.

La proportion numérique des ouvrages est en raison
de l'importance que le siècle attachait à chacune de
ces questions. Le goût métaphysique réclamait des
considérations sur le Beau; la passion, des traités sur
l'éloquence. Ces deux sortes d'ouvrages furent assez
nombreux dans le dix-huitième siècle. Quant à la
poésie, comme elle n'était pas dans les esprits, elle
fut peu expliquée dans les livres. Des hommes de
lettres lui consacrèrent quelques pages, mais lui
refusèrent des traités spéciaux.

Parmi ceux qui se sont occupés du Beau, huit nous
paraissent mériter, soit par leurs noms, soit par leurs

ouvrages, de fixer quelque temps notre attention. Ce sont le P. André, Montesquieu, Diderot, Marmontel, Voltaire, Hemsterhuis, Barthez et Condillac.

19. — Critique du Père André.

Nous ne balançons pas à dire que, des huit écrivains, le P. André nous semble sans comparaison celui qui a pris de plus haut et poussé le plus loin la théorie du Beau. Son *Essai* est un ouvrage élevé et solide, qui peut bien pécher quelquefois par subtilité ou par abondance, mais qui, bien plus souvent encore, charme par la simplicité des principes, la profondeur des sentiments, et l'aimable naturel du style [1].

Ce n'est pas que cet excellent ouvrage puisse prétendre au mérite de l'originalité. Le P. André s'est appuyé sur deux autorités admirables : celle de saint Augustin et celle de Platon. Les doctrines des dialogues de Phèdre et du grand Hippias, des traités de la Vraie religion et de la Musique, voilà les sources vraiment divines où il a puisé ses douces et lumineuses inspirations. Seulement, il faut dire à sa gloire qu'il a donné un corps et un visage à ces rapides oracles du philosophe, à ces ébauches sublimes

---

[1] M. Ph. Chasles, esprit fin et cultivé, qui a enrichi d'excellents articles *la Revue de Paris*, *le Catholique* et plusieurs autres feuilles, qui vient de publier tout récemment un livre de fortes et originales études sur la littérature anglaise, appelle l'*Essai :* « L'un des livres les plus élégamment lourds, les plus tristement prétentieux, que l'esprit de collége, mêlé à l'étroite métaphysique des Jésuites, ait livrés à l'admiration scolastique. » Je réclame, de toute la force de la conscience littéraire, contre ce jugement si sévère de mon savant et ingénieux contradicteur.

du chrétien. Il a compris largement leur pensée, il
l'a réduite en formules, sans la dessécher par l'analyse. Saint Augustin surtout est reproduit par l'ingénieux critique avec des développements si purs
qu'on croit l'entendre lui-même éclairant et appliquant son idée première. La substance de l'*Essai sur
le Beau* peut se résumer sans trop de détails, parce
qu'il ne comprend que des détails groupés autour
d'un petit nombre de points qui forment l'ensemble.
Voici le sommaire que nous en pourrions présenter :

Il y a deux sortes de Beau : le Beau sensible, qui
frappe le sens de la vue ou le sens de l'ouïe, et le
Beau intelligible qui ne parle qu'à la raison. Chacun
des deux peut revêtir trois caractères ; il peut être ou
essentiel, ou naturel, ou arbitraire. Quel qu'il soit, il
a toujours pour fondement l'ordre, pour forme et pour
essence l'unité.

Voilà tout l'ouvrage. Il s'y trouve deux ou trois
idées principales. Ces idées sont grandes, fécondes.
Tout le reste n'est qu'application et conséquences.
Entrons néanmoins dans une étude plus ample de
cette doctrine. Tirons-la de l'abstraction scientifique,
et voyons comme elle se prête merveilleusement à la
pratique de l'art.

Le Beau sensible, lorsqu'il s'adresse au sens de
la vue, doit le caractère de Beau essentiel aux principes invariables de la géométrie, aux idées d'ordre
et de régularité. C'est là véritablement la métaphysique du Beau, dont les éléments sont indépendants
de Dieu même, puisque Dieu ne peut abolir l'essence
même des vérités éternelles. Le Beau sensible, qui

frappe la vue, prend le titre de naturel, lorsqu'il se
manifeste dépendant de la volonté divine, mais indépendant de toute action humaine, tel, par exemple,
que la richesse et la variété des couleurs, la lumière,
la figure humaine. Alors le Beau naturel semble se
dessiner sur un fond que représente le Beau essentiel.
Reste le Beau arbitraire, dont le P. André cherche des exemples dans les caprices de l'architecture.
Ici, nous devons combattre son avis.

Qu'on reconnaisse comme un fait que l'appréciation de la beauté varie selon les temps et les peuples,
c'est ce que personne ne saurait contredire. Il y a
souvent de l'arbitraire, non dans la beauté en elle-
même, mais dans le jugement qu'on porte de la
beauté. Il n'en reste pas moins vrai que le Beau métaphysique tenant aux principes essentiels des choses, et le Beau physique imprimé par la main de
Dieu aux œuvres de la création, sont les seuls qui
existent de leur existence propre. Tout le reste est
factice, et ne mérite pas le nom de beauté. L'arbitraire, soit dans les arts, soit dans les lettres, peut
fournir des agréments qui plairont à Paris et déplai-
ront à Londres. Le Beau de génie et le Beau de goût,
que reconnaît le P. André, doivent se rapporter au
Beau essentiel et au Beau naturel; ils ne sont réellement qu'à ce titre. Pour le Beau qu'il appelle de pur
caprice, il ne peut tenir place dans une théorie,
puisqu'il est un fait mobile, factice, appuyé sur des
conventions, renversé par des conventions contraires.

Après ce premier discours sur le Beau sensible
optique, vient un second discours sur le Beau moral.

C'est un morceau d'une pureté et d'une élévation souvent admirables.

Au moral comme au physique, l'ordre est le fondement du Beau. Les trois espèces d'ordre qui sont la règle des mœurs sont : l'ordre essentiel, indépendant de Dieu même ; l'ordre naturel, ouvrage de Dieu, indépendant des hommes ; enfin l'ordre civil et politique, que les hommes ont institué.

Dieu, l'esprit, la matière, tel est l'ordre des choses dans leur essence. Il s'ensuit que nos premiers hommages sont dus à Dieu, et que l'esprit doit dominer la matière.

Naturellement les hommes sont égaux, mais les passions troublent cette égalité naturelle ; le sentiment de l'humanité et le souvenir de la famille raffermissent l'ordre que les passions tentent d'ébranler. Les idées, les sentiments, prennent rang dans l'âme humaine sous l'influence de ce principe conservateur. L'équité des lois protége les faibles, et c'est ainsi que l'ordre civil et politique se modèle sur l'ordre moral naturel. Ajoutons que, comme dans le Beau physique, cet ordre ne peut être arbitraire, qu'il doit être conforme aux deux ordres supérieurs, sous peine de perdre jusqu'à son titre, qui ne serait plus qu'un mensonge. Un ordre civil et politique purement arbitraire serait ou une exception locale monstrueuse, ou un désordre passager.

Le Beau moral est triple, comme l'ordre qui le soutient ; mais l'unité est sa forme unique. Il résulte de la constante uniformité du cœur avec l'ordre essentiel, l'ordre naturel et l'ordre civil et politique ;

c'est-à-dire qu'il réside vivant dans le cœur de l'homme religieux, de l'homme ami de ses semblables et du bon citoyen.

Le troisième discours, relatif au Beau dans les ouvrages d'esprit, est l'abrégé d'une rhétorique et d'une poétique vraiment dignes d'étude, et assises sur les bases inébranlables de la vérité.

Le P. André appelle Beau dans un ouvrage d'esprit, « non pas ce qui plaît au premier coup d'œil de l'imagination dans certaines dispositions particulières des facultés de l'âme ou des organes du corps, mais ce qui a droit de plaire à la raison et à la réflexion par son excellence propre, par sa lumière ou par sa justesse, et, si on lui permet ce terme, par son agrément intrinsèque ». Or, il s'agit de reconnaître quand l'objet qui plaît conserve ce droit de plaire. Ici reparaît la triple distinction établie dans les deux discours précédents.

Ainsi, le Beau essentiel, dans les ouvrages d'esprit, c'est la vérité, l'ordre, l'honnête et le décent. Cette beauté pourrait suffire si l'homme était une pure intelligence; mais l'homme est sensible, et le Beau naturel s'adresse à son imagination et à son cœur.

Le Beau naturel se manifeste ou dans les images par la grandeur et la grâce, ou dans les sentiments par la noblesse et la délicatesse, ou dans les mouvements par la tendresse et la force. Ici, le grand art, le seul art, est dans la puissance de l'écrivain ou de l'artiste pour se mettre dans les situations d'esprit et de cœur qui enfantent sans effort ces grandes beautés.

Reste le Beau arbitraire qui dépend des règles établies, du génie des langues, du goût des peuples,
et plus encore, selon le P. André, du talent particulier des auteurs. Il attribue cette sorte de beauté à
l'expression, au tour et au style. Nous le trouvons
faible dans cette partie; il veut faire une classe à
part de ce qui a dans les deux classes déjà recon-
nues son seul titre légitime. Non, il n'y a point de
beauté arbitraire; ce qu'il appelle ainsi n'est pas de
la beauté, et les exemples qu'il cite ne tirent leur force
que du cachet imprimé aux conventions humaines
par le Beau dans son essence, ou par le Beau naturel.

Il serait inutile de nous étendre sur les discours
suivants. Le premier roule sur le Beau musical, le second sur la Mesure en toute chose, le troisième sur
le Decorum. Celui-ci est un peu inférieur aux autres. Ce que le P. André dit de la musique est fort ingénieux. Il trouve en elle une espèce de « rhétorique
sonore qui a, comme celle des paroles, ses grandes
figures pour élever l'âme, ses grâces pour la toucher,
ses ris et ses jeux pour la divertir ». Il la préfère à la
peinture. Dans le discours sur la Mesure en toute
chose, il dit avec raison que le Beau essentiel est le
seul qui ne soit pas susceptible d'être chargé. Mais
nous devons remarquer surtout le septième discours,
qui traite des Grâces, et qui est écrit avec un charme
digne d'un tel sujet. Cependant les nuances fugitives
de ce même sujet le rendent plus rebelle aux préceptes et plus difficile à l'examen.

Le huitième discours traite de l'amour du Beau

en tout genre. Il n'est, pour ainsi dire, qu'une con-
firmation par les exemples de tout ce qu'a voulu établir l'habile rhéteur. Ce petit livre d'or (*aureus libel-
lus*), comme on l'a dit des *Offices* de Cicéron, se ter-
mine noblement par deux discours contre l'amour
intéressé, et en général contre le système de l'intérêt
personnel.

Une chose manque cependant à cet excellent ouvrage, d'une métaphysique si haute, et d'un bon
sens si ingénieux. Il n'est pas assez psychologique.
La partie objective y est supérieurement traitée ; la
partie subjective y est très-incomplète. Il reste encore beaucoup à dire sur le rôle que peuvent jouer
les facultés humaines dans les combinaisons du Beau,
sur les droits que peut exercer, sur les obstacles que
rencontre le principe libre lorsqu'il s'applique à des
faits nécessaires, à des principes immobiles. C'est là,
dans le domaine de l'esthétique, ce que l'étude de
l'âme peut seule permettre de creuser et d'appro-
fondir.

L'*Essai sur le Beau* ne fut pas bien compris du
dix-huitième siècle. Ce pur platonisme n'était pas
très-conforme à la mode, et, d'un autre côté, il y
avait là une œuvre trop remarquable pour passer
inaperçue. Le public, dont elle ne rencontrait pas
alors les sympathies, la reçut froidement ; les écrivains penseurs l'estimèrent, et plusieurs de leurs assertions, qu'ils croyaient peut-être originales, furent
des réminiscences du modeste traité. Montesquieu,
Diderot, Marmontel, ne furent guère que les pla-
giaires du P. André, quand ils écrivirent sur cette

question capitale. Mais il résulta de la froideur du
siècle pour le platonisme, et des dispositions d'esprit
de ces écrivains, que la doctrine de l'*Essai* s'altéra
dans leurs ouvrages, et que des opinions forcées ou
discordantes sortirent d'un système plein d'ordre et
de naturel.

20. — Critique de Diderot.

Diderot se proclame l'admirateur du *Traité sur le
Beau*, mais il prétend que le P. André a oublié un
point d'une haute importance, et qu'il a eu tort de
poser les idées de rapport, d'ordre et de symétrie,
sans chercher l'origine de ces idées. Il se présente
pour combler une telle lacune.

Or, c'est précisément en adoptant un système tout
contraire que Diderot s'imagine ou veut persuader
qu'il complète l'ouvrage du P. André. S'il y a quelque chose de clair dans le *Traité sur le Beau*, c'est
que certaines idées sont absolues, indépendantes ou
de Dieu et de l'homme, ou de l'homme seulement,
et que, parmi ces idées, les unes sont conçues par
l'esprit, sans le concours des sens, et les autres le
sont par le moyen des sens, mais ne reportent pas
aux sens leur origine. Au contraire, Diderot déclare
que toutes ces idées viennent des sens, qu'elles sont
factices, abstraites, que nous y arrivons par une succession d'expériences, et jamais spontanément. *Il n'y
aurait pas de Dieu*, dit-il, *que nous n'aurions pas moins
ces idées.* Et il donne pour singulière preuve, qu'elles
ont précédé de longtemps en nous l'idée de l'exis
tence de Dieu.

Dans les objets appelés *Beaux*, Diderot cherche
quelque chose de commun dont le terme *Beau* soit
le signe. Il trouve que « *ce quelque chose par quoi la
beauté commence, augmente, varie à l'infini, décline et disparaît, c'est la notion de rapports* ». Il appelle donc
Beau, hors de nous, tout ce qui contient en soi de
quoi réveiller en nous l'idée de rapport, et Beau par
rapport à nous tout ce qui réveille cette idée. Toute
beauté, prise dans son sens le plus large, lui paraît
relative. Il exclut même successivement de l'idée
du Beau la grandeur, l'utilité, la symétrie ; et la
notion de rapport reste la seule qui constitue pour
lui la Beauté.

Il peut y avoir une certaine puissance d'esprit
dans cette généralisation d'idées ; mais cette puissance n'a tourné qu'au sophisme. Il est clair que,
dans toutes les idées de Beauté que nous concevons,
la notion de rapports se trouve comprise ; mais est-
il vrai qu'à elle seule elle constitue la Beauté ? Il
faudrait aussi que tout ce qui la comprend fût nécessairement Beau ; qui oserait le prétendre ? La
notion de rapports existe partout, jusque dans les
choses les plus vulgaires, puisque nous ne vivons pas
sans doute dans la sphère des idées absolues, et que
notre existence même est une relation. Mais comment
en conclure que la notion de beauté est prodiguée
dans la même mesure ? Il y a une vérité à reconnaître,
c'est que le Laid tient à des contrastes, et que le Beau
est inhérent à la notion d'harmonie. Seulement l'harmonie n'est pas la beauté tout entière, et la notion
d'harmonie n'est pas la notion de rapport.

Ainsi, Diderot, loin de se borner à compléter l'ouvrage du P. André, y substitue le sien, fondé sur le principe contraire, l'origine sensible des idées, et le caractère purement relatif du Beau.

Nous devons dire, pour être justes, que les pages où il examine les causes de la diversité ou de l'erreur de nos jugements sur la beauté sont en général d'un observation sûre et forte. Mais, en privant l'homme du secours des principes éternels et des idées absolues, il rend les causes de la diversité plus nombreuses, et multiplie les chances de l'erreur.

21. — Critique d'Hemsterhuis.

Hemsterhuis eût pu être rangé parmi les critiques hollandais du dix-huitième siècle. Mais ses ouvrages, écrits en français, ne reçurent qu'en France une publicité véritable. Nous nous autorisons de cette préférence pour le classer parmi les critiques français.

Les écrivains allemands qui se sont occupés d'esthétique citent fréquemment Hemsterhuis, soit pour le réfuter, soit pour l'approuver. Sa critique nous paraît trop indécise, quoique souvent élevée. Elle renferme des souvenirs de Platon, que vient glacer tout-à-coup une sèche et froide analyse. Il n'admet pas que l'imitation soit le but unique de tous les arts, mais il veut que ce soit le premier. La création ne vient pour lui qu'à la suite de l'imitation. L'âme, selon Hemsterhuis, juge le plus beau ce dont elle peut se faire une idée dans le plus court espace de temps, erreur que nous avons déjà reprochée à Beccaria. Il est tellement incertain sur la question

même du Beau, que, s'il faut l'en croire, après avoir
considéré longtemps un vase réputé laid, et un autre
vase réputé beau, il finirait par ne plus savoir auquel
des deux on doit attribuer de la beauté. Le sentiment du Beau est ravalé ainsi jusqu'à l'habitude.

22. — Critique de Barthez.

Beaucoup d'idées, dont plusieurs sont hasardées,
mais qui ont en général de la valeur, distinguent la
Théorie du Beau dans la nature et dans les arts, ouvrage
posthume de Barthez.

Son principe est directement contraire à celui du
P. André. Il nie l'existence du Beau en lui-même,
et affirme que, dans les objets que nous trouvons
beaux, il n'est qu'une relation de ces objets avec
nous. Cependant il convient que la nature nous
porte à croire que le Beau est une réalité. Adversaire de Platon, il cherche à compléter Aristote, et,
tandis que celui-ci n'assigne pour causes primitives
au sentiment de la beauté que la grandeur et l'ordre,
il établit deux conditions comme nécessaires pour
qu'un objet fasse naître ce sentiment : *Que l'objet excite à la fois plusieurs sentiments agréables, et que chacun
de ces agréments ait un des caractères particuliers qu'on
a observé être des éléments du sentiment de la beauté.*

Nous ne pouvons nous empêcher de trouver vague
et indécise la base de la doctrine de Barthez. Qu'est-
ce donc que cette collection de sentiments agréables
qui finit par se confondre dans le sentiment du Beau?
Que dirons-nous aussi des caractères particuliers
qu'il faut demander à l'observation, et qui attestent

le sentiment agréable d'une qualité imaginaire? Fondée sur la théorie des sens, cette doctrine admet deux principes toujours fertiles en erreurs, l'un, que toute conception générale est une déduction nécessaire, l'autre, que toute idée absolue est une chimère et un non-sens.

Aussi toutes les idées de Barthez se trouvent-elles résumées dans ces deux phrases, qui se suivent, mais se contrarient à notre avis :

« Lorsque plusieurs sentiments agréables, ayant les caractères de beauté, sont excités en même temps par un objet, leur réunion fait naître le sentiment de la beauté de cet objet; et ce sentiment est produit alors suivant une loi primordiale de la nature humaine.

« Cette beauté, étant reconnue dans un objet, paraît aux hommes être une qualité d'un ordre supérieur, ou même d'une nature divine, qui commande l'admiration de cet objet. Car le plaisir que donne la vue du Beau est toujours accompagné en quelque degré d'un sentiment d'admiration. »

Deux doctrines opposées se trouvent là rapprochées avec effort. Que le sentiment de la beauté naisse du concours de plusieurs sentiments agréables qui ne prouvent pas l'existence de la beauté dans un objet; ou que la beauté, reconnue dans cet objet, se manifeste à l'homme par un sentiment mêlé d'admiration qui en prouve la nature divine, ce sont évidemment deux théories contraires; là celle des sens, du collectif et des apparences; ici, celle du spiritualisme, des idées générales, et des qualités essentielles.

Les parties les mieux traitées dans cet ouvrage sont le *Discours sur la Musique*, où Barthez combat avec force le principe exclusif de l'imitation, et le *Discours sur les beautés de la Poésie*, où se trouve ce paragraphe digne d'être cité : « Les ouvrages des arts, ou de la poésie, ou de l'éloquence, ne sont point représentatifs des objets naturels. Ils sont imitatifs, uniquement dans ce sens que, pendant qu'ils rappellent les idées des objets dont ils donnent la description, ces arts doivent, par les moyens qui leur sont propres, exciter dans l'âme, le plus fortement possible, des affections relatives à celles que pourrait faire naître la présence de ces objets. »

23. — Critique de Montesquieu.

L'*Essai sur le Goût*, par Montesquieu, n'a pas l'importance d'un traité; c'est plutôt un canevas d'ouvrage que l'ouvrage même. Montesquieu imite du P. André la division en *plaisirs essentiels que l'âme tire du fond de son existence*, *plaisirs naturels qui résultent de l'union de l'âme avec le corps, et enfin plaisirs fondés sur les préjugés et les habitudes*. Mais, comme Diderot, il veut que, dans notre âme, tout soit relatif, et se moque des idées absolues du Beau, du Bon et du Vrai, comme d'autant de chimères nées des rêves de Platon. La justesse de quelques idées ne dédommage pas de la sécheresse de doctrine, et du faible choix d'exemples qu'on remarque dans cet opuscule, peu digne du génie de Montesquieu.

24. — Critique de Marmontel.

L'estime du public lettré a placé beaucoup plus haut les *Eléments de Littérature* de Marmontel. C'est en effet un utile et consciencieux ouvrage. La méthode des articles par ordre alphabétique, commode pour les recherches, mais qui dispense d'avoir un plan, paraît vicieuse dans un traité de ce genre. L'unité d'esprit et de couleur s'efface dans le décousu d'un dictionnaire. Ce qui convenait à l'*Encyclopédie*, rendez-vous de toutes les connaissances humaines, ne pouvait convenir à un traité spécial.

Nous devons dire cependant que les *Éléments de Littérature* se recommandent par une indépendance de critique, et un ingénieux examen des principes, qui manquent au *Cours de Littérature* de La Harpe. On y blâmerait justement quelque incertitude dans les doctrines, et des traces encore trop nombreuses de routine et de préjugés littéraires. Mais le bon l'emporte sur le médiocre, et l'excellent n'est pas rare dans l'ouvrage de Marmontel. C'est une des lectures les plus propres, selon nous, à former le goût sans le rendre timide, et à diriger le génie sans enchaîner son essor.

Nous examinerons en leur lieu les opinions de Marmontel sur la poésie et l'éloquence. Écoutons-le parler d'abord sur la grande question du Beau.

Le souvenir et l'imitation du P. André semblent l'avoir plutôt gêné que servi dans cette étude. Il le suit dans les détails, mais il méconnaît son principe, et, comme Diderot, comme Montesquieu, il annonce

que le sentiment du Beau est souvent relatif à l'habitude et au préjugé. C'est ainsi qu'il s'excuse de
caractériser vaguement une idée vague dans sa nature. Il reconnaît trois espèces de Beau : l'intellectuel, le moral et le sensible, et il réduit ses qualités
distinctives à trois : la force, la richesse et l'intelligence. La première distinction peut être juste ; la
seconde est assurément incomplète. La simplicité,
l'harmonie ne sont pas des qualités étrangères à l'i-
dée du Beau ; et si les trois caractères que Marmontel énonce peuvent appartenir à la beauté, ils lui
sont si peu nécessaires, qu'ils se trouvent rarement
réunis, et que, pris à part, ils peuvent très-bien
aussi appartenir à des objets dénués de beauté. Un
principe de justice est beau, une action généreuse
est belle, une fleur est belle aussi ; ce principe, cette
action, cette fleur sont-ils marqués à-la-fois des signes de force, de richesse et d'intelligence ? Une pensée sera forte, une campagne riche, une amitié intelligente ; quelle analogie trouverons-nous entre
cette pensée, ou cette amitié, ou cette campagne, et
la beauté ? Il y a donc en effet du vague dans la
théorie de Marmontel, parce qu'il dit trop ou trop
peu, parce qu'il choisit dans une doctrine qu'il
altère, et ne cède pas assez à l'impulsion de son propre jugement.

Un point cependant nous semble mieux traité par
lui que par le P. André ; c'est le chapitre du Beau
artificiel, que celui-ci confond quelquefois avec le
Beau qu'il nomme arbitraire. Marmontel assigne
avec raison une grande part dans le jugement porté

sur les monuments d'architecture, de sculpture, etc.,
à l'opinion que l'art nous donne de l'artiste et de lui-
même, quand il n'est pas imitatif, et à l'opinion que
l'art nous donne de l'artiste, de lui-même, et de la
nature, quand il s'exerce à l'imiter. L'importance
de ce passage consiste surtout dans l'aveu que l'imitation n'est pas le principe unique de tous les arts. Il
est moins juste peut-être d'appeler opinion ce qui est
aussi, et souvent, un instinct rapide, un jugement.
spontané.

Une chose assez remarquable, c'est que Marmontel proclame l'idée de liberté inséparable de l'idée
d'ordre dans la notion du Beau artificiel. En fait,
nous croyons qu'il a raison, et que le principe libre
est toujours présent et agissant dans la production
des œuvres du génie. Les Anciens, à la vérité, cou-
ronnaient le poète d'une auréole de fatalité irrésistible. Ils le figuraient non comme un homme impri-
mant à sa verve une libre impulsion, mais comme
une voix mystérieuse chargée de parler une langue
sacrée ; ils le disaient dompté, abattu sous l'inspiration. Tel a pu paraître le poète à des siècles tout
mythologiques ; tel il pourrait sembler encore à des
imaginations qui le voient tourmenté de sa puissance.
Mais la philosophie veut une autre solution de ce
problème, et, partout où elle voit l'œuvre intelligente
du génie de l'homme, elle suit la liberté humaine à
la trace lumineuse de ses créations.

Marmontel parle du goût avec justesse. Il y distingue deux éléments : l'un invariable, qui est le bon
sens, l'autre variable, qui est le sentiment. C'est par

ce dernier qu'il explique les variations auxquelles le goût est exposé. Il est amené par ces réflexions à examiner l'autorité des règles, qu'il recommande de ne pas suivre avec fanatisme, et de ne pas répudier aveuglément. « *Une théorie exclusive attachée à la pratique des Anciens*, dit-il, *donne les faits pour la limite des possibles, et veut réduire le génie à l'éternelle servitude d'une étroite imitation.*» Tout le progrès de la critique littéraire au dix-huitième siècle est dans cette phrase, que nous citons à dessein. Marmontel n'exclut pas la théorie des Anciens; mais il ne veut pas qu'elle-même soit exclusive. Il jette ainsi les bases d'une conciliation entre deux écoles, et rend hommage en même temps à la sagesse d'une doctrine qui a sa gloire, et à l'imprescriptible liberté de l'esprit humain.

25. — Critique de Voltaire.

Voltaire s'est peu occupé de théorie. Il n'a eu que le loisir de faire des chefs-d'œuvre. Son *Temple du Goût* est plutôt une série de jugements fins et spirituels qu'un ouvrage de critique. Il aborde, dans son *Dictionnaire philosophique*, quelques problèmes littéraires, toujours avec une mesure piquante et un naturel plein de goût. Cependant nous ne voyons pas que le peu de lignes consacrées par lui à ces questions renferment aucune vue neuve et capitale. Nous l'avons cité pour n'oublier aucune portion, même médiocre, de sa renommée; mais il serait sans intérêt pour la science de lui demander un compte exact de quelques fragments sans véritable valeur.

L'opinion de Voltaire, considéré comme critique, éclatait dans ses ouvrages, ainsi que dans les boutades de son admiration ou de sa haine. Nous l'avons dit, il aimait et admirait le siècle de Louis XIV, et, en homme du siècle de Louis XV, il mêlait quelques libertés aux priviléges de ses modèles. Son génie poétique le ravissait jusqu'à Racine; son esprit philosophique le retenait entre Fontenelle et Montesquieu. Il défendait avec fureur les paisibles lois du goût, et risquait avec ménagement plus d'une hardiesse littéraire. Des critiques qui n'étaient pas toujours méprisables ont disparu sous sa colère, pour avoir repris les erreurs ou les négligences de sa plume, et, quoiqu'il n'ait pas embrassé une doctrine absolue, il a usé tyranniquement d'un principe de liberté. A la servitude des vieux préceptes, il a substitué un moment le vasselage d'un homme; sa gloire a protégé quelques médiocrités, et peut-être étouffé quelques talents : c'est un reproche à sa mémoire.

Néanmoins, il faut l'avouer, l'action de Voltaire, comme critique, a été généralement salutaire. La langue surtout lui a de sérieuses obligations. Il a combattu ce genre de hardiesse qui consiste à innover par le bizarre et l'inintelligible. S'il n'a point composé d'ouvrage spécial de critique, il a toujours protesté pour le bon sens en littérature, et, à défaut de ses préceptes, ses exemples ont parlé.

26. — Critique de Condillac.

Nous avons gardé pour la fin de notre examen le *Traité de l'Art d'écrire*, par Condillac, parce que la haute influence de ce philosophe sur son siècle donne une importance à part aux ouvrages, même secondaires, qui sortirent de sa plume. Le *Traité de l'Art d'écrire* est loin sans doute d'égaler le *Traité des Sensations*, ou le livre sur l'*Origine des Connaissances humaines*. Il renferme un choix d'exemples si étranges et une critique si pédantesque des vers les moins reprochables de Boileau, que sous ce rapport il est indigne de notre étude. Les principes qu'il renferme sont conséquents à la doctrine philosophique de Condillac, et un observateur aussi pénétrant n'a pu manquer de répandre beaucoup de vérités particulières dans ce livre, d'où sa méthode éloigne une plus haute vérité.

Deux principes dominent dans le *Traité de l'Art d'écrire*; l'un est la réduction de toutes nos idées à des idées sensibles, ou abstraites des idées sensibles; l'autre, la concentration de tous les préceptes du style dans le précepte unique de la liaison des idées ainsi conçues. Ce sont là deux sources d'erreurs.

En effet, si toutes nos idées sont sensibles, ou abstraites d'idées sensibles, l'expression de nos idées est toujours ou sensible ou abstraite comme elle. Si, au contraire, une portion de nos idées est indépendante des sens par son origine, il s'ensuit que l'expression de nos idées doit être en partie rationnelle, intellectuelle, et non pas sensible, ou abstraite de la sensibilité. Pour rendre notre pensée plus claire par un exemple, si l'idée de Dieu n'est qu'une idée abstraite, le mot qui l'exprime sera aussi un mot abstrait; si, au contraire, l'idée de Dieu n'est pas un

extrait, une abstraction d'idées sensibles, le mot
même de Dieu est rationnel, intellectuel, et non pas
sensible ou abstrait. Or, nous pensons que les idées
sensibles, ou abstraites des idées sensibles, ne sont
pas seules dans l'esprit de l'homme, et qu'il conçoit, par la vertu de sa haute origine et de sa nature
intellectuelle, des idées, réveillées peut-être par les
sens, mais qui n'en dérivent pas et qui n'en portent
pas l'empreinte. Le langage étant la voix de la pensée, nous croyons qu'il participe de cette pensée
même, et que le style est rationnel et intellectuel
toutes les fois qu'il exprime des idées rationnelles
et intellectuelles. Et si cette distinction majeure est
admise, combien les préceptes doivent se modifier!
Il ne suffira plus alors de poser *les analyses et les
images* comme les deux points extrêmes du style ;
car les analyses n'ont rapport qu'aux abstractions,
et les images qu'aux choses sensibles. Il faudra pour
les idées méconnues un examen et des conseils nouveaux.

L'autre principe, celui de la liaison des idées, est
sans contredit un principe utile, et Condillac a tiré
habilement parti de cet instrument perfectionné par
ses mains. Mais confondre toutes les qualités dans
cette qualité seule, réduire tout l'art d'écrire à la
taille de ce principe, ce n'est pas favoriser l'essor
de l'écrivain, c'est faire la géométrie du style.
Tout ce que dit Condillac de l'influence de la liaison des idées sur la manière d'écrire peut être adopté
sans que sa prétention soit juste ; tout ce qu'il a dit
est vrai, mais il n'a pas tout dit.

Admettons, en effet, qu'il faille poser comme loi souveraine, en fait de style, le principe de la plus grande liaison des idées. Et l'orateur qui, pour détourner la colère ou émouvoir la pitié, mènera son éloquence, à travers de savants détours, jusqu'à l'âme qui lui résiste, comment suivra-t-il cette ligne droite que votre sécheresse lui impose? Et le poète lyrique, qui, de mouvement en mouvement, franchit les intervalles que son sujet lui oppose, et s'occupe de lier les émotions plutôt que les idées, glacerez-vous sa verve? Irez-vous, comme le dit un grand poète, *couper les ailes de cet ange*[1]? Non. La liaison des idées est bonne à recommander en général; il est trop évident que, sauf les exceptions éclatantes, c'est une des obligations de l'écrivain; mais, de même qu'on ne peut nier raisonnablement la nécessité de lier ses idées quand on écrit, de même aussi on ne doit pas donner à cette nécessité une importance trop exclusive. D'autres qualités méritent toute l'attention et du critique et de l'écrivain. L'intérêt du style, l'énergie, la chaleur, qui ne dépendent que médiocrement de la plus grande liaison des idées, ne se présentent pas assez à l'esprit de Condillac, et n'occupent dans son ouvrage qu'une place mesquine et subalterne.

Beaucoup d'erreurs de détail naissent de ces erreurs d'ensemble. Condillac veut parler des règles du Beau, et il les suppose *dans le dernier terme des progrès des arts*, ce qui est déjà bien vague, et ce qui

_____

[1] Lamartine.

le devient davantage quand il ajoute : *qu'on sent ces progrès quand on y est.* Songe-t-il à définir la beauté du style, il l'enferme à l'étroit dans l'*accord entre le sujet, la fin et les moyens.* Selon lui, *le style poétique n'a point d'essence, et il dépend d'association d'idées qui varient comme l'esprit des grands poètes.* Au milieu de toutes ces confuses théories, remarquables chez un philosophe à qui l'on a fait surtout honneur de sa netteté, nous rencontrons beaucoup d'observations intéressantes et d'analyses ingénieuses, mais sans importance réelle pour la science, parce qu'elles laissent toujours à découvert le côté vide, la partie malade d'un système incomplet [1].

Nous avons fait pressentir que les ouvrages de poétique avaient été bien peu nombreux dans ce siècle, qui avait surtout affaire au raisonnement. Cependant, un traité spécial, celui de Dubos, une portion du traité de Papon, enfin quelques vues de Marmontel et de La Harpe doivent passer rapidement sous nos yeux.

23. — Critique de l'abbé Dubos.

Les *Réflexions critiques sur la poésie et la peinture,* par l'abbé Dubos, ont eu beaucoup de réputation. Elles

---

[1] Nous aurions pu mentionner encore Crousaz, auteur d'un *Traité du Beau,* qui a eu quelque réputation. Cet écrivain cite avec prédilection Augustin Nifo, bizarre philosophe italien du siècle de Boccace, qui, afin de prouver que le Beau est dans la nature, détaillait toutes les parties du corps de la princesse Jeanne d'Aragon, à qui il avait dédié son ouvrage. Nous aurions facilement cité encore Estève (*Esprit des Beaux-Arts*), et plusieurs autres médiocrités.

ont obtenu un de ces brillants éloges trop facilement
dispensés par Voltaire, et répétés de confiance après
lui. La vérité est, selon nous, que ce livre contient
beaucoup d'idées utiles et applicables, que le sujet
y est creusé et envisagé sous des faces nombreuses,
et souvent avec bonheur, mais aussi qu'il est d'une
diffusion excessive, que les choses les plus simples y
sont prouvées impitoyablement, et qu'il repose sur
ce fondement ruineux de la doctrine des sens qui
étaie quelques vérités, et les écrase sous un plus
grand nombre de mensonges.

Il nous suffira, pour appuyer la sévérité de cette
critique, de citer, sans commentaire, certain nombre
de maximes et de pensées de l'abbé Dubos. On ne
pourra nous reprocher de les altérer en les isolant,
car elles forment par elles-mêmes un sens qui ne
peut avoir rien de douteux :

« Personne n'ignore qu'on entend en poésie par un
scélérat un homme qui viole volontairement les préceptes de la loi naturelle, à moins qu'il ne soit ex-
cusé par une loi particulière à son pays. »

« Inspirez toujours de la vénération pour les personnages destinés à faire verser des larmes. Ne faites
jamais chausser le cothurne à des hommes inférieurs
à plusieurs de ceux avec qui nous vivons. »

« On peut mettre de l'amour dans les tragédies,
mais avec retenue. »

« Les sujets de tragédie doivent être anciens, et les
sujets de comédie actuels. »

« La scène des bucoliques doit toujours être à la
campagne. »

« La rhétorique, qui veut persuader notre raison, doit toujours conserver un air de modération et de sincérité. Il n'en est pas de même de la poésie, qui songe à nous émouvoir préférablement à toutes choses, et qui tombera d'accord, si l'on veut, qu'elle est souvent de mauvaise foi. »

« Les vers les plus touchants ne sauraient nous émouvoir que par degrés et en faisant jouer plusieurs ressorts de notre machine les uns après les autres... Toutes ces opérations, il est vrai, sont bientôt faites; mais il est un principe incontestable dans la mécanique; c'est que la multiplicité des ressorts affaiblit toujours le mouvement, parce qu'un ressort ne communique jamais à un autre tout le mouvement qu'il a reçu. »

« Le génie poétique et pittoresque consiste dans la qualité du sang jointe à l'heureuse disposition des organes. »

Il ne faut juger que sur le rapport des sens, et c'est une erreur que de poser des principes généraux pour en tirer une chaîne de conclusions ; « car, dans les arts, les principes sont en grand nombre, et rien n'est plus facile que de se tromper dans le choix du plus important. »

Il n'est pas difficile de remarquer combien de semblables préceptes sont erronés ou étroits. Tantôt l'abbé Dubos appelle la mécanique à témoigner contre la poésie en faveur de la peinture; tantôt il réduit tous les principes à une affaire de sensibilité et de matière. Quelquefois ce sont des assertions par trop naïves, d'autres fois de pures et palpables erreurs.

Nous pourrions ajouter qu'il adopte le principe superficiel de l'imitation, et l'étend même à la musique; qu'il s'évertue à prouver que la tragédie nous affecte plus que la comédie, et l'élégie plus que le poème didactique; que l'épigramme n'est pas propre au récit des actions atroces; que Racine et Corneille ont souvent commis des fautes grossières, en négligeant l'histoire et la chronologie. Voilà l'ouvrage où Voltaire affirme, avec une effusion d'enthousiasme. qu'*il n'y a que peu d'erreurs !*

Il y en a une, immense dans sa portée, c'est que tout ce livre est bâti sur la doctrine des sens. De là, encore une fois, toutes les illusions du système, de là toutes les faiblesses de l'application.

Ce vice radical ne peut être corrigé par les choses utiles que nous allons citer avec impartialité.

L'idée, assez commune d'ailleurs, qu'on se lasse moins vite d'une émotion que d'une étude, est ingénieusement résumée par cette phrase de l'abbé Dubos : « L'esprit ne saurait jouir deux fois du plaisir d'apprendre la même chose, comme le cœur peut jouir deux fois du plaisir de sentir la même émotion. Le plaisir d'apprendre est consommé par le plaisir de savoir. »

L'examen de la différence des sujets propres à la peinture ou à la poésie fournit un chapitre intéressant, qui n'a que le défaut de se prolonger outre mesure.

Les réflexions de l'abbé Dubos sur l'allégorie sont

judicieuses et bien exprimées : « Les peintres sont
poètes, dit-il ; mais leur poésie ne consiste pas tant
à inventer des chimères ou des jeux d'esprit, qu'à
bien imaginer quelles passions et quels sentiments
l'on doit donner aux personnages suivant leur caractère et la situation où on les suppose, comme à trouver les expressions propres à rendre ces passions sensibles et à faire deviner ces sentiments.

Il faut avoir une imagination plus féconde et plus
juste, pour imaginer et pour rencontrer les traits
dont la nature se sert dans l'expression des passions,
que pour inventer des figures emblématiques. »

Il définit le fait vraisemblable « un fait possible
dans les circonstances où on le fait arriver», et ajoute,
pour confirmer sa définition par un exemple, que,
chez les Anciens, un fait en rapport avec leur mythologie, comme Iphigénie enlevée par Diane, était
possible dans des circonstances données.

Nous aimons à l'entendre déclarer qu'un poème
n'a l'instruction pour but que par accident ; que
toute source n'est pas tarie pour le peintre comme
pour le poète, et que la poésie du style est la qualité
qui fait vivre les œuvres de l'art.

Il nous semble résulter de cette double analyse
que la lecture des *Réflexions critiques* peut être in-
structive et variée ; mais qu'il faut y entrer avec défiance, et, tout en profitant des accessoires du livre,
en répudier le principal.

28. — Critique du P. Papon.

Nous citerons pour mémoire l'*Art du poète et de*

l'Orateur, par le P. Papon, de l'Oratoire; ouvrage très-incomplet, dont l'auteur eut du moins
l'heureuse pensée de modifier ses préceptes, d'après
les différences observées entre notre état social et celui des Anciens.

29. — Critique de La Harpe.

Le *Cours de Littérature* de La Harpe sera toujours
un ouvrage d'une lecture attachante, et éminemment
propre à former le goût par les détails. Mais, quand
on veut lui donner un caractère plus élevé, une action plus haute sur les destinées de notre littérature,
on méconnaît la portée du talent de son auteur. Nul
critique n'a su analyser un ouvrage avec autant de
tact, d'intérêt et de mouvement; nul n'a mieux fait
sortir les conseils des exemples, les idées des citations;
mais lorsque, dans ses introductions, ou dans ses digressions trop fréquentes, il s'attache à la philosophie
littéraire, la force lui manque, et il tombe sous le
fardeau. Ses apologies des règles établies par les Anciens cachent sous des termes de bon sens des défenses qu'un bon sens plus large désavoue. Ses préceptes sur la poésie en particulier sont communs et
raisonnables; mais on sent qu'il ne sait pas détacher
ses idées d'une manière absolue et indépendante des
détails. Il a toujours besoin que la critique particulière suscite en lui la pensée générale. Il tombe volontiers dans le pur commentaire, et la grammaire
le détourne de la haute critique. Cette méthode a
son utilité; utilité réelle, mais secondaire : La Harpe
a donné à son *Cours de Littérature* la couleur qui con-

venait à un auditoire plus brillant que solide ; il l'a
mis à la portée de tous ceux à qui les détails suffisent. Profitons de ces détails habilement exploités,
mais ne demandons pas à La Harpe les lois de la
littérature. Ce n'est pas dans ses écrits qu'il faut les
chercher.

30. — Doctrine de Marmontel sur la poésie.

Une vue philosophique bien plus pénétrante découvre à Marmontel plusieurs de ces lois. Si nous
l'avons trouvé incertain dans les grandes questions
fondamentales, nous n'avons presque plus que des
éloges à lui donner lorsqu'il descend d'un degré, et
qu'il arrive aux deux questions importantes de la
poésie et de l'éloquence. Parlons ici de la poésie.

Marmontel est un des critiques qui ont le mieux
prouvé que l'imitation n'est pas le principe exclusif
des beaux-arts. « La poésie, dit-il, fait plus que répéter l'image et l'action des objets. Cette imitation
fidèle, quelque talent, quelque soin qu'elle exige,
est sa partie la moins estimable. La poésie invente et
compose. Elle choisit et place ses modèles, arrange,
assortit elle-même tous les traits dont elle a fait
choix, ose corriger la nature dans les détails et dans
l'ensemble, donne de la vie et de l'âme au corps,
une forme et des couleurs à la pensée, étend les limites des choses, et se fait des mondes nouveaux. »

Comment comprendre qu'après une description
si belle et si juste de la poésie, Marmontel ajoute :
« Une poétique digne de notre âge serait un système régulier et complet, où tout fût soumis à une

loi simple, et dont les règles particulières, émanées
d'un principe commun, en fussent comme les rameaux. Cet ouvrage philosophique est désiré depuis
longtemps, et le sera peut-être longtemps encore. »

31. — Opinion de Batteux sur les Beaux-Arts.

Oui, sans doute, cet ouvrage sera longtemps at-
tendu, car il est impossible. Batteux a tenté de réduire les beaux-arts à un seul principe, à celui-là
même que Marmontel a si bien combattu, l'imitation. Sur cette base mouvante, qu'a-t-il établi de
solide ? Tout dépend de la nature de l'homme.
L'homme copie parce qu'il a des sens et une mémoire; il invente, il combine, parce qu'il a une raison et une volonté. Imitation, invention, combinaison,
tous ces faits se reproduisent dans les arts, parce que
les facultés auxquelles ils correspondent sont et seront
toujours inhérentes à la nature de l'homme. Chercher un principe unique pour les arts, c'est vouloir
placer une faculté unique dans l'homme. Il faut
changer la nature humaine, pour faire passer sous un
tel niveau les formes diverses que l'homme imprime
à sa pensée. Tout ce qu'on peut dire, c'est qu'il faut,
dans les arts, accord de divers principes, pour former un tout, comme il y a dans l'homme rapport de
diverses facultés à un sujet toujours le même.

32. — Suite de la doctrine de Marmontel.

Les réflexions de Marmontel sur le système tragique sont judicieuses. Il distingue la tragédie an-

cienne et la tragédie moderne, dont l'une tire de nous-mêmes les causes du malheur, tandis que l'autre les prend hors de nous. Il prétend que le système ancien était plus pathétique, plus facile à manier, plus favorable à la pompe des représentations, parce qu'il avait peu de nuances, et qu'il remplissait à merveille l'objet religieux, politique et moral qu'on se proposait alors. Le système moderne lui semble plus fécond, plus universel, plus moral, plus propre à nos théâtres, plus susceptible du charme de la représentation.

Il pense que la liberté du théâtre peut être entendue sous le rapport des unités de temps et de lieu. L'unité d'action lui paraît nécessaire.

Dans aucun poème cependant il ne se contente de cette unité collective qui dirige tout vers un centre commun; il réclame encore avec raison l'unité progressive, c'est-à-dire l'unité d'intérêt.

Son chapitre de l'illusion est bien pensé; il veut que l'illusion au théâtre soit incomplète, pour qu'il nous reste l'admiration de l'art qui est un de nos plus grands plaisirs. L'âme peut recevoir plusieurs impressions à-la-fois, mais une seule est dominante. Ce qui domine ici, c'est l'illusion, mais le sentiment confus de la fiction corrige cette impression principale. Nous passons sur un grand nombre d'excellents articles qu'il serait trop long d'indiquer, et nous nous arrêtons en finissant sur la distinction importante que Marmontel reconnaît entre l'imagination et l'enthousiasme. L'ingénieux critique recommande de ne pas confondre ces deux idées. On pourrait lui reprocher de ne pas justifier assez son précepte : car, dans plusieurs passages, il ne semble considérer l'enthousiasme que comme le degré le plus haut, l'expression dernière de l'imagination. Telle ne nous paraît pas être sa nature.

L'enthousiasme, que Marmontel appelle aussi délire, fureur, ivresse, et que nous nommerons surtout inspiration, est à nos yeux d'un ordre plus élevé que l'imagination proprement dite. L'imagination est une faculté, l'inspiration n'en est pas une. Pour nous, c'est la plus haute exaltation, non pas de l'imagination seule, mais de notre force active, de la faculté intime de notre âme, exaltation produite, soit spontanément, soit par degrés. Ce qui a fait regarder autrefois l'inspiration comme surnaturelle, ce qui lui a valu son nom surhumain, c'est que l'homme inspiré, passant du calme et de l'équilibre de ses facultés à cette puissance vive et démesurée, ne semblait plus être le même. Tout ce qui était au-delà de sa nature habituelle paraissait venir d'une nature supérieure ; on n'avait pas compris que la sienne portait en elle ce principe d'accroissement prodigieux. Les Anciens ont trop rabaissé l'homme, quand, par amour du merveilleux, ils n'ont fait de l'inspiration du poète ou de l'artiste qu'un passe-temps de la Divinité. Marmontel est plus près de la vérité, quand il prend une de ses facultés, la plus brillante, l'imagination, et la fait monter jusqu'à l'enthousiasme. Nous pensons qu'il faut avancer encore. L'imagination reproduit ou compose avec de vives couleurs ; mais elle n'est pas le mouvement qui marche, la vie qui circule. Ce

n'est pas trop de l'homme tout entier, de son principe vivifiant qui décuple sa force par la méditation
ou la circonstance, pour rendre raison de cet admirable phénomène. L'homme inspiré est tout ce que
peut être l'homme sur la terre ; mais cette puissance
momentanée vient de sa nature, elle est sienne, et
l'inspiration, qui semble se perdre par le sommet
dans la nature divine, enfonce ses racines dans l'esprit humain.

33. — Traités oratoires.

L'indigence de poétiques au dix-huitième siècle
ne s'étendit pas aux traités oratoires. Nous avons
donné la raison de cette différence. Le siècle n'était
pas poète ; il était logicien et orateur.

Cependant, la plupart des rhétoriques qui parurent alors sont pédantesques et diffuses. Du moins,
celles qui sortirent de l'université ou des corpora-
tions religieuses portent le double caractère imprimé
en général aux œuvres de ces deux institutions; beaucoup de science et peu de vues; beaucoup de com-
mentaires, et peu de principes.

34. — Critique de Rollin, de Lejay, de Gibert.

Ne demandons à Rollin, dont le *Traité des
études* renferme tant de choses utiles mêlées à tant
d'inutilités, rien de neuf ou de fort en théorie oratoire. La substance de Cicéron et de Quintilien, soi-
gneusement, nous dirions presque religieusement,
délayée, compose tout ce qu'il pense et dit sur l'éloquence. La rhétorique du P. Lejay est l'idéal de la

scolastique oratoire. Liste innombrable de figures, lieux extrinsèques et intrinsèques, arguments barbares de la vieille logique, il ne nous fait grâce de rien. Gibert, plus lourd peut-être encore dans sa Rhétorique, a fait du moins un livre utile à l'histoire de la science littéraire dans ses *Jugements des savants sur les rhéteurs.* Il n'apprécie pas toujours bien ceux dont il cite les noms et les ouvrages ; mais néanmoins, c'est une nomenclature raisonnée, bonne pour les recherches, et que nous avons consultée avec fruit.

35. — Critique de Batteux.

Les *Principes de la littérature* par Batteux, et son *Traité de la construction oratoire* ont conservé quelque réputation. Il est difficile de comprendre sur quoi elle repose. On y trouve bien quelques chapitres judicieux ; mais les principes en sont faux bien souvent, et le style en est toujours détestable. Il blâme les règles trop multipliées, et en donne même pour l'alphabet. Il a raison d'avancer que la construction oratoire se distingue de la construction grammaticale, et que dans la première on suit l'ordre d'importance des idées, tandis que dans la seconde on n'a en vue que les mots. Mais, pour énoncer et démontrer cette assertion si claire et si simple, il s'embarrasse dans les plus minutieux détails.

36. — Critique de Gin.

Gin, dans son *Traité spécial de l'éloquence du barreau,* a pris une position plus élevée. Censeur de la scolastique, il pose d'abord devant l'orateur la loi générale de l'unité. Il lui répète, comme la règle qui lui importe avant toutes les autres, qu'il faut d'abord se pénétrer de son sujet, et il ajoute avec beaucoup de justesse que la seule pureté du style est indépendante de cette première méditation.

. « Les rhéteurs, dit ce sage écrivain, ont dégradé l'éloquence par la multitude des règles qu'ils ont données.

« Ils décomposent le discours comme un ouvrage mécanique, et prétendent en diriger toutes les phrases, et pour ainsi dire tous les mots.

« De là les différentes règles de l'élocution, et les classes de figures divisées jusqu'à l'infini. Rien n'est plus capable de dessécher l'esprit que ce détail minutieux.

« La première de toutes les règles, celle de l'unité (Horace, Boileau), tient le moins de place dans leurs livres. »

Nous ne parlerons ni de la Rhétorique efféminée de Gaillard, *à l'usage des demoiselles*, ni du *Catéchisme oratoire* du P. de Colonia, assez intéressant par les exemples, mais pauvre en idées et en préceptes de fond.

37. — Critique de P. Gaichiés.

Les *Maximes* du P. Gaichiés ne sont pas sans mérite; elles ont souvent du nerf et de la précision. Donnons-en quelques exemples :

« L'imitation est souvent dangereuse. On perd ce qu'on a de génie en voulant prendre celui d'un autre.

«Dire tout ce qu'il faut, ne dire que ce qu'il faut, et le dire de la meilleure manière, c'est le caractère d'un bon esprit.

«L'orateur n'a pas besoin de cette logique qui enseigne plutôt à disputer qu'à raisonner juste. Il lui faut celle qui apprend à définir, à conclure, celle qui distingue le vrai du faux, le certain de l'incertain, l'évident du probable.

«Dans le feu de la composition, oubliez la méthode des préceptes ; ce qu'ils prescrivent est quelquefois ce qu'il faut éviter. L'orateur doit traiter son sujet en maître. Il ne court pas après l'éloquence ; elle le suit.

« Quoique les pensées roulent sur des idées communes à tous les hommes, elles peuvent avoir à l'infini quelque chose d'original dans les circonstances, le tour, l'application [1]. L'art ne s'épuise pas en nouveautés, il varie les pensées, comme la nature diversifie les visages. »

38. — Critique du P. Buffier.

Nous devons une mention toute spéciale au *Traité philosophique et pratique de l'éloquence*, par le P. Buffier. Ce petit ouvrage se distingue au-dessus de la plupart

---

[1] Lamotte avait dit : « Combien de tours dans l'éloquence pour se concilier la bienveillance des auditeurs, pour effrayer, pour attendrir, pour réveiller l'attention languissante, enfin, pour ramasser ses forces, et porter le dernier coup à ceux que l'on veut convaincre ; combien de lieux communs de morale et de figures pathétiques, qui ne manquent aujourd'hui leur effet que parce que nous sommes trop aguerris contre elles !» LA MOTTE, *Discours sur le Mérite des Ouvrages d'Esprit.*

des rhétoriques du temps, et doit conserver une place' éminente entre tous les livres qui ont pour objet les lois de l'éloquence. Les vues en sont judicieuses, la manière large, les opinions indépendantes. Si l'on y trouvait plus de méthode, et d'enchaînement dans les idées, il serait encore plus propre à favoriser le progrès de l'art. Tel qu'il est, il semble destiné surtout à ruiner les préjugés des rhéteurs, qu'il attaque avec énergie; mais l'auteur manque de suite dans son plan, et malheureusement aussi d'élégance et de pureté dans son style.

Selon le P. Buffier, l'éloquence peut se trouver partout, et dans les occasions les plus inattendues, aussi bien, ou mieux encore, que dans les discours les plus étudiés.

A ses yeux, comme aux nôtres, la confusion entre les deux termes de *rhétorique* et d'*éloquence* a été une cause fréquente d'erreurs.

L'art peut servir à régler l'extérieur, le vêtement de l'éloquence, comme l'extérieur et le vêtement de la poésie. L'étude des grands orateurs, la direction et les conseils des hommes habiles, si on ne les écoute pas trop timidement, l'exercice surtout, feront le reste.

Vérité et variété, ce sont deux grands préceptes à suivre. Quant au détail des règles données pour l'exorde, la narration et toutes les autres parties du discours oratoire, souvent utiles, souvent nuisibles, elles ne constituent pas des principes absolus.

L'éloquence peut bien triompher en établissant le

faux, mais alors même il faut qu'elle lui donne l'apparence du vrai, qu'elle rende le faux vraisemblable.

Nous adoptons toutes ces idées, qui nous paraissent dictées par le bon sens.

39. — Opinion de Voltaire sur l'éloquence.

Dans ce *Dictionnaire philosophique*, où l'observation est si moqueuse et l'examen si amer, Voltaire a touché la question de l'éloquence. Un tel esprit ne pouvait asservir l'éloquence à de froides conventions. Il met au premier rang des maîtres de l'art *l'envie naturelle de captiver, le recueillement de l'âme profondément frappée qui se prépare à déployer les sentiments qui la pressent.*

40. — Critique de d'Alembert.

Être éloquent, c'est sentir, dit d'Alembert dans son discours de réception à l'Académie française, et, dans ses *Réflexions sur l'Élocution oratoire,* il appuie cette belle et juste idée de quelques développements. Sa définition de l'éloquence est un peu longue; il la nomme : « Le talent de faire passer avec rapidité et d'imprimer avec force dans l'âme des autres le sentiment profond dont on est pénétré. » Définition en partie exacte, mais que nous croyons fausse en partie. Est-il vrai, comme d'Alembert le dit ailleurs, « que l'éloquence ne puisse régner que par intervalles dans un discours de quelque étendue, et qu'elle ne consiste proprement que dans des traits vifs et rapides? » Nous pensons, avec Marmontel, que l'éloquence prend toutes les formes, et que la rapidité peut être un de ses accidents, mais non pas un de ses caractères.

41. — Doctrine de La Harpe sur l'éloquence.

La Harpe a exprimé, dans son *Cours de littérature*, quelques opinions favorables à la liberté de l'éloquence. Il a blâmé avec goût la division des genres de la rhétorique en délibératif, démonstratif et judiciaire; il a prouvé que ces genres rentrent sans cesse les uns dans les autres, et qu'il y a peu de discours qu'on puisse assigner exclusivement à l'un d'eux. C'est avec la même justesse d'esprit, et pour la même raison, qu'il a condamné la distinction des styles en simple, tempéré et sublime. Enfin, il est convenu que la théorie des figures était presque toujours aussi ennuyeuse qu'inutile, et il a été jusqu'à dire: « Les figures, ces monstres des classes, épouvantail des enfants, sont à-peu-près comme leurs poupées, qu'ils trouvent creuses en dedans quand ils les ont déchirées. »

Mais à côté de ces vertes et vigoureuses sorties contre les vieilles traditions de l'École, nous trouvons seulement quelques vues indiquées, quelques leçons incomplètes. La Harpe, dès qu'il ne blâme plus, retombe dans le commun et dans le vague. Ce n'est plus que l'analyse vulgaire de Cicéron et de Quintilien; mieux vaut les interroger eux-mêmes.

12. — Doctrine de Marmontel sur l'éloquence.

Les deux articles *Éloquence* et *Rhétorique*, dans les *Éléments de littérature*, contiennent les opinions de Marmontel sur cette intéressante question.

Dans le premier, il combat la définition si connue, *L'éloquence est l'art de persuader*. Il démontre facilement qu'elle ne s'applique guère qu'au barreau et à la tribune, deux manifestations officielles de l'éloquence. Il les définit à son tour, et assez vaguement : « La faculté d'agir sur les esprits et sur les âmes par le moyen de la parole. » Après avoir établi pour loi oratoire cette maxime : *Rien n'est fort que le vrai*, il reconnaît que, dans les questions problématiques, ce n'est pas toujours l'avantage de la vérité, mais l'avantage de l'intérêt, que recherche l'éloquence. Comme il le soutient, « ce n'est qu'autant que la vérité a un côté moral, un intérêt humain, que l'éloquence peut s'en saisir et la manier à son gré. »

Marmontel est faible dans son rapprochement entre l'éloquence et la poésie sous le rapport oratoire. Il veut que l'éloquence poétique ne soit (c'est son expression) que *l'élixir de l'éloquence oratoire*. Au nom de la poésie et de l'éloquence même, nous devons protester contre cette confusion d'idées. La poésie et l'éloquence ne sont pas de même nature : elles peuvent se prêter secours, et mêler souvent leurs richesses ; mais, dans cette association fraternelle, chacune d'elles conserve son titre et son nom.

Nous trouvons donc à louer et à blâmer dans ce que Marmontel a dit de l'éloquence poétique et oratoire ; mais l'article *Rhétorique* nous paraît, après le *De oratore* qui en contient le germe, ce qu'on a écrit de plus solide sur l'éloquence. Il faudrait transcrire pour être juste ; citer ne suffira pas.

Bornons-nous cependant à indiquer d'abord la marche des idées. La nature donne les premiers préceptes d'éloquence, mais il n'est pas inutile que l'art vienne la seconder. Et quel doit être cet art ? Dans l'origine , la philosophie et l'éloquence étaient unies ; la philosophie se détacha malheureusement de sa compagne, qui resta flottante dans le vague des systèmes. Les meilleurs moyens de former les jeunes gens à l'éloquence seraient donc d'inculquer d'abord à leur esprit une haute et simple philosophie ; ensuite, de les exercer à reproduire dans leur langue propre de beaux morceaux dont ils auraient entendu la lecture dans une autre langue ; enfin de leur permettre de composer.

Ces sages instructions sont complétées par la démonstration lumineuse d'un principe qui, bien appliqué, préserve de la superstition pour les règles, et en fait respecter l'usage ; savoir, que les préceptes des rhéteurs n'ont presque jamais que la vertu des conseils. « Le premier tort des rhéteurs, dit le judicieux critique, a été de croire enseigner l'art de l'éloquence à des enfants ; et, pour cela, ils l'ont réduit en miettes [1] ; et, au contraire, le moyen de simplifier l'art, de le faciliter, aurait été de l'enseigner en masses ;

---

[1] Qui omnes tenuissimas particulas... ut nutrices infantibus pueris, in os inferant. (*De Orat. lib.* III.)

un petit nombre de grands principes, appuyés sur de grands exemples, aurait suffi, et n'aurait ni troublé ni fatigué de jeunes têtes.

« La même erreur a fait assujettir à des règles minutieuses et à des méthodes serviles ce qu'il y a de plus capricieux, de plus impérieux au monde, l'occasion et la nécessité..... Il fallait donc simplifier l'art le plus qu'il eût été possible, ne pas ériger en principes ce qui n'est juste et vrai que sous certains rapports, n'enseigner que le difficile, ne prescrire que l'indispensable, en un mot laisser au talent, comme les lois doivent laisser à l'homme, autant de sa liberté naturelle qu'il en peut avoir sans danger. Les règles prescrites par les rhéteurs sont presque toutes de bons conseils et de mauvais préceptes.

« Tout se réduit, dans l'art oratoire, à instruire, à plaire, à émouvoir; encore, de trois, un seul doit-il paraître en évidence; et, lors même que l'orateur emploie tous les moyens de se concilier le juge ou l'auditeur, de le flatter, de le fléchir, de l'irriter, ou de l'apaiser, le comble de l'art serait encore de ne sembler occupé qu'à l'instruire [1]. Cette règle en renferme mille, et, si on l'a bien saisie, ni les lieux oratoires, ni les figures, ni les ornements, ni aucune des formules de la rhétorique, ne s'introduiront qu'à propos et comme sans étude et sans dessein dans l'éloquence.

« A l'égard de l'économie et de l'ordonnance de

---

[1] Una, ex tribus his rebus, res præ nobis est ferenda, ut nihil aliud, nisi docere, velle videamur. Reliquæ duæ, sicut sanguis in corporibus, sic illæ in perpetuis orationibus fusæ esse debebunt.

l'ouvrage oratoire, on le divisera, si l'on veut, en six,
en cinq, ou en trois parties. Mais, quoiqu'on puisse
donner pour modèle un discours dans lequel ces parties, distribuées selon l'usage, tendent au but commun de la persuasion....., le rhéteur ne laissera pas
d'avertir son disciple que c'est au sujet à prescrire
l'économie du discours, à décider du nombre, de la
distribution, du caractère de ses parties, et que non-
seulement, sous différentes formes, un discours peut
être éloquent, mais que, pour l'être autant qu'il est
possible, il ne doit jamais affecter que la forme qui
lui convient.

« Savoir de quoi, dans quel dessein, à qui, ou devant qui l'on parle, et, dans tous ces rapports, dire
ce qui convient, et le dire comme il convient, c'est
l'abrégé de l'art oratoire. »

Cette page des *Éléments de littérature* présente en
effet le plan d'une rhétorique applicable et élevée.
Elle a plus de sens et de fond que tous les gros livres
composés sur cette matière. Et remarquons-le bien,
Marmontel écrivait alors sous l'inspiration de Cicéron,
dont il reproduit quelquefois les termes ; et Cicéron,
dans le traité *de l'Orateur*, était, de son aveu même,
sous le charme de Platon.

43. — Critique de Buffon.

Par une exception assez rare, le discours que prononça Buffon le jour de sa réception à l'Académie
française devint aussitôt un ouvrage classique. Nous
le citons après les traités qui comprennent une plus

vaste matière. Buffon ne s'est occupé que du style,
mais il l'a fait en écrivain qui en connaît toutes les
ressources et qui en possède le génie. Il s'écrie que
le style est l'homme même, mais c'est qu'il y voit *l'ordre
et le mouvement qu'on met dans ses pensées*. Il veut qu'une
haute méditation en précède le travail, et que l'esprit
de l'ordre, la haine de l'affectation et des stériles
combinaisons de syllabes, que le naturel enfin y préside. Unité, dignité, pureté noble, tels sont les devoirs que Buffon impose au style en général, et que
le sien avait sérieusement accomplis.

44. — Critique des journaux.

A côté des œuvres importantes de la littérature et
des traités spéciaux de la critique du dix-huitième
siècle, s'élevait et se développait une critique nouvelle, propre à discuter les détails, mais aussi à po-
pulariser les principes; parlant à la foule aussi bien
qu'aux hommes instruits; une critique dont les jugements se répétaient sous mille formes, suspendus,
repris, modifiés, par raison ou par caprice; la critique des journaux.

Les journaux littéraires dataient du *Mercure galant*.
Cette misérable origine semble avoir porté malheur
à leur influence. Rien n'eût été plus piquant et plus
utile que leurs escarmouches pour ou contre le bon
goût, leurs conseils au génie, leurs vives et pétu-
lantes attaques contre la sottise, ou la médiocrité,
pire que la sottise même, leur franche approbation
pour le talent. L'armure légère du journaliste, sa
marche libre d'entraves, les bornes d'une lice qu'il

parcourt sans fatigue, enfin cette faculté de la répli-
que qui donne à un feuilleton l'intérêt polémique
d'une plaidoirie, tout l'appelait à jouer un rôle brillant dans la critique littéraire. C'était la force mobile
qui pouvait se porter sur les points menacés, traduire les systèmes devant l'opinion publique, faire
honte de l'engouement ou de l'injuste oubli, insinuer
la raison à la faveur de la grâce, ouvrir la voie aux
larges compositions. D'une autre part, le vice de ces
feuilles légères devait être de favoriser l'ignorance et
la fatuité de ceux qui les écrivaient, et qui pouvaient
à bon marché se croire des Aristarques. Il était à
craindre qu'ils ne fussent prêts à trancher du savant,
parce qu'ils avaient trouvé le moyen de faire du
bruit sans privilége de science. Un autre défaut des
journaux littéraires, c'est qu'ils pouvaient répandre
la calomnie comme la critique, et une calomnie dont
le poison serait bien plus actif dans ces feuilles cir-
culant de main en main que dans l'innocente épais-
seur d'un volume. Au dix-huitième siècle, en effet,
la science publiait des volumes, l'ignorance et la dif-
famation eurent des journaux [1]. C'était plus tard que
la mission secondaire, mais honorable, du journaliste littérateur devait être comprise, et que la critique devait s'honorer du feuilleton.

Les journaux littéraires du dix-huitième siècle
eurent le tort et le malheur de s'acharner après Voltaire. Ce n'est pas que cet Hercule de la littérature

---

[1] Nous devons excepter le sérieux, le consciencieux *Journal des Sa-*
vants, fondé au milieu du dix-septième siècle, et qui soutient aujourd'hui
sa vieille et honorable réputation.

fût invulnérable ; mais, attaqué maladroitement par
des pygmées, il les enleva, et les étouffa dans la peau
du lion. S'ils avaient mérité par eux-mêmes d'agir
sur l'opinion, les fureurs puériles de Voltaire contre
leurs attaques les auraient servis à souhait. Mais,
entre un poète, un historien, un philosophe étincelant de génie, et des critiques ou ignorants ou d'une
science pâle et pédantesque, l'opinion n'hésita pas.
Desfontaines, Fréron, Clément, furent assez souvent
les interprètes du bon goût. Desfontaines, trop partial, trop impatient, rencontra plus rarement cette
bonne fortune. Fréron, son élève, avait plus d'instruction que lui ; mais il se fit le panégyriste des
plus minces génies, et versa tout le fiel de la critique personnelle sur les hommes qui honoraient les
sciences et les lettres malgré les écarts de leur talent.
L'âpreté des censures de Clément ne nous empêchera pas de reconnaître dans ses écrits roides et
diffus une certaine fermeté de goût, et la connaissance des modèles antiques. Mais aucun de ces écrivains n'a laissé de monuments durables. Leur vogue
a tenu surtout au scandale de leurs injures, ou du
moins à la contradiction qu'ils élevaient contre d'é-
clatantes renommées. Aujourd'hui les feuilles échap-
pées des mains de Clément, de Fréron ou de Desfontaines n'ont que cette cruelle immortalité dont les a
gratifiées Voltaire. Ces trois hommes, et ceux qui
ont suivi la même voie, ont occupé un moment leur
siècle en attaquant ses affections ; mais ils ont gâté
leur opposition par maladresse ou par violence : ils
ont fait tort aux Anciens même, en subordonnant

leurs principes littéraires à de petites passions. Ils
avaient assez de connaissances et de critique pour
être utiles, et la postérité leur eût accordé une tranquille estime; ils ont préféré un rôle de haine, et ils
sont payés par l'oubli.

45. — Critique des Illuminés.

Avant de clore le dix-huitième siècle, il faut dire
un mot d'une doctrine mystique et enthousiaste qui
inspirait alors en France quelques livres singuliers.
Saint-Martin, auteur de ces livres, appartenait à la
famille des penseurs illuminés, ou, comme il le dit,
d'amateurs de la philosophie divine, qui a produit
Boehme et Swedenborg en Allemagne, Williams
Law et Jeanne Leiden en Angleterre. Il était lui-
même admirateur et disciple du fameux Martinez
Pascalis. Le génie de ces hommes, en général, pré-
sentait deux phénomènes : ils s'habituaient, par une
contemplation intime et religieuse de notre être et
de la destinée humaine, à trouver le mot de bien des
problèmes difficiles à résoudre pour le seul talent;
en même temps, les facultés de l'homme se troublant
par leur exercice même dans ces régions supérieures,
ils ajoutèrent des illusions et de folles pensées à de
réelles inspirations. Leur langage était élevé, mais
obscur; ils voulaient guider l'homme vers la lumière,
mais se croyaient obligés par serment à ne pas l'é-
clairer. C'étaient des hommes de conviction, et qui
ne doivent pas être voués au ridicule, car ce qu'ils
veulent bien exprimer en termes intelligibles ren-

ferme souvent de purs et solides enseignements.

Saint-Martin, pensant ainsi en dehors de la société sceptique et blasée qui finissait, porta sa religieuse méditation sur tout ce qui tient à la destinée et aux œuvres de l'homme.. Son idée essentielle, c'est que le monde visible n'est que l'ombre du monde spirituel, et la vie humaine le noviciat d'une renaissance pour l'humanité. Lors donc qu'il jette un regard sur la littérature, il lui prescrit de se modeler sur ce type caché, mais toujours présent, que nous portons en nous, et dont nous avons détourné notre vue. C'est l'homme interne qu'il somme de prévaloir dans les œuvres littéraires, et il blâme la trop grande importance attachée au style, qui semble fonder la prééminence de l'élément extérieur.

Rien de plus moral que la critique de Saint-Martin. Il recommande aux écrivains de veiller sur leurs affections, pour n'exprimer que des affections louables, et d'introduire nos esprits dans les régions de l'intelligence universelle, au lieu de s'attacher à peindre le mauvais côté de notre nature. Nous croyons néanmoins qu'un tel précepte, suivi à la lettre, ruinerait une bonne partie des applications littéraires. C'est bien la pensée et le vœu de Saint-Martin; mais nous ne conviendrons pas avec lui que nos romanciers, nos poètes comiques ou satiriques, ne puissent nous dérider sans crime et nous corriger en nous divertissant.

Nous avons remarqué dans un de ses ouvrages une définition du Sublime qui nous paraît juste et profonde : *Le Sublime*, dit-il, *c'est Dieu, et tout ce qui nous*

met en rapport avec lui[1]. Il est certain que nulle espèce
de Sublime ne se produit sans que l'idée de l'Être
infini, ou, ce qui est la même chose, l'idée absolue
d'un ou de plusieurs de ses attributs s'y rattache et
la caractérise. Le *qu'il mourût* du vieil Horace ne serait pas sublime s'il n'exprimait qu'une idée individuelle, un fait isolé; c'est parce qu'il nous fait monter sans transition d'un fait à un principe, de l'idée
d'une grandeur individuelle à l'idée de la grandeur
absolue, qu'il nous transporte d'admiration.

Saint-Martin appelle la poésie *la plus sublime des*
productions des facultés de l'homme, celle qui le rapproche
le plus de son principe, et qui, par les transports qu'elle
lui fait sentir, lui prouve le mieux la dignité de son origine;
mais il lui défend « de se rabaisser à des sujets factices ou méprisables, auxquels elle ne peut toucher
sans se souiller comme par une prostitution[2] ».

Il y a beaucoup de noblesse et un peu d'obscurité
dans ce qu'il dit de l'inspiration poétique. Il admet
avec raison qu'elle peut avoir plusieurs degrés et revêtir plusieurs formes, et, loin de partager cette opinion commune qu'elle se concilie avec de brillants
mensonges, il ne l'explique que par la présence constante de la vérité.

- On ne peut nier qu'il n'y ait de la haute critique
dans ces préceptes quelquefois bizarres. C'est un cri
jeté par le spiritualisme à travers les derniers efforts
du matérialisme littéraire. Il y a quelque chose de

[1] Ministère de l'Homme-Esprit, an xi (1802).
[2] Des Erreurs et de la Vérité (1775, Édimb.)

Platon, de saint Augustin, de Fénelon et de Male-
branche dans la doctrine qui assigne à l'esprit l'empire des arts et des lettres, que la sensation avait
usurpé.

46. — Résumé.

Ainsi marchait la littérature du dix-huitième siècle,
entre les tentations de l'esprit nouveau, qui empruntait de l'autorité à la science ou au génie, et les ré-
clamations souvent impuissantes et passionnées de
l'esprit ancien. Une forme tombe, une autre forme
s'élève. Des égards sont observés envers l'âge de
Louis XIV, mais tout ce qui en a inspiré les chefs-
d'œuvre se meurt en face de l'indifférence ou de la
dérision. L'unité se brise, et la grande propriété littéraire se morcèle en divisions nombreuses. Plus de
ces œuvres compactes et imposantes, alignées et distribuées comme un grave domaine de la couronne.
On comparerait plutôt les mille caprices de l'imagination, ou même de la raison, que chaque jour voit
naître, à la variété souple et aux détours fugitifs de
nos jardins. L'écrivain sérieux n'est plus solennel;
il est rapide, et d'une élégance plus bourgeoise; l'art
est moins cultivé, le jugement étend ses conquêtes.
On se détourne de l'idéal, source de poésie, pour
s'enivrer d'une prosaïque réalité. Au lieu de cette
haute et confiante imitation des Anciens qui faisait
le caractère du dix-septième siècle, le dix-huitième
s'enhardit dans les théories, et se risque, un peu plus
timidement d'abord, dans la pratique. Les penseurs,
les philosophes, y abondent, s'y croisent, y luttent,

ou de concert, ou chacun en faveur de sa vérité.
Tout-à-coup cette lutte sort du cercle philosophique
et littéraire; elle s'élance dans la politique; elle
ébranle les fondements de la vieille société qui aspire
au rajeunissement. L'étude de l'Angleterre enseigne
aux Français le rôle politique du peuple. L'alliance
avec Washington traduit en France les idées de l'indépendance américaine. La dernière ombre de la
féodalité s'évanouit.

LIVRE XIV.

FRANCE,

XVIIIe ET XIXe SIÈCLES.

1. — Influence de la révolution française.

Dès que le peuple surgit aux affaires, une gloire
littéraire de plus, celle de la tribune, est donnée à la
France. Cette éloquence, tantôt brusque, tantôt in-
sinuante, vive et incisive de sa nature, moins rede-
vable à l'art qu'à l'inspiration des réalités, affaire
publique elle-même au milieu des affaires publiques
qu'elle explore, ne se trouvait guère que dans les
harangues classiques de quelques froids historiens,
ou dans la malicieuse Ménippée. Mais dès que l'Assemblée Constituante se lève, la France retentit de
cette grande voix du peuple à son réveil. Des talents,
mûris tout-à-coup au soleil de la liberté naissante,
brillent de l'éclat le plus varié, à travers les nuages

des questions ardues et des préjugés qui blasphè-
ment la lumière. Dans ce nouveau monde de la
science politique et sociale, les découvertes sont la
tentation des hommes de conscience et de génie. Ils
sentent bien qu'ils sympathisent avec le besoin public, et le sentiment de cette mission immense soulève toutes les forces de la pensée. A une époque
de renouvellement et de combat, plus grand qu'aucune autre époque historique, répondent tout aussitôt des éloquences plus puissantes qu'à aucune
phase littéraire. Barnave et Duport, Maury et Cazalès déploient, dans leurs magnifiques discours,
toute la force que l'agonie redonne un moment à la
monarchie expirante, toute la vigueur de jeunesse
qui pousse au triomphe la nouvelle et impatiente
liberté.

2. — Mirabeau.

Un nom doit toujours être prononcé à part entre
les grands noms de l'Assemblée Constituante. Notre
véritable orateur populaire, notre Démosthènes,
Mirabeau, fut moins habile discoureur que beaucoup d'autres, et nulle parole ne fut aussi puissante
que la sienne. Il put négliger impunément la pureté
grammaticale, quelquefois l'ordre ou la justesse des
idées; il eut ce qui tient lieu de tout en éloquence,
ce qui est l'éloquence même, la passion. Sans doute
le nerf de la pensée, la hauteur des vues, le coup-
d'œil rapide qui plonge au fond des questions d'État,
le raisonnement, les images, toutes ces ressources
du génie, de l'imagination et du jugement, concou-

raient à faire de Mirabeau la gloire de la tribune
française; mais c'est par la passion qu'il en fut le
maître et le roi. Il appliquait sans relâche et sans
effort, à la cause populaire, l'inspiration que chacun
peut rencontrer une fois en présence d'un grand intérêt personnel. C'était comme si le peuple lui-même,
gardant sa verve d'action, et sachant la traduire en
paroles, eût couvert de ses accents formidables les
voix isolées de ses ennemis et de ses défenseurs. La
passion, encore tempérée chez Rousseau par l'obligation de l'enfermer dans un livre, bouillonnait et
débordait à la tribune où la versait Mirabeau. Les
sympathies populaires lui manquèrent rarement, et,
même alors, il pouvait sans péril contrarier quelquefois des idées, sûr de rencontrer et de faire vibrer
toujours une corde commune, celle de la passion.
Son éloquence irrégulière et ardente, pleine de suc
et de vie, nourrie de faits et féconde en heureux
mouvements, ne se perdait jamais dans le parlage
oiseux des rhéteurs. La présence de cet orateur à la
tribune était une action continue, une cause ou un
obstacle aux affaires publiques. Parler, pour Mirabeau, c'était gouverner la France.

3. — Autres orateurs politiques.

Après lui, dans l'Assemblée Législative, dans la
Convention, l'éloquence tribunitienne jeta plus d'une
fois un vif éclat. Le parti imprudent et malheureux
des Girondins, Vergniaud, son plus brillant organe,
Guadet, Gensonné et quelques autres orateurs, puis-

sants par la chaleur du style ou la rigueur de la logique, les orateurs de la Montagne, dont les discours,
originaux par la force d'une position nouvelle, ont
une odeur de sang qui donne des vertiges, prolon-
gèrent quelques reflets d'une sombre éloquence jusque sur les marches de l'échafaud.

Belle et féconde à la renaissance de la société,
en 1789; troublée et lugubre sous l'Assemblée Législative; déchaînée, fougueuse sous la Convention,
l'éloquence, sous l'incertaine tyrannie du Directoire,
tourne à la mollesse et à la lâcheté. C'était le satel-
lite fidèle des mouvements du corps social, l'ombre de la France, dont elle suivait les oscilla-
tions.

Deux poètes d'un grand talent et un poète de
génie parurent au milieu de ce chaos, où se croi-
saient des éclairs de Sublime. Joseph Chénier et Lebrun furent les deux poètes remarquables; le poète
admirable fut André Chénier.

4. — Joseph Chénier.

Joseph Chénier, dont la politique était plus violente que l'enthousiasme, ne jeta point assez de verve
et de variété dans son théâtre. Il est bizarre de le voir
si régulier, si scrupuleux classique dans des pièces
où il célèbre toutes les saturnales comme toutes les
glorieuses conquêtes d'une ardente révolution. Cependant il est pur, nerveux, souvent éloquent, surtout dans ses satires; et dans sa tragédie de *Tibère*,
il n'a pas gâté Tacite.

5. — Lebrun.

Lebrun, à qui, dans la distribution des surnoms
antiques, son talent pour l'ode fit échoir le nom de
Pindare, a de belles inspirations lyriques, et la postérité n'oubliera ni son apothéose du *Vengeur*, ni son ode
à Buffon. Il a le malheur d'être monotone, et quelquefois enflé ou obscur. Cependant il n'est pas indigne de prendre place à côté de J.-B. Rousseau ; s'il
lui est inférieur par le style, il l'emporte sur lui par
la force de la pensée et par l'éclat des couleurs.

6 — André Chénier.

Mais André Chénier ! Combien il est au-dessus de
ces deux poètes ! Quelle manière à lui ! simplicité et
force, naïveté, sensibilité profonde, l'antiquité re-
trouvée sans imitation, un cachet moderne imprimé
à l'œuvre des Grâces. Mort si jeune, d'une mort si
lamentable, il n'eut pas le temps d'émonder le luxe
des rameaux qu'une sève trop vigoureuse avait pous-
sés. Il reste des singularités, des tentatives presque
ridicules dans ses ouvrages, et pourtant le poète de
ces charmantes élégies, l'auteur de la *Jeune Captive*,
fut un homme de génie dont le nom ne périra pas.

Au reste, André Chénier parlait aux sympathies
secrètes des amis du Beau et de la Poésie ; mais il
sortait de son temps et de la société qui l'entourait.
Joseph Chénier et Lebrun prenaient la voix et l'esprit de leur époque. Elle influait sur eux, ils agissaient sur elle. André Chénier est un chantre solitaire, qui ne prend de son siècle que ce que l'origi-

nalité n'évite pas, certaines formes reçues, mais qui
concentre dans son génie, dans les jeux tristes et
tendres de sa muse, cette indépendance qui faisait
retentir le monde politique autour de lui. Ce n'est
pas la place publique, l'agitation des idées et des intérêts, l'effervescence des vertus et des crimes qu'il
sait exprimer. Il chante parce qu'il est poète; il
chante la grâce, la jeunesse et la douleur, sujets
contemporains de tous les poètes. Le tourbillon des
affaires l'étourdit, la nature et l'art absorbent sa
pensée. Et cependant cette âme pure fut touchée
du fléau qui, sous le nom de Terreur, dépeuplait la
France. Quelques lignes de lui, écrites dans un journal, et empreintes d'une modération hardie, envoyè-
rent André Chénier à l'échafaud.

7.— État de la littérature et des arts.

De l'éloquence et de la poésie, et par conséquent
une haute expression littéraire, se rencontrèrent donc
même dans ce temps de confusion sociale. C'est que,
partout où il y a des hommes qui pensent, la forme
donnée à la pensée générale, la littérature, subsiste
avec son caractère propre, plus ou moins modifié par
le caractère du temps. Nulle commotion politique
ne peut faire disparaître entièrement les lettres du
milieu d'un peuple civilisé. Il en fut de même des
arts. Le pinceau mâle et sévère de David donna une
seconde immortalité aux *Horaces* et à *Léonidas*.
Tandis que des novateurs politiques, entre lesquels
David lui-même s'était assis obscurément, imitaient
au hasard les héros du patriotisme antique, lui

les reproduisait sur sa toile avec leur simplicité sublime. Admirable artiste, quand il jetait ses sympathies politiques dans le moule de l'idéal ; étroit législateur, quand il ne corrigeait plus par la pureté des souvenirs l'âpreté sauvage de sa pensée.

8. — État de la critique.

Les lettres et les arts ne furent donc pas muets à une époque où l'on fermait les écoles publiques, où les bibliothèques même étaient proscrites, où l'on plaisantait, du haut de la tribune, sur les paperasses qui encombraient le monde, trop étroit sans doute pour les échafauds. Mais la critique fut muette ; elle suppose des loisirs de l'esprit, refusés à ces années de vertige. Une faculté dont elles enchaînèrent l'exercice, le jugement, est nécessaire à la critique ; entre les facultés de l'homme, l'imagination et la passion sont les seules qui supportent le régime de l'insurrection.

9. — Renouvellement du système social.

La vie énergique, mais haineuse, de la Convention s'éteint dans une clémence inusitée. Le pâle fantôme du Directoire passe, et un soldat, apparaissant entre les trophées d'Arcole et la majesté glorieuse des Pyramides, recueille la France comme un blessé dont il faut étancher le sang.

Bonaparte se fait premier consul, consul à vie, empereur. La balance de l'État, inclinée par la liberté jusqu'à l'anarchie, penche, sous le poids de l'ordre, jusqu'au pouvoir arbitraire. La lassitude de

tous, la gloire et la volonté d'un seul, commandent
à la France le repos après les discordes civiles. Ce
repos, c'est la guerre contre les ennemis du dehors.
En même temps la société se remonte pièce à pièce.
Une forte unité fixe les institutions flottantes. L'é-
ducation, les lois, l'administration sont rattachées
à un centre commun. Tout ce qui vaguait au hasard est saisi et retenu immobile. Partout des monuments; nulle part le mouvement. Napoléon, par
son action puissante, avait dépassé le but. Pour
rendre l'écart impossible, il avait tué le progrès.

10. — Caractère de la littérature de l'Empire.

Cette société renouvelée devait produire aussi sa
forme littéraire. Elle la produisit, comme il arrive
toujours, à son image. La littérature de l'Empire
manqua de variété et de hardiesse. Elle eut quelque
chose du siècle d'Auguste et du siècle de Louis XIV;
l'unité d'un grand pouvoir était un motif d'analogie
entre les résultats de ces trois époques. Au contraire,
elle ressemblait très-peu à la littérature du dix-huitième siècle, parce que déjà, dans celui-ci, l'élément
de liberté dominait. Ce ne fut pas cependant, comme
au temps d'Auguste, un grand hymne national,
semé de flatteries adressées au prince par des hommes épris en même temps de la grandeur de Rome
et des hypocrites vertus de l'Empereur. Ce ne fut pas
non plus, comme dans le siècle de Louis XIV, une
copie admirable tirée des chefs-d'œuvre antiques
sous le bon plaisir du grand roi. La littérature des
quinze années pendant lesquelles Napoléon garda le

trône fut régulière et ingénieuse, ennemie des témérités, quelquefois emphatique ; c'était l'œuvre calme
de l'obéissance ; les lettres se disciplinaient comme
les armées, et le style se ressentait de la monotonie
des victoires. Tous les écrivains n'étaient pas louan-
geurs, mais très-peu avaient le caractère de l'inspiration. Les bons littérateurs, les hommes de goût ne
manquaient pas. On savait composer une pièce de
théâtre, traduire un poète ancien, faire de l'histoire
littéraire ou des romans, mettre de la netteté et du
ton dans la critique. Il existait enfin une estimable
littérature, sans nouveauté et non pas sans charme,
dont les chefs étaient fort au-dessus de la médiocrité, et approchaient·quelquefois du génie. Alors
brillaient au théâtre, Ducis, Raynouard, Lemercier,
Collin-d'Harleville, Picard, Andrieux, Al. Duval,
Étienne ; dans le conseil, ou à la tribune académique,
Daru, Fontanes, Garat. La poésie florissait, cultivée
par Delille, Millevoie, Desaintange ; enfin, sous la
plume de Jouy, Victorin Fabre, Ginguené, de
Barante, Simonde de Sismondi, Suard, et beaucoup
d'autres, dont nous ne pouvons épuiser ici la liste, la
prose se pliait heureusement au style de l'observation,
de la critique ou de l'histoire. Plusieurs de ces écrivains ont ajouté ou ajoutent encore aujourd'hui aux
titres qu'ils ont conquis alors. Ils retiennent bien,
dans un temps qui ne ressemble plus à celui qui a
vu commencer leur gloire, des traces d'une forme
littéraire évanouie. Quelques-uns cependant, dont
le talent s'est dégagé des souvenirs, ont adopté au
profit de ce talent le mouvement de notre âge, et ra-

nimé par le feu d'une inspiration moins languissante
les traditions déjà vieillies de ce siècle éteint.

Deux grandes renommées dépassent toutes les renommées littéraires de l'Empire ; ce sont Mme de
Staël et M. de Chateaubriand. Or, ces deux renommées n'appartiennent pas à l'Empire même, quoiqu'il ait emprunté de l'éclat à leurs rayons. Elles se
sont élevées, l'une malgré l'Empire, l'autre sur la
limite qui sépara la République épuisée du rajeunissement impérial.

11. — Mme de Staël.

Les ouvrages de Mme de Staël sont divers, comme
son génie. Tantôt c'est l'imagination qui s'enivre de
la beauté des arts sous l'admirable ciel de l'Italie,
tantôt c'est la raison calme et forte qui juge la politique et les querelles des partis, ou bien c'est la critique ardente et profonde qui révèle à la France un
monde littéraire inconnu.

Pourtant, à recueillir les qualités communes des
livres de *Delphine*, de *Corinne*, des *Considérations sur
la Révoluton française*, de l'*Allemagne* enfin, on verra
qu'il s'y trouve plus d'unité que de variété, plus de
force que d'éclat, plus de mouvement que d'indignation, enfin plus de nouveauté que de grâce. Le
profond sentiment du Beau, qui remplissait l'âme de
Mme de Staël et s'y confondait avec le sentiment du
bon et du grand, s'accommodait plus du sérieux de
la rêveuse Allemagne que de l'expansion enthousiaste de la brillante Italie. Sa *Corinne* même, toute
resplendissante de couleurs fraîches et vives, n'est au

fond qu'une haute et poétique dissertation sur les
arts. L'imagination y embellit la discussion; le roman
y cache l'esthétique. Le véritable titre, le chef-
d'œuvre de Mᵐᵉ de Staël, c'est l'*Allemagne*, où elle
eut moins besoin d'imaginer que de sentir, où elle
pouvait peindre encore, mais peindre les mystères de
la pensée, les profondeurs du spiritualisme. C'était
là véritablement le secret de son âme, et la fibre de
son génie. La littérature allemande était inconnue
en France. Mᵐᵉ de Staël, proscrite par celui qui
avait arrêté la révolution politique, nous jette le
premier germe d'une révolution littéraire. Accusée
de n'être pas Française, parce qu'elle avait loué l'Allemagne, frappée dans ses ouvrages que broyait le
pilon de la police, poursuivie d'exil en exil, et toujours refoulée vers le pays mystérieux qu'elle avait
révélé, elle se consolait un peu par la conscience de
sa force, et sentait qu'elle avait travaillé pour l'avenir
des lettres françaises.

Telle fut la femme que craignit et persécuta Napoléon, parce qu'elle fut conduite de la haine du despotisme littéraire à la haine de tous les despotismes,
de l'amour du spiritualisme dans la littérature et
dans les arts à la réprobation de la force matérielle,
même dans la main de la gloire. Celle qui avait plaidé
la cause de Marie-Antoinette à la face des bourreaux,
et souhaité une bonne nourrice au roi de Rome,
pour qui on lui demandait une flatterie, savait et
voulait lutter contre tout ce qui n'était pas digne
d'une âme libre. Son courage politique et sa hardiesse littéraire ont droit aux respects d'une postérité

encore récente, qui n'est plus à genoux devant deux idoles, le pédantisme et le pouvoir absolu.

12. — M. de Chateaubriand.

M. de Chateaubriand appartient encore à notre époque, et nous ne sommes pas de ceux qui plaident la décadence de son génie. Les pages politiques et historiques qu'il a tracées depuis trente ans contiennent beaucoup d'erreurs, mais elles sont étincelantes de beautés fortes et neuves. Les idées positives ne lui manquent pas, quoiqu'une imagination puissante les efface quelquefois du bout de son aile. Son style, assez naturellement affecté, rachète ce défaut par la vivacité, l'éclat et l'imprévu de l'expression. Mais ses ouvrages purement littéraires remontent pour la plupart à la date du Consulat, ou aux premiers temps de l'Empire. Ceux-là ont à nos yeux une bien autre importance que les graves ouvrages politiques sortis plus tard de sa plume. Le plus grand nombre de ces derniers, au-delà de nos agitations présentes, ne seront que de précieux monuments. Tout au plus, ils fourniront quelques enseignements à des époques sociales fort différentes peut-être de la nôtre. Au contraire, le Génie du Christianisme, Atala, René, les Martyrs, tous ces fruits d'une imagination riche et tendre, ces enfants d'une pensée religieuse et mondaine tout ensemble, doivent étendre leur influence sur toutes nos destinées intellectuelles. Associés au mouvement orageux d'une littérature qui cherche un rivage, ils allument un phare devant elle, ils signalent un port et quelques écueils. Ce n'est pas la magnificence des conceptions, la verve de l'exécution, l'éloquence du style que nous remarquons surtout dans ces chefs-d'œuvre. Personne n'est insensible à un si admirable talent d'artiste, à des inspirations de grand poète ornées du plus séduisant coloris. Mais ce qui nous frappe dans M. de Chateaubriand, c'est le caractère du spiritualisme empreint sur ses productions littéraires. Ce que Mme de Staël a emprunté de rêveur et de solennel à la métaphysique enthousiaste des Allemands, M. de Chateaubriand l'a demandé au Christianisme, ennemi des formes littéraires comme des dogmes du paganisme. Il a senti, il a voulu nous apprendre que nous avions trop longtemps copié les Anciens, que nous devions les admirer, puisqu'ils exprimaient la pensée de leurs siècles, et que leurs plus grands imitateurs modernes méritaient aussi l'admiration pour avoir tant fait sans inspiration nationale, mais qu'enfin cette inspiration existait quelque part, et que nous n'avions pas eu des idées et des mœurs à nous, et une religion tout opposée par son principe à celle de l'antiquité, pour proclamer si résolument notre impuissance. A l'idéal du paganisme, type de la littérature grecque et romaine, et de celle du siècle de Louis XIV, même dans ce qu'elle eut de religieux, il a opposé l'idéal chrétien, qui est maintenant le besoin des arts et de la littérature. Le *sensualisme épuré et anobli*, pour nous servir des expressions de l'illustre Schlegel, le cède chez lui au spiritualisme revêtu de couleurs sensibles. Écrivain de transition, on lui a reproché de donner à la religion

chrétienne un vêtement profane; il fallait le louer de
faire pénétrer le souffle chrétien dans les souvenirs
froids et décrédités des muses païennes. Il conserve
la forme, et la concilie avec le renouvellement de la
pensée. Ses grands ouvrages, qui, sous le rapport
historique, furent une réaction contre le matérialisme
social, sont également, sous le rapport esthétique,
un grand mouvement vers le spiritualisme littéraire.
M. de Chateaubriand n'est pas chef d'école, seulement par ses tentatives en fait de style et par la puissance de son génie; il l'est surtout pour avoir saisi
son siècle au passage, comme un homme qu'on dé-
pouillerait d'un costume usé malgré son éclat, et
pour avoir dit aux lettres : Soyez chrétiennes et
modernes; Athènes et Jupiter ont fait leur temps.

On voit que les deux gloires principales de la littérature sous l'Empire furent en dehors de l'action
impériale. La prose adroite et solennelle de Fontanes,
les vers pompeux et uniformes d'Esménard, représentaient la situation littéraire. Mᵐᵉ de Staël et M. de
Chateaubriand, oppressés par le présent, s'inspi-
raient de l'indépendance qui avait précédé l'Empire
et du besoin de spiritualisme qui devait se faire sentir
après lui.

13. — Critique française sous l'Empire.

La critique littéraire de cette époque se distinguait, en général, par le bon goût. Elle avait ce caractère de calme officiel qui tenait au rétablissement
de l'ordre social et à l'unité centrale d'un pouvoir
jaloux. J. Chénier, reposé et désabusé peut-être de

ses tirades républicaines, composait un intéressant morceau d'histoire littéraire, pour obéir à l'Empereur, et mourait en sollicitant pour son ancien ennemi, La Harpe, l'hommage public du prix décennal. Il jugeait nos célébrités avec une raison tranquille et un goût exercé. Geoffroy tenait le sceptre du feuilleton ; sa logique, sa manière piquante, sa persévérance dans le paradoxe jusqu'à ce qu'il le fît adopter comme vérité, furent un des événements de ce temps, où deux choses seulement étaient permises aux Français, les études de style et la victoire. Dussault, après lui, moins naturel, moins varié, mais homme de goût et d'instruction, qui savait écrire ; après Dussault, le savant et spirituel Hoffmann, qui abusait quelquefois et de l'esprit et de la science ; Auger, critique exact et solide ; M. de Feletz, qui sut parer d'une grâce facile le compte-rendu des nouveautés sérieuses ou frivoles, continuèrent l'illustration d'un journal où la défense des lettres classiques s'appuyait sur l'hérédité du talent. Toute cette critique s'attachait surtout à maintenir et à réprimer. Les ingénieuses discussions de Suard, les recherches de Ginguené, et d'autres œuvres du temps, avaient toutes ce cachet commun, l'éloignement des innovations, la passion de l'ordre et la peur de la liberté littéraires.

Une protestation cependant devait s'élever au milieu de ce concert purement classique : c'était celle de Mᵐᵉ de Staël. Le livre *de l'Allemagne*, dont nous avons déjà parlé, nous fit entrevoir pour la première fois une source d'inspirations nouvelles. Ces poètes

d'une littérature renouvelée par le christianisme, pour emprunter une expression[1] de Mme de Staël, nous ap-
parurent moins singuliers que neufs, moins bizarres
qu'originaux. L'action de l'Allemagne littéraire sur
la France fut commencée.

14. — Critique de Mme de Staël.

Avant de composer cet ouvrage d'analyse et d'histoire plutôt que de théorie, Mme de Staël avait écrit
dans sa jeunesse un traité purement esthétique, qui
a pour titre : *De la Littérature dans ses rapports avec la
société.* C'est un livre où la sûreté et la maturité du
talent manquent encore, mais qui est plein de sève,
et où les idées surabondent. Il convient de nous y
arrêter un moment.

Mme de Staël, éloignée du système exclusivement
classique, ne se place pas tout d'abord au point de
vue platonicien. Elle, qui devait plus tard, par son
ouvrage sur l'Allemagne, rendre le spiritualisme populaire, elle déclare ici qu'Aristote lui semble pré-
férable à Platon ; elle adopte l'imitation pour le principe des beaux-arts ; enfin elle combat fortement la
substitution complète de règles différentes aux règles
établies, et consent seulement au sacrifice de certaines lois de convention.

Sa grande pensée consiste à marquer les rapports
intimes qui unissent les principes de la littérature
aux vérités psychologiques et sociales. Son but est
de nous faire voir la société, l'homme, les lettres et

---

[1] *Biographie universelle*, article CAMOENS.

les arts, marchant dans une route de perfectibilité indéfinie, quelquefois au milieu des entraves, mais sans pouvoir ni s'arrêter ni dévier.

Avant que M. de Bonald eût dit : *la littérature est l'expression de la société*, Mme de Staël avait donc cherché comment l'homme individuel et l'homme social influent sur le mode de manifestation de la pensée. On sent, lorsqu'on lit ces pages nobles et fortes, que l'écrivain doutait encore entre les traditions et les hardiesses, corrigeant celles-ci par les premières, mais dépouillant celles-là de leurs principaux abus. Si elle accorde une sorte de perfection à ce qu'elle appelle la littérature du Midi, nom peu exact de la littérature classique, elle se hâte d'ajouter qu'elle trouve dans Ossian et ses imitateurs plus d'*impressions* que dans Homère et son école. L'imagination rêveuse la séduit ; elle aime cette mélancolie *qui sait généraliser comme l'imagination sait peindre*, convient que la littérature du Nord renferme des fautes de goût, et proclame les beautés de Shakspeare. Surtout elle donne une puissance, une action nouvelle à l'*émotion*, dont elle fait une muse. « Héroïsme, éloquence, amour, tout ce qui élève l'âme, dit-elle, tout ce qui la soustrait à la personnalité, tout ce qui l'agrandit et l'honore, appartient à la puissance de l'émotion. La philosophie s'étend à tous les arts d'imagination comme à tous les ouvrages de raisonnement ; et l'homme n'a plus de curiosité que pour les passions de l'homme. »

Cette idée, qui était l'idée du dix-huitième siècle, conduit Mme de Staël à établir que la poésie d'ima-

gination ne fera plus de progrès en France, et qu'on
ne mettra plus dans les vers que des idées philosophiques ou des sentiments passionnés.

Mais si elle copie une doctrine fausse, qui interdit
à l'avenir de sortir du présent, elle insiste du moins
sur le danger de la sécheresse, même dans un ouvrage tout philosophique, et confesse par les paroles
suivantes la possibilité toujours présente de l'inspiration : « L'homme le plus ardent pour ce qu'il souhaite, lorsqu'il est doué d'un génie supérieur, se sent
au-dessus du but quelconque qu'il poursuit ; et cette
idée vague et sombre revêt les expressions d'une couleur qui peut être à-la-fois imposante et sensible. »

Nul critique n'a fait sentir avec plus de force et
de chaleur tout ce que le respect du Bon peut ajouter au culte du Beau. Ce n'est pas seulement à l'orateur que Mme de Staël donne la morale comme une
condition du génie, c'est à tous ceux qui expriment
par la littérature les émotions et les pensées de l'esprit humain. « La littérature, dit-elle, ne puise ses
beautés les plus durables que dans la morale la plus
délicate. Les hommes peuvent abandonner leurs actions au vice, mais jamais leur jugement.

« Chaque fois qu'appelé à choisir entre différentes
expressions, l'écrivain ou l'orateur se détermine pour
celle qui rappelle l'idée la plus délicate, son esprit
choisit entre ces expressions comme son âme devrait
se décider dans les actions de la vie, et cette première
habitude peut conduire à l'autre. »

Les vues pénétrantes, les expressions heureuses et
inattendues abondent dans cet ouvrage. Il est cepen-

dant incomplet, et souvent inexact. Kant, cité par
Mᵐᵉ de Staël, a dit que le plaisir éprouvé en présence
des beaux-arts, de l'éloquence, de tous les chefs-
d'œuvre de l'imagination, tient au besoin que nous
avons de reculer les limites de la destinée humaine.
Ce besoin réel et sublime, Mᵐᵉ de Staël ne l'a pas
assez reconnu. Elle a fait un traité de psychologie
appliqué aux lettres, et c'est déjà une œuvre remarquable de l'esprit philosophique; mais, renfermée
dans l'horizon visible des faits observés, elle n'a vu
que des facultés tout humaines, l'émotion, la sensibilité, l'imagination. L'instinct de l'infini, la soif
des choses inconnues, les profondeurs de l'âme, qui,
dans l'absence de toute agitation terrestre, sont re-
muées par la conscience d'un autre destin, toute
cette mystérieuse correspondance entre le ciel et la
terre, entre la liberté de l'homme et les idées éternelles, d'où jaillit la plus haute inspiration, Mᵐᵉ de
Staël n'en a pas entrepris l'étude. On peut dire,
comme M. Villemain l'a dit de Tacite, qu'elle a fait
un ouvrage au-dessous du génie qu'elle montre dans
cet ouvrage même.

13. — Époque actuelle.

Nous arrivons à des temps qui durent encore, à
des réputations qui peuvent ou s'obscurcir, ou briller
d'un nouvel éclat. Les détails deviennent plus difficiles; l'ensemble des doctrines peut cependant être
jugé, et surtout les idées littéraires de notre époque,
représentées par quelques noms justement fameux,
peuvent être soumises à l'épreuve d'une observation

consciencieuse. A mesure que notre étude approche
de son terme, elle se colore d'un intérêt plus vif. Les
faits de l'histoire littéraire du passé servent à poser
la première pierre du système littéraire de l'avenir.
Nous comprenons que la curiosité seule n'est pas in-
téressée à savoir ce que les hommes de chaque époque ont pensé ou pratiqué dans les arts et dans les
lettres, et que, pour s'attacher au vrai, sans préjugés
d'aucune espèce, il faut avoir comparé les doctrines
vraies et fausses, les inspirations de verve ou d'emprunt qui se sont offertes à l'esprit humain.

C'est donc à l'ensemble des sentiments et des théories littéraires de notre époque que nous allons nous
attacher. Nous subordonnerons complétement les
noms propres aux idées, et les hommes ne seront
cités qu'en passant, comme compris dans la pensée
même des doctrines. L'analyse développée de leurs
ouvrages, quel qu'en soit le mérite, nous obligerait
à des jugements toujours incertains quand ils s'appliquent à des célébrités dont chaque œuvre nouvelle modifie et fait varier l'action. Mais il est facile
de signaler d'une manière générale la part que les
écrivains les plus distingués de nos trente dernières
années en France ont prise au mouvement littéraire.
Jetons d'abord un coup-d'œil sur les événements.

16. — Restauration.

La révolution de 89 n'avait pas été stérile. Déna-
turée par les crimes de 93, comprimée en partie,
mais en partie appliquée par Napoléon, elle tendait,
après la chute de l'Empire, à reprendre à-la-fois sa

pureté et son ressort. Les Bourbons rentrent en
France, et Louis XVIII, la Charte à la main, se fait
pardonner les baïonnettes étrangères qui lui ont frayé
la route. La Charte, tout incomplète qu'elle était,
et malgré l'arrière-pensée de monarchie absolue qui
en avait dicté quelques articles, satisfaisait le besoin
d'égalité et de liberté raisonnables qu'il n'était plus
possible au prince de méconnaître sans péril. Tant
que dura le respect, au moins extérieur, de ce pacte
social entre la royauté et la France, les esprits respi-
rèrent à l'aise dans la sphère où 89 les avait placés.
Ils tinrent compte à Louis XVIII et à son successeur
de ce qu'ils accomplirent de bien, et firent le sacrifice de plus d'une défiance et d'un regret à la haute
pensée de la paix publique. Il fallut que la Charte
fût déchirée avant que la France se souvînt des
vieilles répugnances de Charles X pour les formes
de la liberté. Il fut rejeté, dès qu'il fut parjure. Trois
jours d'héroïsme séparèrent la monarchie écroulée
sous les Ordonnances de la monarchie élevée sur le
pavois national. Quoique Bourbon, Louis-Philippe
est proclamé roi des Français. On n'avait pas pour-
suivi une famille, mais la violation de la foi jurée.
Un nouvel avenir politique s'ouvre à la patrie; quel
sort est promis aux lettres françaises dans cet avenir [1] ?

---

[1] Les graves événements de 1848 n'ôtent rien à la vérité de nos paroles,
qui datent de plusieurs années. La dynastie élevée en 1830 s'est affaissée à
son tour ; mais la France subsiste, et nos idées sur la littérature et sur l'art
s'appliquent avec une force nouvelle à la France républicaine, qui ne peut
vivre que d'ordre et de liberté.

17. — Avenir des lettres françaises.

Tout s'enchaîne dans l'ordre intellectuel, comme tout se tient dans l'ordre physique. Quelle idée s'est jamais fait jour dans la société, sans que le culte, la politique, les arts et la littérature aient ressenti à divers degrés le contre-coup de cet effort? Tout pour l'utile, a dit la nation chinoise, et une tyrannie positive dans le gouvernement, une religion d'abstractions sèches et nues, des arts voués à une éternelle enfance, une littérature froide et compassée ont figuré la pensée publique. La poésie de la nature a été la passion de presque tout l'Orient; aussi le voit-on gouverné par des dieux visibles, enivré de panthéisme, jetant ses monuments dans un moule gigantesque, comme un défi à la création, semant à pleines mains dans les lettres tout ce que l'imagination peut ravir et prodiguer de trésors. L'élégante démocratie d'Athènes cherche l'idéal sensible dans ses pompes républicaines, dans ses fêtes religieuses, dans sa pureté statuaire et pittoresque, dans son éloquence, dans sa poésie, où la proportion le dispute à la grâce. Le moi romain se résume dans Auguste et dans Tite-Live, dans le Panthéon, où s'absorbent tous les dieux, dans le Cirque, enfin, où l'art aboutit à donner en spectacle le sang qui coule. L'idée chrétienne, le spiritualisme libre, le mépris de l'inerte matière, donnent à la société du christianisme, à son gouvernement, à ses arts et à sa littérature un caractère général et nouveau. La poésie de la nature n'est plus un but, mais un moyen; la verve de l'é-

goïsme de nation est remplacée par les élans d'un
pieux amour. La barbarie des peuples souille ce caractère, mais il brille à travers les souillures. Dans
les superstitions populaires, dans les capricieux empires des lutins ou des fées, parmi les folles entreprises de la chevalerie, dans les cours d'amour ou
les tournois, au milieu des sanctuaires ou sur les
champs de bataille, éclate le principe du spiritualisme, conquête immortelle, gage précieux pour le
genre humain. L'architecture, la peinture, la sculpture aspirent au ciel, et quelques grands poètes, sur
les pas du Dante, cherchent, plus haut que la terre,
une source d'inspirations. L'emphase espagnole n'a-t-
elle pas gâté sa politique et sa dévotion comme sa
littérature? La spéculation anglaise n'a-t-elle pas
donné à l'administration, au culte, aux lettres d'Angleterre la même nuance de positif, de raison pratique, sans croyances et sans couleur? La méditation
allemande a isolé les gouvernements, créé des religions individuelles; on sent que les arts et les lettres,
qu'elle anime pourtant d'un esprit de vie, y fleuri-
raient avec plus de puissance encore, si le contact et
le frottement des intelligences échauffaient ces germes heureux. Pour nous, au siècle de Louis XIV,
sujets, chrétiens, artistes, littérateurs, nous étions
sous le joug uniforme de l'obéissance et de l'imitation. Aujourd'hui que le principe de liberté s'est fait
place, le besoin d'originalité nationale s'est annoncé.
Jusqu'à quel point pourra-t-il être satisfait? C'est le
problème de nos jours; c'est le sens de la querelle
fameuse de nos classiques et de nos romantiques.

Nous avons déjà traité cette question, du moins en
partie ; nous avons dit que le genre classique paraît
avoir l'idée de l'ordre pour principe, l'idéal sensible
pour but et pour fin ; tandis que le genre romantique
rapporterait son principe à l'idée de liberté, et aurait
pour fin ou le spirituel seulement, ou le spirituel
accompagné de la réalité pure et simple, mais jamais
l'idéal. Nous avons signalé, au point de vue philosophique, les écueils de ces deux genres, et constaté
surtout une double vérité : que chacun d'eux a droit
à une existence spéciale, parce que chacun corres-
pond à un principe, et que, s'ils sont différents, ils
ne sont pas incompatibles, ni obligés de se fuir éternellement.

18. — Besoin d'éclectisme.

Aujourd'hui, en effet, comme l'a prouvé si élo-
quemment M. Cousin, nous sommes à une époque
d'éclectisme universel. Le choix et le progrès, là est
notre siècle. Cette face nouvelle de la société se révèle en politique par les constitutions, en religion par
la tolérance écrite dans nos lois et dans nos mœurs,
dans les arts et dans les lettres par la lutte qui dure
encore, et à travers laquelle sont lancées de temps à
autre des œuvres éminentes qui participent des deux
genres, et qui essaient les conditions d'un traité.

Ainsi, le pouvoir et la liberté se concilient par une
charte [1], le respect du culte et le respect de la libre

---

[1] On ne doit pas oublier que ces pages ont été écrites au point de vue
de 1830. Aujourd'hui quelques termes pourraient être changés ; le sens
libéral des idées ne changerait pas.

croyance par l'abolition d'une religion d'État; mais
il y a encore une religion d'État en littérature, et les
arts et les lettres attendent encore une charte libérale
qui règle leurs devoirs et leurs droits.

Les romantiques nous paraissent tendre à l'anarchie, comme les classiques s'obstiner à défendre un
régime absolu. Ceux-ci ne feront jamais reculer nos
imaginations jusqu'à la littérature de l'étiquette;
mais il ne faut pas que ceux-là enveloppent le bon
sens et la langue nationale dans la réforme radicale
que plusieurs semblent poursuivre. Il est naturel
que, pendant le combat qui se prolonge, chaque
parti use et abuse de ses armes; aussi, ne nous éton-
nerons-nous pas de voir les classiques outrer le pédantisme, et les romantiques exagérer le délire. Un
choix de ce que chaque doctrine renferme de grand
et de légitime, mais un choix dans le sens d'un progrès, tel sera, nous l'espérons, le terme de cette
grande discussion, non moins religieuse, non moins
sociale que littéraire.

C'est la nature de l'homme qui peut expliquer les
œuvres de l'homme. Or, si les arts et les lettres expriment nos pensées, ils correspondent aussi à nos facultés. Nous ne composons des tableaux ou des statues, des histoires ou des poèmes, nous ne subissons
certaines règles de composition, ou nous ne renon-
çons à certaines autres règles, que parce que nous
possédons des sens, une mémoire, un jugement, une
imagination, une faculté de lire au sein de Dieu les
lois éternelles, un libre arbitre qui nous permet de
choisir entre le Beau et le difforme, entre le bien et

le mal. Mais qui possède ces facultés multiples et
diverses ? Un être un et simple, qui, à chaque opération d'un de ces nombreux agents, peut dire *moi*,
parce qu'il est le centre, et le seul agent véritable.
Vous ne concluez pas de ce que le jugement s'éveille
en moi que l'imagination m'est interdite; vous ne
dites pas : Il est forcé de lire, comme en un livre enflammé, la loi morale; donc, on peut nier que le
libre arbitre soit dans son cœur. Vous concevez que
ces mystérieux pouvoirs coexistent dans l'âme humaine sans en détruire l'unité. Les images de la pensée ne sont pas régies par d'autres lois que la pensée
même. L'amour de la proportion, de la régularité,
de la noblesse, n'est pas la haine du mouvement, de
la hardiesse et du naturel. Le vague plein de charmes
du spiritualisme, les libres fantaisies de l'imagination ne sont pas inconciliables avec une raison profonde et un langage intelligible. Tableau, roman ou
poème, toute œuvre peut supporter le poids de ces
forces réunies. Seulement, dans les travaux de l'esprit, comme dans l'esprit lui-même, ces principes
divers tendront souvent à se combattre. Ils peuvent
s'unir, parce qu'ils ne sont pas antipathiques. Ils se
contrarieront souvent, parce qu'ils sont opposés.
Aussi, l'effort de la littérature et des arts, l'effort
de la critique élevée qui les seconde, sera-t-il de ré-
concilier sans cesse les deux principes, comme la
pensée de la philosophie morale est de raffermir l'é-
quilibre entre les passions au profit du devoir.

Poursuivons notre parallèle. Une morale sage ne
consiste pas à éteindre les facultés libres de l'homme,

pour le livrer en esclave résigné au joug de la loi. Elle doit laisser à cette liberté son jeu, elle doit en régler l'essor, en réprimer les écarts, mais en favoriser l'action puissante. Autrement la moralité descendrait au niveau de l'instinct. De même la littérature et les arts vivent de liberté aussi bien que d'ordre. Ni servilité morale, ni servilité littéraire. Que le poète et l'artiste reconnaissent quelques grands préceptes, mais aussi, mais surtout, qu'ils soient libres, si vous attendez d'eux mieux qu'une imitation automatique, mieux qu'un miroir terni des inspirations d'autrefois.

Disons-le hardiment : le besoin de notre temps est compris par les chefs de notre École romantique. Ils passent le but, ils tâtonnent et volent souvent à l'étourdie, parce que tout aujourd'hui est transition et incertitude ; mais ils ont la conscience d'une pensée nationale qui a de l'avenir. Les vétérans de l'École classique défendent pied à pied un terrain qui manque sous leurs pas. Ils soutiennent de bons et de mauvais principes, et leur zèle aveugle refuse de reconnaître les beautés qui ne sont pas enregistrées dans leurs souvenirs. Quoi qu'ils fassent cependant, plusieurs parties de leur doctrine doivent survivre, parce que toute loi qui a sa raison dans l'homme, et non dans une simple convention, défie les arguties des disputes. Les romantiques intelligents se gardent bien d'insulter à Boileau, et de traîner Racine dans la poussière ; ils confessent que ces écrivains illustres atteignent la perfection dans les conditions de leur temps et de leur système. A la vérité,

ils soutiennent que cet aveu ne peut faire aucun tort
à un autre système, non moins vrai, quoique différent, et seul en rapport avec des idées et des mœurs
nouvelles ; et nous adhérons à leur avis.

19. — Tendance sociale au spiritualisme.

Oui, aujourd'hui, notre société, qui se détache
des formes sensibles, et qui ne se courbe plus avec
une aveugle docilité devant les pompes du culte ou
devant celles du pouvoir, notre société, à travers ce
mélange de pudeur et de cynisme, de cupidité et
d'abnégation, de violence et de réflexion, qui la font
ressembler à une grande énigme, tend de plus en
plus aux croyances du spiritualisme, comprend de
mieux en mieux les œuvres marquées de ce caractère d'éternité.

On croit l'avoir approfondie, quand on affirme
que c'est une société blasée, qui n'est plus remuée
que par des émotions extrêmes, et à qui la littérature et les arts jettent l'horreur au lieu de terreur,
la trivialité au lieu de naturel, le scandale des noms
propres au lieu de grandes et fortes pensées. On se
trompe, nous le croyons. Il y a aujourd'hui des productions pâles et régulières en assez grand nombre
pour lasser la critique. C'est la dernière réserve du
genre classique qui donne, mais ses coups ne portent
pas. Il y a aussi, et en plus grand nombre peut-être,
des œuvres bizarres, incohérentes, traversées par des
éclairs de génie, et dont les auteurs n'ont guère que
l'ambition de frapper fort. C'est le débordement
d'une doctrine jeune et longtemps comprimée, qui

ne sait pas et ne veut pas régler sa course, mais qui
a sur sa rivale l'avantage de pécher par l'excès. Enfin, quelques hommes dans les deux partis, ou entre
les deux partis, s'élèvent, comme il arrive toujours,
au-dessus de la foule. Les plus illustres, on ne peut
le nier, ceux que la voix du peuple proclame des
hommes de génie, appartiennent en général à l'École
classique par les proportions et l'harmonie, mais à
l'École romantique par un spiritualisme bien différent de l'idéal sensible des Anciens. Nous avons
déjà nommé Chateaubriand ; ajoutons à ce nom celui de Lamartine. Y a-t-il maintenant dans notre
France littéraire des noms dont la gloire soit plus
éclatante et moins contestée ? Quel critique refuserait
de les placer au premier rang ? Quel adversaire de
bonne foi leur dénierait le génie ?

20. — M. de Lamartine.

Comme Chateaubriand, Lamartine a suscité en
nous la pensée spiritualiste et chrétienne. Il traite
en vers mélodieux la métaphysique du christianisme. Aucune abstraction ne l'effraie. Il a de vives
couleurs pour peindre les idées, et de grandes images pour signifier les choses invisibles. Il n'est pas
varié, parce que c'est l'unité seule qu'il chante. La
monotonie imposante de sa poésie tient à la monotonie sublime de la pensée de Dieu. Plus élevé que
Chateaubriand, il ne s'attache pas autant que lui
au côté sensible du christianisme. Ce qu'il en célèbre, ce sont moins les pompes que les mystères.
Toutes les idées générales, qui sont communes au

déiste et au chrétien, l'être, l'éternité, la toute-puissance divine, le néant de la vie et les espérances de
la mort, les rapports harmonieux et innombrables
qui lient la créature à son créateur, et cet écho de
l'univers qui répète incessamment un seul nom, voilà
les sujets où triomphe le génie de Lamartine, un et
majestueux, uniforme sans fatigue, fertile sans variété. Cette âme religieuse exhale une poésie à son
image. Le modèle que Lamartine a pu suivre, c'est
l'Écriture, origine des beaux chœurs d'*Esther* et d'*A-
thalie*, et des strophes les plus touchantes de Rousseau. Mais nul poète ne parut d'ailleurs plus exclusivement voué à la pensée religieuse, dans sa plus
haute expression philosophique. Il crée sous le
charme de l'Écriture, mais il ne la traduit pas.

On lui a reproché, et avec raison, des négligences
de style. Distinguons-le bien cependant de ceux qui
font du barbarisme un calcul, et du néologisme un
moyen poétique. Lamartine dédaigne ces combinaisons mesquines. Il innove par l'idée et par l'image,
mais il respecte la langue comme un instrument perfectionné par l'expérience et le temps. Il n'a pas non
plus la prétention de briser indéfiniment le rhythme
du vers, et croit que l'abus des enjambements, des
hémistiches, l'affectation d'une rudesse inculte, nui-
raient au progrès de l'originalité, en la poussant au
mépris de l'ordre et de l'harmonie. Il est donc, et
sauf les négligences qu'il n'a pas combinées, il est
classique par la forme élégante de ses poèmes, par
le choix et le scrupule de son style. Mais il est romantique par la pensée intime, par les rêveries du

cœur, par les révélations éloquentes et indécises des
secrets de l'âme et du monde. Ses esquisses sont
pures, mais non terminées. La pensée de ceux qui
l'écoutent retentit de sa parole longtemps encore
après qu'il a parlé; ses hymnes, qui commencent
parmi les hommes, s'achèvent au sein de l'infini.
Et cependant notre siècle, que l'on dit si prosaïque et
si indifférent à l'idée religieuse, a placé au sommet
des réputations poétiques celle de l'homme qui n'a
chanté que Dieu, l'âme et les consolations du tom-
beau [1].

21. — MM. de Béranger, Casimir Delavigne, Barthélemy.

MM. de Béranger, Casimir Delavigne et Barthélemy appartiennent à l'École classique. Le premier a
voué son talent pur et sa verve correcte a faire de la
chanson une des gloires lyriques de la France. Élevé,
ingénieux tour-à-tour, il n'a que le défaut de laisser
paraître la lime. Sa manière est ferme, vive, concise; ses images sont frappantes; son style, trop souvent obscur, est noble et châtié; il est populaire surtout par le choix des sujets, la malice des détails et
la mâle brièveté de l'expression; mais, en général,
il fuit le terme vulgaire et la crudité du mot propre.
Le goût règle son inspiration et donne l'unité à de
petits chefs-d'œuvre que lui eût enviés Horace.

---

[1] Lorsque nous rendions cet hommage au grand poète, nous ne connais-
sions pas encore l'admirable orateur politique, l'éclatant historien de la
Gironde, l'homme d'Etat au regard d'aigle, au cœur noble, à la main puissante, l'un des plus hardis ouvriers de la reconstruction sociale qui s'accomplit aujourd'hui.

Delavigne, talent facile et abondant, également prêt à semer des saillies spirituelles dans la comédie ou l'épître, et à remuer nos cœurs dans la tragédie ou l'élégie nationale, est resté fidèle au culte de Racine pour les convenances théâtrales et la sévérité de la diction.

Enfin M. Barthélemy, effrayant de vigueur et de cynisme politique, plus fort et plus varié que Juvénal, est cependant trop pompeux dans son style pour être également senti de tous. Il multiplie les allusions historiques ou mythologiques; l'énergie sauvage de ses expressions tient souvent à l'emploi nouveau d'un terme scientifique ou vieilli. Tous ses souvenirs d'étude le tourmentent; il les jette dans son ardente poésie; et lui, qui se vantait d'être le poète de la rue, il ne produit tout son effet que dans les salons.

22. — MM. Auguste Barbier et Alexandre Dumas.

On distingue dans M. Auguste Barbier une originalité nerveuse, une lutte de pensées positives et d'images idéales, un élan vers le spiritualisme, un long et triste regard jeté sur la société. Cependant, l'espoir qu'avait donné sa poésie naissante n'a pas été complétement justifié.

L'abus de la réalité tragique, la témérité souvent heureuse, souvent barbare et des plans et du style, ont fait de M. Alexandre Dumas un écrivain qui peut dérouter à tout moment ses critiques et ses admirateurs. L'éclat de son imagination, la variété et la vivacité de ses compositions romanesques ont conquis l'attention publique, mais aux dépens du sens littéraire, altéré, émoussé par une nourriture de si haut goût. Quoique brillant à l'avant-garde du romantisme, il en retarde peut-être les progrès.

23. — M. Victor Hugo.

Mais le poète qui semble résumer les traits du genre romantique, qui s'est placé à la tête d'une École dont la mission avouée est de succéder à l'École classique, c'est Victor Hugo. Lui-même il s'annonce comme novateur, il professe le romantique dans ses préfaces, et le met en pratique dans ses romans et dans ses poèmes. Ses disciples admirent et imitent son génie; ses adversaires conviennent de son génie, et en déplorent l'abus.

Victor Hugo, en effet, présente en saillie toutes les beautés et tous les défauts de l'École romantique. Dans son théâtre, il est neuf, plein de mouvement et de vie, naïf et passionné; mais aussi, incohérent, grand par saccades, sans illusion à force d'en vouloir produire, et souvent barbare écrivain. Dans ses poèmes lyriques, il déploie une riche imagination; ses pensées sont hautes et fortes; mais son style, qu'il rend indépendant du rhythme et de la grammaire, est dur avec caprice, et gêné par l'excès même de sa liberté. Dans ses romans, où il a un travail de moins à faire, celui de briser avec effort la cadence poétique, il décrit trop longuement, il abuse des mille facettes d'expression où vient luire sa pensée; mais l'éclat, le pathétique, la variété des ressorts, le mélange d'observations exactes et d'enthousiastes conceptions, toutes ces beautés laissent les défauts dans l'ombre, La lecture de ses ouvrages peut fatiguer, parce qu'ils ont toujours quelque chose de fantastique qui éblouit, et une tension d'idées et de style qu'on ne peut comparer ni au naturel ni à l'enflure. Victor Hugo excelle à peindre la réalité physique qu'il métamorphose, en y plaçant une âme, une vie à elle. De même, lorsqu'il emprunte des pensées à la sphère spirituelle, il les incarne dans de vives images, qui les laissent briller à travers l'enveloppe, comme le cristal enferme la lumière sans l'affaiblir. Enfin il fuit l'idéal sensible, et met sa gloire à trancher et non pas à fondre les couleurs.

Autour de ces poètes, nous en voyons surgir beaucoup d'autres, qui suivent avec plus ou moins d'éclat l'impulsion des divers principes; mais nous n'avons dû nommer que les chefs reconnus du mouvement littéraire. S'il nous est permis, en finissant, d'exprimer notre avis, ou plutôt notre espérance, Delavigne et ceux qui le suivent modifieront leur génie dans le sens d'une liberté plus grande et d'une composition plus originale. Victor Hugo et les poètes de son École, après des tentatives hardies, garderont les découvertes et répudieront les singularités. Enfin, de cette École inventrice et prudente, qui ne s'attaque pas à toutes les formes reçues, mais ne dédaigne aucune conquête de la pensée, de l'École où brille Lamartine, sortira la nouvelle gloire que le spiritualisme dans les Lettres promet à la France [1].

_____

[1] Je n'ai pas voulu modifier dans tous leurs détails les jugements por-

24. — Divergence des doctrines philosophiques.

La même lutte qui partage la poésie sépare les doctrines philosophiques de notre temps. Elle se com-
plique même davantage. Tandis que MM. de Bonald
et de Lamennais, successeurs du comte de Maistre,
veulent faire de la philosophie l'auxiliaire du despotisme monarchique ou théocratique dans la pratique et dans la pensée, Laromiguière répare et perfectionne ingénieusement Condillac, et l'éloquent
Cousin, héritier de M. Royer-Collard dans l'affranchissement de la science, repousse les théories insi-
dieuses ou incomplètes pour fonder par l'éclectisme
un enseignement national.

25. — Doctrine de M. Cousin.

Nul esprit, de nos jours, ne contribuera davantage à pousser la France intellectuelle au terme qui
lui est marqué. Tout chargé des conquêtes du passé,
appuyant l'imagination sur l'érudition, l'avenir de
l'humanité sur l'histoire de la pensée, il donne à sa
doctrine un double caractère de rigueur et d'enthousiasme. L'enthousiasme a fait la popularité de cette
doctrine ; sa rigueur fera sa durée.

Que veut en effet cette haute philosophie éclectique ? Que nul fait de l'esprit humain ne soit dé-
daigné, que nulle vérité ne soit établie sur une base

tés à une époque déjà éloignée sur des écrivains qui, depuis, se sont élevés
ou amoindris. La vérité philosophique reste indépendamment des conjec-
tures.

étroite et exclusive. Elle se courbe devant le génie
d'Aristote, qu'elle ne confond pas avec ses malen-
contreux imitateurs; elle vénère le divin Platon,
parti d'un principe plus pur pour proclamer des vérités plus fécondes. Elle ne va pas déniant à la doctrine des sens toute part dans la science de l'homme,
mais recueille et admire les découvertes de Locke,
les inspirations de bon sens de Reid, et les abstractions sublimes de Kant. Ce qu'elle soutient, c'est que
la doctrine des sens, à elle seule, ne contient qu'une
page de notre histoire; c'est que les tempéraments de
l'Ecole écossaise, ses compromis trop timides entre la
matière et l'esprit, ne constituent pas une science
véritable; enfin que le spiritualisme, à lui seul, ne
présente aussi qu'une face de l'esprit humain. Nous
possédons des sens, une âme, et ces deux portions de
notre être sont unies par des liens mystérieux. Et il
en est du monde comme de nous-mêmes, et, selon
l'expression forte et concise de M. Cousin, partout le
fini, l'infini, et le rapport du fini à l'infini.

Ne méconnaissons pas l'influence probable et
déjà réelle de cette doctrine sur les arts et sur la littérature. Habitués à des vues plus larges, nous ne
croirons plus que les poétiques anciennes aient épuisé
tous les préceptes, ou que les modèles anciens aient
été jetés dans les seuls moules qu'il soit donné de
choisir. Nous ne croirons pas davantage que les théories nouvelles et contraires soient bonnes par cela
seulement qu'elles nient les premières, ou que les
productions de cet autre génie frappent de ridicule
et d'oubli celles qui sortirent d'une inspiration diffé-

rente. La philosophie éclectique, qui accepte ce qui
est vrai dans la doctrine sensible, ce qui est vrai dans
la doctrine spiritualiste, mais en maintenant au spiritualisme sa prééminence sur les théories de la sensibilité, facilitera aux arts et à la littérature cette
route où notre siècle les appelle, cette alliance de
deux principes inférieurs l'un à l'autre, et dont l'un,
le principe sensible, mettra au service de l'autre, le
principe spirituel, ses formes brillantes et ses harmonieuses couleurs [1].

26. — Principaux historiens de nos jours.

Il nous suffira d'indiquer les noms les plus éminents entre ceux des historiens de nos jours [2]. L'histoire, science positive, est moins sujette que d'autres
genres littéraires à la mobilité des doctrines. Cependant, nous voyons deux Écoles, l'École descriptive et
l'École rationnelle, se partager le domaine historique.
M. de Barante s'est placé à la tête de la première.
Peintre habile, il ne veut être que peintre. Simonde
de Sismondi, Lacretelle, Guizot, Thiers, Aug.
Thierry, Lamartine, ne se refusent pas le récit dramatique, mais ils le subordonnent au résultat politique ou social. Cependant M. de Barante prétend

---

[1] Voyez à la fin du volume, lettre C, quelques extraits importants des
Fragments philosophiques publiés par M. Cousin en 1826. Ils contiennent sa doctrine sur la question du Beau.

[2] Ce n'est point ici une histoire littéraire, et nous laissons de côté, malgré
nous, des noms qui deviennent ou qui sont déjà célèbres. Nous ne serions
que juste en citant le bel ouvrage d'érudition historique de M. Dézobry,
Rome au siècle d'Auguste, et l'*Histoire de l'Esclavage*, récemment publiée par M. Wallon avec un succès qui doit s'accroître de jour en jour.

bien que les hautes leçons de l'histoire sortent de sa
narration vivante; mais il a pris pour devise ces
mots: *on écrit l'histoire pour raconter et non pour démontrer* [1]. Comme Jean-Jacques, il veut que l'historien
ne présente que des faits. Ces deux systèmes peuvent
être défendus : l'un s'adresse à l'imagination et admet
le jugement à conclure ; l'autre intéresse d'abord le
jugement et ne demande à l'imagination que son
secours. Disons seulement que le système de M. de
Barante ne répond pas assez aujourd'hui à l'impatience de la pensée. C'est de l'idéal sensible qu'il
nous donne. L'idéal sensible dans l'histoire ne nous
suffit plus.

27. — Éloquence de la tribune.

Le renouvellement du régime constitutionnel a
renouvelé l'éloquence de la tribune [2]. Toujours moins
exposée que la poésie et les arts, ou même que l'éloquence d'apparat, aux variations des systèmes, l'é-
loquence des affaires et des passions a participé de
ces deux principes. Moins haute, moins variée que
celle de l'Assemblée Constituante, qui avait la société à renverser et à reconstruire, l'éloquence politique de nos jours a été surtout incisive et inquiète.
Les principes du gouvernement étaient posés; elle
n'avait pour aliment que les applications et les détails. On citera sans doute avec orgueil les noms des

---

[1] Scribitur ad narrandum, non ad probandum.

[2] A plus forte raison, l'établissement du gouvernement républicain doit-
il donner à l'éloquence politique un nouveau développement.

Foy, des Manuel, des Benjamin Constant, des Royer-
Collard, des de Serres ; et cependant ces illustres
citoyens égaleront difficilement la renommée, nous
ne disons pas d'un Mirabeau, mais des Cazalès et des
Barnave. Peut-être n'ont-ils pas eu moins de génie
oratoire que les hommes éloquents de l'Assemblée
Constituante ; mais le drame a changé de proportions, et, au nouveau point de vue des rôles, on aperçoit moins les acteurs.

28. — Éloquence de la presse quotidienne.

A côté, on pourrait dire au-dessus de la tribune,
gronde la presse, pouvoir salutaire et formidable,
qui inspire trop de terreur aux gouvernements, mais
qui ne peut être déchaîné sans frein sur les intérêts
publics et sur les relations privées. C'est une chose
prodigieuse que cette multitude d'articles, marqués,
en général, d'un cachet de talent, composés, publiés, lus du soir au lendemain, où la verve, l'ironie,
l'éloquence, l'esprit, s'enferment, se poussent, se
casent dans un nombre déterminé de lignes, sans
qu'il soit permis d'être éloquent ou spirituel une
ligne de plus, et sans que l'inspiration souffre de
cette étrange contrainte. Beaucoup de ces morceaux
improvisés figureraient avec honneur dans un livre,
et ils passent et volent sur des feuilles légères, goû-
tés aujourd'hui, oubliés demain pour d'autres qui
ne laisseront pas plus de traces. Ou plutôt, il reste
d'eux quelque chose de plus positif qu'un souvenir
de mots ou de périodes. Ils altèrent, rectifient, chan-
gent ou confirment, à la longue, l'esprit public. Ce

caractère pratique des journaux fait qu'ils s'occupent
rarement aujourd'hui de pures théories littéraires.
Devenus un des leviers de l'Etat, ils se consacrent
aux discussions de la politique, et, sauf quelques
exceptions faciles à signaler, ils ne concèdent plus
aux lettres que de maigres analyses ou des plaisan-
teries sans couleur.

29. — Critique française au XIX. siècle.

Néanmoins la critique littéraire française ressent
et anime la lutte des convictions qui partagent aujourd'hui les lettres. Elle a une tâche difficile à soutenir, parce que, dans une époque de transition et
d'éclectisme, elle ne peut ni se faire trop louangeuse,
ni se montrer trop ennemie ou des souvenirs ou des
progrès.

30. — Critique de M. Villemain.

L'écrivain de notre temps qui sent le mieux peut-
être le pouvoir et la mission de la critique, c'est
M. Villemain. Plus instruit, plus ingénieux que La
Harpe; fidèle à l'admiration du passé, mais juge im-
partial des beautés neuves, des trouvailles de génie;
passionné pour le classique, juste et indulgent envers
le romantique, il n'accélère pas le mouvement littéraire, mais il est trop habile pour le dédaigner. Im-
provisateur admirable, éloquent avec goût et avec
éclat, il a fait pénétrer dans l'esprit des jeunes gens
qui se pressaient à ses leçons plus d'idées précises et
généreuses en littérature qu'on n'en recueillait autrefois de bien des volumes. Sans doute ses théories

ne sont pas restées stationnaires, et on peut dire qu'il
a fait des concessions de plus en plus nombreuses
aux novateurs. Mais l'étendue de son esprit, le perfectionnement de ses études étrangères, lui ont fait
préférer des aveux en faveur de quelques hardiesses
à la gloire douteuse de s'attacher au culte exclusif de
l'Antiquité.

Lorsque, en 1812, M. Villemain débuta dans la
littérature par son brillant *Éloge de Montaigne*, il s'as-
socia ingénieusement aux regrets de Fénelon sur la
perte de l'idiôme naïf, hardi, vif et passionné, de nos
pères. Il osa, en face de la littérature prude et guin-
dée de l'Empire, gémir sur *tant d'autres libertés que
nous avons remplacées par des entraves.* Deux ans après,
dans son excellent *Discours sur les avantages et les inconvénients de la critique,* il proclame les Anciens « les
maîtres éternels de l'art d'écrire, non pas comme
Anciens, mais comme grands hommes », et en même
temps il réunit tous les caractères d'une critique
libre et sage dans le morceau que nous allons citer :

« Cette étude (celle des Anciens) doit être sou-
tenue et tempérée par la méditation attentive de nos
écrivains et par l'examen des ressemblances de génie
et des différences de situation, de mœurs, de lumières,
qui les rapprochent ou les éloignent de l'antiquité.
Voilà le goût classique. Qu'il soit sage sans être
timide, exact sans être borné ; qu'il passe à travers
les écoles moins pures de quelques nations étrangères, pour se familiariser avec de nouvelles idées, se
fortifier dans ses opinions, ou se guérir de ses scrupules ; qu'il essaie, pour ainsi dire, ses principes sur

une grande variété d'objets, il en connaîtra mieux la
justesse ; et, corrigé d'une sorte de pusillanimité sauvage, il ne s'effarouchera pas de ce qui paraît nouveau, étrange, inusité ; il en approchera, et saura
quelquefois l'admirer. Qui connaît la mesure et la
borne des hardiesses du talent ? Il est des innovations
malheureuses qui ne sont que le désespoir de l'impuissance : il en est qui, dans leur singularité même,
portent un caractère de grandeur. Confrontez-les
avec le sentiment intime du goût. Le goût n'exige
pas une foi intolérante. Vous éprouverez qu'il adopte
de lui-même, dans les combinaisons les plus nouvelles, tout ce qui est fort et vrai, et ne rejette que
le faux, qui, presque toujours, est la ressource et le
déguisement de la faiblesse. »

C'est ainsi que, dès 1814, M. Villemain, ennemi
du mauvais et non pas du nouveau, ouvrait jusque
dans le temple du goût un asile aux productions
même hasardées du talent ou du génie. Cette tolérance large et forte a dicté depuis tous ses jugements.

Dans le discours qu'il prononça à l'ouverture de
son Cours d'éloquence en 1824, il s'efforça de prouver que le siècle littéraire de Louis XIV n'était pas
moins original qu'imitateur. Il le montra imitateur,
puisqu'il reproduisait l'Antiquité ; original, puisqu'il
exprimait la dignité sévère, la bienséance pompeuse
qui brillaient autour du souverain. Il alla jusqu'à
dire : « Rien n'est plus original, plus sincère, plus
marqué d'un cachet nouveau, que cette littérature
imitée et quelquefois transcrite de l'Antiquité. »

N'y a-t-il pas ici une erreur ? L'originalité d'une

littérature consiste-t-elle à reproduire une forme passagère de société ou de gouvernement? à calquer la
Cour, ou à se modeler sur le prince? S'imprégner
des mœurs et des habitudes générales d'une nation,
et ajouter accidentellement, accessoirement à ce
fond indestructible la teinte d'une époque ou d'un
règne, tel est, à ce qu'il nous semble, le signe de la
littérature originale. Celle du dix-septième siècle
vécut sur la double imitation de l'Antiquité et de la
Cour; elle fut admirable dans ces deux ordres d'idées;
mais la couleur française lui manqua, parce qu'elle
n'étudia l'esprit de la nation française que dans les
salons de Versailles, parce qu'elle n'aperçut les ressources de notre histoire, de nos traditions et de nos
habitudes nationales, *que par les vitres du château* [1].

« Croyez-vous, dit M. Villemain, qu'aujourd'hui
cette littérature qui cherche des inspirations dans
les ruines et les hasards de la barbarie soit plus naïve
et plus vraie que celle qui s'animait à la lumière des
chefs-d'œuvre antiques? On n'échappe pas à la loi
de l'imitation en changeant l'objet imité. »

Nous répondrons qu'une littérature qui dirige ses
imitations dans le sens des mœurs et des traditions
nationales s'approche bien plus de l'originalité que
si elle imitait au rebours de son propre génie. La civilisation peut reprendre et perfectionner les ébauches de la barbarie, en réparer les ruines et en régler
les hasards.

Dans une savante excursion sur l'éloquence chré-

[1] LEBRUN, *Épigrammes.*

tienne au quatrième siècle, M. Villemain, arrêté devant les poésies de Grégoire de Nazianze, reconnaît
que l'imitation des Anciens n'est pas la route unique
du Vrai et du Beau. « C'était dans les formes neuves
d'une poésie contemplative, c'était dans cette tristesse de l'homme sur lui-même, dans ces élans vers
Dieu et vers l'avenir, dans cet idéalisme si peu connu
des poètes anciens, que l'imagination chrétienne
pouvait lutter contre eux sans désavantage. Là nais-
sait d'elle-même cette poésie que cherche la satiété
moderne, poésie de réflexion et de rêverie, qui pénètre dans le cœur de l'homme, décrit ses pensées
les plus intimes et ses plus vagues désirs. »

Un peu plus tard, dans ce Cours brillant de 1828,
où M. Villemain examina l'influence de la littérature
française sur tout le dix-huitième siècle, il fit encore
un pas vers la liberté littéraire. Ce n'est plus ce regret tout classique qui impute à la satiété moderne
les innovations de notre poésie. « L'esprit religieux,
dit-il, l'esprit méditatif, mélancolique, sera la passion de notre âge : les plus beaux ouvrages de notre
époque portent l'empreinte de cet esprit. » Il nous
fait voir, en Angleterre, Young et Thompson restau-
rant la poésie, en faisant revivre le sentiment religieux que la philosophie semblait avoir desséché,
mais composant de pauvres et froides tragédies, malgré leur originalité personnelle, dès qu'ils prennent
le théâtre français pour modèle, dès qu'ils se soumettent, c'est son expression littérale, *à la puissance
fatale de l'imitation.*

Nous avons accusé MM. de Bonald et de Lamen-

nais de tourner la philosophie au profit du despotisme dans la pensée comme dans la pratique. Leur
critique, et surtout celle de M. de Lamennais et de
ses disciples, semblent au premier abord démentir
une telle assertion.

Il est donc nécessaire d'interroger cette critique,
remarquable d'ailleurs par les talents de ceux qui la
professent.

31. — Critique de M. de Bonald.

L'auteur de la *Législation primitive* a de la finesse
dans les aperçus, et une certaine force de généraliser
qui est le caractère de l'esprit philosophique. Son
idée fondamentale, c'est la société déduite de la famille, la société et la famille représentant deux idées
communes par leur origine, diverses dans leurs développements. Quand il passe aux applications littéraires, il distingue le genre familier du genre public,
l'éloquence familière de l'éloquence publique. C'est
ainsi qu'il blâme avec raison l'antique et inexacte
division des genres démonstratif, délibératif et judiciaire, et la division non moins incomplète des styles
simple, tempéré et sublime. Cette distinction entre
les formes littéraires qui tiennent à la personne ou à
la famille et celles qui sont relatives à la société, à
la généralité des citoyens, est bonne et judicieuse ;
mais M. de Bonald pousse trop loin les conséquences
de sa doctrine, et, au lieu de reconnaître dans la société, comme dans l'homme, des éléments divers qui
ont droit chacun à leur expression littéraire, il en
vient à décréditer tout ce qui ne rappelle pas le siècle

de Louis XIV ; il confond deux choses très-différen-
tes : l'inspiration platonicienne et la haute imitation
de l'Antiquité. Il nous reproche une tendance à descendre de l'imitation de la nature noble et publique
à l'imitation de la nature domestique et familière.
C'est à la licence de notre société actuelle qu'il attribue la présence des opéras bouffons et des vaude-
villes, et l'absence des tragédies héroïques, noble
amusement du grand roi. Il ne permet à la haute
poésie que les expressions premières et générales, ce
qui ne trace aucune limite entre la poésie du spiritualisme et la poésie de l'idéal. Nous nous rencontrons avec lui quand il accuse le dix-huitième siècle
de s'être formé, sous l'influence de la philosophie des
sens, à l'expression des choses sensibles, de la matière, qui lui a fait négliger souvent celle des rapports entre les êtres intelligents ; mais nous combat-
tons sa théorie lorsqu'elle s'étend sans distinction sur
tout le temps qui a suivi le dix-septième siècle, et
qu'elle désespère de notre avenir.

3? — Critique de M. de Lamennais.

Dans la doctrine de l'abbé de Lamennais et de ses
disciples, il y a deux idées principales, dont les conséquences sont très-dissemblables, et qu'il est utile
d'examiner à part : l'une est l'idée de Dieu, l'autre est
celle du consentement général.

Toutes les fois qu'ils développent leur métaphysique chrétienne en elle-même et qu'ils l'appliquent
à la littérature et aux arts, ils en font jaillir des traits
de lumière et des idées fécondes que nous adoptons

pour notre compte presque sans exception. Dès qu'ils touchent à la consécration de leur théorie, à la seule idée vraiment neuve qu'ils cherchent à introduire dans le monde, celle du consentement général, ils nous paraissent manquer de force, et faillir à la vérité.

Expliquons-nous par des exemples.

Dans une note remarquable placée à la suite d'un pamphlet assez violent sur les progrès de la révolution, M. de Lamennais établit qu'il y a deux ordres seulement de certitude : l'ordre de foi et l'ordre de conception ; qu'en effet, il est naturel à l'homme d'avoir foi à une raison infaillible supérieure à la raison faillible de chaque individu, mais qu'en même temps il cherche à concevoir ce qu'il croit ; que tout ce qui fait partie du premier ordre est certain, parce qu'il est absolu, et ce qui fait partie du second, contestable, parce qu'il est relatif ; enfin, que des conceptions d'abord purement individuelles sont devenues participantes de la certitude qui s'attache à l'ordre de foi, après avoir été sanctionnées par le consentement général. Il fait l'application de son système au monde physique, à la religion, à la société ; et il arrive à la littérature. Alors, après avoir rappelé que la question du Beau n'est qu'une face de la question du Vrai, il s'exprime ainsi : — L'importance de la citation en fera excuser l'étendue.

« Prenez pour critérium du Beau le goût individuel, vous êtes conduit au scepticisme littéraire, absolument de la même manière qu'en prenant la raison individuelle pour critérium de la vérité, on est conduit au scepticisme universel. Donc point de littérature, si on n'en cherche la base dans le goût général. Tout ce qu'il déclare être beau doit être tenu pour beau, et un individu qui n'aurait pas le sentiment de cette beauté devrait croire que son goût particulier est vicieux, en tant qu'il n'est pas conforme au goût universel. Voilà l'ordre de foi en littérature. Mais, en même temps, de même qu'il existe diverses manières de concevoir, de même chaque individu, chaque peuple, chaque époque ont diverses manières de sentir, lesquelles, tant qu'elles ne choquent pas le goût général, ne sont que le développement varié et inépuisable de tout ce qu'il y a de sentiments au fond de l'âme humaine. Ce développement représente, en littérature, l'ordre de conception. D'où il suit que la littérature peut être viciée dans sa base ou arrêtée dans ses progrès par deux théories également fausses : l'une qui renverse l'ordre de foi, en ne donnant pour règle à chaque écrivain que les caprices de son goût individuel ; l'autre qui détruit la liberté des conceptions, en substituant à l'autorité du goût général l'autorité de tel ou tel peuple, de telle ou telle époque, et présentant les formes littéraires usitées chez ce peuple comme le type unique du Beau, comme une espèce de moule dans lequel chaque peuple devrait jeter sa littérature. De ces deux théories, la première engendre les littératures extravagantes ; la seconde les littératures inanimées. Tout ce que nous venons de dire de la littérature s'applique également à tous les arts qui ont le Beau pour objet. Cette doctrine, en liant la théorie du Beau à celle du Vrai, le goût à la raison, montre l'unité primitive de l'esprit humain dans ses différentes sphères d'activité, et les mêmes principes qui fournissent la solution des questions fondamentales en religion et en politique contiennent également la solution des questions fondamentales en littérature, agitées aujourd'hui. »

Cette théorie peut paraître séduisante ; elle s'offre comme la solution universelle ; elle stipule les intérêts de l'ordre et ceux de la liberté ; enfin elle se fonde sur une base uniforme et connue ; rétablissons les vrais principes, et nous verrons qu'elle n'a ni assez de puissance dans ses promesses, ni assez de solidité dans ses appuis.

Par le goût individuel, M. de Lamennais entend le pur caprice ; par le goût général, il désigne un jugement identique à lui-même dans tous les temps et dans tous les lieux. Son langage manque ici de précision ; car les mots *général* et *universel* ne contiennent pas cette notion d'identité parfaite. Ils veulent dire autre chose que ce qu'ils disent, ce qui est le plus grave défaut de langage. Mais supposons un moment que le sens ne soit pas douteux.

Ce qu'un seul individu pense est l'erreur ; ce que tous les hommes ont toujours pensé est la vérité. D'abord, il est assez difficile de rédiger cette statistique des croyances générales et perpétuelles de l'humanité. L'histoire peut mentir ; les livres, les récits sont des témoignages extérieurs et sensibles, et par conséquent susceptibles d'erreur. Il est probable, très-probable que ce que les hommes ont toujours pensé est vrai ; mais voici comment.

Ce n'est pas le nombre des témoignages qui fait la vérité, c'est la vérité qui force les témoignages. Si c'était une affaire de nombre, les chances de la vérité devraient toujours croître ou décroître, selon que le chiffre des témoignages est plus ou moins élevé. Il n'en est pas ainsi. Que pensait et qu'avait jamais pensé, avant la venue du Christ, tout le monde païen, tout le monde idolâtre? Qu'il fallait haïr ses ennemis ; qu'il ne fallait pas pardonner les injures. Le Christ paraît : le premier, et d'abord le seul, il prêche le pardon des injures et l'amour des ennemis. Il y a donc quelque chose d'antérieur et de supérieur au nombre, d'indépendant du nombre, la vérité. Elle conquiert les témoignages ; elle n'en résulte pas comme une conséquence. Il faut donc renverser la proposition de M. de Lamennais, et, au lieu d'une généralité d'opinions qui prouve qu'une chose est vraie, partir d'une chose vraie comme origine d'une opinion générale.

Mais comment découvrir cette vérité? L'opinion individuelle, mobile, capricieuse en sera-t-elle la source? Non ; et cependant l'homme ne pouvant étudier l'homme qu'en soi-même, c'est toujours par l'individu que l'observation doit commencer ou finir ; commencer, si je tire spontanément de l'observation de ma nature intime une de ces lois de vérité qu'y a gravées la main de Dieu ; finir, si, éveillée d'abord par des objets extérieurs, par des opinions étrangères, mon attention s'arrête ensuite sur les faits intérieurs de l'âme, qui me confirment par leur harmonie la présence d'une impression fondée sur la vérité.

Ainsi, la simple opinion individuelle est impuissante à prouver la vérité. L'opinion générale et universelle est une conséquence et non un principe; mais chaque esprit est dépositaire de la vérité, de la vérité une et identique. Chaque esprit l'aperçoit en raison de sa portée et de sa culture propre, et ceux qui l'aperçoivent au même degré se trouvent nécessairement d'accord.

Ce que nous disons du Vrai, il faut le dire du Beau. Ce qu'un seul homme trouve beau peut n'avoir aucun caractère de beauté. Ce que tous les hommes trouvent et ont toujours trouvé beau a très-vraisemblablement ce caractère. Mais il n'y a là qu'une extrême probabilité et non une certitude, parce que cette conclusion repose sur un nombre, sur une addition de chiffres, et qu'il n'y a de certitude que dans les principes absolus. C'est donc la beauté qui attire l'opinion générale, mais elle n'en resterait pas moins la beauté, si cette opinion se retirait d'elle; ce n'est pas l'opinion générale qui prouve invinciblement la beauté.

Convenons avec M. de Lamennais et son École que le Beau, comme le Vrai, c'est Dieu; que la littérature doit réveiller dans nos âmes le sentiment des rapports du fini et de l'infini, maxime qu'ils ont empruntée au chef de notre École éclectique. Écoutons-les nous dire qu'ils ne veulent pas resserrer la littérature dans des bornes étroites, et qu'ils ne lui

demandent que de suivre constamment ces lois sa-
crées auxquelles l'univers entier rend hommage. Ce
qu'ils appellent une littérature catholique n'est autre
que le système littéraire où le spiritualisme domine.
A ce titre, nous sommes prêts à en saluer l'avène-
ment avec eux. Mais, pour leur théorie de l'assentiment général, elle nous paraît despotique et illusoire. Ce que personne ne leur conteste comme effet
caractéristique du Beau, ils veulent en faire le principe du Beau lui-même. Or le Beau ne dépend pas
de l'assentiment : il est ; voilà son titre, et l'homme,
frappé de sa lumière, y répond par un involontaire
assentiment.

La solution du problème littéraire qui divise les
classiques et les romantiques peut-elle sortir de la
doctrine de M. de Lamennais et du *Mémorial?* Oui
et non. Si nous laissons de côté leur axiome de l'opinion générale, qui ne peut fonder qu'un édifice ruineux, nous croyons qu'ils ont raison de voir dans le
classique exclusif le despotisme, dans le romantique
exclusif la licence, et de chercher dans le spiritualisme, c'est-à-dire dans l'influence spéciale des idées
de Dieu, de l'infini, le caractère dominant et nécessaire d'une littérature nouvelle.

33.— Opinion de Ballanche.

Quoique Ballanche n'ait pas traité spécialement
les grandes questions de la littérature, ce philosophe
naïf et profond a mêlé son opinion littéraire à ses
poétiques histoires de l'intelligence et de l'humanité!
Comme il fait passer les peuples par des initiations

et des expiations successives, d'un cycle social à un autre cycle, il conduit les littératures de période en période sur les pas des sociétés qu'elles expriment ou qu'elles annoncent. Il s'étonne qu'on espère conserver la littérature du siècle de Louis XIV comme expression de notre temps, et son *Antigone*, son *Orphée*, sa *Ville des Expiations* se rangent parmi les plus suaves modèles d'une expression contemporaine, qui conserve de l'Antiquité ce qu'elle a de plus pur et de plus sublime, et le consacre au triomphe d'un spiritualisme auquel appartient notre avenir littéraire, comme notre avenir social.

34. — Critique de M. Victor Hugo.

A la tête de ceux qui combattent ouvertement la doctrine classique, nous remarquons M. Victor Hugo. Il n'a pas fait d'ouvrage spécial de critique, mais il dissémine sa poétique dans ses préfaces. C'est là que nous le voyons établir en principe fondamental la nécessité du contraste. Selon lui, il est étroit et mesquin de prétendre poser entre les genres une barrière insurmontable[1]. Les lettres doivent exprimer la nature, et dans la nature, le grotesque est à côté du terrible. Il en conclut que le système dramatique de Shakspeare, qui excite tour-à-tour le

---

[1] L'autre extrème de la théorie des genres se trouve dans le *Cours de Littérature* de Lemercier, ouvrage estimable d'un homme supérieur, mais où les développements valent beaucoup mieux que les principes. Nous y lisons que la Tragédie réclame vingt-six conditions, la Comédie vingt-trois, l'Épopée vingt-quatre. Toute cette littérature étiquetée et numérotée a bien autant d'inconvenients que la critique tranchante de M. Hugo.

rire et l'effroi, est supérieur à celui de Racine, qui
s'interdit les contrastes, et se prive ainsi du plus
puissant moyen d'action. Victor Hugo rejette toutes
les lois convenues; les unités de lieu et de temps lui
font pitié; les tirades, les périodes harmonieuses, le
style qu'on appelle noble, la monotonie de l'alexandrin lui paraissent des traditions décrépites. Il veut
que l'écrivain intéresse; cela supposé, il lui donne
pleine liberté[1].

Nous ne pouvons que répéter la même observation générale. Cette doctrine, juste en partie, est trop
absolue. Les unités, l'absence des contrastes heurtés,
la cadence uniforme des vers, la noblesse du style;
toutes ces conditions convenaient au système littéraire fondé sur l'idéal sensible, à Sophocle et à Racine. Ce beau, ce grand système peut être comparé,
mais non sacrifié au romantique, qui en diffère en
ce qu'il répond à d'autres besoins. Vienne donc,
comme de nos jours, à la suite d'une philosophie positive et spiritualiste à-la-fois, une expression littéraire qui ait pour fond l'idée, appuyée ou non du
secours de la réalité nue; cette expression sera légitime à un autre titre que le classique; on pourra
soutenir qu'elle est plus actuelle et plus nationale;
mais il ne sera pas permis d'arracher à l'expression
classique la gloire de ses souvenirs.

A la vérité, Victor Hugo est loin de nier l'illustration littéraire du siècle de Louis XIV; seulement il

---

[1] Ἀκρατὴς ἡ ἐλευθερία, καὶ νόμος εἷς, τὸ δόξον τῷ ποιητῇ (Lucien, *Manière
d'écrire l'Histoire.*)

veut que nous arrivions à une autre illustration par
une route contraire. « A peuple nouveau, art nouveau ! » s'écrie-t-il ; et ailleurs : « Il n'y a ni règles
ni modèles, ou plutôt il n'y a d'autres règles que les
lois générales de la nature, qui planent sur l'art tout
entier, et les lois spéciales qui, pour chaque composition, résultent des conditions d'existence propres à
chaque sujet. Les unes sont éternelles, intérieures,
et restent ; les autres variables, extérieures, et ne
servent qu'une fois... Du reste, ces règles-là ne s'é-
crivent pas dans les poétiques... Le goût, c'est la
raison du génie. »

Cette législation si large s'est modifiée ou a paru
se modifier plus d'une fois dans l'esprit du poète novateur. Tantôt il a soutenu que la poésie ne sort des
choses humaines *que lorsqu'on les juge du haut des idées
monarchiques et des croyances religieuses ;* tantôt il a dé-
claré que le *romantisme,* tant de fois mal défini, *n'est,
à tout prendre, et c'est là sa définition réelle, que le libéralisme en littérature.* « Cette vérité, a-t-il ajouté, est
déjà comprise à-peu-près de tous les bons esprits, et
le nombre en est grand, et bientôt, car l'œuvre est
déjà avancée, le libéralisme littéraire ne sera pas
moins populaire que le libéralisme politique. La
liberté dans l'art, la liberté dans la société, voilà le
double but auquel doivent tendre d'un même pas
tous les esprits conséquents et logiques. » Nous re-
gretterions de voir expliquer la philosophie de l'art
par les termes incertains et arbitraires de la polémique des partis, et nous chercherions la pensée du
critique entre deux doctrines qui semblent contra-

dictoires, si nous ne trouvions ailleurs cette phrase
tout éclectique : « En littérature comme en politique,
l'ordre se concilie merveilleusement avec la liberté ;
il en est même le résultat. »

C'est donc là véritablement l'idée qui préoccupe
V. Hugo, quoiqu'il n'y soit peut-être pas toujours
fidèle. Il veut qu'une liberté réelle de l'art et de la
littérature se meuve dans une large sphère d'ordre,
sans entraves et sans chicanes. La mobilité d'imagination du poète le fait vaciller dans ses croyances
secondaires; mais sa croyance fondamentale est celle
d'un esprit élevé qui a conscience de lui-même et
des hautes destinées de l'art. Il s'adresse, dans ses
brillantes excursions de critique, à des principes différents; mais en définitive c'est toujours la liberté
qu'il leur demande, c'est toujours l'ordre dans le
sens de la liberté.

35. — Critique de M. Sainte-Beuve.

Ce que Victor Hugo proclame par occasion, et au
moment où la composition d'une œuvre féconde lui
fait rencontrer la théorie, un autre littérateur éminent, M. Sainte-Beuve, le coordonne en doctrine, et
le rédige en un code ingénieux. Les jugements remarquables qu'il a portés dans un recueil littéraire [1]
sur les gloires diverses du siècle de Louis XIV, surtout son histoire spirituelle et savante de la poésie
française au seizième siècle, composent le manifeste
le plus complet de l'École romantique. Il est hono-

---

[1] *La Revue de Paris.*

rable pour cet écrivain, ami des idées nouvelles et
des tentatives hardies, d'avoir mis autant de réserve
dans l'expression de ses opinions souvent paradoxales.
La netteté, la convenance, l'intérêt et le piquant de
la forme, rendent la critique de M. Sainte-Beuve
très-digne d'attention. Il juge sévèrement Boileau,
mais seulement comme législateur de l'avenir, et
convient qu'il représente parfaitement *la gravité sou-*
tenue, le bon sens relevé de noblesse, l'ordre décent de
Louis XIV et de sa Cour. Il lui reproche d'avoir *réfor-*
mé les vers comme Colbert les finances, comme Pussort le
code, avec des idées de détail. Ce siècle de Louis XIV,
il l'apprécie avec un enthousiasme qui ne suffirait
pas aux admirateurs aveugles, avec des restrictions qui
seraient trop faibles pour les détracteurs passionnés.
C'est à ses yeux *un siècle épisodique, qui ne plongeait pro-*
fondément ni dans le passé ni dans l'avenir; mais en même
temps il demeure en extase devant *l'idéal ravissant et*
pur qui sortit alors de l'imitation des Anciens. C'est plaisir de le suivre à travers la poudre des souvenirs du
seizième siècle, de ce siècle où tombait l'antique
littérature gauloise, celle de Marot, où germait pré-
maturément et avortait ensuite l'École ardente de
Ronsard, enfin où la littérature française monarchique se levait avec Malherbe, façonnait, transformait
Corneille, et allait se personnifier avec gloire dans
Racine et dans Boileau,

  Ce n'est pas que nous partagions toutes les admira-
tions ni même toutes les complaisances de M. Sainte-
Beuve pour nos vieux poètes; mais lui-même il avoue
de bonne grâce que l'historien rend quelquefois le

critique indulgent; et il est bien vrai d'ailleurs que nous devons regretter l'abandon de nos vieux et naïfs instruments de poésie, l'absence d'un homme de génie au temps de Ronsard, l'imitation de l'antiquité, d'abord à tout prix, puis avec mesure et intelligence, mais au détriment des traditions nationales.

Sous le point de vue de la doctrine, M. Sainte-Beuve a un bon sens large et des principes sinon bien arrêtés, au moins indiqués avec bonheur. Il pense que l'avenir, ressaisissant les essais du temps antérieur au siècle de l'imitation, retrouvant les noms, les mœurs, *ce quelque chose d'insouciant et d'imprévu qui s'est trop effacé dans l'étiquette monarchique*, y ajoutera des ressources indépendantes et nouvelles. Pour la composition poétique en général, il veut qu'on cesse de voir le type absolu du Beau dans le siècle littéraire de Périclès et d'Auguste, qu'on attache moins de prix aux détails de la forme, et que la vie humaine, avec ses mystères variés, se répète dans la poésie. Pour la versification, il demande que la réforme commencée par André Chénier ne soit pas repoussée sans examen, que les enjambements, les césures irrégulières, les inversions, soient approuvés en certaines rencontres. Surtout il ne voudrait pas que, sous le titre de chevilles, on reprochât toujours au poète ce qu'il y a de moins achevé dans ses vers. Le vers, selon lui, *ne se fabrique pas de pièces adaptées entre elles, mais s'engendre au sein du génie par une création intime et obscure*. Il en conclut que, si l'on ne veut imposer le mécanisme à la poésie, on doit concevoir et admettre ces parties plus faibles qui sont

sorties seulement ébauchées du travail de l'inspiration.

Un des principaux dogmes de cette École, c'est
que la régularité n'est pas l'ordre vrai, mais seulement l'ordre apparent. Elle cherche à envisager les
questions sous des rapports qui ne soient pas purement matériels et finis, et se flatte de changer les
axiômes littéraires en plaçant plus haut les sources
d'où ils doivent émaner. Le défaut de précision peut
être son écueil, parce qu'elle tend, par un mouvement
naturel de réaction, à repousser les bornes ; mais de
ce caractère même il résulte qu'elle a de la nouveauté
et de la grandeur.

36. — Autres critiques de l'École Romantique.

Nous pourrions citer encore plusieurs critiques
de l'Ecole romantique : Charles Nodier, si érudit, si
brillant dans ses paradoxes, où le noble caractère du
spiritualisme domine toujours ; M. Alfred de Vigny,
qui a fait surtout la guerre aux unités dramatiques
et à la distinction des genres [1]. Mais après ce que
nous avons dit de M. Sainte-Beuve, nous ne pourrions guère que nous répéter.

Cependant nous nous reprocherions de ne pas insister un moment sur un morceau de date un peu
plus ancienne, mais qui est, selon nous, ce qu'on a
écrit de plus philosophique dans le sens de cette

---

[1] Un savant écrivain, M. Ph. Chasles, dans son *Essai sur le seizième
siècle*, et dans quelques journaux philosophiques ou littéraires, a réfuté
heureusement plusieurs des erreurs de l'École romantique, tout en admettant
une partie de ses hardiesses.

École ; c'est l'opinion exprimée par M. Pictet de Genève, dans la *Bibliothèque universelle*, en 1826 [1].

37. — Critique de M. Pictet de Genève.

Cet écrivain, voulant scruter l'obscure question du classique et du romantique, commence par écarter tout ce qui n'est que caractère extérieur. Dans tous les cas où le Beau se révèle à nous, dit-il, il nous offre deux éléments bien distincts, *l'idée* et la *forme* ; l'œuvre n'est complète que par l'union de ces deux éléments.

Ou l'idée prédomine, ou la forme prédomine, ou il y a équilibre. La forme ne saurait dépasser les bornes du fini. L'idée peut se renfermer dans les limites du monde sensible, ou s'élever jusqu'à l'infini.

Quand l'idée reste dans le monde sensible, il se produit un genre de beauté qui a pour caractères essentiels l'unité et la simplicité. Quand l'idée prend son essor vers l'infini, la forme, forcée d'obéir à deux nécessités contraires, aspire à s'approcher de l'infini. Ou elle devient gigantesque et indéfinie, ou elle se brise pour devenir variée; mais toujours l'infini la déborde, et l'idée ne trouve point son entière expression. De là, dans l'effet que produit ce genre de Beau, un caractère indéfinissable de mystère et de mélancolie. Les productions de ce genre offrent aussi l'unité, car sans unité point de Beau, mais c'est l'u-

[1] *Bibliothèque universelle*, tome XXXIII, novembre 1826.

nité exprimée par des formes multipliées, c'est l'harmonie dans les contrastes.

Il n'y a que deux genres, quoiqu'il y ait trois rapports, parce que la prépondérance de la forme sur
l'idée est toujours une imperfection.

Rien ne nous paraît mieux établi que cette métaphysique littéraire. L'idée et la forme, la matière et
l'esprit, le fini et l'infini, ces deux éléments, quelque
nom qu'on leur impose, combinés dans des proportions qui varient, éclatent partout dans les œuvres
des hommes, qui ne font que répéter le type même
du monde créé. Quelle haute division des arts et des
littératures que celle qui s'appuie sur ces principes
fondamentaux ! et combien ils peuvent éclairer l'histoire des lettres et la marche de la critique !

Aussi notre écrivain philosophe remonte-t-il à
l'ancienne poésie, dont il met à nu les ressorts. *Le
poète grec*, dit-il, *renfermé dans le cercle étroit de ses
traditions nationales et de son Olympe, réalisait aisément
ses idées sous des formes simples et pures.* Au contraire,
le principe commun qui domine la poésie moderne
n'est que la tendance vers ce code intellectuel inconnu des Anciens, et que le christianisme a dévoilé
à nos regards, et il en résulte de plus hautes idées,
de plus vastes conceptions, l'impérieux besoin des
contrastes, de la multiplicité, de la profusion même
des formes diverses ; le mélange du tragique et du
comique, des vers et de la prose, la nécessité d'un
champ plus étendu dans l'espace et dans le temps.

C'est là toute une poétique dans le sens de la nouvelle École, la poétique du spiritualisme littéraire

combiné avec l'emploi varié des formes, mais les pliant à sa loi.

38.— Querelle des Classiques et des Romantiques.

Revenons à l'état présent de cette grande querelle littéraire [1]. Il ne manque pas de jeunes et ardents romantiques qui insultent à Racine et à Boileau, pour le plus grand honneur de la nouvelle croyance. Cette intolérance n'est pas moins étroite qu'une servile imitation [2]. En revanche, les romantiques sont l'objet d'attaques souvent frivoles et passionnées. On les somme ironiquement d'avoir du génie à l'appui de leur système, et ceux qui les attaquent, outre qu'eux-mêmes donnent rarement ce grand exemple, ne s'aperçoivent pas qu'au point de vue où ils sont placés, ils ne conviendraient jamais du génie de leurs adversaires. Ils voient que le Beau régulier leur manque, et il les condamnent, sans s'informer si le Sublime ne se rencontrerait pas parmi leurs irrégularités.

39. — Situation de l'Académie française.

Il serait digne d'un corps tel que l'Académie française, où se reposent tant de gloires bien acquises, où vivent et travaillent tant d'esprits du premier or-

---

[1] J'ai laissé subsister quelques traits relatifs à une époque déjà éloignée. Aujourd'hui la querelle est bien calmée ; malheureusement, la fièvre de l'inspiration l'est aussi.

[2] « Il est évident, a dit avec raison W. Schlegel, que l'esprit impérissable de la poésie revêt une apparence diverse chaque fois qu'il reparaît dans la race humaine. » (*Cours de Littérature dramatique.*)

dre, de reconnaître d'une manière publique et effi-
cace la nécessité du progrès. Malheureusement, pré-
occupée de son origine, trop fidèle au principe sta-
tionnaire, où les corps se fixent volontiers, l'Académie se tient sur la défensive. Elle étend un bouclier
impuissant devant les traditions du grand siècle.
Individuellement, un bon nombre de ses membres
les plus éclairés éliraient avec acclamation M. Victor
Hugo; mais, en corps, un tel nom causerait du scandale. L'Académie française laisse échapper un moyen
d'action infaillible. Ne rien céder, c'est vouloir tout
perdre. Puisse cette illustre assemblée ne pas comprendre trop tard le rôle qu'elle aurait dû saisir [1]!

40. — État du théâtre.

Examinons seulement ici d'une manière impar-
tiale l'état du théâtre aujourd'hui en France. L'art
dramatique est toujours une des branches les plus
importantes, la branche sociale, pour ainsi dire, de
la littérature. Cette question est comme le rendez-
vous de toutes les questions. Auteurs, critiques et
public, tous y sont plus en vue, y prennent couleur
et caractère plus que dans la plupart des autres applications littéraires. Les siècles, dans la littérature,
s'expriment souvent par le nom d'un poète dramatique. Sophocle, c'est l'ancienne littérature grecque; Shakspeare, la vieille littérature anglaise;
Racine, celle du siècle de Louis XIV; Goethe et
Schiller, celle de l'Allemagne moderne.

---

[1] L'Académie française a écouté ce vœu. M. Hugo est au nombre de ses
membres.

Or, où en est aujourd'hui le théâtre en France?

Il est, selon nous, au même point que la société, au même point que la politique : il fait des essais.

Non que ces essais puissent être regardés comme purement volontaires; les combinaisons individuelles s'imprègnent de l'esprit général. Le monde est travaillé par l'agonie d'un principe qui finit, et par l'inexpérience d'un principe qui pousse et veut remplacer l'autre. Les *Absolutistes* littéraires mettent au théâtre de pâles et régulières tragédies, ombres des chefs-d'œuvre de Racine; des comédies bien empesées et bien vides, où ils croient détourner quelques filets du génie abondant de Molière, parce qu'ils s'abstiennent comme lui de faire jurer, dans une pièce unique, deux genres opposés. Les *Radicaux* litéraires donnent bien plus de vie à leurs conceptions dramatiques; mais la vie chez eux ressemble à la fièvre; il prennent au sérieux cette imprécation burlesque d'un poète : *Qui nous délivrera des Grecs et des Romains?* Comme on nous a rassasiés de la fable et de l'histoire ancienne, ils déchiquetent, eux, l'histoire de France pour nous la servir en lambeaux. Comme les rois, princes et princesses, avec leurs confidents et confidentes, ont défilé gravement et ennuyeusement à nos yeux depuis bien longtemps, ils nous dédommagent, eux, par une fantasmagorie de prostituées, de bâtards, et de bourreaux. Ils semblent croire qu'ils ont affaire, comme on l'a dit, à une société blasée, et, tout ce qui leur paraît de haut goût, ils le jettent crûment au public.

41. — Épisode.

En 1829, année où la querelle des classiques et des romantiques était dans toute sa violence, et où l'irritation des partisans du vieux régime littéraire était trop souvent justifiée par les folies calculées des novateurs, les premiers, en désespoir de cause, implorèrent le secours du pouvoir. M. Alexandre Dumas, le plus téméraire des dramaturges, allait faire représenter son *Henri III*. Sept auteurs, l'aristocratie de la littérature impériale, adressèrent une pétition à Charles X. Ils le priaient, dans l'intérêt de l'art, de nommer une commission qui fît rentrer le théâtre Français dans des habitudes plus conformes à son institution première. Le gouvernement pensa que l'art ne devait pas se régler par ordonnance. Il écarta la pétition *classique* et fit bien.

42. — Vœu de la Critique.

Mais si les partisans outrés de ce système sont mal conseillés par le dépit, les courtisans du nouveau pouvoir littéraire peuvent causer au bon goût de très-légitimes impatiences. L'art est tout chez les premiers ; il n'y en a plus de trace chez les seconds. Que veulent les critiques sensés? que réclame l'intérêt de la littérature à venir? Que l'art s'associe à la na-nature ; qu'il ne s'effraie pas des hardiesses qu'elle conseille, mais qu'elle ne répudie pas les ménagements accordés au principe de l'ordre. Seulement, dans cet enfantement d'un système, le principe de liberté, comme dans la société, comme dans la politique, doit prévaloir aujourd'hui. Le classique, où dominait l'ordre, souvent à l'exclusion de la liberté, a fait son œuvre. Le romantique vrai, épuré, où la liberté de conception, de disposition, de style triomphera en laissant à l'ordre ce qui ne peut éteindre l'inspiration, le romantique ainsi compris, ainsi appliqué, restera en possession du théâtre, et de là proclamera son droit de conquête dans tout l'empire de la littérature et des arts.

Avant d'étendre ces idées et de les affermir par notre exposition théorique, faisons un dernier résumé des inspirations littéraires, des doctrines esthétiques anciennes et modernes, dont le panorama s'est déroulé sous nos yeux. Achevons l'histoire; nous détacherons ensuite, dans un traité spécial, les résultats de l'étude des faits. Nous aurons scruté les annales de la littérature; nous en déterminerons les lois.

13. — Résumé général.

L'esprit d'une nation, c'est l'esprit d'un homme.

Il y a, dans une nation, des facultés, des idées, des variations résultant ou de l'âge, ou des accidents, ou d'une foule de circonstances qui se croisent pour s'entr'aider et s'entre-nuire.

Ainsi, un peuple, comme un individu, a de l'imagination, du jugement, du génie spontané, ou de l'esprit d'imitation. Tantôt c'est l'imagination qui agit la première et qui domine, le jugement suit; tantôt c'est l'esprit d'imitation qui précède tout développement national, le retarde ou l'étouffe, et le génie spontané ne se révèle qu'à intervalles et par

exceptions. De là il arrive qu'un peuple a des convictions et des doctrines; que l'un a des convictions
antérieures et supérieures à ses doctrines, l'autre
des doctrines antérieures à ses convictions et qui les
font naître : c'est la marche naturelle. Le développement égal et simultané des convictions et des
·doctrines est rare. Il ne se présente ni aux époques
de fondation originale, ni à celles d'imitation proprement dites, mais il peut se présenter aux époques
de rajeunissement.

Un peuple naît, croît, souffre et se rétablit, vieillit
et meurt. A chaque période de son existence peut
correspondre une expression différente. La philosophie, les arts, la littérature de la jeunesse et de la
santé ne ressembleront pas à ceux de la souffrance et
de la décrépitude.

Des accidents traversent la vie des peuples; ils
sont conquis ou conquérants, affranchis ou asservis;
ils émigrent, ils s'agglomèrent. Toutes ces muta-
tions modifient leur pensée, et, par suite, l'expres-
de leur pensée.

Comme la jeunesse précède l'âge mûr, la littérature et les arts d'imagination précèdent d'ordinaire
dans une nation les œuvres de jugement et de critique. Cependant il y a des peuples qui commencent
par la virilité, comme il y a des hommes dont la
raison est précoce. Dans ce cas la critique peut pré-
céder l'enthousiasme.

L'instinct littéraire, qui n'attend pas la critique
et ne se règle pas sur elle, c'est ce que nous appelons
conviction ou *croyance ;* l'ensemble des règles que

pose cette critique, et des principes sur lesquels elle
les fonde, c'est ce que nous nommons *doctrines*. Cependant la doctrine peut agir fortement sur la conviction et la modifier, et aussi la conviction peut résister
à la doctrine et la frapper d'impuissance. L'accord
complet de l'une et de l'autre est difficile, parce que
la conviction d'instinct est dans les masses et que la
doctrine vient des individus.

Une doctrine littéraire n'est bonne que lorsqu'elle
s'adresse non-seulement à ceux qui composent, et
qui ont besoin de règles, mais à ceux qui lisent ou
écoutent, et qui ont leur propre jugement à diriger.
De la sorte seulement elle a une signification, elle
est une langue; autrement, elle n'est qu'un dia-
lecte fait, non pas pour une nation, mais pour une
tribu.

Toute conviction spontanée et toute doctrine a
l'un de ces trois caractères. Le principe des formes
y domine hardiment, ou le principe spirituel la gouverne, ou les deux principes y règnent de concert.
Dans ce dernier cas, lorsqu'ils se balancent avec une
certaine harmonie, c'est l'idéal, inclinant toujours
plus ou moins vers l'ordre sensible. Il n'y a donc
pour une nation, comme pour un homme, que deux
éléments de conviction et de théorie, l'esprit, la matière, et, en outre, la combinaison de ces deux éléments.

Chose remarquable! les convictions littéraires peuvent changer, s'éteindre et reparaître; les doctrines
littéraires vont s'amendant et se métamorphosant de
peuple à peuple, de siècle à siècle; mais il n'en est

pas de ces convictions et de ces doctrines comme des
découvertes de la science, qui sont liées au progrès
du temps. Les lois générales du goût, les vues pénétrantes du génie, datent de loin; on en savait autant
sur ces grandes questions il y a vingt siècles qu'on
en sait aujourd'hui. Nous avons appris à ouvrir les
théories, à en presser les conséquences ; nous avons
coordonné les matériaux; la science d'exposition a
gagné; les vues de détail sont plus nombreuses, plus
piquantes et plus à la portée de tous les yeux ; mais,
pour ce qui regarde les principes générateurs de
toute doctrine littéraire, nous n'avons rien trouvé que
n'aient indiqué Aristote et Platon; disons mieux,
nous n'avons rien pu trouver que ce qui tient à la
nature intime de l'homme, observée par ces hommes
illustres, et qui n'a pas changé après eux.

Il ne faut donc jamais nous étonner de voir repro-
duites comme des inspirations de la vérité des convictions et des doctrines qui ont paru déjà fournir
leur carrière, et passer par leurs phases d'éclat,
d'obscurcissement et de mort. Ces degrés divers ne
se rapportaient qu'à des périodes diverses d'une
même combinaison sociale. Dès qu'une autre combinaison succède, dès qu'un peuple naît ou se renouvelle, les idées conformes à la nature de l'homme
et du monde recommencent à se disputer l'empire,
et la victoire reste à celle qui trouve dans les circonstances extérieures le plus d'analogie et d'appui.

Le principe sensible a eu son règne et ses triomphes; il a éclaté dans les monuments littéraires de
l'Asie (la Chine exceptée), dans ses inspirations et

dans ses théories. Tout, dans les riches produits de
l'imagination orientale, a eu pour principe et pour
fin l'amour de la forme, l'illusion des sens. Les littérateurs, les artistes y sont brillants, exagérés, cré-
dules; les critiques sont des mythologues ou des
grammairiens creux et sonores.

C'est encore le principe sensible que nous retrou-
vons, comme dans toute société incomplète, parmi
les chansons sauvages de l'Afrique et les drames
monstrueux de l'Océanie. Seulement il ne se montre
plus ici paré des riantes couleurs que lui prêtaient
l'Inde ou la Perse. Il porte l'empreinte de la misère
dans la barbarie, ou de l'âpreté du climat.

L'accord plus ou moins complet entre le principe
sensible et le principe spirituel, accord dont la condition semblait être une sorte d'égalité de droits entre les deux principes, s'est manifesté d'abord dans
l'idéal sensible de la littérature et des arts de la
Grèce, qui s'impatienta de la marche sévère d'A-
ristote, et resta en arrière du vol hardi de Platon;
puis, Rome a imité le système des Grecs, et, la société
moderne se calquant en partie sur la société romaine,
nous avons imité Rome. Le siècle de Louis XIV est
venu, sauf toutes les différences de civilisation, de
climat et d'idées, qui le séparaient de l'antiquité,
retracer la plus harmonieuse image de cet accord
des deux principes, dont profitait toujours le principe sensible, et qu'avaient consacré les Anciens.

Enfin, le principe spirituel a prédominé, sous une
forme calme et grave, dans la littérature de la Chine,
tournée à la morale pratique; il a pris son essor na-

turel vers les hauteurs, dans la Judée et dans l'Egypte
ancienne, et imprimé, ici aux monuments, là aux
paroles, une ineffaçable grandeur.

Le christianisme, qui a proclamé ce principe d'une
voix puissante, lui a fait une large place dans la littérature et dans les arts. Peinture, sculpture, architecture, musique, poésie, éloquence, tout s'est ébranlé
à ce signal. De là les abstractions mystiques et le
douteux éclat de l'École d'Alexandrie; de là les inspirations des Pères de l'Église et le rajeunissement vrai
du platonisme par saint Augustin. Les tentatives de
littérature chrétienne et nationale au moyen-âge,
l'originalité romantique de l'Espagne, l'Allemagne
surtout, l'Allemagne dont les arts et la littérature
encore toute récente vivent d'un sentiment si profond, tel est le domaine que le spiritualisme littéraire,
non pas introduit, mais ranimé dans le monde par
le christianisme, peut revendiquer jusqu'à nos
jours.

Nous avons ajouté que ce principe, dont l'existence n'est pas une fiction, mais que l'observation
atteint, et qui a tant de part dans nos destinées, paraît aujourd'hui vouloir et pouvoir se fonder une domination. Issu de Dieu même, raconté aux hommes
par les Pythagore, les Xénophane et les Platon,
obscurci par le culte des formes, remis en lumière
par la religion de l'âme et de la pensée, obscurci de
nouveau par l'asservissement du christianisme pur à
un faux christianisme armé de mythologie, de vio-
lences et de honteuses séductions, le principe spirituel se dégage encore une fois de ses ténèbres. Ar-

tistes et littérateurs! vous êtes divisés en plusieurs écoles, dont chacune a ses serviles ou ses téméraires, ses enfants perdus ou ses héros. Regardez bien, et vous verrez que chaque doctrine a des traditions usées et des essais décrédités. Il y a des règles que ne pourront défendre les classiques; il y a des licences que les romantiques ne pourront sauver. Mais il repose aussi sur nos arts, sur notre littérature actuelle, un souffle vivifiant qui les féconde. La postérité sourira peut-être aux noms effacés des partis littéraires; mais elle saluera l'héritage que lui transmettra le génie, celui d'une littérature nouvelle où le principe de l'esprit dominera le principe des sens, littérature d'hommes, à qui la sphère sensible ne refusera pas ses ornements, mais qui seront fidèles à leur double nature, la main remplie des fleurs de la terre, la tête haute et regardant le ciel.

LIVRE XV.

ESTHÉTIQUE.

—

QUESTION DU BEAU.

—

1. — Expression de la pensée.

Toute pensée a son expression correspondante. La pensée de Dieu s'exprime intellectuellement par le monde moral, et physiquement par le monde sensible. L'homme, en qui se réunissent les caractères de ces deux mondes, formule sa pensée en paroles et en œuvres qui tiennent de l'intelligence et des sens.

Les œuvres par lesquelles l'homme exprime sa pensée sont principalement la musique, la peinture, l'architecture et la statuaire, c'est-à-dire les beaux-arts ; les paroles, écrites ou prononcées, qui constituent l'autre expression spéciale de la pensée humaine, outre le langage vulgaire de la vie commune, ce sont l'histoire, les discours, les poèmes, c'est-à-dire la littérature.

Ces deux expressions diffèrent en beaucoup de points, mais plutôt dans l'exécution que dans leur essence. Au fond, une idée générale les domine, l'idée du Beau. Tout art, toute littérature va se confondre dans cette idée.

Mais, de même que le Beau est la condition de la littérature et des arts, de même il y a, sous la notion du Beau, deux notions dérivées de celle-là, l'une immédiatement, l'autre à un degré secondaire. La première s'appelle poésie, et la seconde éloquence.

2. — Beau, Esprit, Matière.

L'homme n'est qu'une portion d'un vaste ensemble. Ce n'est pas un être isolé, ayant sa nature propre et exclusive. Il est, dans une proportion restreinte, ce qu'est le monde dans son immensité. Qu'y a-t-il dans l'univers? l'esprit et la matière; ces deux éléments, et rien que ces deux éléments. Tous deux y suivent leur lois, tous deux y manifestent leurs phénomènes. L'esprit créateur a ses attributs, qui ne sont que ses perfections souveraines; l'esprit créé a ses facultés; la matière a ses propriétés diverses. Tel est le double cercle où se meut l'univers; cercle spirituel qui comprend toutes les qualités de l'essence divine, toutes les lois métaphysiques, tous les rapports d'intelligence à intelligence; cercle matériel ou sensible, qui comprend les objets extérieurs, les sens et leurs phénomènes, les relations entre les corps.

Dieu, l'esprit par excellence, étant le principe et la fin de toutes choses, il est évident que la sphère spirituelle est antérieure et supérieure à la sphère sensible. Elles s'unissent par des liens mystérieux, qui sont le secret même de la création; mais elles se distinguent l'une de l'autre, et l'esprit a toujours droit de dire à la matière : Tu ne t'égaleras pas à moi.

3. — Fini, Infini.

Le caractère fondamental de l'esprit est d'être infini; le cachet nécessaire de la matière est d'être finie.

Aussi peut-on être assuré que, toutes les fois que l'idée de l'infini vient à naître, il y a au fond de cette idée la pensée de l'esprit absolu, c'est-à-dire de Dieu, comme aussi toute idée du fini se rapporte à la pensée des choses créées et des objets sensibles.

On a déjà fait remarquer la confusion qui résulte, dans le langage philosophique, des mots *infini* et *indéfini*, trop souvent employés sans précision. Il sera utile de rappeler ici que l'infini est ce qui exclut les bornes, et l'indéfini ce dont on n'aperçoit pas les bornes. On doit comprendre que le second terme peut s'appliquer souvent à la sphère sensible, et que le premier convient seul à la sphère spirituelle.

Ainsi, dire que la matière est divisible *à l'infini* nous paraît aussi étrange que si l'on disait : La grandeur de Dieu est *indéfinie*.

L'infini gouverne le fini, et s'y rend en quelque

sorte perceptible ; le fini résiste à l'infini, en lui
obéissant, et s'ennoblit par le contact. Nos faibles
yeux ont besoin de celui-ci pour arriver à celui-là ;
non par déduction, car toutes les images du fini ne
donneraient pas l'infini pour conséquence ; mais par
une aperception rapide que l'image des choses finies
suscite en nous.

4. — Monde intelligible, monde sensible.

Partout, dans cet univers sensible, nous retrou-
vons l'ombre et la copie d'un autre univers. Sur le
monde des sens plane le monde des idées. L'intelligible a été le type du réel.

5. — Double nature de l'homme.

Comme l'ensemble universel, l'homme a deux
natures : l'intellectuelle, la sensible. Esprit, il a des
facultés, il conçoit des idées, il a la conscience d'une
force personnelle ; corps, il est muni de sens, il reçoit
des impressions et exécute des actes.

6. — Sentiment, Jugement.

Ses facultés, quoique diverses, se résument en
deux principales : le sentiment et le jugement. La
première participe, à des degrés variables, de l'alliance des deux natures. La sensation grossière n'est
pas seule perçue par l'homme ; il sent aussi des affections plus intérieures, quoique toujours de l'ordre
sensible ; au-delà des sensations, il éprouve les sentiments. Quant au jugement, il est l'exercice direct
de la force active. Les sensations et les sentiments

sont, comme les idées, des matériaux qu'il soumet
à son action. Le jugement est essentiellement de
l'homme; dans le sentiment, l'homme est sujet du
monde extérieur.

7. — Association des idées.

Nous voyons des faits, nous constatons des résultats d'expérience; mais tout ce qui est lien passe la
portée de notre observation. Nous apercevons les
métaux joints ensemble; la soudure nous échappe :
nous reconnaissons les différences et les rapports;
mais un nuage repose sur le pont jeté par la main
toute-puissante entre l'esprit et la matière, entre
l'âme humaine et le corps.

Nous ne savons pas comment les idées intellectuelles et les idées sensibles se réveillent les unes les
autres avec une si merveilleuse rapidité. Cette loi
d'association des idées est encore un fait que nous
sommes forcés d'admettre, dont nous prévoyons les
belles et nombreuses conséquences, et qui, si nous
lui demandons son titre, nous fatigue comme une
énigme sans mot.

En fait, donc, les idées s'associent aux idées dans
le vaste champ de la mémoire. L'homme n'est pas
réduit à des actes simples, fruit de l'instinct, sans
relation entre eux. Il peut concevoir un plan, en
coordonner les parties, en varier, en multiplier l'exécution.

C'est ici qu'il faut nous arrêter un moment pour
établir les différences qui séparent l'acte spontané

de l'acte réfléchi, deux modifications réelles de la pensée.

8. — Spontanéité.

En soi, l'acte spontané est le produit immédiat de l'activité humaine. Sous ce rapport, il représente l'homme mieux que ne peut le faire l'acte réfléchi.

S'il appartient à l'ordre physique et sensible, il est du domaine de l'instinct; s'il appartient à l'ordre intellectuel et moral, il atteste notre prompte obéissance aux grandes lois que Dieu a faites, et dont les caractères de feu brillent incessamment à l'œil de l'intelligence. L'homme qui, par un acte spontané, se dévoue à la patrie, à la famille, à l'amitié, a lu d'un regard rapide la loi éternelle du devoir dans un livre toujours ouvert entre les mains de Dieu. Celui qui produit une œuvre spontanée, et qui a ce qu'on appelle une inspiration, est entré un moment en partage des secrets d'un monde supérieur; son regard à rencontré dans la sphère des intelligences une loi sublime, une haute analogie. Ne voyons-nous pas de ces bonnes fortunes arriver même aux esprits médiocres? Les grands esprits ont plus de chances, parce qu'ils ont le regard plus ferme et une sympathie naturelle avec le type du monde créé; mais le hasard prend quelquefois un faux air de génie. L'acte spontané intellectuel est la reconnaissance involontaire d'une vérité aperçue. L'homme n'est pas libre de le produire ou de l'étouffer. Plus forte que lui, la vérité s'e mpare de son acti vité personnelle, et c'est elle qui éclate dans son œuvre, ou qui se proclame par sa voix.

9. — Réflexion.

L'acte réfléchi a un tout autre caractère. Ici l'homme n'est plus le noble et involontaire agent d'une force supérieure à lui. Il entre en jouissance de sa liberté propre ; il étudie, il compare, il doute et décide. L'acte réfléchi peut être nécessaire pour soutenir l'acte spontané ; il est toujours utile de retrouver par la réflexion ce que l'inspiration a offert. D'ailleurs la réflexion est un instrument nécessaire de disposition et de détail. Malheureusement elle peut errer, car elle consiste dans un choix, et l'homme peut mal choisir : il y a donc ici une étude importante à faire. Bien diriger sa réflexion est le premier devoir de l'homme ; quant à l'inspiration, il ne peut qu'attendre et obéir.

La même différence qui existe métaphysiquement entre l'acte spontané et l'acte réfléchi se reproduit dans les expressions directes de la pensée, et principalement dans les arts et la littérature. Il y a même des cycles littéraires, ou plutôt esthétiques, qui peuvent se caractériser dans leur ensemble, soit par la spontanéité, soit par la réflexion. Dès à présent on peut comprendre que chacun de ces deux ordres de faits et d'œuvres prendra des traits bien différents et sera soumis à des règles fort dissemblables. Le grand et l'involontaire seront inhérents aux littératures spontanées. Le choix et la régularité appartiendront aux littératures réfléchies. Le désordre sera le défaut et quelquefois l'ornement des premières ; les secondes pourront s'énerver par le factice et se perdre dans les scrupules.

10. — Liberté.

On ne peut pas dire que l'esprit absolu soit libre, car il s'ensuivrait qu'il peut mal faire, ce qui n'est pas. Dieu est à lui-même sa loi. Sa toute-puissance s'exerce dans des conditions que l'esprit de l'homme uni au corps ne saurait comprendre. N'appliquons donc ce mot de *liberté* qu'aux intelligences créées, et, dans ces limites, demandons-nous ce que c'est que la liberté.

Essentiellement, elle est le pouvoir de choisir. Elle a pour instrument la réflexion.

La liberté est le pouvoir de choisir non-seulement entre le plus et le moins ou entre les choses indifférentes, mais entre ce qui est bien et ce qui est mal.

Appliquée à la sphère religieuse, elle produit toutes les sectes et tous les cultes ; à la sphère morale, elle donne des disciples à Zénon comme à Épicure ; à la société, elle partage le monde en monarchies et en républiques ; aux arts et à la littérature, elle permet les systèmes contradictoires et suscite les écoles ennemies.

Si la liberté était le seul point d'appui, tout vacillerait, tout croulerait, comme un édifice aux proportions gigantesques, dont les pierres mal jointes ne recèleraient pas de ciment. Un autre principe vient soutenir le premier : ce principe est l'ordre ; l'ordre, condition et garant de la liberté.

11. — Ordre.

La liberté est une glorieuse puissance de l'homme, puisqu'elle fait de lui le roi de la nature; l'ordre est un reflet de Dieu. N'est-ce pas de Dieu seul que tout ordre dérive, puisqu'il nous en a offert le double type dans les vicissitudes régulières du monde sensible, et surtout dans l'admirable harmonie des lois du monde intellectuel?

Les œuvres de l'homme, l'expression de la pensée humaine, ne peuvent se passer du principe de l'ordre. La confusion n'est pas une œuvre; le chaos n'est pas une expression. Aussi ne dispute-t-on guère que sur la prééminence, et, si l'on peut le dire, sur la dose plus ou moins forte de l'ordre et de la liberté. On sent que ces deux éléments sont nécessaires. Une expression de la pensée d'où serait absente toute idée de l'ordre serait inintelligible; une expression de la pensée où cette idée de l'ordre paraîtrait seule serait une œuvre inanimée.

12. — Combinaisons diverses.

Il y a donc bien des expressions possibles de la pensée humaine, car il y a bien des tempéraments possibles de l'ordre et de la liberté. On peut cependant négliger les nuances et reconnaître cinq genres principaux. L'expression, telle qu'on peut la rencontrer parmi des peuplades sauvages, libre de la liberté du caprice; l'expression où domine le principe de la liberté, mais qui déjà porte l'empreinte du principe de l'ordre : telles sont, en général, les littéra-

tures fraîches ou rajeunies ; l'expression où l'ordre et
la liberté semblent se combiner à proportions à-peu-
près égales : les arts et la littérature de l'ancienne
Grèce nous en offrent un modèle ; l'expression où
l'ordre comprime la liberté : telle fut celle du siècle
de Louis XIV ; enfin l'expression où la liberté disparaît sous le principe de l'ordre : telles sont les littératures purement officielles ; une partie des monuments d'art ou de littérature de la Chine pourrait
nous en fournir un exemple.

Nous admirons la troisième et la quatrième de ces
cinq expressions de la pensée. Notre sympathie est
pour la seconde ; les deux autres sont des ébauches
ou des abus.

Toutes nos bases sont arrêtées. Quelque générales
que soient les idées dont nous allons étudier la nature, elles se rattacheront nécessairement à celles
que nous venons d'exprimer.

13. — Génie.

Si le génie n'est que la force qui découvre, le hasard aura droit à ses priviléges ; car le hasard découvre aussi. Si le génie n'est que la force qui combine,
la patience revendiquera son nom, et il se trouvera
un homme qui dira : Le génie, c'est la patience.

Nous croyons que le génie est tout cela, soit tour-
à-tour, soit ensemble. Le génie, c'est l'esprit de
l'homme dans sa plus haute puissance. Or, l'esprit
agit de deux manières : par la spontanéité, par la réflexion. Au génie échoit une action spontanée plus
vive et plus forte, une faculté de réflexion plus vaste

et plus persévérante. Il se manifestera donc tantôt
par des illuminations soudaines, tantôt par de pa-
tientes et sévères déductions. Alternativement, ou
à-la-fois, il sera inspiré ou calculateur ; ce sera toujours le génie.

On voit par-là comment des hommes, si différents entre eux par leurs études et par leurs œuvres,
peuvent mériter un même titre aux yeux de la critique. On voit aussi comment des œuvres très-diver-
ses, dont les unes parlent au sentiment et les autres
au jugement, dont les unes sont vives et brillantes,
et les autres graves et nues, peuvent être cependant
au même degré, et avec des droits égaux, qualifiées
œuvres de génie.

De ce que le génie n'agit pas toujours avec le secours de la réflexion, de ce qu'il a souvent pour
caractère l'inspiration, l'action spontanée, il ne s'ensuit pas qu'alors même il marche sans aucune règle,
et soit antipathique aux principes de l'art.

14. Art.

L'art véritable est un ensemble de principes larges,
fondés sur l'observation du monde physique et sur
les lois du monde intellectuel. S'il ne tenait compte
que de ces lois, il rendrait toute exécution impossible ; s'il s'arrêtait seulement aux phénomènes, il ne
présenterait qu'une série de faits, et ne pourrait les
lier par aucun principe, ce qui livrerait l'exécution
à tous les caprices individuels. Par cela seul que
l'homme a l'œil ouvert sur le monde physique, il est
frappé, instinctivement du moins, d'une partie de

ses phénomènes. Par cela seul que l'œil de son intelligence est toujours ouvert au monde intellectuel, un instinct supérieur lui révèle, au moins confusément et abstraction faite d'une étude spéciale, plusieurs des lois qui le régissent. Les matériaux de l'art existent donc dans l'esprit de l'homme; il en possède les éléments avant d'en avoir médité les secrets.

Or, quand l'action du génie est spontanée, l'observation instinctive ou le souvenir du monde physique, le souvenir aussi ou la perception instinctive du monde intellectuel, se mêlent nécessairement à cette action. La rapidité de l'inspiration exclut l'étude patiente, et, par conséquent, la régularité des formes et le soin des détails; mais elle s'accorde parfaitement avec l'obéissance à des lois générales. Toute œuvre pure du génie inspiré sera donc grande, et plus ou moins irrégulière, puissante par le fond et par les principaux mérites de la forme, la couleur et le mouvement, mais d'ordinaire exposée aux traits de la critique par des défauts saillants d'exécution.

15. — Alliance du Génie et de l'Art.

C'est quand le génie se replie sur lui-même pour considérer et parfaire son œuvre, qu'il conclut une intime alliance avec l'art. Il le consulte et le domine. De cet heureux accord résultent des chefs-d'œuvre qui joignent le fini de l'expression à la sublimité de l'idée. Les littératures sévères et polies sortent de cette harmonieuse union.

Il y a ici plusieurs remarques à faire: d'abord, ces deux grandes divisions, en œuvres du génie inspiré, et œuvres du génie patient, ne sont pas toujours nettement tranchées. L'art occupe plus ou moins de place, et se rencontre à des degrés très-divers dans les œuvres de génie. Quant à celles où il ne se rencontrerait que de l'art, ce pourraient être de curieuses marqueteries, d'habiles combinaisons de métier ; mais elles ne mériteraient que le dédain, parce que ce seraient des œuvres mortes. Le génie, c'est la vie de la littérature et des beaux-arts.

En second lieu, on peut reconnaître que ni l'un ni l'autre de ces deux ordres de monuments, où le génie et l'art se mêlent à divers degrés, ne doit être privé de sa part de gloire. S'il est vrai que l'inspiration soit une puissance, ne la méconnaissons pas au profit de l'art ; s'il est vrai que l'art en soit une autre, ne le méprisons pas pour exalter l'inspiration. A chacun sa tâche glorieuse, à chacun son droit et son rang.

Il faut donc toujours en revenir à comprendre des monuments de beaux-arts ou de littérature très-dissemblables, quelquefois très-opposés. L'estime de l'un n'emporte pas comme conséquence nécessaire la réprobation de l'autre. Toute critique exclusive est injuste ; tout système dédaigneux est étroit.

16. — Invention.

Nous avons dit que l'invention n'appartient pas exclusivement au génie ; elle est cependant un de ses plus beaux titres ; elle le caractérise, si elle ne le définit pas.

Inventer, trouver, sont des mots dont l'application

varie. Une invention, en fait de science et d'industrie, c'est la découverte d'un instrument de calcul ou d'action physique. Inventer, dans les arts ou la littérature, c'est trouver un moyen d'émotion, un instrument d'action sur les âmes.

Le génie le plus inventeur reçoit toujours une impulsion des circonstances qui l'entourent. Les inventions principales du Dante jaillissent du chaos des disputes théologiques et des guerres civiles de son temps. Shakspeare invente d'après l'histoire, souvent aussi poétique que son génie. On n'exigera donc pas que l'invention soit toute personnelle à l'inventeur ; il lui restera assez de gloire, s'il a trouvé les rapports sympathiques qui vont des faits aux esprits, des idées aux intelligences ; et d'ailleurs, disposer avec force, avec grâce, avec nouveauté surtout, n'est-ce pas aussi inventer ? Le style même a ses découvertes, et l'expression admet l'invention.

17. — Originalité.

C'est dans l'emploi neuf et hardi de l'invention, dans le cachet personnel attaché aux inspirations du génie et des circonstances, que consiste l'originalité. L'artiste, le littérateur original est celui qui *donne à tout une face imprévue*, qui use le premier d'un moyen nouveau, ou qui s'approprie par une verve puissante ce que d'autres ont essayé avant lui.

C'est calomnier l'originalité que de la confondre avec la bizarrerie. Il y a des œuvres très-bizarres et très-vulgaires, et des monuments beaux et réguliers, qui sont vraiment originaux. Le bon sens repousse la trivialité bizarre de nos vieux Mystères dramatiques, et proclame *Athalie* un chef-d'œuvre original.

Les formes régulières, avouons-le cependant, accompagnent rarement l'originalité. Elle est plus analogue par sa nature à l'inspiration qu'à la réflexion ; elle résulte le plus ordinairement d'une première vue du génie. Alors ce qui est original couvre ce qui est défectueux, et profite peut-être du contraste ; mais on ne peut pas dire que ce qui est défectueux compte parmi les titres d'originalité.

18. — Imitation.

L'imitation tient une grande place dans la vie de l'homme ; elle a joué un rôle très-important aussi dans l'expression de sa pensée par les arts et la littérature, et dans les doctrines esthétiques relatives à ce double objet.

On a remarqué que l'homme est naturellement imitateur ; en le disant, on a exprimé un fait réel ; mais on s'est trompé dans les conséquences.

On a dit : l'homme est porté à l'imitation, donc l'imitation doit être le principe des œuvres littéraires ; tel artiste, tel poète, telle génération de littérateurs ont imité les scènes de la vie, ou les copies que d'autres en avaient déjà faites avant eux : donc il n'y a qu'une règle à proposer aux littérateurs, aux artistes à venir, l'imitation ; hors de là point de salut.

Abus de langage. Non seulement on ne peut conclure d'exemples plus ou moins nombreux à la légitimité d'un principe ; non-seulement on ne peut induire de ce qu'un penchant naturel existe, qu'il

II.   19

doive servir de règle et de loi, mais il est évident que
les défenseurs du principe de l'imitation n'ont pas
choisi leur point de départ dans l'étude de l'homme.
Ils ont saisi au passage un fait extérieur, et ils n'ont
pas interrogé l'homme même. La psychologie leur
eût appris que l'homme n'est pas seulement imitateur, mais qu'il est essentiellement producteur.
Son penchant à imiter vient des rapports qui l'at-
tirent et l'unissent aux objets qui l'entourent, et
certes ce penchant fournit à la peinture, à la sculpture, à la poésie même, de riches matériaux. Mais
qu'avons-nous à imiter dans l'architecture? Lorsque
la peinture, la sculpture ou la poésie s'élèvent à un
type idéal, que devient le caractère d'imitation? et,
pour sortir de l'expression du monde sensible, lorsque la poésie ou l'éloquence font retentir les accents
de l'âme, ou ravissent les secrets du monde supérieur,
notre penchant à l'imitation peut-il réclamer une
part dans cette haute expression intellectuelle?

Il serait contradictoire que l'intelligence humaine,
force active, force libre, spectatrice du monde spirituel et du monde sensible, fût condamnée à s'appliquer uniquement à l'imitation. Douée de la puissance d'imiter, elle en use ou s'en abstient à son
choix. Exprimer des rapports, donner une voix aux
harmonies mystérieuses qui unissent la pensée à la
matière, et les choses de la terre aux choses du ciel,
ce n'est pas imiter, c'est produire.

Nulle doctrine n'a été plus nuisible aux arts et
aux lettres que celle de l'imitation. A certaines époques, on s'est habitué à croire que la copie suppléait

à tout. La lettre morte a étouffé l'esprit littéraire. Une reproduction fidèle, qui n'excluait pas le choix, mais qui repoussait toute hardiesse, était imposée au génie. On s'imaginait pouvoir calquer les sentiments et les idées dans la littérature, comme les couleurs et les formes dans les arts. L'imitation, vantée avec mesure par Aristote, était dévenue dans la critique le symbole d'une fausse unité. On croyait tout expliquer par elle, parce qu'on oubliait tout ce qui n'était pas elle,

On allait plus loin, et, du culte rendu à ce principe, on passait à un système plus commode encore. Puisque des hommes de génie avaient pris la peine d'imiter déjà tout ce que l'imitation pouvait atteindre, on ne pouvait mieux faire que de suivre leurs traces, et de se régler sur leurs copies. On en vint donc à croire qu'imitation pour imitation, il serait aussi bon de transcrire la Grèce et Rome, que de copier la nature. Toute originalité menaça de s'éteindre ; les convictions littéraires s'écroulèrent dans la routine, et une critique chétive et stérile remua vainement la poussière qui s'élevait de ces débris.

Concluons que l'imitation est bonne dans ses limites, qu'elle n'est pas le seul principe de composition pour les arts ni pour les lettres, et que, très-utile comme moyen accidentel et accessoire, elle est funeste comme système et comme religion.

19. — Beau.

Entrons maintenant dans l'examen du Beau, et d'abord distinguons-le avec soin de l'Utile.

Le Beau, dans son essence absolue, c'est Dieu. Il est aussi impossible de chercher les caractères du Beau hors de la sphère divine, qu'il est impossible de trouver hors de cette même sphère le Bon et le Vrai absolus.

Le Beau en lui-même n'appartient donc pas à l'ordre sensible, mais à l'ordre spirituel. Il en résulte d'importantes conséquences.

Dans sa nature propre, le Beau n'est pas variable, car cela seul est variable qui est relatif, et l'absolu ne peut varier. Plus l'esthétique se tiendra près de cette nature absolue, plus elle puisera ses conseils à la source des attributs mêmes de Dieu, et plus aussi elle consacrera de lois solides, de principes fixes et généraux.

La métaphysique a son Code comme la physiologie, mais les articles de ce Code n'expriment pas des résultats mobiles, fruit de l'observation du jour, que modifiera l'observation du lendemain. Ils expriment ce qui est, et ce qui ne peut cesser d'être.

Descendu de ces hauteurs au milieu du monde sensible, le Beau, non pas en lui-même, mais dans ses manifestations, est soumis aux influences extérieures. L'incertitude des jugements naît avec les illusions des sens. Le Beau s'imprègne des habitudes individuelles ou nationales, des préjugés de temps et de lieu ; il souffre de la fausseté des notions que l'ignorance et la corruption conçoivent du Beau et du Vrai. Enfin, il faut qu'une étude calme et désintéressée reconnaisse la place où fut son temple, et retrouve la statue parmi les ruines.

Cette altération inévitable d'un principe pur ,
tombé dans l'atmosphère sensible, ne doit décourager ni la littérature, ni les arts. Mais ils doivent
tendre sans cesse à remonter vers le Beau absolu,
quand ils veulent donner à leurs œuvres une beauté
qui ne soit pas factice. Si, dans l'expression des affections morales, ou des scènes de la vie physique, ils
n'ont pas un regard pour le ciel, qu'ils renoncent à
conquérir une gloire durable. Il n'y a point d'habileté descriptive, point d'analyse rigoureuse qui puisse
donner la vie à ce qui ne reposerait pas sur des
lois.

Deux choses seront donc nécessaires dans les œuvres de la littérature et des arts : de la fidélité et du
talent dans l'emploi des matériaux que fournira l'ordre sensible, des principes généraux et absolus em-
pruntés à l'ordre métaphysique, qui pénètrent et
soutiennent de toute part l'édifice, et dont on sente
l'action invisible, comme sous les voûtes de pierre
d'une église le chrétien fervent sent la présence secrète de son Dieu.

20. — Utile.

On a confondu quelquefois l'idée du Beau, comme
celle du Bon, avec l'idée de l'Utile. Cette confusion
produit en morale la doctrine de l'intérêt personnel,
et le matérialisme; dans la littérature et dans les
arts, elle étouffe toute inspiration; elle substitue le
jugement capricieux de l'homme aux lumières de la
vérité absolue, et fait entrer aussi l'égoïsme et le
matérialisme dans le domaine du Beau.

La fausseté de cette théorie funeste est heureusement facile à démontrer. Le bon sens, guide plus sûr que les subtilités des sophistes, nous dit qu'une action peut être utile sans être belle, et que, si une action belle est ordinairement utile, il y a là deux idées parfaitement distinctes, dont l'une a son mérite en elle-même, tandis que le mérite de l'autre est dans l'application; dont l'une excite l'admiration et l'enthousiasme, tandis que l'approbation semble pour l'autre un témoignage suffisant.

Sans doute, la prévoyance divine a voulu que l'Utile pût résulter pour l'espèce humaine de ce qui excite dans les hommes le sentiment du Beau. Mais où s'arrêterait donc cet aventureux commentaire de l'Utile? Telle action a perdu son auteur, mais elle a sauvé un peuple ou une armée ; telle autre n'a été utile à personne, mais l'utilité qui devait en sortir existait dans la pensée de son auteur. Nous l'accordons. Mais il ne s'agit pas de démontrer que l'utilité, soit en pensée, soit en fait, s'attache naturellement aux actions belles; il faudrait réfuter le sentiment intime qui répugne à croire qu'elles ne sont belles que parce qu'elles sont utiles. L'utilité est une idée toute de relation et de rapport; la beauté est une idée absolue, qui s'associe aux idées relatives, mais n'abdique pas son titre en leur faveur.

Et il en est des œuvres, expression de la pensée, comme des actions. Ici même, la démonstration devient plus saillante. On serait assez embarrassé quelquefois de prouver l'utilité d'un beau tableau, d'une belle statue ou d'un bon poème. Mais comment l'ab-

sence de ce caractère empêcherait-elle d'en proclamer la beauté?

Ce sont donc deux idées profondément distinctes.
Les abstractions raffinées de la scolastique pourraient seules en soutenir l'identité.

21. — Beauté pure, Expression.

En principe, la beauté pure n'est que le Beau en
lui-même, hors de toute considération empruntée
aux sens et à la matière; l'expression, quand on l'oppose à la beauté pure, est le secours que les idées
et les formes sensibles prêtent à la beauté descen-
due dans le monde matériel.

Les œuvres de littérature et d'art où l'on s'est
éloigné le moins possible de la beauté pure ont surtout de la majesté et de la douceur; l'Apollon du
Belvédère dans l'art ancien, le *Télémaque* dans la
littérature moderne, en sont des exemples. Les œuvres où l'expression domine sont, avant tout, fortes,
saillantes, vivement colorées. Telle est la statue de
Laocoon, telles sont les tragédies de Shakspeare.

Le premier de ces deux genres est moins vrai que
le second; car, dès que le Beau prend une forme
sensible, il accepte la condition de cette forme, qui
est l'expression. Mais, si l'expression est trop crue,
la beauté peut disparaître sous la réalité; de même
que, si elle est trop effacée, on ne retrouvera pas la
réalité derrière cette apparition du Beau.

Reconnaissons à ces deux genres des droits égaux,
quoique divers, à notre admiration. Celui qui donne
plus à la beauté pure qu'à l'expression répond au

besoin de notre âme, qui consent aux illusions de
l'art pour échapper à la réalité sensible. Nous sentons bien, en présence des monuments de cette espèce, qu'il y a là un caractère tout divin, étranger à
la vie réelle; mais il semble que ce qui nous rappelle à notre origine, ce qui nous représente le possible, le meilleur, le surnaturel, fait vibrer une de
nos cordes les plus harmonieuses. Nous acceptons
la peinture de ce qui devrait ou pourrait être, aver-
tis que nous sommes par la conscience de l'imperfection de ce qui est.

Le genre expressif est en rapport direct avec notre
double nature, avec le séjour que nous habitons,
avec l'exercice de toutes nos facultés, nos passions,
nos habitudes, notre vie. Quand il retient du Beau
ses lois intérieures et essentielles, et qu'il ne se borne
pas à faire l'inventaire du monde sensible, il est brillant et varié comme notre ciel et notre terre, il est
vivant comme la vie elle-même.

Ajoutons une remarque qu'on a souvent faite, et
dont nous reconnaissons la justesse. Il faut qu'au
milieu de la réalité de l'expression on reconnaisse
toujours quelques indices du choix, quelques signes
de l'art. Il faut, pour que nous goûtions l'œuvre du
génie, que nous la distinguions des données du hasard ou de la nature. Ainsi, même dans le genre expressif, on doit chercher en partie ce qui devrait
ou ce qui pourrait être. Ceci nous amène à la question de l'idéal.

22. — Idéal.

Idéal est opposé à réel. Une chose est idéale quand la réalité ne nous la donne pas, et que nous ne pouvons qu'en concevoir l'idée.

Idéal et imaginaire ne sont pas synonymes. Ce qui est imaginaire n'a aucun fondement dans la réalité, ou, du moins, ne fait que troubler et confondre les éléments que la réalité donne ; ce qui est idéal est la perfection de ce qui est réel.

On ne conçoit donc pas le dédain de ceux qui se servent du terme idéal pour désigner des rêves sans consistance. Ce terme indique un type et non pas un caprice d'imagination.

Nous entendons dire souvent : Une félicité idéale, une vertu ou une grandeur idéale, une œuvre idéale. Dans toutes ces applications, idéal signifie perfection et type de la réalité.

Mais ce qui importe, c'est de bien distinguer deux réalités conformes à la nature des choses : la réalité sensible et la réalité spirituelle. Il s'ensuit deux idéals correspondants : l'idéal sensible et l'idéal spirituel.

L'idéal sensible consiste dans la perfection de la forme ; l'idéal spirituel dans la plus haute puissance de l'idée.

Si nous cherchons maintenant dans l'histoire des arts et de la littérature ces deux caractères, nous rencontrerons l'idéal sensible dans les chefs-d'œuvre de l'ancienne Grèce, l'idéal spirituel, autant qu'il est permis à l'homme d'en approcher, dans les monuments égyptiens, dans la littérature hébraïque et dans nos églises du moyen-âge.

Gardons-nous cependant de tout système opiniâtre ; n'allons pas soutenir qu'il n'y ait rien de l'idéal spirituel dans les arts et la littérature de la Grèce ancienne, rien de l'idéal sensible dans les cathédrales gothiques, les pyramides, ou les hymnes du roi-prophète. Si nous sommes exclusifs, un seul détail contraire à nos assertions en fera crouler l'ensemble. Mais affirmons sans crainte que le trait spécial, la physionomie de toutes ces œuvres est, pour les unes, l'idéal sensible, et pour les autres, l'idéal spirituel.

Rien de plus favorable à l'idéal sensible que le paganisme, puisque c'était le culte des formes ; rien de plus favorable à l'idéal spirituel que le théisme et le vrai christianisme, puisque c'est le culte de l'esprit. Comme la question de Dieu est au fond de toutes les autres, il n'est pas étonnant que la croyance religieuse des peuples explique mieux que toute autre chose leur littérature et leurs monuments.

Il nous semble que, dans la langue esthétique, on ne devrait jamais se servir du mot *idéal* isolément. Si l'on n'a pas soin d'indiquer qu'il s'agit de l'idéal spirituel ou de l'idéal sensible, on introduit forcément dans l'expression une confusion qui se répétera dans la pensée.

Une considération générale s'applique aux deux manières de concevoir l'idéal. Est-ce par déduction, est-ce à *priori*, que nous arrivons à cette conception ?

Si c'est par déduction que nous voulons concevoir

l'idéal spirituel, nous ne saurions y parvenir. Nous ajouterions un fait à un fait, une idée à une idée ; mais de cette addition il ne résulterait qu'une somme, jamais la pensée d'un type absolu. La déduction est un moyen pour l'homme d'arriver aux conséquences, mais non de remonter aux principes. La perception des principes est spontanée, parce que leur nature est simple ; il faut seulement qu'une occasion en réveille l'idée, et c'est ainsi que tout fait spirituel nous reporte invinciblement et sans syllogisme à l'idée de Dieu, qui est, en effet, le véritable spirituel idéal.

Mais, du moins, est-ce par déduction que nous concevons l'idéal sensible ? Pour qu'il en fût ainsi, il faudrait que cette conception ne fût rien autre chose qu'une collection de sensations diverses. Nous aurions été frappés successivement de tous les accidents de la forme ; nous en aurions recueilli les souvenirs, nous aurions donné un corps à ces souvenirs épars, et d'épuration en épuration, de métamorphose en métamorphose, nous serions parvenus à un modèle au-delà duquel ni les faits, ni même notre imagination, ne nous auraient permis d'aller.

Nous ne croyons pas que ce soit là le procédé de l'esprit humain concevant l'idéal sensible. Une forme ajoutée à d'autres formes, par une opération en quelque sorte mécanique, ne produira jamais l'idée absolue de la forme. Cette idée n'appartient pas au monde sensible, quoiqu'elle le gouverne. Elle est toute métaphysique, réveillée aussi à l'occasion des formes qui passent, mais, en elle-même, immuable

et indestructible. L'idéal de la forme en est la perfection, et la perfection est le principe vers lequel on
tend sans jamais l'atteindre; c'est le type et non le
résultat, la source du génie et non la découverte de
la critique.

Ainsi, selon nous, l'idéal sensible comme l'idéal
spirituel se conçoivent à l'occasion des faits sensibles
ou spirituels qui en réveillent l'idée, mais cette idée
est une aperception simple, et répugne à la déduction.

23. — Sublime.

Presque tous ceux qui ont traité des principes
généraux en littérature ont accordé une importance
à-peu-près égale au Beau d'une part, et de l'autre
au Sublime. A la vérité, ce ne sont pas deux idées
identiques, mais nous pensons que l'une est contenue
dans l'autre, et que le Sublime est une des faces sous
lesquelles apparaît le Beau.

Ce qui a trompé les critiques, c'est que les deux
manifestations les plus éclatantes du Beau absolu
sont la perfection relative et la sublimité. Au lieu de
reconnaître qu'il y a sous ces deux idées une idée
simple et qui leur est commune, ils n'ont salué du
nom de beauté que la perfection relative; la sublimité a paru dériver d'une autre source, et tenir à des
principes opposés.

Parlons d'abord du Sublime; nous traiterons ensuite de la Perfection.

On a cherché bien des explications du Sublime;
on a placé ses caractères, ou dans le silence, ou dans

la terreur, ou dans une grandeur sans bornes, soit au physique, soit au moral. Mais une seule idée l'explique, parce qu'elle est présente et dominante dans toutes les occasions où nous sommes frappés d'une impression de Sublime ; cette idée est celle de l'esprit absolu, celle de Dieu.

Directement, ou par un détour simple et inévitable, tous les traits du Sublime aboutissent à ce point central. Il est facile de s'en convaincre par des exemples.

Il y a des spectacles sublimes, des actions sublimes, des paroles, des œuvres sublimes.

Le sentiment que nous inspire la vaste mer, soit calme et unie, soit gonflée et furieuse, ou la vue des montagnes couronnées de neige, et dont le pied s'enfonce dans les précipices, est sans contredit celui du Sublime. Mais, est-ce bien la hauteur des montagnes, est-ce bien l'étendue, le courroux, ou l'immobilité de la mer qui causent cette émotion profonde? Non: c'est qu'au-dessus de ces sommets, au-delà de cette étendue, notre esprit voit l'Infini monter et s'étendre; c'est que la voix ou le silence des flots proclame le perpétuel miracle de la création, et que les pics des hautes montagnes emportent nos yeux et nos pensées loin de la terre. L'émotion que nous inspirent de tels spectacles n'est pas toute sensible et prompte à s'épancher au dehors; elle est intime et rêveuse, comme il est naturel que soit une émotion provoquée par je ne sais quelle révélation obscure du monde spirituel.

Les actions réputées sublimes n'ont jamais reçu ce

titre que lorsqu'elles ont paru désintéressées, ou, du moins, non calculées. Le désintéressement prouve l'observation du devoir pour lui-même, le respect des lois générales de l'humanité; l'absence de calcul exclut les petitesses de l'égoïsme. La mère qui se dévoue pour son enfant obéit au noble instinct d'amour que Dieu a placé dans son âme; le citoyen qui meurt pour son pays comprend que, dans les conseils de la justice divine, il est du devoir d'un seul de s'immoler, s'il le faut, au salut de tous. Or, en mettant à part l'instinct purement sensible, ce qui est spontané dans l'homme, son instinct spirituel, à son plus haut degré, atteint le Sublime. De même, ce qui est désintéressé dans l'homme, cette pure conception intellectuelle, qui peut le dégager des séductions de la matière, produit le Sublime, au moment où la partie physique et sensible cède et disparaît.

Qu'il mourût! est sublime, parce que, dans cette seule et brève parole, fait explosion toute une pensée, toute une âme. *Que la lumière soit, et la lumière fut!* est sublime, parce que l'action de la toute-puissance divine est là dans sa profonde vérité.

On qualifie de sublimes les *Pyramides*, le *Laocoon*, le *Jugement dernier* de Michel-Ange, la *Divine Comédie* du Dante, les écrits de Bossuet, et bien d'autres œuvres, selon le goût général, et quelquefois selon le goût de celui qui juge. Dans tous ces monuments, une pensée domine, celle de l'esprit, celle de Dieu. Les *Pyramides* ont le caractère d'une œuvre plus forte que les ouvrages ordinaires de l'homme; l'expression de l'âme luttant contre les tortures est ce qui rend

sublime la statue de Laocoon. Faut-il prouver que la
pensée spirituelle est la vie, le principe d'originalité
sublime des chefs-d'œuvre de Bossuet, du Dante, ou
de Michel-Ange ?

Spectacles naturels, actions, paroles, monuments
du génie, rien n'est sublime que par la pensée spirituelle, qui, en dernière analyse, se perd dans la
pensée de l'esprit absolu.

Le Sublime n'est que cette pensée à son plus
haut degré d'expression ; c'est le Beau idéal spirituel.

Il peut être rapide ; il peut, quoique moins souvent, être continu, et plus tempéré. Rapide, il tiendra aux élans spontanés, aux instincts de l'âme ;
continu, il naîtra d'une grandeur qui ne peut rien
perdre même au travail de la réflexion.

Le Beau absolu, lorsqu'il se manifeste par le Sublime, prend le plus souvent un caractère irrégulier
et inégal ; il est aisé d'en comprendre la cause. L'invasion que fait alors le monde spirituel dans le monde
des sens et des formes est comparable aux éruptions
volcaniques, qui découpent en mille accidents bizarres la lave élancée du cratère. L'idéal spirituel, heur-
tant violemment l'esprit de l'homme, le soulève, et
l'abat, le relève encore, et l'épuise. Rien ne se fait ici
par transitions ménagées, par scrupules d'un art curieux. L'imprévu est pour une grande part dans le
Sublime, et l'imprévu ne se règle pas.

Le Sublime étant Dieu lui-même, ou tout ce qui
rappelle énergiquement les attributs de Dieu, l'âme
ne le crée pas ; elle l'éprouve, comme en présence

des scènes de la nature, et de tout ce qui vient de l'extérieur, avec ce signe mystérieux ; ou elle le saisit et
l'applique, comme dans les actions personnelles de
dévouement, et les hautes conceptions de l'art et de
la littérature. Le Sublime existe donc hors de l'âme
et sans elle, puisque le Beau a son existence propre
et indépendante, et que le Sublime, nous l'avons dit,
n'est que l'idéal du Beau spirituel.

24. — Perfection.

Ce n'est pas la question de perfection absolue que
nous voulons examiner. Sous ce point de vue, il n'y
a pas d'examen possible. Qu'est-ce autre chose en
effet que l'idée abstraite de tous les attributs divins
réunis ? Mais quand nous passons à la perfection relative, à celle qui manifeste le Beau à l'esprit humain,
nous pouvons la soumettre à notre étude, et la comparer à l'autre manifestation du Beau.

L'admiration spontanée du Beau, du Parfait, du
Sublime, est bien toujours le même sentiment avec
des nuances diverses. Quand nous disons: *ceci est
beau, ceci est sublime, ceci est parfait,* nous sentons bien
que nous parlons de choses différentes qui se rattachent à un point commun. C'est toujours l'idée générale du Beau qui vit et circule sous des formes variées. Cela est si vrai que l'homme jugeant par
instinct, et peu soucieux de l'analyse du critique,
appliquera sans difficulté le mot de sublime à ce qui
est d'une perfection relative, celui de Parfait à ce qui
est sublime, celui de Beau à tous les deux.

Néanmoins, dans le langage d'une critique moins

rigoureuse qu'elle ne pense l'être, Beau est synonyme de perfection relative. Cette perfection est le Beau proprement dit de l'Ecole des rhéteurs.

Nos réserves faites, peu importe le mot ; occupons-nous de la chose.

Nous pouvons reprendre, pour apprécier le Beau proprement dit, ou la perfection relative, les quatre sortes d'exemples que nous avons appliqués au Sublime : les phénomènes naturels, les actions, le langage, et les œuvres ; en d'autres termes, l'homme, la nature et l'art.

Devant une scène de la nature, l'absence, ou, du moins, l'incertitude de toute forme déterminée nous donne le sentiment de l'Infini, de l'idéal spirituel, du Sublime ; au contraire, la détermination harmonieuse des formes nous fait éprouver le sentiment du fini, de l'idéal sensible, de la perfection relative. Il faut le dire : la nature, dans ses phénomènes généraux, ne nous inspire presque jamais que le premier sentiment, celui du Sublime. Tout extérieure qu'elle est, ses grands spectacles ne parlent hautement que du monde intérieur. Il faut descendre dans ses détails pour trouver le Beau proprement dit. Ce n'est pas l'aspect du soleil inondant de feux tout l'espace, de la nuit avec sa noire draperie étincelante d'étoiles, ce ne sont ni les mers, ni les montagnes, ni les volcans, ni les orages, qui feront sur nous l'impression de la perfection relative. Tout cela est sublime. Ce qu'on appelle Beau, c'est une riche campagne, c'est une fleur, c'est le coursier, noble compagnon de l'homme, la perfection de la forme, l'idéal du fini.

Dans les actions ou le langage de l'homme, ce qui
est beau, à proprement.parler, c'est l'harmonie parfaite entre le devoir et l'acte, entre la pensée et la
parole. Belle action, belle parole ; action qui est d'accord avec les lois imposées à l'homme, et sanction-
née dans le calme de la réflexion ; parole qui renferme un sens grave et sage, et qui exprime la pensée
avec autorité et avec choix.

Les artistes et les littérateurs rencontrent la beauté
propre dans leurs ouvrages, quand ils réalisent, sous
des formes harmonieusement combinées, des pensées
nobles ou gracieuses, des sentiments vrais et choisis.
Le choix est une condition spéciale de la perfection relative. Qu'on parcoure les monuments
de génie où cette perfection éclate , on recon-
naîtra partout le choix attentif, l'inspiration douce,
l'accord des parties , la recherche de l'idéal sensible. Tels nous apparaissent la *Vénus* de Praxitèle ,
les chefs-d'œuvre de l'architecture ancienne , les
Vierges de Raphaël, les tragédies de Sophocle et de
Racine.

Il y a un élément spirituel dans la perfection relative, comme il y a un élément sensible dans le
Sublime; l'homme, qui est esprit et corps, et ce
monde extérieur, milieu dans lequel passe et se colore la beauté absolue, donnent nécessairement un
double caractère au Sublime et au Beau proprement
dit. Mais on ne définit que d'après le signe vraiment
caractéristique; et, à ce compte, il nous paraît évident que, si le Sublime.est l'idéal de la pensée, le
Beau proprement dit est l'idéal de la forme. Nous

avons déjà touché cette question en parlant de
l'idéal.

On doit voir maintenant à quoi peut tenir l'habitude d'appeler spécialement beauté la perfection
de la forme. L'extérieur pèse toujours sur nous, et
nous entraîne. Rationnellement, c'est au Sublime
qu'il fallait réserver le titre spécial de Beau, parce
qu'il est le plus voisin de la beauté absolue, et le plus
vivement illuminé de son reflet divin.

25. — Proportion, Régularité.

Puisque le fini est l'empire de la perfection relative, puisqu'elle consiste dans l'ensemble harmonieux des formes vivifiées par la pensée, ses principaux traits sont la régularité et la proportion. La régularité, c'est l'accord exact des parties entr'elles ;
la proportion en est la haute et complète harmonie.
Dans ce qui porte l'empreinte du Beau proprement
dit, on ne doit donc rien trouver d'excessif ou de
monstrueux ; tout doit avoir sa place marquée d'a-
vance par un discernement délicat ; point d'exubérance, point d'aspérités. N'y a-t-il pas en effet un
ordre d'esprits, de phénomènes et de monuments où
se reconnaît ce signe calme et infaillible de la perfection relative? Oui, sans doute, comme il y a aussi
un ordre de génies, de spectacles naturels, d'admirables chefs-d'œuvre où la proportion manque ou
s'efface, et qui, au lieu de s'arrêter à des formes déterminées, à d'harmonieux rapports, éclatent parmi

les contrastes, les inspirations irrégulières, et se jouent dans les tempêtes.

La proportion est une qualité rare et un mérite difficile. Elle suppose à-la-fois de la hauteur dans une première vue, et de la patience. Qui ne la cherchera que par le secours de la patience, trouvera une proportion sans génie, une juxta-position de parties sans nerf et sans couleur. Qui se bornera au premier instinct de génie ne fera qu'une ébauche, car la proportion doit annoncer la perfection de la forme, et perfectionner est une œuvre de réflexion.

Les lois de la proportion ne sauraient être arbitraires. Elles reposent sur la convenance des parties entre elles et avec le tout. Cette convenance se mesure par l'observation des harmonies du monde sensible. La *nature*, suivant l'expression reçue, peut être ici la régulatrice du goût.

L'alternative des saisons, la succession invariable des jours et des nuits, la marche uniforme de la plupart des corps célestes, tous ces phénomènes qui se reproduisent à temps fixe et comme à heure marquée, impriment le principe de la régularité dans l'esprit humain. S'il considère la terre, habitation de l'homme, il trouve dans les fleurs et leur contexture savante, nous pouvons dire dans tout le règne végétal, sauf quelques anomalies, des harmonies constantes, de sévères ou gracieuses proportions. Le règne animal, si nous exceptons quelques monstres, lui présente des proportions qui le frappent davantage encore, parce qu'elles sont plus près de sa nature, et qu'elles se résument dans l'homme même,

comme dans un type plus achevé. Quoique les en-
trailles de la terre cachent et enveloppent le règne
minéral, ses éléments réguliers se dégagent sous nos
mains, et sont démêlés par nos yeux. Toute la nature,
moins ses plus grandes scènes, proclame la régularité, la proportion, et notre âme, en écho fidèle, répète cette universelle harmonie.

Nous ne trouvons pas sans doute dans l'observation de la nature le modèle terminé d'un bel édifice,
d'une belle sculpture, d'un tableau ou d'un poème,
marqués au coin de la perfection relative. Mais nous
disons que, par une voie insensible, pénètre dans
tous nos pores l'idée de cette proportion que la nature applique à un si grand nombre de ses œuvres ;
et cela suffit pour que l'homme, dans ses œuvres
propres, se sente pressé d'appliquer un principe qui
le frappe, et qui ne se détermine qu'en s'appliquant.

De là, dans la critique aussi, tant d'efforts pour
établir en quelle ligne géométrique résident la grâce
et la beauté ; si la ligne serpentine doit être préférée
à la ligne droite, si la figure ronde ou ovale ne représente pas le Beau plus réellement que la forme car-
rée ou triangulaire.

De là encore ces débats de préséance entre le pair
et l'impair, entre le clair et l'obscur, entre les mille
formes diverses sous lesquelles nous apparaissent les
objets isolés ou les groupes d'objets dans la nature.

Nous pourrions rattacher à ce problème celui des
fameuses unités dramatiques de temps et de lieu. De
ce que naturellement l'homme n'habite qu'une seule
place à la fois, de ce que l'espace de vingt-quatre

heures lui mesure le jour, on a induit que le spectacle dont il est témoin doit se circonscrire dans un seul jour et dans un lieu unique.

On tomberait souvent dans les règles étroites et arbitraires si, au lieu de se modeler librement sur la nature, l'art lui demandait des chaînes. Ne transcrivons pas servilement les phénomènes naturels dans les œuvres du génie. Que nos sens soient ouverts aux impressions résultant de ce qui nous entoure, que les lois du monde sensible arrivent par eux à notre intelligence, puis, notre force active et libre, usant de cette régularité qu'elle accepte, de cette proportion qu'elle comprend et qu'elle modifie, réalisera dans des monuments nos souvenirs fécondés par elle. L'art se conformera bien, en général, aux prescriptions de la nature pour produire des œuvres de perfection relative, mais il y laissera aussi sa trace. Il ne sera pas imitateur comme un copiste, mais comme un rival.

26. — Unité.

L'unité est, dans l'expression de la pensée humaine, une loi plus haute et plus importante que la proportion. Elle est, à vrai dire, la seule dont l'absence soit mortelle. La raison en est simple. Lien universel, condition de tous les ordres de faits et d'idées, l'unité embrasse dans son vaste sein et le monde des sens et le monde des esprits.

Un seul Dieu, croyance invincible, fait sublime, que profane même la démonstration. Ce n'est plus ici un attribut de la vérité, c'est la vérité dans son

essence pure et intime; Dieu est un, c'est-à-dire,
Dieu est.

L'idolâtrie avait beau jeter dans des moules grossiers notre besoin de croyance religieuse; le paganisme fractionnait en vain en mille images subalternes la grande idée, l'idée simple de Dieu. Toujours
un fétiche favori, un roi des dieux et des hommes
effaçaient cette plèbe de divinités et d'idoles. L'unité
se faisait jour dans l'instinct des peuples à travers la
confusion et la barbarie; c'était le figuier sauvage
dont parle le poète, et qui fend d'un jet la pierre où
il naît renfermé :

>   .   .   .   .   ,   Quæ semel intùs
>   Innata est, rupto jecore, exierit caprificus [1].

Passons-nous de l'esprit absolu à l'esprit de l'homme, le type de l'unité s'offre encore à nous. Le lien
de toutes nos facultés, de nos idées et de nos sensations, la condition de l'union possible entre l'âme et
le corps, c'est ce *moi* un et simple, centre de tous les
rayons qui composent la destinée humaine. La personne est une, bien que les faits relatifs à la personne
soient multiples. Ainsi seulement ils ont un rapport
et un sens. Union vient d'unité.

La vie est l'unité des phénomènes physiologi-
ques, comme le moi est l'unité des faits intellec-
tuels.

Dans le monde sensible, les détails sont innombrables, les lois ne sont pas toujours connues, mais la

---

[1] *Perse,* satire première.

science a soif de ces lois; elle en découvre de distance en distance, qui toutes ont pour sublime caractère de plier des faits épars à la loi commune de
l'unité.

De quel cri d'admiration l'homme n'a-t-il pas salué
la découverte de l'attraction universelle! Newton est
illustre parmi tous les noms illustres, parce qu'il a
traîné au jour un des secrets de l'unité.

Comment donc l'expression de la pensée, comment
les arts et la littérature se passeraient-ils de cette loi
suprême? Architecture ou sculpture, peinture ou
musique, poésie ou éloquence, il faut que toute œuvre se soumette à l'unité dans la conception générale, à l'unité dans l'exécution.

On a donné des motifs accessoires en faveur de
cette règle; on a dit que l'attention ne pouvait se
disperser sur des faits ou des idées qui ne seraient
pas rattachés à un point commun; que l'artiste ou
l'écrivain devait épargner à l'esprit cette fatigue;
qu'il s'exposait d'ailleurs à n'être pas compris, s'il
dédaignait d'observer l'unité. Tous ces motifs, et
d'autres encore, nous paraissent très-justes et propres à confirmer la pensée. Mais il est facile de sentir
que le caprice et la préoccupation de l'amour-propre
pourraient y répondre. La présomption, amoureuse
d'une liberté sans limites, irait disant que l'attention
a plus de puissance pour se diviser que ne le suppose
une critique timide, qu'il n'y aura plus fatigue pour
ceux qui voient, lisent ou écoutent, dès qu'ils auront
affaire au génie; et qu'il se fera toujours assez comprendre s'il se fait profondément sentir. Mais que

répondra l'artiste présomptueux, le littérateur enivré
de lui-même, si nous lui montrons face à face Dieu,
l'esprit humain, et le monde sensible renouvelant
sans cesse les manifestations d'une même loi? La littérature et les arts expriment la pensée, et la pensée
exprime ou tente d'exprimer la nature même des
choses; comment donc l'expression mentirait-elle à
la pensée, sans que la pensée mentît à la vérité?

Avouons-le cependant, cette doctrine a ses dangers, comme le meilleur instrument a ses difficultés
et ses caprices. Tout dépend de la main qui le touche. L'artiste sait qu'il doit en régler l'usage, et que
les cordes les plus harmonieuses peuvent, s'il en
abuse, rendre des sons discordants.

L'unité n'est une loi salutaire dans les arts et dans
la littérature que si la critique s'abstient de la faire
descendre d'étage en étage jusqu'aux dernières applications. Sa généralité fait sa force ; son indétermination sublime est le titre de son autorité. Quand la
critique a dit au génie : Qu'une pensée préside à ton
œuvre ; que cette pensée soit le lien de toutes les
pensées; qu'elle s'élève et brille dans l'invention de
l'ensemble ; qu'on en retrouve mille reflets dans les
détails ; que l'intérêt se prenne à une idée simple et
dominante, de manière à ce que le groupe unique
ou les groupes variés se rattachent diversement, mais
visiblement, à la conception première ; que le style,
sans être uniforme, trouve cependant aussi son unité
dans son caractère ; quand la critique, disons-nous,
a parlé de la sorte au génie, elle doit se retirer à l'é-
cart; et alors le génie déploie librement ses ailes, et

emporte avec lui des souvenirs qui dirigent mais ne
compriment pas son essor.

Que résulte-t-il des exigences d'une critique plus
méticuleuse? Nous l'avons indiqué tout-à-l'heure :
l'uniformité et non l'unité.

27. — Unité dans la variété.

Maintenant, quelle valeur donnerons-nous à cette
formule souvent préseutée comme réalisant le type
du Beau : l'unité dans la variété? Nous la croyons
juste en partie, mais incomplète sous plusieurs rapports.

En effet, elle exclut d'abord le Sublime, où l'unité
réside dans toute sa gloire, mais où ne se distingue
guère la variété. Même en nous bornant au Beau
proprement dit, ou à la perfection relative, l'unité
dans la variété est une des conditions de l'œuvre,
mais elle n'est pas la seule condition. On peut concevoir une loi d'unité vulgaire appliquée à une variété triviale. Le plus mince tableau peut offrir des
scènes variées, liées entre elles par l'unité d'un per-
sonnage ou d'une idée quelconque. Le poème le plus
faible peut contenir une grande variété de détails
sous l'empire d'une pensée unique. Il faut encore des
qualités de noblesse, de proportion, de choix, de vérité, que ne suppose pas cette formule brève et sentencieuse.

Mais redisons, en finissant, ce qu'il est surtout important de sentir et de croire : Si des qualités très-
diverses et la variété, entre beaucoup d'autres, concourent à l'expression du Beau, il en est une qui est

supérieure à toutes, qui ne peut jamais être absente, qui peut même quelquefois tenir lieu de toutes les autres : c'est l'unité.

Occupés de principes généraux, nous ne voulons pas tomber dans les nuances délicates de la synonymie[1]. Néanmoins, il est encore quelques signes du Beau que nous marquerons avant de passer à d'autres détails.

28. — Naïveté.

La naïveté d'abord, qualité tout-à-fait instinctive, appartient, soit au Beau proprement dit, soit au Sublime. Dans le second cas, elle a ordinairement la simplicité pour compagne ; dans le premier, elle est alliée à la grâce.

Une littérature tout entière peut être naïve, c'est-à-dire, spontanée, inspirée, et non pas savante, fruit d'une civilisation jeune, premier flot épanché d'une source pure. Même dans un siècle moins ingénu, il se rencontre, mais par intervalles, de ces génies naïfs qui s'expriment dans leurs ouvrages.

La critique n'oserait donner aucun précepte pour atteindre la naïveté. Il faut que l'arbre se penche, et offre à la main son fruit mûr : le cueille ensuite qui pourra.

---

[1] Nous avons entendu dire à des personnes d'ailleurs fort ingénieuses et fort savantes, qu'elles regrettaient qu'on ne se fût pas occupé de la théorie du *Joli*, dans les traités du Beau. Nous croyons que le Joli peut être la matière d'une fort agréable dissertation académique ; mais le temps et nos forces ne nous permettent pas d'épuiser ainsi tout ce qui subdivise la question du Beau.

29. — Grâce.

La grâce est plus spécialement un attribut de la beauté relative. Comme elle est une harmonie des mouvements et des ondulations de la forme, elle est très-analogue aux harmonies de la forme elle-même. Elle semble devoir être effrayée du Sublime, qui est nu, immense, et dédaigne les parures. Nous entendons dire : Une grâce parfaite, et *la grâce plus belle encore que la beauté;* mais gracieux et sublime sont deux idées presque contradictoires, ou du moins relatives à des ordres très-différents.

30. — Élégance.

C'est encore à la beauté proprement dite qu'appartient l'élégance. Elle consiste dans le choix et dans les ornements, deux choses qui se rencontrent peu dans le Sublime, et que l'idéal sensible compte parmi ses traits principaux.

31. — Simplicité.

La simplicité, au contraire, sans être hostile à la perfection relative qui lui emprunte souvent sa forme, est merveilleusement accommodée au Sublime. Elle est même son caractère essentiel, car l'emphase n'en est que le faux-semblant, et l'élégance, bonne pour soutenir des formes changeantes, ne peut servir à ce qui porte en soi une forte et immuable majesté.

32. — Laid.

Il s'élève de nos jours une prétention dans l'Ecole,

d'ailleurs pleine d'avenir, des romantiques ; c'est d'être les premiers qui fassent réellement usage du *Laid* dans l'art et surtout dans le drame[1]. Ils exaltent l'importance de cette découverte ; c'est le nouveau monde de leur système.

Il est très-vrai, et c'est là ce que sent bien l'Ecole romantique, que les classiques, par leur effroi de la crudité, et de la réalité même, s'interdisent souvent des ressources neuves et décisives. Les classiques à leur tour seraient fondés à reprocher quelquefois à leurs adversaires la peur de l'élégance et une barbarie calculée. Ni les uns ni les autres ne sauraient méconnaître que les contrastes sont dans la nature, et qu'ils peuvent se reproduire dans l'art ; que, dans la nature, tout n'est pas beau et arrangé pour plaire, mais qu'il y a aussi des spectacles hideux ou grotesques, et qu'ainsi l'art ne peut toujours se couronner de roses et se baigner de parfums : seulement, ce que les classiques admettent par exception et avec des précautions timides, les romantiques le font largement et à découvert.

Le laid a donc toujours existé comme fait dans la nature, comme moyen dans l'art. Mais la différence entre les deux Ecoles est dans l'emploi franc ou réservé, abusif ou indifférent de ce moyen. Le laid, dans tous les cas, ne peut être qu'un moyen secondaire et accessoire, destiné à produire, par sa combinaison avec d'autres éléments, ou le Beau proprement dit, ou le Sublime. En définitive, c'est là qu'un

---

[1] V. Hugo, préface de *Cromwell*.

art légitime doit tendre. Si la laideur n'est que de la laideur, représentée par le ciseau, le pinceau ou la plume, autant valait sans doute la laisser où on l'a trouvée, comme une monstrueuse ou ridicule exception. Elle ne peut avoir qu'une valeur relative, en vue du Beau, qui seul a une valeur absolue. Selon nous, donc, l'artiste ou le littérateur ne doit pas se servir du laid, par cela seul qu'il le rencontre dans la nature ; ce serait dégrader l'art et toute expression de la pensée, que de les asservir à être une copie cynique de toutes les dégradations de la matière ou de l'esprit. Le laid, employé dans la littérature et dans les arts comme moyen de contraste, et à doses ménagées, sera utile. Il y a des poisons subtils qui, sagement mêlés à des substances salutaires, leur donnent plus d'action et de force, sans leur faire perdre leur vertu de salubrité.

33. — Goût.

Nous avons reconnu et signalé dans le Beau les caractères qui le constituent ; mais ici s'élève une difficulté immense, celle de savoir s'il y a en effet un moyen de reconnaître le Beau.

Si ce moyen n'existe pas, toute œuvre est arbitraire ; toute critique est illusoire. L'existence même du Beau est mise en problème, et on ne l'affirmerait que par hypothèse, dans l'impuissance absolue de la démontrer.

Il existe un moyen de reconnaître le Beau, et ce moyen, c'est le goût.

Malheureusement, l'imperfection de l'homme, et,

ce qui en est la conséquence, l'imperfection des langues, ont fait varier à l'infini l'emploi des mots, signes des idées. Des systèmes opposés, fondés sur des raisonnements plus ou moins plausibles, ont fait croire à des sceptiques que le goût, non plus que le Beau, n'existe pas. Un malentendu de langage a divisé plus d'une fois les Ecoles. On niait le jour, dans les partis contraires, parce qu'on ne l'appelait pas du même nom.

L'exactitude des sciences mathématiques a été souvent un argument contre les incertitudes du goût; nous pensons qu'on peut y faire cette réponse : Les mathématiques règlent les rapports physiques des choses ; l'infini, dont elles s'occupent, n'est jamais que l'indéfini, car c'est toujours dans le cercle du fini que tournent leurs applications puissantes. La région des esprits leur est interdite. Il est naturel que les rapports des choses finies se soumettent à des règles exactes et à des calculs rigoureux. La matière est esclave; les lois qui la régissent, et la langue qui interprète ces lois, peuvent être despotiques. Elle varie et change sans cesse, mais dans une succession prévue de révolutions uniformes. La liberté des intelligences n'admet pas cette exactitude littérale; leurs lois sont absolues, mais vastes, et l'étude patiente qui suffit pour déterminer les formules mathématiques est inhabile à éclairer seule l'investigation de ces lois. Il faut un travail analogue à leur nature toute métaphysique, toute spirituelle, une culture générale de l'esprit, un perfectionnement sérieux du jugement.

Or, ce n'est pas au même degré que les esprits se

cultivent, que la faculté du jugement se perfectionne
chez les divers individus. Il faut donc s'attendre
à un désaccord fréquent en raison de ces degrés inégaux de culture. Il n'en résulte pas qu'il n'y a point
de goût, mais que le goût se manifeste surtout là où
l'esprit est le mieux cultivé. Le Vrai absolu existe,
malgré toutes ces voix opposées dont chacune proclame une vérité différente, et la faculté de reconnaître le Vrai n'est pas une chimère; mais elle est
plus sûre chez ceux qui ont le plus habitué leur intelligence à le poursuivre et à le saisir. Le Bon absolu
existe, bien que des corrupteurs de la morale, ou des
partisans du doute, le placent sur des théâtres indi-
gnes de lui; et le bon sens général ne saurait nier la
conscience, parce que toutes les consciences ne sont
pas maintenues avec le même scrupule dans leur
haute et chaste impartialité.

Nous concevons que le goût peut être considéré,
soit comme instinctif, soit comme réfléchi. Nous venons de le supposer réfléchi seulement, et, tout en
nous accordant que, dans ce cas, son degré de culture est la mesure de son autorité, on pourrait dire
que nous n'expliquons pas les variations du goût,
lorsqu'il juge instinctivement la beauté d'un ouvrage
d'art ou de littérature. Mais cette seconde hypothèse
est gratuite; car, ou le goût instinctif est pur de
toute influence antérieure, et alors, pour tout ce qui
est à la portée d'une intelligence donnée, ils nous paraît impossible qu'en présence du Beau il n'échappe
pas un cri d'amour, et en présence du difforme un
cri d'aversion; ou plutôt, car la première de ces deux

situations est bien rare, des réflexions, des habitudes, une culture antérieure bonne ou mauvaise, ont modifié à l'avance les impressions de l'esprit et les décisions du goût; et alors cette question du goût instinctif rentre dans celle du goût cultivé. L'esprit du barbare, ou même du sauvage, appelé à prononcer sur ce qui est beau ou difforme, n'est pas une table rase. Il a ses lois, son culte, son train de famille, ses traditions; tout cela fait subir à la faculté du goût chez lui des déviations qui le précipitent à l'erreur. La vérité en est-elle moins forte et moins sacrée? Le goût, au temps des littératures décrépites, dévie par excès de culture. Il retourne à l'enfance, comme un vieillard. Quand fleurissent les littératures jeunes, viriles, ou régénérées, le goût reste en deçà des abus d'une culture raffinée; il s'élance au delà des ébauches d'une culture imparfaite. Il varie l'application des ses jugements, mais son principe persiste. Ici, il sera frappé de l'idéal spirituel ou du Sublime; là, de la perfection relative, ou de l'idéal sensible, harmonieusement concilié avec le principe spirituel. Quelle que soit la forme du Beau qu'il annonce, il suffit, pour le crédit de ses oracles, qu'il annonce, en effet, une forme du Beau.

Distinguons maintenant, par voie d'analyse, les éléments qui entrent dans la question complexe du goût. Nous en observons deux : le jugement et le sentiment.

Beaucoup de critiques ont prétendu expliquer le goût par le sentiment. L'influence des doctrines sensualistes, et l'instabilité même des décisions du goût, leur ont fait supposer qu'il est en lui-même capricieux et mobile. Plusieurs cependant ont cherché à lui donner une base, en épurant ce sentiment par l'habitude et la culture. Nous croyons cette base fragile, car le sentiment pris lui seul est essentiellement variable; l'habitude pourra lui donner une impulsion vague et routinière, la culture ne saurait s'adresser à lui.

Tout ce qui tient à la sphère sensible est changeant de sa nature; tout ce qui appartient à la sphère spirituelle peut être altéré par son passage à travers le monde sensible, mais porte en soi-même un caractère de stabilité. Ainsi la force active de l'homme, cette force appliquée à juger les faits et les idées, est susceptible de perfectionnement, de culture, mais ne varie pas comme un phénomène passager. Le jugement est le principe même du goût; lui seul peut imprimer au goût la certitude.

Mais il est un autre fait qu'il ne faut pas non plus révoquer en doute. Lorsqu'en présence de ce qui est beau, c'est-à-dire sublime ou d'une perfection relative, et en présence de son contraire, un jugement instinctif ou réfléchi a prononcé; aussitôt, et presque simultanément, se produit en nous un sentiment de plaisir ou de peine, d'admiration ou de dégoût. Le sentiment est la conséquence si rapide du jugement, qu'il a pu, à des yeux inattentifs, en paraître le principe. S'il en était le principe, le goût serait privé de tout appui solide, le Beau de toute consécration. Tel nous paraît être le travail qui s'accomplit dans les profondeurs de notre âme : le Beau, sous

sa forme sensible, nous frappe comme un fait ; l'intelligence, dont les mystérieuses opérations sont si
promptes, saisit, à l'occasion, de ce fait mobile, le
lien qui le rattache à la beauté intellectuelle et absolue ; puis, en vertu de l'alliance faite en nous des
deux principes, dont l'un garde sa supériorité sur
l'autre, un sentiment de plaisir jaillit de cette conscience du Beau revêtu d'une forme sensible, et la
joie des sens atteste l'heureuse découverte de l'esprit.

Nous sommes en état maintenant de résoudre cette
question, posée par les Ecoles allemandes, savoir, si le
Beau est objectif, c'est-à-dire s'il réside dans les objets,
ou s'il est subjectif, c'est-à-dire s'il résulte du jugement
que nous portons. Pour nous, il n'est ni dans les objets
ni dans l'esprit. Il existe de son existence propre, indépendante, supérieure et à l'esprit humain et aux
choses de la terre. Notre intelligence ne le fait pas,
elle l'aperçoit; les objets ne le recèlent pas en eux,
ils lui servent d'occasion et de symboles. Ces distinctions de système ne sauraient donc rendre notre
pensée, et nous ne les adopterons pas.

Quant à la théorie de l'autorité, qui place la règle
infaillible du goût dans le témoignage des hommes,
nous la défions de tirer d'une somme de probabilités
une certitude véritable; nous lui opposons la difficulté de consulter ce suffrage universel, infirmé d'ailleurs assez souvent par les démentis de l'histoire; et
nous persistons à penser que chaque homme, appelé
à la contemplation des lois éternelles du Beau, comme
du Vrai et du Juste, saisira ces lois en raison du dé-

veloppement de son intelligence, et réalisera ainsi
en lui, plus sûrement que par l'aveugle adoption
d'opinions étrangères, ce goût véritable que nous
avons nommé la conscience du Beau.

34.— Variation du goût.

- Une fois convenu que le Beau ne peut être contesté, quoique ses manifestations partagent les esprits
d'inégale culture, et que le goût, malgré ses déviations fréquentes, doit être conçu comme renfermant
une raison propre de certitude, parcourons les principales causes de ses variations, indépendamment de
celle que nous avons déjà signalée.

La nature locale influe beaucoup sur le caractère
des productions de l'art ou de la littérature. Celles
des climats heureux, des pays où la nature est imposante, variée et féconde; celles des régions âpres
et stériles, tempérées, brûlantes ou glacées, portent
chacune la marque de leur origine. Ici la nature,
comme une ardente courtisane, invite l'homme à
se précipiter dans son sein, et le génie de la littérature et des arts, la ceinture dénouée, la robe flottante, s'abandonne aux impressions sensibles, s'enivre de gracieuses et brûlantes images, et méconnaît
dans son délire le joug sévère de la beauté spirituelle. Là au contraire, une nature chaste et mélancolique porte l'homme à rentrer en lui-même, à
écouter en silence et à reproduire au dehors avec
gravité cette voix intérieure qui lui parle de l'esprit
et du ciel. Ailleurs enfin, un climat tempéré, une
nature égale inspirent au génie des œuvres qui se

placent entre la licence de la joie et la monotonie de la tristesse.

L'état social et la forme du gouvernement exercent encore une action puissante sur les arts et la littérature. La portion d'ordre et la portion de liberté mesurées à la société et aux institutions qui la gouvernent laissent leurs traces sur les monuments. Sans sortir d'une même nation, les révolutions qui agitent ses fondements et mûrissent dans ses citoyens des idées nouvelles, ou, au contraire, les traditions routinières qui se raidissent contre des besoins nouveaux, les vicissitudes du culte, l'apparition des hommes influents par leur génie, l'action tracassière ou généreuse de la critique, sont autant de chances de variations pour le goût

Mais, encore une fois, si nier ces variations est impossible, nier l'existence du goût lui-même ne l'est pas moins ; car le goût est la conscience de quelque chose qui a une existence absolue, c'est-à-dire du Beau. Il faut donc seulement se placer en dehors de ses phases diverses, démêler par la réflexion le goût pur du goût vicié, et, abordant le principe avec une prudente hardiesse, lui demander compte, comme nous avons voulu le faire, de ses devoirs et de ses droits.

35.— Époques d'art et de littérature.

Nous avons établi que les littératures varient avec le climat, avec les institutions, avec les formes religieuses, avec les mouvements sociaux ou politiques, avec les influences de la critique ou du génie. Mais il y a dans toutes un petit nombre de points de vue généraux qui les ramènent à une destinée commune, celle d'être l'expression de la pensée humaine, expression vivante elle-même du monde sensible et du monde spirituel.

Les littératures sont imitatrices ou originales.

Elles sont nationales ou cosmopolites.

Elles sont empreintes de l'inspiration individuelle, ou reposent sur une foi littéraire qui ouvre aux divers génies un réservoir commun d'inspiration.

Elles sont encore ou éminemment sensibles, ou éminemment intellectuelles, ou tempérées de ces deux principes à des degrés très-divers.

Une littérature purement imitatrice est indigne d'étude ; celle qui produit des imitations de génie se place un peu au-dessous de son modèle, même quand cette libre copie complète et agrandit l'original. Le second rang honore l'imitation la plus heureuse.

Une littérature originale peut être nationale ou ne l'être pas. Si elle l'est, comme il arrive ordinairement, elle trouve son originalité dans la peinture des mœurs, des sentiments, des phénomènes naturels caractéristiques chez une nation, et chez cette nation seule. Si elle n'est pas nationale, son originalité consiste à reproduire avant les autres, ou mieux que les autres, les sentiments du cœur, les idées de l'humanité, les lois de notre destinée. Ici encore, avouons que ces deux caractères sont rarement isolés, et qu'ils se combinent diversement dans les littératures originales. Ceci bien entendu, nous pouvons citer comme exemples d'originalité nationale la littérature espagnole, si retentissante de chevalerie, de tournois, de religion sensuelle, d'orgueil et d'amour ; et d'originalité générale, l'ancienne littérature juive, pleine de l'unité divine, ou la littérature des Pères, hymne perpétuel et sublime au triomphe de l'esprit sur la matière, à l'émancipation du genre humain.

Dans ce sens seulement, la littérature peut être cosmopolite, et, en même temps, originale. Hors de là, une littérature sans spécialité ne serait que vague, pâle et commune.

Au-delà de cette spécialité de nation dont nous avons parlé tout-à-l'heure, il y a encore la spécialité individuelle. Un artiste ou un poète exprimera dans ses vers, sur sa toile, sa pensée propre, ses impressions personnelles. D'autres, plus en rapport avec ce qui les entoure, puiseront aux sources où puisent les artistes et les poètes leurs rivaux. La vraie originalité est accessible aux uns comme aux autres, mais à la condition de n'être pas exclusifs. Ceux qui vivent de foi littéraire y parviendront en appelant l'inspiration libre et personnelle au secours des lois de l'ordre qui ont mérité leur culte ; et ceux qui obéissent surtout à l'instinct de leur génie, s'ils veulent être originaux, et non pas seulement bizarres, invoqueront les principes généraux de l'ordre à l'appui des hardiesses individuelles de la liberté.

Au-dessus de toutes ces distinctions plane la division capitale des littératures en expression de l'idéal sensible, et expression de l'idéal spirituel.

Il y a des littératures qui expriment imparfaitement, physiquement, l'idéal sensible, et qui, dans

leurs caprices licencieux, ont de l'éclat, point de
mesure ; de la grâce, point de beauté. Il y en a d'autres qui expriment réellement l'idéal sensible avec
cette perfection subtile et cette transparence des formes, qui laissent voir, au second plan à la vérité,
l'action du principe spirituel. C'est une remarque à
faire ou plutôt à renouveler, que, dans la rencontre
des deux principes sur le terrain littéraire, il ne peut
s'établir un accord tel que chacun des deux y soit
pour une égale part. Quelque influence que le principe spirituel ait exercée sur l'ancienne littérature
grecque, il a cédé l'avantage à l'action du principe
sensible, et, comme nous inclinons toujours vers l'empire des sens, la perfection de la forme a obscurci la
lumière de l'idée. Le spiritualisme ne peut partager
une littérature ; il faut qu'il s'y efface en partie, ou
qu'il y répande un vif éclat.

C'est là, en effet, le genre de littérature que nous
avons déjà indiqué, celui qui exprime l'idéal spirituel, ou du moins dans lequel l'expression de l'i-
déal spirituel domine. Ce type littéraire existe dans
l'Ecriture, dans le Dante, Milton, Klopstock, Schiller, Chateaubriand, Lamartine.

86. — Classique, Romantique.

Le classique est, selon nous, l'expression de l'i-
déal sensible. Il a eu son temps et sa gloire. Dans
ce qu'on appelle le romantique, nous voyons deux
éléments, dont l'un est très-inférieur à l'autre, et ne
l'accompagne pas toujours : l'expression libre individuelle de la réalité, c'est-à-dire l'exclusion de tout

idéal sensible, l'abdication de l'art au profit de la simple nature ; et l'expression de l'idéal spirituel, ce qui est selon nous le seul système véritablement rival du système classique, le seul qui ait de l'avenir et une haute portée, quel que soit d'ailleurs le nom qu'on voudra lui imposer.

On s'explique néanmoins cette confusion de langage qui fait attribuer, aujourd'hui, à des œuvres si diverses le titre commun de romantique.

Un instinct de vérité a fait nommer ainsi tout ce qui n'est pas classique, tout ce qui n'exprime pas l'idéal sensible. Ensuite on s'est peu inquiété si l'on confondait le principal avec l'accessoire, la chose elle-même avec un de ses moyens d'exécution. Tâchons de séparer plus nettement ce que l'instinct des masses a confondu.

Un caractère propre de l'idéal sensible, c'est le choix entre les détails. La perfection relative de la forme ne peut s'obtenir que par le choix qui rassemble les beautés et écarte les défauts.

Ce choix n'est pas également nécessaire à l'idéal spirituel, qui est la plus haute puissance de l'idée ; il se joue de la forme sensible et la fait servir à son œuvre comme un instrument docile qu'il modifie et qu'il brise à son gré. Il ne peut se passer de cette forme, puisqu'il se réalise aux yeux de l'homme, qui n'est pas une pure intelligence ; mais il n'a pas pour elle ces égards dont le principe sensible l'environne amoureusement. Ainsi, la simplicité nue, et quelquefois la crudité des détails, moyens dont la médiocrité abuse, peuvent, entre les mains du génie, être des instruments de Sublime; mais ils ne tiennent pas essentiellement, ils ne sont pas imposés au vrai système romantique, bien qu'ils ne puissent réussir qu'à lui.

Le principe de l'idéal spirituel, principe libre et puissant, tire de la matière ce qui peut faire ressortir les mystères du monde intérieur et les secrets inépuisables de la pensée. Il dispose en maître, dans les vastes limites que lui trace la loi de sa nature, où il ne peut être donné à l'idéal sensible de parvenir.

On induira facilement de là combien se trompent ceux qui ne veulent voir dans dans le classique que des généralités, et dans le romantique rien autre chose que des détails individuels et des inspirations où le *moi* des écrivains suffit à tout. Pour le classique, les généralités, résultat direct d'un choix sévère qui fait pâlir les nuances personnelles, sont, en effet, les moyens propres et nécessaires, sans exclure l'emploi secondaire des détails purement individuels; pour le romantique, loin de pouvoir se contenter de ces détails, il vit lui-même d'une généralité d'une autre espèce. Si l'idéal de la forme soutient le classique, le romantique vrai se fonde, lui, sur la plus haute puissance de l'idée, puissance autour de laquelle viennent se jouer, un peu au hasard et sans étiquette, les divers accidents de la forme. Une description de ces accidents, qui ne serait pas un accessoire, n'appartient à aucun genre digne de ce nom. Ce serait une de ces productions subalternes où s'essaie l'inexpérience, où s'égare quelquefois le talent; qui peu-

vent saisir un instant, comme le spectacle d'un ca-
davre remué par le galvanisme, mais qui retombent
bientôt affaissées sur elles-mêmes, parce que la vie
de l'idée leur manque, et que, sans la généralité de
l'idée, c'est-à-dire sans l'idéal, ou spirituel ou sensible, les formes passent comme un souffle, ou se dis-
solvent en poussière.

37. — Critique.

Toute critique littéraire générale, toute science
esthétique doit tenir compte de deux influences :
celle des convictions proprement dites, et celle des
doctrines.

Les convictions littéraires s'observent, se racon-
tent, mais ne s'imposent pas. La création des ouvrages
d'art et littérature est sympathique avec les idées,
les sentiments et les habitudes d'une génération, ou
elle leur est antipathique. Dans l'un et l'autre cas,
l'apparition des œuvres de génie fait éclater les instincts littéraires. Les artistes et les écrivains modifient à la longue ces instincts; mais ils sont aussi
modifiés par eux; et la lutte des souvenirs contre
l'audace est suspendue, d'ordinaire, par un compromis.

·La puissance des doctrines agit lentement. Elles
ne créent pas des convictions instinctives, elles en
règlent le développement. Les plus fortes sont nécessairement les moins artificielles, les plus voisines
de la simple vérité.

Il n'y a de vraies doctrines littéraires que celles
qui s'appuient sur l'étude philosophique de l'homme,

étude qui comprend celle de l'esprit absolu et celle
du monde extérieur, puisque les mobiles phénomènes de la sensibilité et les lois permanentes de l'intelligence aboutissent au moi, à la conscience humaine,
comme à un foyer commun.

Toutes les questions de doctrines littéraires sont ren-
fermées dans la question du Beau. Notre tâche pourrait donc sembler achevée, puisque nous avons dit
sur le Beau tout ce que la méthode d'observation
nous fournit de grave et de fertile en conséquences.
Néanmoins, pour nous rapprocher des applications,
donnons quelques pages à l'étude spéciale des deux
formes que revêt le Beau dans les arts et dans les
lettres, nous voulons dire, de la poésie et de l'éloquence.

Commençons par la poésie.

LIVRE XVI.

ESTHÉTIQUE.

QUESTIONS DE LA POÉSIE ET DE L'ÉLOQUENCE.

1. — Nature de la poésie.

La Poésie est la forme première, l'expression immédiate du Beau. Son nom même signifie création,
parce qu'elle semble se confondre avec la vertu créa-
trice du principe qu'elle représente. Sans recourir
à des explications mystiques ou mythologiques de
la poésie, sans invoquer ni muse, ni intervention
spéciale de Dieu même, nous trouvons dans les
données de la psychologie la raison de ce fait prodigieux [1].

---

[1] Ce que nous avons dit de la Poésie, dans un discours sur le Génie poétique, couronné par l'Académie française en 1821, empruntait la forme

L'âme comprend Dieu et les attributs de Dieu ; par conséquent, le Beau, aussi bien que le Vrai, le Bon et le Juste. Cette conscience intime du Beau la remplit d'une joie qui, chez quelques âmes d'une nature plus vive et plus haute, qu'on appelle génie, peut aller jusqu'à l'enivrement. Le besoin de répandre au dehors l'impression du Beau tourmente le génie. Assis près de la source, il verse aux hommes ses flots d'harmonie à mesure qu'il les a puisés.

L'essence de la poésie, c'est l'amour. L'*hymne* est un chant d'amour, et ce fut d'abord toute la poésie. Les beautés de la nature physique, qui montent comme un concert de voix et de parfums au trône du Créateur ; les harmonies secrètes de l'âme, et cette contemplation merveilleuse des lois écrites au sein de l'infini, sollicitent le génie du poète par une attraction invincible. Il aime et chante la nature, l'intelligence, le Dieu de l'intelligence et de la nature.

Tout alliage terrrestre répugne à cet amour immense qui donne une voix au poète. Plus il mêlera d'humain à ses pensées, plus il s'éloignera de sa véritable vocation. La poésie, qui est la forme la plus pure du Beau, doit en conserver une fraîche et vive empreinte ; et cette empreinte, c'est l'amour même que le Beau inspire à la créature intelligente qui se sent inondée de ses rayons.

mystique au cadre même que nous avions choisi. Nous croyons avoir, même alors, exprimé avec un sentiment vrai la nature du Génie poétique. Aujourd'hui il ne nous suffit pas de le montrer à travers les allégories ; c'est dans les profondeurs de l'âme qu'il en faut découvrir les éléments.

Quand nous interrogeons sérieusement le principe poétique, nous n'en bornons pas l'empire à ce qu'on appelle des poèmes. Les arts ont leur poésie, puisque les arts cherchent l'expression du Beau, et que la poésie est cette expression immédiate. Les œuvres littéraires, quelque nom d'ailleurs qu'on leur donne, roman, histoire, dissertation, discours, drame, ode ou épopée, prose ou vers, peuvent étinceler, de poésie.

Il en est ainsi, toutes les fois que leurs formes harmonieuses réalisent à nos yeux l'idéal sensible ; et plus visiblement encore, lorsque ces formes se projettent imposantes et vivement colorées sur le fond lumineux de l'infini.

2. — Inspiration.

Laissons à part l'inspiration spéciale des prophètes, qui nous est présentée comme une action directe de Dieu. L'étude de l'homme n'a rien à expliquer là où disparait l'homme même. Ne nous occupons pas des allégories mythologiques des Anciens, de leur inspiration prise à la lettre, et rendue sensible, si ce n'est pour remarquer que ce n'était pas là une pure chimère, mais qu'on donnait grossièrement un corps et un visage à un fait réel, à une opération mystérieuse de l'esprit.

On naît poète, a dit un ancien axiôme ; nous le croyons. Cela ne signifie pas, comme la plus étroite critique pourrait le prétendre, que l'on naît prédestiné à faire des vers. Mais il est des âmes qui apportent avec elles des dispositions spéciales au travail poétique. Elles sont douées d'une pureté d'intelligence qui les fait monter sans effort vers l'origine de toute poésie. La contemplation du Beau leur est naturelle, et, en même temps qu'elles le voient et le sentent, l'impression profonde qu'il cause en elles les oblige à s'affranchir de sa présence en le réalisant. C'est le métal qui bouillonne dans la fournaise, et ne se calme que versé dans le moule d'où la statue va sortir. C'est le mot psychologique de cette énigme des Anciens, qui nous représentaient leurs poètes échevelés, furieux, accablés par le dieu dont l'approche seule soulevait leur poitrine, luttant contre une inspiration violente, et tombant épuisés de fatigue et de génie aux pieds de leur Apollon.

Ceux-là sont poètes qui ont l'esprit tourné à la contemplation du Beau; que cette vue charme et inquiète, absorbe et agite; qui s'élancent pour y échapper, et n'y échappent qu'en la reproduisant sous mille formes; qui emportent avec eux cette image sans cesse renouvelée, la caressent avec amour, et quelquefois la rejettent avec un effroi sublime. Ceux-là sont poètes qui voient le mieux, et représentent le plus vivement le Beau, mais le Beau avec sa pureté divine, le moins altéré qu'il est possible par le contact avec le principe matériel.

Les mots d'inspiration, de verve, d'enthousiasme expriment donc, non pas un don surnaturel, une faculté surhumaine, mais le travail naturel aux intelligences les plus pures, les plus élevées, les plus actives, et, si nous l'osons dire, les plus créatrices.

3. — Imagination.

Notre pensée ne serait pas complète, si nous n'a-vions hâte de dire que l'inspiration seule, bien qu'es-sentielle au génie poétique, ne le constitue pas tout entier.

S'il était possible que la poésie, expression immé-diate du Beau, ne le réalisât que pour des esprits purs, si le monde extérieur était hors de la sphère poétique, il arriverait alors ce que le christianisme raconte des concerts des anges, et de ces chants mystiques qui se prolongent sans relâche au travers de l'éternité : l'inspiration serait à elle seule toute la vertu poétique.

Il n'en est pas ainsi : l'homme a des sens, et il vit entouré de phénomènes sensibles. Sa double nature rend le secours des formes nécessaire aux révélations de la pensée. Lorsque le poète a trempé ses lèvres à la coupe ravissante de la beauté spirituelle, il se sent plein d'impatience et de vigueur. Alors il saisit une arme puissante qui assure à l'inspiration son triom-phe : cette arme est l'imagination.

L'imagination n'a pas mission de créer : elle colore, elle éclaire ; c'est elle qui indique au poète les rap-ports secrets, les harmonies éclatantes qui unissent le monde des sens au monde des esprits. La rapidité des vues, la surabondance des idées et des sentiments du poète exigent que l'imagination lui prodigue sans retard et sans mesure toutes les brillantes analogies de l'ordre sensible. Nous voyons alors l'inspiration et l'imagination se jouer ensemble et tour-à-tour dans l'œuvre poétique, comme deux beaux cygnes sur un lac enflammé des feux du soleil. Tantôt l'inspiration prend le dessus, comme dans les mouvements lyriques; tantôt c'est l'imagination qu'on distingue, comme dans le charme des descriptions. Les attributs de Dieu, qui nous éblouiraient dans leur pureté spirituelle, revêtent les formes des plus magnifiques spectacles de la nature. La justice suprême éclate dans la foudre; la puissance et la majesté résident au sein des mers profondes, et sur la cime des hautes montagnes; la fécondité coule avec les fleuves, et la beauté s'épanouit dans le calice des fleurs.

On a quelquefois jugé sévèrement l'imagination; il a semblé que cette faculté mobile et brillante se vouait uniquement au culte du mensonge. Pour apprécier la valeur d'une si grave imputation, abordons quelques problèmes accessoires de la poétique, ceux de la fiction, de l'allégorie, du merveilleux, de l'illusion et de la vraisemblance.

4. — Fiction.

Nous entendons proprement par fiction poétique tout ce que le poète, soit littérateur, soit artiste, prend hors de la réalité, pour le transporter dans les conditions de son œuvre. En ce sens, il est facile de voir que le mot général de fiction comprend ceux de merveilleux et d'allégorie, et même ceux de vraisemblance et d'illusion.

Fiction vient de feindre. Feindre est-il synonyme de mentir?

Assurément, la vérité nue est ennemie du voile des

fictions. Mais ici, nous rentrons dans une difficulté
que nous avons déjà touchée. L'homme n'est pas
une pure intelligence; c'est une double nature pres-
sée entre les lois de l'esprit et les phénomènes des
sens. C'est un clavier sonore qui s'abaisse tour-à-tour
sous les mains de deux puissants génies. Or l'enveloppe sensible de l'homme le livre en quelque sorte
aux assauts du monde extérieur; mais aussi elle fait
servir ce monde extérieur à seconder l'action de l'intelligence. Outre les images que nous fournissent les
faits naturels, les comparaisons qu'ils nous suggèrent,
et tout ce qu'ils donnent de suc et de couleur au
style, si une heureuse hardiesse emprunte à l'ordre
sensible des éléments combinés ensuite par la force
libre de l'esprit, et destinés à faire saillir une vérité,
comme une femme relève ses attraits par la variété
intelligente de sa parure, alors une transition insensible s'opère de la sphère des sens à la sphère de la
pensée; ce qui eût rebuté par la sécheresse d'une
vérité littérale tient de la fiction et son charme et sa
force. Ménénius-Agrippa apaise une sédition par un
apologue; Camoens, évoquant Adamastor, donne la
plus haute et la plus fidèle idée d'une tempête au
seuil d'un monde inconnu qu'elle semble défendre;
La Fontaine jette dans ses fables gracieuses tout un
système de morale pratique, qui instruit notre enfance, et la conduit doucement par la fiction à la
vérité [1].

_____

[1] « L'homme, dit Barthez, se livre d'autant plus aisément à des fictions
qui vivifient des êtres inconnus, qu'il est porté à donner une âme à tous les
objets qui l'entourent, que son expérience étend toujours à ses yeux l'in-

Toutes les fictions n'ont pas un but de morale ; mais toutes ont un but de vérité. Nous savons que l'on a dit, et nous accédons à cette pensée : l'art n'a pas à se proposer l'utilité, le résultat. Il est son but à lui-même. Son résultat, c'est son œuvre. Si elle est belle, on n'a pas le droit de lui demander à quoi elle pourra servir.

Il est bien vrai que l'art ne doit pas se proposer d'avance comme but l'utilité de son œuvre. Ce serait charger le calcul d'étouffer l'inspiration. Nous tomberions alors dans le ridicule de ce critique qui voyait dans les épopées des traités de métaphysique revêtus accidentellement de noms d'hommes et d'aventures diverses, ou nous ressemblerions à cet honnête fabuliste qui, avant d'écrire, ouvrait le dictionnaire de Beauzée, et bâtissait une fable sur deux synonymes. Mais nous pensons que la vérité, dont l'empire est universel, se mêle à toutes les œuvres marquées du sceau d'un grand principe, et que les manifestations du Beau sont aussi et nécessairement des symboles lumineux du vrai.

Ainsi, qu'il s'agisse d'art ou de littérature, cathédrale ou épopée, ode ou statue, drame ou tableau, toujours il arrive que la fiction concourt à mettre en lumière la vérité religieuse, philosophique, historique, qui soutient l'ensemble, et qui a vivifié la conception. L'art n'a pas besoin de se prescrire un tel résultat ; en se le prescrivant, il risque de ne pas

fluence des principes de la vie dans toutes les parties de la nature, et qu'il ignore jusqu'où ces principes peuvent pénétrer des corps qui lui paraissent inanimés. » *Théorie du Beau dans la nature et dans les arts.*

l'atteindre; mais il est assuré d'y parvenir sans le chercher. C'est là, selon nous, le double et admirable caractère de l'œuvre poétique: l'image du Beau réalisée par l'effort du poète; l'image du Vrai réfléchie dans celle du Beau par la nature même des choses, et l'alliance inséparable de ces deux attributs divins.

5. — Merveilleux.

Ce qu'on appelle ordinairement *merveilleux* en langage esthétique, c'est l'intervention sensible des êtres surnaturels dans une œuvre de poésie.

Nous avons lu quelque part qu'on le distinguait en merveilleux païen et merveilleux chrétien. Cette distinction ne serait juste qu'en comprenant sous le titre de merveilleux païen celui des Hindous, des Scandinaves, et plusieurs autres; la critique, dont les définitions et les distinctions font encore autorité en France, n'a guère tenu compte que des Grecs, des Romains et des Français.

Le merveilleux païen, surtout dans l'Inde, en Grèce et à Rome, était la chose du monde la plus naturelle. Les religions, toutes sensibles, plaçaient une divinité dans chaque portion du domaine des sens. Il ne leur suffisait pas de ces grandes divisions de l'empire du monde qui donnaient un dieu à la mer, un autre dieu à la lumière, une déesse au globe terrestre, qui faisaient asseoir Jupiter sur le trône de l'empirée et reléguaient le noir Pluton dans la royauté des enfers. Tout se pénétrait d'une inépuisable mythologie. Les divinités se mêlaient à l'air qu'on respire, aux sons qu'on écoute, à tous les phénomènes, à tous les accidents; chaque arbre avait sa dryade, et un dieu siégeait derrière la porte de la plus obscure cabane, sur la pierre noircie du foyer.

Qu'était-ce donc alors que le merveilleux dans l'art? C'était la fidélité aux croyances publiques et privées; la reproduction, dans un monument ou dans un poëme, de ce qui, tous les jours, même dans la vie commune, occupait la foi religieuse des peuples. Seulement, quand l'art s'emparait de ces croyances, il en usait avec plus de hardiesse. Ce n'était plus seulement à la foi que se montraient ces milliers de divinités supérieures ou subalternes : l'artiste ou le poëte les faisait comparaître en personne, leur conservait les attributs, les séjours, les portions de puissance que leur donnait l'imagination populaire, mais enlevait le dernier voile qui semblait encore les dérober aux yeux. Le passage était facile, et l'intervention des êtres surnaturels dans les œuvres de l'art ancien ne devint une machine ou épique ou dramatique que lorsque les croyances s'affaiblirent et tombèrent. Le lien mystérieux était rompu.

Il suit de là que l'emploi du merveilleux païen dans des sujets indifférents ou opposés au paganisme est un anachronisme froid, une élégance toute factice, qui tourne aisément au ridicule [1].

Il y eut un temps d'incertitude où les souvenirs

---

[1] Un célèbre critique de nos jours, qui aime et fait aimer l'antiquité, entendait lire à un jeune poëte une pièce de vers où ce dernier avait introduit Pégase : «Pour Dieu, mon ami, lui cria-t-il, noyez Pégase au fond de l'Hippocrène.»

du paganisme et les croyances du christianisme se
partageaient encore le domaine de l'art. Ce fut surtout dans le seizième siècle et au commencement du
dix-septième. Camoens, qui, dans le même poème,
de bonne foi et sans choquer ses contemporains, fait
paraître la déesse Vénus et la vierge Marie, est un
des plus éclatants exemples de cette confusion d'idées.
Néanmoins, le christianisme avait aussi sa mythologie, indépendante même de ses mystères : c'étaient
les fées, les génies, les sorcières, les magiciens. On
y sentait bien encore l'influence des souvenirs païens,
et la forêt enchantée de l'Arioste, où l'écorce des
arbres gémit quand elle est frappée, nous reporte à
Virgile et à l'arbre sanglant de Polydore; à Lucain,
et à cette forêt merveilleuse dont les illusions s'effacent devant la hache de César. Cependant, en général, ces nouvelles divinités sont plus aériennes, plus
impalpables, que les dieux du paganisme; le principe spirituel a fait un pas.

Quant au merveilleux chrétien proprement dit, si
nous le bornons aux miracles et aux mystères, nous
aurons un instrument puissant, aux vibrations graves
et profondes, mais difficile à manier, parce que l'invention doit altérer la lettre, et que l'hérésie peut descendre dans la fiction. Aussi voyons-nous que, parmi
les poètes, les uns, comme le Tasse et Chateaubriand,
ont mis la force dans les contrastes, et relevé la grâce
sévère du christianisme par la profusion des ornements païens; tandis que les autres, comme Dante,
Milton, Lamartine, sont entrés dans toutes les profondeurs de l'âme humaine, et ont échappé aux périls

de la lettre en scrutant avec une indépendance toute
chrétienne les mystères ineffables de l'esprit.

C'est qu'en effet, comme le paganisme était la religion des corps, le christianisme est la religion des
esprits. Au-delà des formes de son culte, au-delà de
ses prescriptions littérales, est le spiritualisme pur,
source éternelle d'inspirations neuves pour la littérature et les arts.

Le judaïsme, avec sa croyance à l'unité de Dieu,
eut son merveilleux uniforme et sublime. Le maho-
métisme, bizarre assemblage du culte de l'esprit et
du culte des sens, porte dans son merveilleux le
même caractère d'indécision grossière. Le christianisme du moyen-âge se prodiguait dans des symboles, dont plusieurs, comme les monuments de l'architecture religieuse, signifiaient vivement sa pensée
toute spirituelle. A mesure que la société a marché,
le merveilleux des apparitions, des amulettes, des
miracles à volonté, a perdu beaucoup de sa force ;
mais ce qui fait la vie intérieure du christianisme a
grandi de jour en jour. Le spiritualisme a ses touches
merveilleuses, ses accords pénétrants, ses découvertes
imprévues. La poésie marche à la conquête de ce
monde nouveau que plusieurs grands poètes ont visité
dans la suite des âges. Tout ce qui n'en portera pas
du moins quelque trace semblera le reste d'une littérature éteinte, dont les monuments, admirables
dans nos musées littéraires, ne représentent aujour-
d'hui rien qui soit vivant parmi nous.

6.—Allégorie.

Nous avons peu de chose à dire de l'allégorie, qui n'est qu'un merveilleux plus abstrait ou plus indirect.

On a dit avec raison que, sauf un certain nombre d'expressions reçues, et où l'habitude de la langue · nationale ne fait plus voir que des images, la personnification des qualités morales, des abstractions de tout genre, est ordinairement froide et maniérée.

Cependant il ne faut pas bannir l'allégorie; c'est au poète à rencontrer un point de sympathie avec les âmes, qui lui permettra de risquer un tel moyen. Certes, les personnages allégoriques des vieux Mystères, et les *faux semblants, fleur d'amour* et *petits soins* de Mlle Scudéri et de son école, ont peu de droit à se reproduire aujourd'hui. D'accord avec une civilisation ébauchée ou encore incertaine, ils sont tombés sous la rude et légitime critique de Boileau. Mais la charmante idylle de Mme Deshoulières plaira toujours par le naturel et par la grâce, et les plus hautes littératures, celle des Juifs, par exemple, dans le *Cantique des cantiques*, nous offrent des allégories touchantes ou sublimes.

Nous croyons qu'en général l'*allégorie*, lorsqu'elle n'est qu'une abstraction personnifiée, est une machine fragile dont on voit trop jouer les ressorts; mais que l'*allégorie*, quand elle est une forme indirecte et détournée, une sorte de change donné à la pensée, un voile diaphane entre l'objet et notre esprit, peut fournir à la poésie une ressource nouvelle. Elle appartient réellement alors à la classe des pures fictions.

7. — Vraisemblance.

Nous avons cherché à protéger la fiction contre le reproche de ressembler au mensonge, et nous avons affirmé que toute fiction a un but de vérité. En même temps il a fallu convenir que la vérité nue et sans voile est l'idée directement opposée à la fiction. Mais il est une forme dont la fiction doit se revêtir scrupuleusement, c'est la vraisemblance. La vraisemblance est la vérité dans l'art.

La question de la vraisemblance a été fort bien traitée par l'École classique, et en action et en préceptes. Boileau a tout dit dans ces vers :

> Le Vrai peut quelquefois n'être pas vraisemblable.
> Une merveille absurde est pour moi sans appas ;
> L'esprit n'est point ému de ce qu'il ne croit pas.

Nous ajouterons une seule remarque : entre le Vrai et le vraisemblable, s'il n'y a pas accord, le vraisemblable doit être préféré par la poésie. Mais ce n'est pas le Vrai qui est interdit au poète, c'est la nudité du Vrai. La copie littérale, la transcription aveugle n'ont rien de commun avec l'art. L'inspiration, même la plus spontanée, l'œuvre poétique la moins idéale, se produisent entourées de je ne sais quelle atmosphère déliée et brillante qui les distingue de la pure et simple réalité. Ainsi, le Vrai passe toujours à l'état de poésie à travers un milieu qui en adoucit la rudesse ou en tempère l'éclat ; mais quel que soit le degré, il doit s'offrir toujours sous les couleurs de la vraisemblance. C'est une loi de l'art, parce que c'est un besoin de l'esprit.

Néanmoins, il existe dans l'esprit humain une puissance qui recule le domaine de la vraisemblance, et permet à la poésie de se jouer librement dans ses liens; cette puissance miraculeuse, c'est l'illusion.

8. — Illusion.

L'illusion consiste non-seulement à croire vrai ce qui n'est que vraisemblable, mais aussi et surtout à prendre pour vraisemblable ce qui ne pourrait être vrai.

On a remarqué avec justesse que l'illusion, en présence de l'œuvre poétique, ne doit jamais être complète, parce qu'il faut que le sentiment intime de l'art se joigne à l'émotion produite par une représentation vive et vraisemblable.

Il y a des illusions naturelles, comme celle de la perspective; il y a des illusions convenues, et ce sont les plus fréquentes sous le point de vue de l'art. Nous connaissons bien, mais nous oublions en partie, la surface plane des tableaux, l'absence de coloration et l'expression immobile des statues, toutes circonstances qui ne nous empêchent pas de trouver vraisemblables les scènes et les images que la peinture et la sculpture nous présentent. Au théâtre, nous n'ignorons pas que nous assistons à une poétique imitation de la vie; que vingt-quatre heures au moins, dans le système de la plus rigoureuse unité de temps, sont supposées s'écouler sous nos yeux dans l'espace de quatre heures; que plusieurs lieux paraissent se succéder dans un lieu unique, en admettant pour unité même un palais, même un appartement. Nous ne l'ignorons pas, mais nous l'oublions en partie, et nous l'oublions en raison de la vigueur et de l'originalité du poète dramatique qui suspend notre attention.

Oui, nous le croyons, cette question fameuse des unités de temps et de lieu se résout d'elle-même aux deux conditions indiquées. La succession mobile des lieux, la distance prolongée des temps doivent avoir pour mesure la vraisemblance; mais la vraisemblance elle-même aura pour mesure moins les bornes de notre esprit, et la fatigue de ces rapides passages, que le génie même du poète. Quoi de plus naturel que d'être ennuyé et lassé par un drame régulier et sans génie? Et au contraire, à travers combien d'espaces et de durées peut nous conduire sans fatigue l'auteur d'une chaude et vaste composition?

L'illusion est une faculté tout instinctive. On ne peut nous commander, on ne peut nous défendre d'avoir de l'illusion. Que le poète nous l'inspire. Appuyée sur la vraisemblance, qui elle-même emprunte sa force à la verve poétique, elle est pour nous une source de jouissances sensibles et intellectuelles à la fois; sensibles, parce que nous sommes émus d'une représentation extérieure; intellectuelles, parce que nous jugeons notre plaisir même, en le distinguant des lois éternelles du Beau.

9. — Genres.

La question des genres de poésie est assez peu importante, lorsqu'on a étudié les règles qui s'appliquent en général à toute œuvre poétique. Elle a d'ailleurs l'inconvénient de nous tirer d'une vue générale, celle de la poésie en elle-même et dans tous les arts, pour nous ramener au point de vue particulier de la poésie proprement dite. Nous en dirons seulement quelques mots.

Les principaux genres de poésie que reconnaît la critique sont l'*épopée*, l'*ode*, le *drame tragique* ou *comique*, puis, bien au-dessous de ces trois classes, la *satire*, l'*épître*, l'*églogue*, l'*élégie*.

On a beaucoup insisté sur la nécessité de ne pas confondre les genres. Nous croyons, en effet, qu'il y a de ce côté des limites qu'un art intelligent ne saurait franchir. Parce que le système classique avait fondu les nuances au point d'effacer les couleurs, le système romantique, qui en est encore aux essais, tranche souvent les couleurs au point de rendre les nuances impossibles. Le vrai système poétique peut et doit passer entre ces écueils. Si le poète veut transporter la vie elle-même dans son œuvre, il pourra nous frapper brusquement, et nous laissera bientôt étourdis, mais désabusés. S'il choisit avec un soin trop curieux dans la réalité ce qui peut lui composer une œuvre artificielle, nous éprouverons une illusion vague et presque un étonnement sans objet. Encore une fois, c'est ici une question de mesure dans la vraisemblance, mais cette question elle-même est une question de génie.

Oui, l'*ode* peut se marier à l'*épopée*: lisez Klopstock et Milton; au *drame*: voyez les tragiques grecs; Ra-

cine, dans *Esther* et dans *Athalie;* Shakspeare, dans
Othello; Schiller, dans *Jeanne d'Arc.* Le *drame* peut
supporter le récit épique, la *comédie* s'élever quelquefois au langage tragique, et la *tragédie*, ce qui est
plus contesté, mais également incontestable, admettre, comme moyen et comme contraste, selon le
temps, le lieu et les personnages, le style familier de
la comédie. Il ne s'agit pas de heurter ce qu'on appelle les genres, mais de faire concourir diverses expressions de la pensée à un but commun. Ce goût,
que Victor Hugo appelle *la raison du génie*, devra
peser ce qu'exigent les grandes lois du Beau en
poésie, et la nature de nos facultés. Voilà ses règles,
et non pas celles des grammairiens et des rhéteurs.

Il s'est établi quelquefois des traditions puériles,
par suite de la distinction absolue des genres. Tout
bon poète épique s'est cru longtemps obligé de diviser son œuvre en douze ou en vingt-quatre chants,
parce que l'épopée de Virgile en a douze, et qu'il y
en a vingt-quatre dans les épopées d'Homère. Il cou-
rait dans le monde poétique je ne sais quelle invio-
lable coutume de mettre un long récit dans une tragédie pour sauver la vue de toute catastrophe, des
confidents et confidentes dans le drame tragique ou
comique, des invocations à la muse, des protestations
de délire dans les odes. Chaque genre avait non-seulement sa poétique à part, mais sa religion et ses re-
liques. Cette mode passe; ne la remplaçons pas par
l'absence de tout frein poétique. Dans l'art, comme
dans la vie réelle, répudions les usages vexatoires,

secouons les chaînes qui pesaient sur la pensée;
soyons libres sous le joug des lois.

10.— Formes poétiques.

Nous descendons encore d'un degré dans l'étude
de l'œuvre poétique. C'est purement la forme extérieure de la poésie, le style, et plus spécialement
encore le rhythme et la versification, qui vont nous
occuper un moment.

Y a-t-il de la poésie sans le style? Nul doute; car
le style appartient à l'exécution, et la conception est
le fondement de toute poésie. Il y a de la poésie dans
la contemplation du monde intellectuel, poésie haute,
pure et sévère; il y en a dans le spectacle de la nature extérieure : celle-là est pénétrante, propre à
émouvoir les sens et à captiver l'imagination. Enfin,
nous le disions, il y a de la poésie dans l'acte même
de l'intelligence qui plonge au sein de ce double
domaine, l'exploite, le sillonne avec puissance, et le
force à porter ses fruits. Ensuite vient le style en architecture, en peinture, en sculpture, en musique,
en poésie littéraire. C'est le génie qui se laisse toucher
et manier; c'est la figure et le souple vêtement de la
pensée.

Aussi le style, qui est, selon l'expression célèbre
de la Harpe, *ce qui fait vivre les ouvrages*, ne peut-il
vivre lui-même que lorsqu'il puise son principe
de vie dans la pensée. Vainement il paraîtra gracieux, élégant, énergique, savant, varié, si derrière
tout ce mouvement secondaire ne se distingue pas
l'imposante image du génie. Si des mots creux et

sonores, des formes vides et polies remplacent,
comme aux jours de décadence, les monuments, les
œuvres littéraires où repose un principe spirituel, le
style ne vivra pas et ne fera vivre aucun ouvrage.
Poussière brillante, mais seulement poussière, il tombera sous les pieds de la saine critique, qui l'effacera
dans le mépris.

Le style poétique doit avoir les qualités de la pensée poétique qui l'inspire; il sera énergique et simple, si la pensée est énergique et simple elle-même;
gracieux, si elle est gracieuse; orné, si elle est brillante. C'est à-peu-près le seul précepte utile à
donner.

On est assez d'accord maintenant pour reconnaître
que la versification n'est pas essentielle à la poésie
écrite ou parlée. Cependant les vers sont le langage
naturel des poètes, parce que tout est harmonie dans
la poésie, et que la mesure des vers sympathise avec
l'harmonieuse mesure de la pensée. Aussi, l'histoire
montre-t-elle la musique, la poésie, la danse même,
toutes sciences du nombre et de la mesure, unies dans
l'origine, puis séparées, mais conservant toujours des
affinités secrètes et une mystérieuse parenté.

Néanmoins, la versification n'appartient point à
l'essence de la poésie, mais à la forme poétique, et
c'en est assez pour que nous reconnaissions sans difficulté de la poésie là où il n'y aurait nulle trace de
la versification.

Pour ce qui est de la diversité des rhythmes dans
la poésie versifiée, nous dirons que c'est une curieuse
étude à faire pour le poète artiste, et qu'il peut trou-

ver dans la régularité hardie de la strophe, dans la
dignité uniforme du grand vers, et dans la piquante
alternative de diverses mesures, d'heureux secours
pour ses inspirations. Remarque de fait qui ne peut
guère donner naissance à aucun précepte; car, de
quel droit le rhythme préféré par l'un serait-il imposé à l'autre par la critique? La nature des choses
conseille le poète. Tel sujet, conçu dans tel mouvement de pensée, cadre mieux avec le choix du grand
vers, tel autre avec celui d'un vers plus rapide ou
d'un rhythme inégal [1]. On s'est habitué à parler de
vers épique, de vers lyrique, ou tragique. Encore
une fois, ces traditions ne peuvent être inviolables.
Les habitudes de notre vers tragique, par exemple,
ne sont pas celles du théâtre ancien. Nous adoptons
les lenteurs de l'alexandrin; Athènes préférait la
marche précipitée de l'iambe. Il y a donc à cet égard
des convenances qui tiennent aux idées, aux usages,
aux langues mêmes; mais des lois absolues et uni-
verselles, il n'y en a pas.

11. — Nature de l'éloquence.

Nous nous éloignons ici de la source pure du Beau.

---

[1] « Quand nous rédigons pour ces sortes de questions un corps de doctrine, nous ne voyons partout que règles et que préceptes. Nous oublions
qu'ici la loi fondamentale est de plaire et de charmer l'oreille; et nous ne
remarquons pas, lorsque nous imaginons des règles si austères, que nous
voulons en savoir plus que n'en savaient les poètes eux-mêmes. Ils riraient
bien en voyant de quels soins tristes et superflus nous croyons qu'ils se sont
embarrassés, tandis qu'ils ne consultaient que leur sentiment, et se permet-
taient même des licences qui leur laissaient quelque chose à désirer. » —
HERMANN, Métrique, livre I, chapitre x.

L'éloquence n'en est qu'une dérivation secondaire ; et cependant, quoique inférieure en noblesse à la poésie, elle mérite encore l'admiration des hommes parce qu'elle est, elle aussi, une puissante expression du Beau.

La véritable éloquence, c'est la passion, et, s'il en est ainsi, nous concevons de prime-abord comment cette expression du Beau est puissante, et comment elle n'est pas pure. Qui dit passion, en effet, dit une affection soit généreuse, soit désordonnée, qui agite l'âme, et la jette pour ainsi dire hors d'elle-même. Il est remarquable que toute passion, et aussi toute éloquence, ont leur point d'appui dans le monde extérieur, dans les relations des hommes entre eux. L'amour entre les sexes, la douleur, la joie triomphante, l'ambition, la vengeance, le dévouement, le patriotisme ne pourraient naître sans un état social quelconque et des rapports entre des êtres humains. L'éloquence, dont le langage est celui de toutes ces passions basses ou élevées, est donc une puissance éminemment faite pour l'humanité, pour la société ; au contraire, à la contemplation, à la joie intime, à la terreur silencieuse, et aussi à la poésie, suffiraient le spectacle de l'intelligence et de la matière, la présence de Dieu et de la nature.

Tout ce qui n'est pas langage de la passion peut être de la logique, ou de la poésie, mais non de l'éloquence. Combien n'a-t-on pas abusé de ce mot, et quelle confusion n'a-t-on pas jetée dans les idées, lorsqu'on a dit : l'éloquent Bossuet, l'éloquent Buffon, l'éloquent Rousseau ! Bossuet est éloquent, lorsque, interprète du deuil public qu'il partage, il répète ce cri passionné de la douleur : *Madame se meurt, madame est morte* ; il est poète, lorsque sa voix calme et solennelle invoque *celui qui règne dans les cieux, et de qui relèvent tous les empires*. Buffon doit être classé parmi les poètes, lorsqu'il raconte sans passion, mais non sans enthousiasme, les merveilles de la nature ; et Rousseau est vraiment éloquent, parce que sa logique même est toujours véhémente, et que son style, comme sa pensée, s'animent ou de tendresse ou d'indignation.

Nous ne croyons donc point à l'éloquence froide et paisible, quelque forme majestueuse que l'art essaie de lui donner. Nous ne croyons pas non plus à l'éloquence inspirée et contemplative, quel que soit d'ailleurs le langage dont elle acceptera le secours. L'architecture est poétique, elle exprime des idées ; mais non éloquente, elle n'exprime pas des relations entre les hommes, elle n'exprime pas des passions. La musique, la peinture, la sculpture, sont également susceptibles d'éloquence et de poésie, selon les sujets et les conceptions. La poésie proprement dite est tour-à-tour poésie pure ou éloquence : la première comme dans les chants de Lamartine, la seconde comme dans la *Phèdre* de Racine ou les ardentes satires de Gilbert.

Et ici, comme ailleurs, afin d'éviter le reproche que méritent les doctrines exclusives, convenons qu'il y a des œuvres où concourent la poésie et l'éloquence, parce qu'il y en a où se rencontrent et le sentiment des idées éternelles et l'expression des passions de l'humanité.

L'éloquence est une expression du Beau : car, en définitive, l'humanité est soumise à l'influence des idées éternelles, et ce qui exprime l'humanité exprime l'influence exercée sur elle par ces idées. Aussi voyons-nous l'homme éloquent appuyer les intérêts de sa passion sur des lois générales, sur des sympathies intellectuelles. Mais en même temps l'éloquence n'est que l'expression secondaire du Beau ; car elle est obligée de se tremper et de se teindre dans les passions humaines et les relations sociales, tandis que la poésie reçoit l'action immédiate de la lumière d'en haut.

Lorsque des critiques distingués, Blair entre autres, ont dit qu'il est très-difficile de distinguer où finit la poésie, où commence l'éloquence, ils nous paraissent avoir tenu trop de compte d'une foule de nuances de style qui n'appartiennent proprement ni à l'éloquence ni à la poésie. Il y a ce style du jugement, du bon sens, ou sans parure, ou orné d'élégance, qu'il ne faut appeler ni éloquent ni poétique. Pour nous, donc, la poésie, c'est l'amour élevé au-dessus des formes sensibles ; l'éloquence, c'est la passion dans les limites de l'humanité.

12. — Préceptes généraux.

Les rhéteurs qui ont donné des préceptes sur l'éloquence sont tombés dans deux défauts graves et opposés. D'abord ils ont étendu outre mesure le champ de l'éloquence, et ils y ont poussé presque toutes les autres expressions de la pensée humaine par l'écriture ou par la parole. La logique, la poésie même, sont devenues vassales et tributaires de cette vaste domination. En même temps, et par forme de compensation, ils ont resserré dans les étroites limites des genres oratoires tout ce que l'éloquence, comme ils l'entendent, peut inspirer.

Un ouvrage peut être éloquent dans son ensemble sans que toutes les parties qui le composent appartiennent à l'éloquence. Les expressions de la pensée humaine se servent mutuellement d'auxiliaires, car les facultés de l'homme sont sœurs. Celle qui domine donnera son nom à l'œuvre commune; mais elle ne pourra empêcher qu'une juste analyse découvre entre les beautés de l'éloquence les traces de la logique et de la poésie.

L'éloquence n'est pas, comme on l'a dit, l'art de persuader, quoique déjà l'exclusion de l'élément poétique et de l'élément logique se fasse sentir dans cette définition. L'éloquente statue de Niobé, l'éloquent tableau du Déluge, les invectives de Camille contre Horace, ne persuadent rien; tous ces chefs-d'œuvre touchent la passion par la passion : tel est leur titre.

On a vu que, parmi les applications possibles de l'éloquence, une des plus éclatantes est le discours. En effet, le discours est le cri de l'âme, et l'homme s'en sert pour débattre ses intérêts, pour exprimer ses passions. Comme toute la vie était en dehors chez les Anciens, et se répandait sur la place publique d'Athènes, sur le forum des Romains, l'antiquité ne fut frappée, entre les discours, que de ceux qui

avaient un retentissement populaire. Or, il y en avait
seulement trois espèces : le discours politique, le discours judiciaire, le panégyrique. De là trois genres
oratoires : le genre délibératif, le genre judiciaire, le
genre démonstratif. Ce fut là le point de départ; on
en vint ensuite, à force ou de subtilité ou de génie
analytique, à dire et à croire que les trois genres
étaient fondés sur la nature même des choses, puisque nous ne faisons jamais que délibérer, plaider,
louer ou blâmer. Nous avons combattu ailleurs cette
faible et étroite doctrine. Rappelons ici pour mémoire
que l'éloquence, à nos yeux, n'est pas tout enclose
dans ces proportions mesquines, qu'elle peut être
dans le silence même, dans les monuments des arts,
dans l'histoire, dans les paroles privées comme dans
les paroles publiques, qu'elle est partout enfin où il
y a expression forte de la passion.

Les trois genres pourront constituer l'art oratoire,
mais l'art oratoire ne sera qu'une portion du véritable art de l'éloquence.

Être pénétré profondément de la passion qu'on exprime, c'est le premier, nous dirions presque le seul
précepte à donner pour l'étude de l'éloquence.

Pour m'arracher des pleurs, il faut que vous pleuriez.

Nous ajouterons cependant que la culture antérieure du jugement et l'étude philosophique de
l'homme peuvent donner à l'éloquence un caractère
mixte d'art et de naturel qui plaît aux esprits élevés.
La passion appuyée de la logique sera véhémente
sous un calme apparent : c'est le secret de l'éloquence de Démosthènes; la passion épurée aux sou-

venirs des idées éternelles sera vive et imposante, ou attendrissante et douce : telles les éloquences diverses de ces deux beaux génies, Bossuet et Fénelon. Mais à côté, et quelquefois au-dessus de cette éloquence en même temps savante et naturelle, vient se placer l'éloquence inculte et naïve d'un paysan du Danube, d'une mère qui voit les jours de son enfant menacés, d'un sauvage qui a ses intérêts et ses passions d'homme, et qui ne connaît pas les rhéteurs.

Quant à celui qui veut composer un morceau oratoire, il suffit de lui dire : Pénétrez-vous profondément du sujet, disposez avec ordre les matériaux de vos pensées, et que cet ordre soit celui de l'importance des intérêts et des passions. Il est inutile d'ajouter : Appropriez votre style à la conception de l'ensemble et aux nuances des détails ; l'observation du premier précepte doit amener ce résultat nécessaire. La division de l'art oratoire en invention, disposition et style ou élocution, est juste et saine ; elle est même inévitable, car il n'y a point d'œuvre, oratoire ou autre, qui ne doive d'abord être inventée, disposée ensuite, puis exprimée ; ou du moins, si ces éléments divers se produisent simultanément, ce qui arrive, ni leur nombre, ni l'ordre de leur importance, ne sauraient changer. Telle est la marche constante de l'esprit humain.

13. — Division des styles.

Peu de mots sur cette dernière question. Approuverons-nous la division des styles faite par les rhéteurs anciens, et adoptée avec ou sans modification par les modernes, et dirons-nous qu'on doit reconnaître le style simple, le style tempéré et le style sublime? Pour que cette division fût bonne, il faudrait qu'elle fût claire et complète. Or, il nous semble qu'elle n'est ni l'un ni l'autre : elle n'est pas claire, car il y a peu d'œuvres éloquentes où le style tempéré convienne; il exprime un équilibre d'idées, et l'éloquence, c'est la passion. Le style sublime proprement dit (c'est le style pompeux dans la langue oratoire) sied à l'éloquence d'apparat, qui mérite peu le titre d'éloquence. Le style simple convient également à l'éloquence et à la poésie. Cette division n'est pas complète, car la grâce, la vigueur, le mouvement, et tant d'autres qualités du style, n'y sont point représentées. C'est le style chaud, animé, simple mais pénétrant, coloré mais solide, que l'éloquence réclame. Les rhétoriques n'en parlent pas.

14. — Ornements.

Il n'y a plus de mérite à faire rire ses lecteurs de l'incroyable abus que la scolastique a fait des ornements oratoires, et spécialement des figures. Le savant ouvrage de Gibert [1], assez amoureux lui-même de ces puérilités laborieuses, est un répertoire des folies de la critique obstinée à dénaturer l'éloquence.

Assurément, il y a des manières saillantes de pro-

---

[1] *Jugement des savants sur les auteurs qui ont écrit de la rhétorique.* Un fou, nommé René Bary, dans une prétendue *Rhétorique française*, publiée quand Boileau jouissait déjà de toute sa gloire, s'amusait à chercher de combien de manières on pouvait commencer une période par la même lettre de l'alphabet, et donnait les préceptes du *pêle-mêle*, du *résolu* et du *pousse-à-bout*.

duire sa pensée, et il peut être utile de donner des
noms, d'assigner des caractères à ces modes principaux de l'expression. Nous sommes loin de blâmer
toute nomenclature et toute étude des figures, quoique nous y attachions une bien faible importance
en comparaison de l'étude des préceptes généraux.
Ce que nous condamnons, avec les critiques les plus
sensés, ce n'est que la fureur analytique qui a pour-
suivi le style dans ses plus imperceptibles nuances,
et qui a substitué le rouage de la phrase à l'expression vivante de la pensée.

C'est, en effet, sur l'harmonie intime de la pensée et de l'expression, et sur cette base seulement,
que se fonde le mérite de tous les ornements du
style; c'est là ce qui donne du prix aux figures de
mots et de pensées, inutile bagage sans cette harmonie, et, avec elle, utile et précieux instrument.

15. — Conclusion générale.

La tâche que nous avions entreprise est terminée. A l'examen historique et critique des opinions
littéraires nous avons fait succéder notre déclaration de principes, et, sans chercher à la rendre neuve,
nous avons accepté tout ce qui pouvait la rendre
vraie. Si elle l'est, en effet, l'histoire a dû éclairer
la théorie, la théorie confirmer l'histoire. Nous avons
montré deux principes s'élevant au-dessus de tous
les faits et de toutes les doctrines : le principe spirituel et le principe sensible. Nous les avons suivis à
la trace, et nous avons pris note de leurs avéne-
ments, de leurs alliances et de leurs chutes dans la

longue suite des traditions littéraires. Nous avons re-
poussé les systèmes exclusifs, mais proclamé notre
préférence pour celui qui admet au second rang l'é-
lément sensible et fait prédominer le principe spirituel. C'est ce que nous nous sommes efforcé d'é-
tablir sur une étude attentive de l'homme et sur les
vrais caractères du Beau, seule grande question littéraire ; de la Poésie, forme primitive, et de l'Elo-
quence, forme secondaire du Beau.

Nous savons que beaucoup de questions particulières surgissaient de toutes parts du sein des graves
questions que cet examen a soulevées. Il eût été facile d'ajouter quelques volumes à ces deux volumes.
Telle n'a pas été notre pensée : car, outre le devoir
imposé à tout écrivain de ne pas épuiser un sujet, notre
marche, ordinairement synthétique, répugne à de
nombreux détails. Notre conviction est que rien n'affaiblit plus un livre, comme une armée, que de l'é-
tendre sans mesure. Tellé idée, tel précepte exer-
ceront une féconde influence si, comme un germe
heureux, ils sont confiés aux rayons vivifiants du
génie, qui resteront stériles, comme des branches
parasites, si nous les laissons pousser lentement leurs
feuilles et leurs fruits à l'ombre, feuilles séchées à
leur naissance, fruits privés de suc et de saveur.

PIÈCES JUSTIFICATIVES.

A.

Passages extraits de la République des Lettres,

DE KLOPSTOCK.

◆◆◆

DES SERFS, DES HOMMES LIBRES ET DES NOBLES.

Celui qui n'a d'opinion et de goût que l'opinion et le goût des autres, celui qui ne fait qu'imiter, est un serf.

Celui qui pense par lui-même, et imite rarement, est un homme libre.

Celui qui, par ses propres découvertes, s'est élevé à une certaine hauteur, est un noble; mais qu'on ne se méprenne pas sur le sens que nous attachons à ce mot. Nous déclarons que nous ne regardons pas comme nobles ceux qui *héritent le mérite.* Les nobles de notre république ont du mérite par eux-mêmes, et plus que n'en eurent jamais les testateurs.

◆◆◆

Nous avons assisté aux États-généraux de la république des lettres d'Angleterre et de France. La république anglaise est presque démocratique. Le peuple y a beaucoup de franchises, et il s'y trouve plus d'un crieur. Lorsque ces crieurs s'accordent sur un point (ce qui, par bonheur, n'arrive que rarement), le peuple peut aller jusqu'à s'arroger le droit de remontrance dans la république. Chez les Anglais, on peut être serf à discrétion, sans perdre pour cela le titre d'homme libre, parce qu'ils prétendent que chez eux il n'y a pas de serfs. S'il est des Allemands qui s'offensent de ce que nous ne passons pas sous silence cet article, qu'ils sachent que leur aveugle admiration pour tout ce qui est étranger nous paraît méprisable. La république française est pour le présent tellement oligarchique, qu'elle penche même fort vers la dictature. Dans les États auxquels nous avons assisté, il s'en est fallu de bien peu que Voltaire ne fût proclamé dictateur.

Heureusement l'opposition d'un petit nombre de patriotes parvint encore à triompher; mais, dans le cas même où la dictature eût été

jugée nécessaire, quel dictateur à élire que Voltaire ! Voltaire ! que
serait-il parmi nous autres Allemands ? Supposez que notre république fût assez malheureuse (ce qui n'est nullement à craindre)
pour avoir besoin d'un dictateur, le plus grand embarras serait
encore de savoir qui le serait.

Nous ne pourrions pas ressusciter Leibnitz ; mais supposons qu'il
vécût, serait-il permis de supposer que cet homme vénérable, dont
la modestie seule égalait la grandeur, aurait voulu accepter la dictature ?

Excepté les cas de nécessité reconnus, quiconque aura écrit en
latin sera banni de notre territoire tant qu'il n'aura pas produit un
ouvrage dans notre langue.

Des principes fondamentaux de notre République.

Il y en a trois : 1° créer à son esprit les occupations et les récréa-
tions les plus nombreuses et les plus variées par la recherche, la
détermination, la découverte, l'invention, la formation, *la vérifica-
tion* des objets, tant anciens que nouveaux, de la pensée et de l'imagination ; 2° faire part aux autres, au moyen de nos écrits, de ce que
nous avons découvert de plus beau et de plus utile parmi les objets
sur lesquels notre esprit s'est ainsi exercé, et enseigner du haut
d'une chaire ce que nous avons trouvé de plus essentiel ; 3° préférer
les écrits dont le sujet n'est pas seulement de haute importance,
mais capable d'une certaine perfection dans le travail, à ceux qui
manquent ou de ce fond ou de cette perfection.

Aux jeunes poètes.

Trois choses avant tout, disait un des plus âgés de la *maîtrise* des
poètes à un jeune homme qui lui avait fait part de son goût pour
l'art de la poésie, savoir : 1° étudier l'homme ; 2° s'essayer par des
exercices préliminaires ; 3° bien posséder sa langue. Si tu ne connais
pas l'homme, si tu ne sais pas quelle est ordinairement sa manière
d'être, comment il devrait être, et comment il est rarement, tu ne
sais pas le moins du monde dans quel moment il y a nécessité d'a-
gir, c'est-à-dire dans quel moment tu dois toucher et faire saillir
le véritable point, le point essentiel, le seul quelquefois qui puisse
produire de l'effet. Mais cette étude demande des années ; et tu n'as

pas besoin d'attendre qu'elle soit achevée pour t'exercer par des essais préliminaires.

—Je n'ai jamais entendu parler de ces sortes d'essais.—Quand ce serait la première fois que tu en entends parler, cela ne change rien à l'affaire. Celui qui veut devenir peintre ne commence-t-il pas par dessiner un à un les différents membres du corps humain, et ne recommence-t-il pas cent fois ceux qu'il a de la peine à imiter, avant que d'oser entreprendre l'ensemble de cette noble image? Aurait-il tort de s'y prendre de cette manière? et le poète, par cela même que son art est plus difficile, serait-il dispensé de l'imiter en cela?

L'exactitude grammaticale est la partie la plus faible et la plus facile de ce qui s'appelle la connaissance de la langue; je m'explique : je dis faible et facile comparativement avec ce que je regarde comme plus important et plus difficile : car, en soi, l'étude de la grammaire n'est ni une chose médiocre ni une chose aisée; mais la partie la plus importante et ce qui constitue proprement la connaissance de la langue consiste à savoir bien apprécier la signification de chaque mot dans toute sa compréhension. La compréhension renferme, entre autres, le sens que peut avoir un mot en soi dans telle ou telle liaison d'idées.

Qui dit compréhension dit limites : Il faut donc aussi savoir où s'arrête la signification d'un mot, ce qu'un mot ne peut pas signifier.

Nous avons une foule de mots (je parle principalement de notre langue) dont le sens ou les sens principaux offrent une quantité de nuances différentes.

Grand nombre de ces mots ont en outre une certaine souplesse, et se prêtent aisément à des sens nouveaux, au cas où la place qu'ils occupent dans la phrase l'exige, ou du moins le permet. Ces sens nouveaux ne sont souvent que des nuances très-légères; mais, si légères qu'elles puissent être, elles n'en font pas moins partie du tableau qui, pour être parfait, ne peut s'en passer.

Celui qui ne connaît que les sens principaux des mots ne connaît donc qu'une faible partie de sa langue. Et que peut-il nous peindre? Il serait si ridicule de donner le nom de peintre à un homme qui ne saurait pas distinguer les couleurs ; et cependant il en serait de même d'un poète qui manquerait des connaissances analogues.

Parmi les nombreuses nuances des sens principaux figurent la plus ou moins forte intonation, le mouvement lent ou précipité, et même la différente position des mouvements ou des accents du langage. Vous me demandez ce que pourra faire un homme à qui la langue ne fournirait que peu ou pas de matière pour des observations de ce genre, un homme pour qui sa langue, loin d'avoir un grand nombre de mots riches et énergiques, et propres à se plier à différents sens, n'en a pas même assez. Mais qu'avons-nous à démêler avec cet homme? Peu nous importe qu'il écrive des volumes de prose, et qu'il appelle cela faire des vers. Cependant, si cet homme finit par s'apercevoir de la pauvreté de sa langue par rapport à la poésie, que lui restera-t-il à faire? Laissons-lui le soin d'y songer. Pour vous, réjouissez-vous de ce que vous avez une langue qui non seulement peut être mise hardiment en parallèle avec la langue grecque, mais même la défier hautement.

On ne se fait pas une idée exacte de ce que peut exprimer le langage, quand on se le représente d'un côté peint avec des lettres, de l'autre accompagné de l'action de celui qui parle. Ce que l'on entend sans voir celui qui parle forme, à proprement parler, le domaine du langage; mais, parmi les sons représentant des idées, il y en a qui sont tellement modifiés par la voix, que cette modification en grande partie ne peut pas s'enseigner, et qu'on ne peut l'apprendre qu'en l'écoutant. Cette partie de la modification des sons comprend spécialement ce qui est le résultat d'une prononciation douce ou forte, lente ou plus lente, rapide ou plus rapide, et qui fait que les sons peignent la pensée comme elle doit être peinte en effet.

Outre cette première modification des sons, l'oreille en distingue une seconde qui sert à exprimer les passions à un grand nombre de degrés variés et imperceptibles. Celle-ci est un secret ignoré de tous ceux qui n'en ont pas le sentiment en eux-mêmes. Elle a plus de nuances que le chant. Quiconque ne possède pas ces deux espèces de modifications ne peut être un bon déclamateur, et un bon déclamateur peut apprendre plus d'une chose utile à celui qui aspire au titre de poète.

Il lui apprendra 1° *l'effet de l'euphonie*. Celle-ci demande aussi quelquefois des sons durs quand le sujet l'exige. Cependant Apollon te tirera l'oreille, si tu te sens porté à abuser de cette remarque.

2° L'*effet du rhythme*. En ceci plus d'un bon déclamateur a encore beaucoup à apprendre; ce qu'il doit savoir paraissant si peu de chose, comment se fait-il qu'il faille tant de temps pour l'acquérir? car nous devons supposer qu'il connaît d'avance sa langue et sa prosodie. Cela posé, il ne lui reste donc plus qu'à acquérir l'art de faire concorder nettement les différentes mesures des mots. Mais voilà précisément ce qu'il ne parviendra à bien faire que lorsqu'il aura pu faire saisir à l'auditeur les différences que l'inflexion de la voix, ainsi que le *nombre* et la nature des consonnances dans le style cadencé, produisent dans la mesure. Cette difficulté vaincue, le reste va tout seul, et *le rhythme se met à danser de lui-même.*

Lorsque les sons qui peignent les passions sont bien *modifiés* ou *modulés*, ils engendrent d'eux-mêmes le plus ou moins de lenteur ou de vitesse nécessaires.

3° *Jusqu'où peut s'étendre la signification des mots.* Souvent la déclamation parfaite donne à un mot une énergie qu'on ne lui aurait pas supposée.

4° *Jusqu'où la signification des mots ne peut pas s'étendre.* Le déclamateur voit bien ce que le poète a voulu dire, et tâche même d'aider à faire ressortir sa pensée ; mais, comme il ne peut se permettre rien qui paraisse forcé, et si, après tout, ce mot est mal choisi, il est obligé, jusqu'à un certain point, de laisser tomber ce mot. Cette manière de laisser tomber un mot dans la déclamation peut jeter beaucoup de lumière sur la connaissance de la langue.

Toutes ces difficultés m'effraient un peu, il est vrai ; mais je veux étudier, et je suis heureux d'avoir à étudier une langue comme la nôtre.

Du génie poétique.

— C'est peut-être du rapport suivant que naît le génie poétique, savoir : quand l'irritabilité du sentiment l'emporte sur la vivacité de l'imagination, et que la finesse du jugement l'emporte sur toutes deux.

Dira-t-on que, dans notre combinaison, nous oublions la faculté de l'invention ? mais n'est-il pas aisé de voir que celui qui possédera les deux qualités indiquées inventera avec la plus grande facilité ?

Sur la poétique.

DE L'ACTION, DE LA PASSION, ET DE L'EXPOSITION.

1° Un poème sans action et sans passion est un corps sans âme. L'action consiste à employer les forces de la volonté pour parvenir à un but. C'est en avoir une idée bien fausse que de la faire consister dans les mouvements extérieurs. Une résolution prise, l'action commence, et, si rien ne l'arrête, finit toujours par arriver au but en passant par différents degrés et circuits. A la passion se lie toujours au moins un commencement d'action. Il est des actions sans passion ; mais ce n'est jamais parmi celles que le poète doit regarder comme dignes de son choix. L'action et la passion marchent ainsi, en se donnant la main.

Que d'action dans ce poème ! s'écrient quelquefois les théoriciens, et dans ce poème, ce qu'ils prennent pour de l'*action*, ce ne sont que des *événements*.

Il n'y a pas de différence essentielle entre l'action épique et l'action dramatique ; celle-ci est sujette à plus d'entraves, en ce qu'il faut qu'elle puisse être représentée.

La poésie lyrique, sans exclure l'action, peut se borner à la passion. Mais, tout en ne s'occupant que de celle-ci, elle n'est jamais

entière sans celle-là, car un commencement d'action est toujours
lié avec la passion.

La fiction n'est pas une propriété essentielle du poème, car le
poète peut choisir pour sujet une action réelle sans mélange de fiction, et même ses propres sensations. Mais comme, après tout, les
réalités offrent si peu de ressources au poète, nous disons que la
fiction est *presque* une partie essentielle de la poésie.

Quand un poème ne figure pas l'action et la passion, quand il
ne leur donne pas toute la vie dont leurs différentes propriétés les
rendent susceptibles, il manque d'une qualité (l'exposition) qu'à la
vérité les théoristes n'ont jusqu'à présent remarquée qu'en passant;
mais qui est si essentielle que, sans elle, un poète n'en est pas un:
c'est un danseur qui marche. Peut-être l'exposition ne comporte-
t-elle que deux degrés, et que le troisième appartient déjà à la
description.

Les choses inanimées ne sont pas susceptibles d'exposition; à
moins qu'on ne les montre ou qu'on ne les suppose en mouvement.
Leur exposition ne peut s'élever jusqu'au premier degré; jamais elle
ne va jusqu'à l'illusion. Lorsqu'elles ne sont pas montrées en mouvement, tout ce que l'on peut en dire est pure *description*. Le poète
ne doit que rarement donner au lecteur des descriptions comme des
points de repos.

La peinture montre tous les sujets à la fois; la poésie ne le fait
que dans un certain espace de temps. L'exposition instantanée est
loin d'être un avantage pour celle-là. Que l'on prenne une pièce de
poésie dont le sujet forme un ensemble, et soit pourtant assez court
pour entrer en parallèle avec un tableau; on désirera de la lire d'un
bout à l'autre, précisément parce qu'on ne pourra pas voir le sujet
tout entier à-la-fois. Le désir de voir ou d'apprendre davantage est
étroitement lié avec l'attente de ce qu'on n'a pas encore vu... La
poésie a donc en cela un attrait que n'a pas la peinture. Ainsi, en
supposant, comme la comparaison doit le faire admettre, que l'ouvrage du poète est aussi parfait, dans son genre, que celui du peintre dans le sien, on peut dire que le poète a de plus que le peintre
deux puissants moyens d'amener les hommes à son but, qui est de
rendre l'*exposition* si animée qu'elle produise l'*illusion*. Qui a jamais pleuré devant un tableau?

Notre langue peut, par des mots enchaînés les uns aux autres,
exciter l'attente au plus haut degré, et, en même temps, elle a une
concision à l'aide de laquelle le poète peut faire en sorte que, lorsque
l'attente est montée assez haut, elle soit tout-à-coup et à propos satisfaite. La concision consiste à employer le moins de mots possible
pour une matière donnée, soit qu'elle renferme des pensées simples
ou des pensées composées.

Il en est encore de la musique comme de la poésie : l'on n'y *découvre* que successivement...

La musique qui exprime des paroles, ou la musique, proprement dite, est une déclamation ; car, cesserait-elle d'en être une, par cela même qu'elle est la plus belle dont nous puissions nous faire une idée? Elle pèche également lorsqu'elle s'élève au-dessus, ou qu'elle reste au-dessous du chant qu'elle déclame. Elle ne doit pas donner à l'un l'expression qui convient à l'autre ; c'est plutôt la justesse que la beauté de son art que la composition doit faire voir. Ainsi, me dira-t-on, vous mêlez la musique avec la poésie? pourquoi pas? les Grâces ont-elles jamais eu honte de mettre à Vénus sa ceinture?

Plan d'une poétique

DONT LES RÈGLES SERAIENT ÉTABLIES SUR L'EXPÉRIENCE.

Jamais nous ne pénétrerons si à fond dans la connaissance de la nature de notre âme que nous puissions dire avec certitude que telle ou telle beauté poétique aura nécessairement dû provenir de tel ou tel *acte* déterminé (je prends ce mot dans toute son étendue). Cependant la plupart des règles dans presque toutes les théories connues sur l'art de la poésie sont conçues de telle manière que leur démonstration est impossible si l'on ne commence par admettre préalablement la nécessité de cet *acte*. Je ne m'arrête pas ici à rechercher quelle funeste influence doit exercer sur le poète et sur le lecteur ce chaos de règles qui ne sont nullement démontrées, dont les unes sont fausses, et dont les autres, à moitié vraies, ont été saisies comme à tâtons par une main aveugle. Je ne pose que cette question :

Que doit faire le théoricien qui veut établir ses règles sur la vérité?

Je pense qu'il a à faire deux choses presque simultanément : 1° remarquer les impressions que font sur les autres et sur lui-même les poésies de tous genres ; c'est-à-dire éprouver lui-même, et recueillir l'*expérience* des autres;

2° Classer par des distinctions caractéristiques les différents ouvrages de poésie, suivant leur nature, c'est-à-dire analyser les produits de l'*acte* poétique (il ne serait pas inutile de tenir compte du degré de cette action). Ce qui montre combien on peut se fourvoyer sur ce point, c'est qu'on a voulu faire un genre particulier de la poésie épistolaire. Et si je disais que la poésie didactique elle-même n'est pas à proprement parler, de la poésie, et ne peut par conséquent pas être regardée comme un genre?

Je ne nie pas cependant qu'un poète didactique ne puisse avoir beaucoup de génie poétique et même le faire briller partiellement.

Pour l'expérience à faire sur les impressions que la poésie peut laisser aux hommes, trois classes d'auditeurs peuvent suffire.

Il est une dernière classe avec laquelle il n'y a rien à apprendre par l'épreuve ou l'expérience. Faire lire un poëte et se faire rendre compte de vive voix des impressions reçues n'est pas une expérience exacte : il faut lire à un autre et voir par soi-même l'impression qu'on produit sur lui. En suivant cette voie, on découvrirait, entre autres choses, que telle ou telle beauté poétique fait une certaine impression, exerce une action sur toutes les trois classes d'auditeurs ; que telle beauté n'est sentie que par deux classes, et que telle autre ne l'est que par une seule.

Les ouvrages des Anciens ont pour eux l'expérience des siècles ; mais, dans l'examen, il n'en faudrait pas moins s'emparer avec soin de ce qui aurait réellement été senti, éprouvé, par celui qui nous parlerait de ces ouvrages, de ce qu'il ne ferait que répéter d'après d'autres. Et ici encore faudrait-il laisser de côté tout ce que nous ne pourrions regarder comme fondé qu'en admettant, d'après une probabilité simple, que telle beauté poétique produirait *nécessairement* tel ou tel effet.

C'est surtout à l'occasion des endroits où le poëte paraîtrait avoir imité la nature avec chaleur qu'il faudrait entrer soi-même dans la nature, pour sentir après lui. Si, dans cette expérience, on rencontrait de nouveau les impressions qu'il nous aurait d'abord fait éprouver, on pourrait d'autant mieux se convaincre de la certitude de ce que l'on chercherait à établir.

Je voudrais lire une poétique que son auteur, la balance en main, aurait exécutée sur ce plan. A moins cependant que je ne fusse poëte, car, dans ce cas, je pense que j'en saurais plus que l'auteur de la poétique lui-même.

B.

Extrait de Schiller.

DU SUBLIME [1].

« Il ne faut pas que l'homme soit forcé, » dit le juif Nathan au derviche ; et cette parole est vraie dans une acception plus large qu'on

---

[1] Traduction de feu M. Simon, ancien professeur de langue allemande à Versailles et à Saint-Cyr.

ne pense. La volonté est le caractère distinctif de l'espèce humaine; la raison elle-même n'est que la règle éternelle de ce caractère. Toute la nature agit avec raison; la prérogative de l'homme est celle-ci : agir avec raison, volontairement et' en connaissance de cause. Tous les autres êtres obéissent à la nécessité; l'homme est l'être qui *veut*.

C'est pourquoi rien n'est plus au-dessous de la dignité de l'homme que d'endurer la violence; la violence, la contrainte, rendent l'homme nul. Quiconque nous soumet à la violence ne fait autre chose que nous contester notre essence. Quiconque endure lâchement la violence se dépouille de son humanité. Mais cette prétention à un affranchissement absolu de tout ce qui est violence semble supposer un être possédant assez de puissance pour écarter toute puissance étrangère. Si cette prétention se rencontre chez un être qui, dans l'empire des forces, ne tient pas le premier rang, il en résulte une contradiction malheureuse entre la volonté et la puissance.

L'homme est dans ce cas. Entouré de forces sans nombre, qui toutes lui sont supérieures, qui toutes le dominent, il a, par sa nature, la prétention de ne se soumettre à aucune. Grâce à son intelligence, il est vrai, l'homme augmente par des moyens artificiels ses forces naturelles, et il parvient, jusqu'à un certain degré, à se soumettre physiquement tout ce qui est physique. Le proverbe dit : il y a remède à tout, hormis à la mort. Mais cette exception unique, rigoureuse, détruirait toute l'idée qu'on s'est formée de l'homme. Il ne sera jamais l'être qui *veut*, s'il existe un seul cas où il soit absolument forcé de vouloir ce qu'il ne veut pas. Ce seul point si terrible, qu'il est forcé d'admettre, quoiqu'il ne le veuille pas, le poursuivra sans cesse comme un fantôme, le livrera en proie (c'est le cas chez le grand nombre) aux sombres terreurs de l'imagination. Sa liberté tant vantée n'est absolument rien, s'il est lié dans un seul cas. C'est la culture de l'esprit qui doit rendre sa liberté à l'homme, et le mettre à même d'exécuter tout ce qu'il a conçu de lui-même; cette culture doit le rendre capable de soutenir sa volonté, car *l'homme est l'être qui veut.*

Ceci est possible de deux manières, savoir : d'une manière *réelle*, lorsque l'homme oppose la force à la force; lorsque, comme nature, il domine la nature; ou d'une manière *idéale*, quand, sortant de la nature, il annulle, quant à ce qui est de lui, l'idée de la puissance. Ce qui lui procure le premier, avantage s'appelle éducation physique. L'homme cultive son esprit ainsi que ses forces matérielles, ou pour faire des forces de la nature, et d'après ses propres lois, des instruments de sa volonté, ou pour se garantir des effets de ces forces, lorsqu'il ne lui est pas permis de les diriger. Mais on ne peut que jusqu'à un certain point maîtriser les forces de la nature ou s'en garantir; au-delà de ce point, ces forces se dérobent à la puissance de l'homme en le soumettant à la leur.

Ce serait fait de sa liberté, s'il n'était susceptible que d'éducation physique. Mais il doit être homme sans exception ; il ne doit en aucun cas souffrir quoi que ce soit contrairement à sa volonté. Lorsqu'il ne lui est plus possible d'opposer aux forces physiques une force physique proportionnée, il ne lui reste plus, pour résister à la violence, qu'un seul moyen : *faire cesser entièrement un rapport qui lui est si défavorable, et annuler par l'idée une puissance qu'il est obligé de supporter de fait.* Annuler une puissance par l'idée n'est autre chose que de s'y soumettre volontairement. La culture qui l'y rend propre s'appelle l'éducation morale.

Il n'y a que l'homme cultivé moralement qui soit entièrement libre. Ou il est supérieur à la nature comme puissance, ou il est d'accord avec elle. Rien de ce que la nature exerce sur lui n'est violence, car, avant d'arriver jusqu'à lui, cette action est déjà devenue *sa propre action ;* la nature dynamique ne l'atteint jamais, parce qu'il se sépare volontairement de tout ce qu'elle peut atteindre. Mais cette façon de penser que la morale enseigne sous le nom de résignation à la nécessité, et la résignation sous le nom de soumission à la volonté divine, exige déjà, si elle doit être le résultat d'un libre choix et de la réflexion, une plus grande lumière de la pensée, et une plus haute énergie de la volonté, qu'il n'est communément accordé à l'homme d'en avoir dans la vie pratique. Il y a heureusement dans sa nature rationnelle une disposition morale que l'intelligence peut développer, et aussi dans sa nature raisonnable et sensuelle, c'est-à-dire humaine, il existe une tendance *esthétique*, qui, éveillée par de certains objets physiques, et épurée par les sentiments, peut s'élever jusqu'à l'élan du cœur. Je me propose de traiter spécialement ici de cette disposition idéale dans son essence, que le réaliste manifeste lui-même dans la vie d'une manière assez claire, quoique, dans son système, il refuse de l'admettre [1].

Déjà les sentiments développés du Beau suffisent, jusqu'à un certain point, pour nous rendre indépendants de la nature comme puissance. Une âme qui s'est élevée au point d'être touchée plus par la forme que par la matière des choses, qui, sans aucune idée de possession, puise dans la seule réflexion sur la manifestation des choses un libre plaisir, une telle âme renferme en elle-même une plénitude inaliénable de vie, et, comme elle n'a pas besoin de s'approprier les objets dans lesquels elle vit, elle n'est pas en danger d'en être privée. Cependant la forme veut avoir un corps pour se manifester, et, tant que le besoin d'une belle forme est en nous, il

---

[1] En général, rien ne peut être appelé réellement idéal que ce que le réaliste parfait pratique à son insu, et ce qu'il nie par inconséquence seulement.

s'y trouve aussi un besoin de l'existence d'un objet réel, et alors notre plaisir est encore dépendant de la nature, comme puissance dominatrice de tout ce qui existe réellement.

Il y a une grande différence entre éprouver une tendance vers les objets beaux et bons, et éprouver le désir de voir beaux et bons les objets qui sont sous nos yeux. Le dernier de ces désirs est compatible avec la plus grande liberté de l'âme, mais non le premier ; nous pouvons *exiger* que ce qui est soit beau et bon ; nous ne pouvons que *désirer* que le Beau et le Bon soient présents. Cette disposition de l'âme, qui fait regarder avec indifférence l'existence du Beau, du Bon, du Parfait, mais qui demande avec une sévérité rigoureuse que ce qui existe soit beau, bon et parfait... cette disposition est grande, élevée, parce qu'elle renferme toutes les réalités d'un beau caractère, sans en reconnaître les limites.

C'est un signe caractéristique d'âmes bonnes et belles, mais toujours faibles, d'insister avec impatience sur l'existence de leur idéal moral, et d'être frappées d'impressions douloureuses par les difficultés. De tels hommes se mettent dans la triste dépendance du hasard, et l'on peut prédire avec certitude qu'ils donneront trop de place à la matière dans les choses morales et esthétiques, et qu'ils ne soutiendront pas la dernière épreuve quant au caractère et quant au goût. Ce qui est moralement défectueux ne doit pas nous causer des souffrances, des sentiments douloureux, qui sont plutôt la preuve d'un besoin non satisfait que d'une prétention non remplie. Cette prétention doit être accompagnée d'un sentiment plus vigoureux ; elle doit plutôt nous soutenir, nous fortifier, que nous rendre pusillanimes et malheureux.

Deux génies nous ont été donnés par la nature pour nous accompagner à travers la vie. L'un, sociable et riant, abrége, par son jeu aimable, le pénible voyage, nous rend légères les chaînes de la nécessité, et nous mène, accompagnés de ris et de plaisirs, à ces passages dangereux où nous devons agir comme de purs esprits, et où il faut dépouiller ce que nous avons de corporel, pour arriver à la connaissance de la vérité et à la pratique du devoir. Ici ce génie nous quitte, car son domaine est uniquement dans le monde sensible; ses ailes terrestres ne peuvent nous porter au-delà. L'autre génie se présente alors, grave et silencieux, pour nous faire franchir d'un bras vigoureux le profond précipice.

On reconnaît dans le premier de ces deux génies le sentiment du Beau, dans le second le sentiment du Sublime. Le Beau, il est vrai, est déjà une expression de la liberté ; non pas de cette liberté qui nous élève au-dessus de la puissance de la nature et qui nous dégage de toute influence corporelle, mais de celle dont nous jouissons comme hommes dans les limites de la nature. Avec cette beauté, nous nous sentons libres, parce que les désirs sensuels sont en harmonie avec la loi de la raison ; avec le Sublime nous nous trouvons libres, parce que les désirs sensuels n'ont aucune influence sur la loi de la raison, parce qu'ici l'esprit agit comme s'il n'était soumis qu'à ses propres lois.

Le sentiment du Sublime est un sentiment mixte ; c'est un composé de *mal-être* qui, à son plus haut période, se manifeste par l'effroi, et de *bien-être* susceptible de s'élever jusqu'au transport : et, quoique ce sentiment ne soit pas précisément le plaisir, il lui est préféré par les âmes délicates. Cette alliance de deux sentiments contradictoires, qui se fondent en un sentiment unique, prouve d'une manière indubitable notre indépendance morale. Comme il est absolument impossible que le même objet soit avec nous en deux rapports opposés, il s'ensuit que nous sommes *nous-mêmes* en deux rapports différents avec l'objet ; que nécessairement deux natures opposées doivent être réunies en nous, qui, lorsqu'il s'agit de représenter cet objet, y sont intéressées de deux manières différentes. Nous apprenons donc, par le sentiment du Sublime, que la situation de notre esprit ne se règle pas nécessairement sur l'*état des sens* ; que les lois de la nature ne sont pas nécessairement aussi les nôtres ; que nous avons en nous un principe indépendant de toute impression sensuelle.

L'objet sublime est d'une double nature. Ou nous le rapportons à notre *force de conception*, et alors nous succombons à la tentation de lui donner une forme, une idée; ou nous le rapportons à notre *force vitale*, et le considérons comme une puissance contre laquelle la nôtre se brise. Mais quoique, dans l'un comme dans l'autre cas, nous acquérions le sentiment pénible de nos limites, nous ne le fuyons point ; il nous attire, au contraire, avec une force irrésistible. Cela serait-il possible si les limites de notre imagination étaient en même temps les limites de notre conception ? Serions nous charmés que quelque chose nous rappelât la toute-puissance des forces naturelles, si nous n'avions par devers nous quelque autre élément susceptible de devenir la proie des forces de la nature ? Nous nous réjouissons de ce qui est infini avec une forme sensible, parce qu'il nous est permis d'imaginer ce que les sens ne peuvent plus comprendre, et ce que l'intelligence ne peut plus saisir. Le Terrible nous transporte, parce qu'il nous est permis de vouloir ce que les sens abhorrent, et que nous pouvons rejeter ce qu'ils réclament. Nous souffrons volontiers que l'imagination trouve son maître dans l'empire des formes, car, en définitive, ce n'est qu'une force sensible triomphant d'une autre force sensible ; mais la nature ne saurait atteindre, malgré son immensité, à la grandeur absolue qui est en nous. Nous soumettons volontiers à la nécessité physique notre bien-être et même notre existence ; car c'est précisément ce qui nous rappelle que la nature ne peut dominer nos principes. L'homme lui-même est entre les mains de la nature, mais la volonté de l'homme est entre ses propre mains.

Et c'est ainsi que la nature a même employé un moyen sensible pour nous apprendre que nous ne sommes pas seulement sensibles, que nous appartenons à un ordre plus élevé; elle a su même profiter des sensations, pour nous mettre sur la voie de cette découverte, que nous ne sommes rien moins que servilement soumis à la puissance des sensations. Cet effet est tout différent de celui qui peut être produit par le Beau; j'entends le Beau de la réalité, car dans le Beau idéal se confond aussi le Sublime. La raison et la sensibilité sont d'accord quant au Beau, et ce n'est qu'en raison de cet accord que le Beau a du charme à nos yeux. Nous n'apprendrions donc jamais par la beauté seule que nous sommes propres et même destinés à nous montrer comme des intelligences pures. Quant au Sublime, au contraire, la raison et la sensibilité ne sont plus d'accord, et c'est précisément dans cette contradiction que réside le charme qui s'empare de notre âme. Ici l'homme physique et l'homme moral se séparent de la manière la plus tranchée; c'est que, précisément, en présence de tels objets où le premier ne sent que ses limites, l'autre fait au contraire l'expérience de sa *force*; ce qui terrasse l'homme physique est *précisément* ce qui élève l'homme moral.

J'admets que l'homme possède toutes les vertus dont la réunion compose le *beau caractère*. Il trouve sa volonté dans la pratique de la justice, de la bienfaisance, de la modération, de la tempérance et de la fidélité; tous les devoirs dont les circonstances provoquent l'application lui sont familiers, et la fortune ne met aucun obstacle aux actions que son cœur philanthropique lui suggère. Qui ne sera pas ravi de cette harmonie entre les inclinations naturelles et les perceptions de la raison? Qui refusera d'aimer un tel homme? Mais pouvons-nous être positivement assurés, malgré notre penchant vers lui, qu'il est réellement vertueux; qu'il existe, en thèse générale, une vertu? Quand cet homme n'aurait eu en vue que des impressions agréables, il ne pourrait, sans être un insensé, agir différemment; s'il était vicieux, il haïrait son propre intérêt. Il se peut que la source de ses actions soit pure, c'est l'affaire de son cœur; quant à nous, nous n'en savons rien : ce qu'il accomplit, l'homme seulement prudent, qui fait son dieu de son plaisir, l'accomplirait aussi. Le monde des sens explique tout le phénomène de sa vertu, et nous pouvons nous dispenser d'en chercher le motif au-delà.

Mais que ce même homme soit tout-à-coup assailli par une grande infortune; qu'on le dépouille de ses biens; que l'on ruine sa réputation; que des maladies le jettent sur un lit de douleur; que tous ceux qu'il aime deviennent la proie de la mort; que tous ceux qui ont sa confiance l'abandonnent dans l'adversité... Qu'on le cherche dans une pareille situation; que l'on exige alors de lui la pratique

des mêmes vertus qui lui étaient naguère familières dans la prospérité : si on le trouve entièrement le même ; si l'indigence n'a pas
diminué sa bienfaisance, l'ingratitude son désir d'obliger ; si la
douleur n'a pas altéré l'égalité de son humeur ; si ses propres infor-
tunes n'ont point diminué la part qu'il prenait à la prospérité d'au-
trui ; si l'on remarque le changement de sa situation dans une forme
extérieure, mais non dans sa manière d'être ; si le changement sur-
venu est dans les choses et non dans sa conduite... alors, en vérité, les
explications tirées du principe de la nature sont insuffisantes, parce
que, d'après ce principe, le présent doit se fonder nécessairement
comme effet sur un passé qui sera la cause, parce que rien n'est plus
contradictoire que d'admettre que l'effet reste le même quand la
cause est changée. Il faut alors renoncer à toute explication naturelle : on ne peut plus déduire la conduite de la situation ; il faut
sortir du monde physique pour en aborder un tout différent, et se
placer à un point qu'à la vérité il est permis à la raison d'atteindre
par son idéal, mais qu'il n'est pas permis à l'intelligence de saisir par ses
conceptions. Cette découverte de la puissance morale absolue, qui
ne se lie à aucune condition naturelle, donne un sentiment mélancolique qui s'empare des sens à la vue d'un tel homme, un charme
particulier, inexprimable, qu'aucun plaisir des sens, quelque noble
qu'il soit, ne peut disputer au Sublime.

Le Sublime nous fait donc sortir du monde sensible, où le Beau
voudrait nous retenir captifs. Ce n'est point peu-à-peu, mais d'une
manière subite et par commotion, que le Sublime arrache l'esprit
indépendant du réseau dont la sensualité raffinée l'enlace, réseau qui
retient d'autant mieux, que les fils dont il se compose sont délicats.
Non, ce n'est point par transition que l'on passe de la dépendance
à la liberté. Lors même que la sensualité aurait beaucoup gagné sur
l'homme par l'influence imperceptible d'un goût raffiné ; si elle est
parvenue à pénétrer dans le sanctuaire le plus intime de la loi morale, en revêtant la forme du Beau intellectuel, à empoisonner la
sainteté des maximes à leur source,... il suffit souvent d'un seul
attendrissement sublime pour déchirer ce tissu d'erreurs, pour rendre
à l'esprit captif toute son élasticité, pour lui révéler sa vraie destination, et pour lui imposer, ne fût ce que pour le moment, le sentiment de sa dignité. La beauté, sous la forme de la déesse Calypso,
a enchanté le valeureux fils d'Ulysse ; elle le retient longtemps captif
dans son île par la puissance de ses charmes. Pendant longtemps il
croit rendre hommage à une divinité immortelle, tandis qu'il n'est
que plongé dans les bras de la volupté... Mais une impression sublime le saisit soudain sous la forme de Mentor ; il se souvient
d'une plus noble destination, il se jette dans les flots ; il est libre.

Le Sublime est, comme le Beau, versé avec prodigalité sur la nature
entière, et la faculté de le sentir existe chez tous les hommes ; mais

ce germe se développe d'une manière inégale, il faut le secours de l'art; le but de la nature est que nous courions vers la beauté, tandis que nous fuyons devant le Sublime; car c'est la beauté qui soigne notre enfance, c'est elle qui doit nous faire sortir de l'état de nature pour nous conduire à la civilisation. Cependant, quoiqu'elle soit notre premier amour, quoique notre faculté de sentir se déploie d'abord en sa faveur, la nature n'en a pas moins eu soin de la faire mûrir avec lenteur; pour son développement complet, la culture de l'esprit et du cœur est nécessairement attendue. Le monde sensible resterait éternellement la limite de nos efforts, si le goût atteignait sa maturité complète avant l'entrée de la vérité et de la morale dans notre cœur. Nous ne pourrions jamais franchir cette limite ni dans nos conceptions, ni dans nos sentiments: ce que l'imagination ne peut se représenter n'aurait jamais de réalité pour nous. Heureusement la nature veut que de toutes les facultés intellectuelles le goût soit la dernière à recevoir sa maturité, quoiqu'il fleurisse le premier. Dans cet intervalle, on gagne le temps nécessaire pour implanter dans l'esprit une moisson d'idées et dans le cœur une abondance de principes, et pour faire sortir de la raison la faculté de sentir le Grand et le Sublime.

Aussi longtemps que, esclave de la nécessité physique, l'homme n'a pas encore trouvé d'issue pour sortir du cercle étroit des besoins, tant qu'il n'a pas le pressentiment de la *haute liberté surnaturelle*, la nature *insaisissable* ne peut lui faire apercevoir que les bornes de sa compréhension, et la nature *périssable* ne peut que lui rappeler son impuissance physique. Il faut alors qu'il passe au-delà de la première avec découragement, et qu'il se détourne de la seconde avec effroi. Mais à peine la libre réflexion fait-elle place à l'attaque aveugle des forces naturelles; à peine découvre-t-il dans le flot des formes qui passent quelque chose de durable dans son essence... alors les masses sauvages de la nature dont il est entouré commencent à lui parler un tout autre langage, et le Grand relatif, qui est hors de lui, est le miroir dans lequel il aperçoit le Grand absolu, qui est au-dedans de lui. Il s'approche alors sans crainte, et cependant avec un sentiment de plaisir qui n'est pas sans effroi, de ces créations de son imagination, et fait tout son possible pour se représenter l'*infini* dans le *sensible*, afin de sentir, le plus vivement possible, la supériorité de ses idées sur ce que la sensualité peut lui procurer de plus haut. La vue d'un espace sans bornes, de hauteurs que l'œil ne saurait atteindre, le grand océan à ses pieds, et un océan plus grand encore au-dessus de sa tête, arrachent son esprit de la sphère étroite de la réalité, de la captivité pesante de la vie physique. La majesté simple de la nature lui offre une échelle plus grande pour l'appréciation des choses; et, entouré de ses formes imposantes, il ne sent plus le petit et le mesquin peser sur la pen-

sée. Et savons-nous combien de traits lumineux, de pensées héroïques, qu'aucune des prisons consacrées aux études, qu'aucun salon
n'auraient pu faire éclore, ont surgi, pendant une promenade solitaire, de ce combat entre le cœur et le grand esprit de la nature ?
Savons-nous s'il ne faut pas attribuer en partie au commerce plus
rare avec ce grand esprit, cette tendance du caractère du citadin
vers le petit, le minutieux ; oui, son caractère se mutile, se fane,
tandis que l'esprit de l'homme nomade reste ouvert et libre, comme
le firmament sous lequel il dresse sa tente.

Ce n'est pas seulement ce que l'imagination est dans l'impossibilité d'atteindre, le Sublime de la quantité, que l'intelligence ne
peut comprendre... La *confusion* même peut, dès qu'elle porte sur
le Grand, et qu'elle s'annonce comme l'œuvre de la nature (car
autrement la confusion est méprisable), elle peut, disons-nous, servir à représenter ce qui est au-dessus des sens et donner de l'élan à
l'âme. Qui ne préfère à la régularité insipide d'un jardin français
le désordre spirituel d'un paysage naturel ? Qui peut se refuser d'admirer la lutte entre la fertilité et la destruction que présentent les
champs de la Sicile ? Qui ne préfère les cataractes sauvages, les
montagnes nébuleuses de la nature ossianique de l'Ecosse, à la victoire laborieuse que la patience remporte dans cette Hollande si bien
alignée sur le plus capricieux des éléments ? Cependant personne ne
s'avisera de nier qu'en Hollande on s'occupe avec plus de sollicitude
de l'homme physique que devant le cratère du Vésuve. Oui, il est
incontestable que l'intelligence qui veut comprendre et classer est
beaucoup plus satisfaite d'un jardin domestique régulier, que d'un
paysage naturel, sauvage. Mais l'homme a un besoin autre que celui de vivre et de se procurer ses aises ; il a encore une autre destination que de comprendre les formes qui apparaissent autour de
lui.

La bizarrerie sauvage de la création physique, qui a tant de
charmes aux yeux du voyageur capable de sentir, est aussi ce qui
découvre à une âme enthousiaste la source d'un plaisir tout particulier, même au milieu de l'anarchie si critique du monde moral.
Celui qui veut éclairer la grande économie de la nature par le
moyen du seul flambeau vacillant de l'*intelligence,* et qui a en vue
de convertir son désordre hardi en harmonie, celui-là ne peut se
plaire dans un monde où un hasard aveugle semble régner plutôt
qu'un plan sagement conçu, et où, dans la plupart des cas, le mérite et la fortune sont en contradiction. Il exige que dans la grande
carrière du monde tout soit coordonné comme dans une bonne
administration domestique, et, s'il regrette, ce qui est tout naturel,
cette *régularité,* il ne lui reste qu'à attendre sa satisfaction d'une existence future et d'une nature toute différente. Si, au contraire, il renonce volontairement à rapporter ce chaos de formes sans lois à une

unité de connaissance, il regagnera amplement ce qu'il aura perdu. C'est précisément ce défaut absolu de connexité entre cette foule de formes qui trompent l'œil de l'intelligence qui en fait un symbole plus frappant pour la raison pure ; cette dernière trouve précisément représentée, dans cette indépendance sauvage de la nature, sa propre indépendance des conditions naturelles. Car, si l'on enlève à une suite de choses toute liaison entre elles, on a l'idée de l'indépendance, qui coïncide d'une manière surprenante avec l'idée pure et rationnelle de la liberté. Ainsi la raison rassemble dans une unité de pensée, sous cette idée de la liberté qu'elle prend de son propre fond, ce que l'intelligence ne peut réunir dans une unité de connaissance, et se soumet par cette idée le jeu infini des formes qui passent : elle appuie donc sa propre puissance en même temps sur l'intelligence, comme pouvoir auquel se rattache une condition sensible. Si on se rappelle de quelle valeur est, pour un être doué de raison, d'avoir le sentiment de son indépendance des lois de la nature, on conçoit aussi comment il se fait que des hommes d'un caractère sublime peuvent se regarder comme dédommagés de ce qui leur manque du côté de la connaissance, par l'idée de l'indépendance qui leur est offerte. La liberté, malgré toutes ses contradictions morales et ses maux physiques, est pour les cœurs nobles un spectacle infiniment plus intéressant que l'ordre et la prospérité sans la liberté, état où les brebis suivent patiemment le berger, où la volonté se ravale au point de servir de rouage à l'horloge. Ce dernier état fait de l'homme un produit ingénieux et un hôte heureux de la nature ; la liberté fait de lui le partisan et le co-propriétaire d'un système plus élevé, où il est plus honorable d'occuper la dernière place qu'il ne l'est de commander dans l'ordre physique.

Considérée de ce point de vue, et de ce point de vue *seulement,* l'histoire du monde est un objet élevé à mes yeux. Comme objet historique, le monde n'est autre chose que le conflit des forces de la nature entre elles et avec la liberté de l'homme : l'histoire nous fait connaître l'issue de cette lutte. Au point où elle est parvenue jusqu'à présent, l'histoire nous rapporte de bien plus grandes actions provenant de la nature (et ici il faut comprendre toutes les impressions de l'homme), que de la raison indépendante. Cette dernière n'a soutenu sa puissance que dans des exceptions isolées de la loi naturelle chez les Caton, les Aristide, les Phocion et quelques hommes semblables. En s'approchant de l'histoire avec la pensée d'y trouver la lumière et la connaissance, combien ne se trouve-t-on pas trompé ! Tous les essais bienveillants de la philosophie, pour accorder ce qu'*exige* le monde moral avec ce que *donne* le monde réel, sont réfutés par l'expérience; et, quoique la nature se règle avec complaisance, ou semble se régler, dans son empire *organique*, d'après les principes qui règlent l'entendement, elle n'en rompt pas moins dans l'empire de la liberté le frein que veut lui imposer l'esprit spéculatif.

Il en est tout autrement lorsqu'on renonce à vouloir expliquer la nature, lorsqu'on prend comme point de départ précisément son *incompréhensibilité*. Cette circonstance, en effet, que la nature, vue en grand, se joue de toutes les règles que notre intelligence lui prescrit, qu'elle réduit en poussière les créations de la sagesse, comme celles du hasard, dans sa marche libre et indépendante ; qu'elle entraîne dans une seule et même ruine ce qui est important comme ce qui est minime, le noble comme le commun; que, d'un côté, elle conserve une fourmilière, et que, d'un autre, elle saisit dans ses bras gigantesques, pour l'écraser, l'homme, sa plus belle créature; qu'elle prodigue, dans une heure de légèreté, ses plus pénibles labeurs, tandis qu'il lui faut parfois des siècles pour construire une œuvre de folie; en un mot, cette déviation de la nature en grand des règles de la connaissance, auxquelles elle se soumet dans ses manifestations isolées, tout cela, disons-nous, rend évidente l'impossibilité d'expliquer la *nature elle-même* par des *lois naturelles,* et d'admettre au partage de son empire ce qui est établi *dans* son empire. Il résulte de tout ceci que l'âme est arrachée par une force irrésistible du monde des formes, c'est-à-dire de ce qui *est,* pour être transportée dans le monde idéal, du positif dans ce qui ne l'est pas.

La nature terrible et destructive nous conduit encore beaucoup plus loin que la nature infinie sous une forme sensible, tant que nous restons de simples observateurs de la première. L'homme sensuel, la sensualité dans l'homme doué de raison, ne craignent rien tant que de perdre une puissance qui semble dominer le bien-être et l'existence même.

L'idéal suprême, objet de nos efforts, est de rester en bonne intelligence avec le monde physique, conservateur de notre prospérité, sans cependant être mis dans la nécessité de rompre avec le monde moral, qui détermine notre dignité. Nous savons qu'il n'est pas toujours possible de servir deux maîtres à-la-fois, et lors même (et ce cas est presque impossible) que le devoir ne serait pas en opposition avec le besoin, la nécessité ne transige point avec l'homme ; ni sa force ni son habileté ne peuvent le garantir des caprices du sort. Heureux donc s'il a appris à supporter ce qu'il ne peut changer, à abandonner ce qu'il ne peut sauver. Il peut arriver des cas où, le destin s'emparant de tous les ouvrages extérieurs sur lesquels il fonda sa sécurité, il ne lui reste qu'à se réfugier dans la sainte liberté des esprits... où il suffit, pour calmer l'instinct de la vie, de le vouloir sérieusement ; et où, pour résister à la puissance de la nature, il n'y a d'autre moyen que de la prévenir, et, renonçant volontairement à tout intérêt sensuel, de se suicider moralement, avant d'être tué par une puissanee physique.

Pour arriver à ce résultat, l'homme est fortifié par des impressions sublimes, par la contemplation fréquente de la nature destructive, soit là où elle ne lui fait apercevoir son pouvoir funeste que de loin, soit là où elle l'exerce immédiatement sur ses frères. Le pathétique est une infortune artificielle, et, semblable à l'infortune réelle, celle-là nous met en rapport direct avec la loi spirituelle qui règne dans notre sein. L'infortune réelle ne choisit pas toujours bien ni son homme ni son époque : elle nous surprend souvent sans défense, et, ce qui est pis, souvent elle nous *rend* sans défense. L'infortune artificielle du pathétique, au contraire, nous trouve complétement armés, et, par la raison qu'il n'est qu'imaginaire, le principe libre de notre âme gagne du terrain pour défendre son indépendance absolue. Plus l'esprit renouvelle cet acte de *propre activité*, plus il lui devient familier, plus il gagne sur l'instinct sensuel. Il arrive au point d'être en état, lorsque l'infortune imaginaire et artificielle se change en une infortune sérieuse, de la traiter comme si elle était imaginaire : il arrive au point, disons-nous, et c'est le plus bel élan de la nature humaine, de convertir les souffrances réelles en un attendrissement sublime. On peut donc soutenir que le pathétique est l'*inoculation* de l'inexorable destin, par laquelle on le prive de sa malignité en le dirigeant du côté où est la force de l'homme.

Loin de nous donc ces ménagements mal entendus, ce goût sans vigueur, efféminé, qui veut couvrir d'un voile la face grave de la nécessité; qui veut se mettre en faveur auprès des sens; qui *ment* une harmonie entre le bien être et le bien agir, dont il ne se montre pas la moindre trace dans le monde réel. Que le mauvais destin se présente donc à nous face à face. Notre salut n'est pas dans l'ignorance des dangers qui nous assiégent (il faut bien qu'à la fin cette ignorance cesse), mais bien dans la connaissance de ces dangers. Le jeu effroyablement magnifique des vicissitudes qui détruisent et réédifient tout; de l'adversité qui tantôt nous mine lentement et tantôt nous surprend avec rapidité, nous procure cette connaissance; les tableaux pathétiques de l'humanité aux prises avec le destin, de la sécurité trompée, de l'injustice qui triomphe, tableaux que l'histoire nous offre avec profusion, et que l'art tragique met sous nos yeux, nous procurent cette connaissance par le talent d'imitation. Où est l'homme qui, avec des dispositions morales non entièrement négligées, pourrait s'arrêter à la vue de la lutte opiniâtre, mais inutile, de Mithridate, de la ruine de Syracuse et de Carthage, sans rendre hommage avec terreur à la loi grave de la fatalité? pourrait-il voir ces scènes sans mettre instantanément un frein à ses désirs; et, vivement pénétré de l'éternelle infidélité de tout ce qui est *sensuel*, pourrait-il ne pas chercher dans son cœur ce qui est éternel? La faculté de sentir le Sublime est donc une des plus précieuses dispositions de la nature humaine, qui mérite que nous l'honorions, parce qu'elle résulte de notre puissance de sentir et de vouloir par nous-mêmes. Elle mérite d'être développée dans sa perfection, à cause de son influence sur l'homme moral. Le Beau ne mérite que relativement à *l'homme*, le Sublime mérite à l'égard du génie *pur* qui réside en lui ; et, puisque nous sommes destinés, malgré les bornes imposées par la sensualité, à nous diriger suivant la législation des esprits purs... il est donc nécessaire que le Sublime se joigne au Beau, pour que *l'éducation esthétique* devienne un tout complet, et pour agrandir la faculté de sentir du cœur humain, dans la proportion de toute l'étendue de notre destination, en nous portant conséquemment au-delà de l'empire des sens.

Sans le Beau, il y aurait une lutte sans terme entre notre destination naturelle et notre destination raisonnable. Pendant nos efforts pour satisfaire à notre *vocation spirituelle*, nous négligerions notre *humanité*, et, nous attendant sans cesse à sortir du monde sensuel, nous resterions étrangers à la sphère d'activité qui nous est assignée. Sans le Sublime, le Beau nous ferait oublier notre dignité. Dans cet amollissement, résultat d'une jouissance non interrompue, nous perdrions notre vigueur de caractère ; attachés d'une manière indissoluble à cette *force accidentelle de l'existence*, nous perdrions de vue notre immuable destination et notre vraie patrie. Seulement, quand le Sublime s'allie au Beau et que notre faculté de sentir l'un et l'autre est suffisamment développée, alors seulement nous devenons des hôtes accomplis de la nature; sans être ses esclaves, et sans perdre nos droits civiques dans le monde intellectuel.

La nature, il est vrai, offre déjà par elle-même un objet sur lequel pourrait s'exercer notre faculté de sentir le Beau et le Sublime; mais ici, comme dans d'autres cas, l'homme est mieux servi de seconde que de première main ; il aime mieux recevoir de l'art un sujet *préparé* et *choisi*, que puiser mesquinement à la source impure de la nature: L'instinct de l'imitation, qui ne peut supporter aucune *impression*, sans chercher en même temps une *expression* vivante, et qui aperçoit dans chaque forme belle et grande de la nature une provocation à lutter avec elle, a sur la nature ce grand avantage de pouvoir traiter comme objet principal ce que la nature ne prend qu'en passant, tandis qu'elle poursuit un but plus rapproché. Si la nature souffre violence dans ses belles productions organiques, ou par l'individualité défectueuse de la matière, ou par la rencontre de forces hétérogènes; ou si elle exerce elle-même une action violente dans ses scènes grandes et pathétiques, et opère sur l'homme comme une puissance fatale (elle qui ne pourrait prendre le caractère esthétique que comme objet de libre examen), l'art, son imitateur, est complétement libre, parce qu'il écarte toutes les bornes accidentelles qui limitent son objet ; l'art laisse libre l'esprit de l'observateur, parce qu'il n'imite que la forme et non l'essence. Comme tout le charme du Sublime et du Beau ne réside que dans la forme, l'art a tous les avantages de la nature, sans partager ses fers.

C.

Général et particulier, variable et absolu, essentiel et non essentiel, toutes ces idées, se généralisant successivement sans changer de nature, m'élèvent enfin à l'idée qui comprend et soutient toutes les autres, celles de substance et de phénomène. Dans tout objet il y a du phénomène, et dans tout objet il y a de la substance, s'il y a de l'essentiel et de l'absolu, l'absolu étant ce qui se suffit à soi-même, c'est-à-dire, équivalant à la substance. Je ne veux pas dire que tout objet ait sa substance propre, individuelle, car je dirais une absurdité, substantialité et individualité étant des notions contradictoires. L'idée d'attacher une substance à chaque objet conduisant à une multitude infinie de substances, détruit l'idée même de substance ; car la substance étant ce au-delà de quoi il est impossible de rien concevoir relativement à l'existence, doit être unique pour être substance. Il est trop clair que des milliers de substances qui se limitent nécessairement l'une l'autre ne se suffisent point à elles-mêmes, et n'ont rien d'absolu et de substantiel. Or, ce qui est vrai de mille est vrai de deux. Je sais que l'on distingue les substances finies de la substance infinie ; mais des substances finies me paraissent fort ressembler à des phénomènes, le phénomène étant ce qui suppose nécessairement quelque chose au-delà de soi, relativement à l'existence. Chaque objet n'est donc pas une substance ; mais il y a de la substance dans tout objet, car tout ce qui est ne peut être que par son rapport à celui qui est celui qui est, à celui qui est. l'existence, l'unité, la substance absolue. C'est là que chaque chose trouve sa substance, c'est par là que chaque chose est substantiellement ; c'est ce rapport à la substance qui constitue l'essence de chaque chose. Voilà pourquoi l'essence de chaque chose ne peut être détruite par aucun effort humain, ni même supposée détruite par la pensée de l'homme ; car, pour la détruire, ou la supposer détruite, il faudrait détruire ou supposer détruit l'indestructible, l'être absolu qui la constitue. Mais si chaque chose a de l'absolu et de l'éternel par son rapport à la substance éternelle et absolue, elle est périssable et changeante, elle change et périt à tout moment par son individualité, c'est-à-dire par sa partie phénoménale, laquelle est dans un flux et un reflux perpétuel. D'où il suit que l'essence des choses ou leur partie générale est ce qu'il y a de plus réel et de plus caché, et que leur partie individuelle, où paraît triompher leur réalité, est ce qu'il y a véritablement de plus apparent et de moins réel. C'est du haut de cette théorie qu'il faudrait juger Platon.

Appliquons tout ceci à la beauté. Traduisons les expressions de général et de particulier, d'individuel et d'absolu, d'essentiel et de non essentiel, de substance et de phénomène, dans celles d'unité et de variété; nous aurons les caractères externes de la beauté, ses caractères avoués et reconnus. Ainsi, après bien des circuits, la philosophie aboutit au trivial; et ce qu'on avait d'abord admiré ou rejeté avec dédain comme une spéculation extraordinaire ou absurde, se réduit, avec quelques changements de mots, à ces idées communes où se repose le bon sens du vulgaire: *simplex veri index*.

Le Beau réel se compose donc de deux éléments, le général et l'individuel réunis dans un objet réel déterminé. Maintenant, si l'on demande quel est l'élément qui paraît d'abord, le général ou l'individuel, le variable ou l'absolu? je répondrai, comme pour la substance et le phénomène, que le général et le particulier, l'absolu et le variable nous sont donnés simultanément l'un dans l'autre, et l'un avec l'autre. Il n'y a point de phénomène sans substance, ni de substance sans phénomène, d'absolu sans relatif, ni de relatif sans absolu, de général sans particulier, ni de particulier sans général; nous ne commençons ni par celui-ci ni par celui-là, mais par tous les deux à la fois. Voilà ce qu'il faut bien comprendre. La philosophie roule sur cette question fondamentale qui se reproduit partout sous des formes innombrables. Débutons-nous par l'individuel ou par le général? toutes les Écoles répondent exclusivement. De là des idées générales dont on ne peut dire ni ce qu'elles sont ni d'où elles viennent, et pour l'explication desquelles on est obligé de recourir à des idées innées, à des lois de la nature humaine, à des formes de l'esprit; ou bien des idées particulières, dont on ne sait trop comment tirer certaines idées générales, qu'on est alors obligé d'exiler de l'entendement. On ne résout bien la question que par une solution complexe, en posant l'individuel et le général comme deux termes corrélatifs et simultanés. Ce n'est pas que nous distinguions d'abord ces deux termes; car la réflexion seule éclaire et distingue; et nous ne débutons pas par la réflexion, mais par la spontanéité, par une aperception complexe et obscure. Ceci résout encore la question célèbre: Commençons-nous et devons-nous commencer par l'analyse ou par la synthèse? Sans doute la philosophie, qui doit partir de la lumière, doit partir de la réflexion, et la réflexion décompose et doit nécessairement décomposer avant de composer. Mais, antérieurement à la philosophie, est la nature qui lui sert de base, et qui, ne commençant pas par se réfléchir elle-même, ne peut commencer ni par l'analyse, ni à plus forte raison par cette synthèse

que présuppose l'analyse, mais par des intuitions complexes, irré-
fléchies, indistinctes, par une synthèse primitive, spontanée, qui ne
diffère pas moins de l'autre synthèse que de l'analyse.

L'idéal dans le Beau, comme en tout, est la négation du réel, et
la négation du réel n'est pas une chimère, mais une idée. Ici l'idée
est le général pur, l'absolu dégagé de la partie individuelle qui l'enveloppe naturellement, qui le réalise. L'idéal, c'est le réel moins
l'individuel ; voilà la différence qui les sépare ; leur rapport consiste
en ce que l'idéal, sans être tout réel, est dans le réel, dans cette
partie du réel qui, pour paraître dans sa généralité pure, n'a besoin
que d'être abstraite de la partie qui l'accompagne. Comment donc
se fait cette abstraction ?

Je distingue deux sortes d'abstractions : l'une, que j'appelle abstraction comparative, procède, comme son nom le marque, par la
comparaison de plusieurs individus, écarte leurs différences pour
saisir leurs ressemblances, et de ces ressemblances ainsi abstraites et
comparées elle forme une idée générale, que j'appelle idée générale
collective, médiate ; collective, parce que tous les individus com-
parés y entrent pour quelque chose ; médiate, parce que sa formation exige plusieurs opérations intermédiaires. L'autre abstraction
a cela de particulier qu'elle s'exerce, non sur plusieurs individus,
mais sur un objet unique, complexe, comme tout objet, dont elle
néglige la partie individuelle, dégage la partie générale et l'élève de
suite à sa forme pure. Ces deux abstractions aspirent toutes deux à
l'idée générale. Mais l'une, qui dans un objet considère seulement
la partie individuelle, est nécessairement contrainte, pour arriver à
l'idée générale qu'elle cherche, d'examiner plusieurs autres objets
dont elle abstrait encore les parties individuelles qu'elle rapproche
et qu'elle compose. Cependant, si tout objet est essentiellement composé d'une partie générale et d'une partie individuelle, pour obtenir
une idée générale il n'est pas besoin de recourir à l'examen et à la
composition de plusieurs objets ; il suffit, dans tout objet, de négliger la partie individuelle, et d'abstraire la partie générale ; et on
arrive ainsi immédiatement à cette idée que j'appelle idée générale,
abstraite, immédiate ; générale, puisqu'elle n'est pas individuelle ;
abstraite, puisque, pour l'obtenir, il faut abstraire dans un objet l'élément général de l'élément individuel auquel il est mêlé actuelle-
ment ; enfin immédiate, puisque nous l'obtenons, ou du moins nous
pouvons l'obtenir à la première intuition d'un objet unique, sans
avoir recours à la comparaison de plusieurs objets. Telle est la
théorie de la génération et de l'origine de l'idée de cause, de l'idée
de triangle et de cercle, et il me semble que c'est dans le cercle de

cette théorie que les deux théories extrêmes des idées générales innées, et des idées générales comparatives, perdent ce qu'elles ont de faux en conservant ce qu'elles ont de vrai. Les idées innées viennent de l'impossibilité d'expliquer certaines idées générales par la collection et la comparaison ; les idées générales comparatives viennent de l'impossibilité de concevoir les idées innées. On ne pouvait rendre compte du Beau idéal par la combinaison des diverses beautés individuelles éparses dans la nature ; on a donc eu recours à l'hypothèse désespérée du Beau idéal inné ; et l'absurdité d'un idéal primitif, sur lequel nous jugeons tous les objets individuels, a poussé et retient encore plusieurs bons esprits dans la théorie incomplète et fausse de l'idéal comparatif. L'idéal n'est ni antérieur à l'expérience, ni le fruit tardif d'une comparaison laborieuse. Dans le premier bel objet que nous offre la nature, nous découvrons les traits généraux et constitutifs de la beauté, ou physique, ou intellectuelle, ou morale, et c'est avec ce premier objet que nous construisons immédiatement le type général qui nous sert ensuite à apprécier tous les autres objets ; comme c'est à l'aide du premier triangle imparfait que la nature lui fournit que le géomètre construit le triangle idéal, règle et modèle de tous les triangles. Le Beau idéal est aussi absolu que l'idéal géométrique, mais il n'a pas été formé autrement. La nature nous le cache à la fois et nous le révèle ; elle ne réfléchit la beauté éternelle que sous des formes qui s'évanouissent sans cesse ; mais enfin elle la réfléchit, et, pour la voir, il suffit d'ouvrir les yeux. Il y a de l'absolu dans la nature comme dans l'esprit de l'homme, au dehors comme au dedans ; et c'est dans le rapport, plus intime qu'on ne pense, de l'absolu qui contemple et de l'absolu qui est contemplé, que gît l'aperception de la vérité.

En fait, il est indubitable qu'à l'aspect d'un certain objet, vous prononcez qu'il est beau ; si quelqu'un prétend le contraire, vous prononcez qu'il se trompe, que l'objet que vous jugez beau l'est véritablement, et que tout le monde doit en juger ainsi que vous. Le jugement que vous portez est bien individuel par son rapport à vous qui le portez, et qui êtes un individu ; mais, quoique vous le portiez, vous savez que vous ne le constituez pas, et la vérité qu'il exprime vous apparaît à vous-même universelle, invariable, absolue, infinie. Ce jugement est un acte de la raison, de cette faculté merveilleuse qui contemple l'infini du sein du fini, atteint l'absolu dans l'individuel, et participe de deux mondes dont elle forme la réunion.

En fait, il est encore indubitable qu'au jugement que vous portez sur la beauté de l'objet se joint un sentiment exquis d'amour pur et désintéressé, égal et semblable à celui qu'excitent en nous le Bien et le Vrai ; le sentiment est individuel par son rapport à vous qui l'éprouvez, et en même temps il est absolu, c'est-à-dire que vous l'imposez à tout le monde, comme le jugement lui-même; il est absolu, non par la vertu de sa propre nature, mais par son rapport au jugement auquel il se mêle, et qui le marque de son caractère. Séparez-le du jugement, vous le rendrez à sa nature essentiellement individuelle, et, par conséquent, variable, capricieuse; et, loin de lui attribuer alors une autorité universelle, vous ne pouvez réclamer en sa faveur que la liberté et l'indulgence que vous accordez vous-même à tous les sentiments individuels qui, sans tenir intimement à la raison, ne lui sont pas contraires. Ainsi le sentiment du Beau est ou simplement individuel, et alors, non-seulement distinct, mais séparé du jugement; ou individuel et absolu à-la-fois, et, dans ce dernier cas, il est encore distinct du jugement qu'il accompagne et qu'il ne constitue pas. Confondre le jugement dans le sentiment, c'est réduire le Beau à l'agréable, et lui ôter toute vérité absolue, si on ne donne le sentiment que pour ce qu'il est, c'est-à-dire individuel, variable, relatif; et, si on lui suppose une force d'universalité qu'il n'a pas, qu'il ne peut avoir, et qu'un examen un peu sévère lui enlève facilement, c'est substituer au scepticisme une sorte de mysticisme intellectuel qui, comme tout mysticisme, contient et reproduit nécessairement le scepticisme. Une analyse éclairée se préserve de ces deux inconvénients, en reconnaissant et distinguant le sentiment et le jugement, la raison et l'amour, dont l'heureuse harmonie constitue ce qu'on appelle le Goût, la faculté de discerner et de sentir le Beau.

FIN DU TOME SECOND.

TABLE DES MATIÈRES

CONTENUES DANS LE SECOND VOLUME.

LIVRE X.

LIVRE XI.

LIVRE XII.

LIVRE XIII.

LIVRE XIV.

LIVRE XV.

LIVRE XVI.

FIN DE LA TABLE DU SECOND VOLUME.

Imprimé en France
FROC021530200120
23227FR00018B/189/P

9 782329 363332